ハヤカワ文庫 FT

〈FT547〉

盗賊ロイス&ハドリアン

魔境の二人組

マイケル・J・サリヴァン

矢口 悟訳

AVEMPARTHA

by

Michael J. Sullivan

Translated by

Satoru Yaguchi

First published 2012 in Japan by

HAYAKAWA PUBLISHING, INC.

This book is published in Japan by

arrangement with

TERI TOBIAS AGENCY, LLC

through TUTTLE-MORI AGENCY, INC., TOKYO.

人生の伴侶であり、本シリーズの執筆という冒険における相棒でもあるロビンへ。
鋭い批評を与えてくれるポール・ダンラップへ。
そして、昔からのファンクラブ〈ドラゴンチャウ〉の皆さんへ。

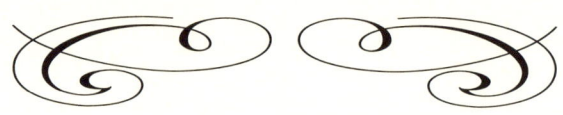

目次

1 コルノラ 11
2 トレース 39
3 特使 70
4 ダールグレン 129
5 砦 164
6 競技会 210
7 エルフと人と 227
8 神話と伝承 248

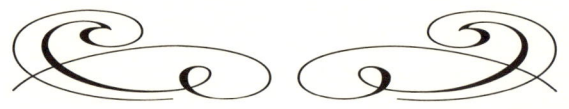

9 月下の難題 281
10 失われた剣 315
11 ジラーラブリュン 342
12 焦　土 360
13 至藝の慧眼 394
14 迫り来る闇 420
15 ノヴロンの末裔 434
訳者あとがき 461

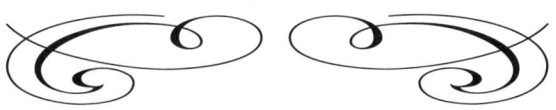

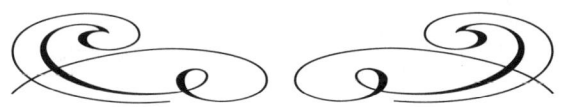

エランの世界
エストレンダー
(未開地)
エリヴァン帝国
(エルフの支配地)
ニルウォルデン川
アルバーン
ゴブリン海
バ=ラン群島
ヴィラン台地
ガレアノン
カリス
グール=エム
ダガスタン湾
グァゼル海
N
W
E
S

荒海
トレント
ダンモア
ゲント
メレンガー
七ツ台
ウェスタリン
ウォリック
エイヴリン
バーナム川
レーミッド
マラノン
デルゴス
シャロン海
ティエレ
ダッカ

トレント
ランカスター
リンガード
N
W
E
S
ダンモア
ニルウォルデン川
エルヴァノン
ゲント
グラムレンダー
メレンガー
ウィンダーメア湖
シェリダン
ダールグレン
ガリリン
メドフォード
アヴェンパーサ
ウィンズ修道院
チャドウィック
ロー
リラン渓谷
エイヴリン
グルーストン
アルバーン
コルノラ
ウォリック
ロシェル
カレン
アクエスタ
バーナム川
ラティバー
レーニッド
ヴィラン台地
キルナー
ヴェルネス
マラノン
マンツァー
ガレアノン
ヴァンドン
デルゴス
ティエレ
ダガスタン湾
トゥール・デル・フュール
エイヴリンの諸王国

魔境の二人組

登場人物

ハドリアン……………リィリアの盗賊。元軍人
ロイス…………………リィリアの盗賊。ハドリアンの相棒
トレース………………辺境の村ダールグレンの少女
セロン…………………トレースの父
トマス…………………ダールグレンの助祭
アルリック……………メレンガー国王
アリスタ………………王女。アルリックの姉
モーヴィン……………ピッカリング伯爵家の長男
ファネン………………ピッカリング伯爵家の次男
エスラハッドン………古代帝国の魔術師

1 コルノラ

その男が物陰から出てきた瞬間、ワイアット・デミンタールは今日が人生最悪の日になるであろうことを悟った――それどころか、人生最後の日かもしれない。粗い毛織と硬い革に身を包んだその男の顔に、彼はうっすらと見憶えがあった。二年以上も前、ほんの一刻ばかり蠟燭《ろうそく》の灯をはさんで対面した相手だが、ワイアットは再会など望んでもいなかった。男がたずさえている三本の剣はいずれも使いこまれた代物で、握りこむとおりに磨耗した柄《つか》には手汗の跡もくっきりと残っている。そいつはワイアットよりも一フィートほど背が高く、肩幅も広く、掌の肉も厚く、両足の前寄りに重心を乗せた姿勢で立ちはだかっていた。その視線はあたかもネズミを目の前にした猫のようだ。

「ダガスタンのデラノ・デウィット男爵だな？」それは質問でなく、断罪の響きに満ちていた。

ワイアットは心の中で震えあがった。あのときの相手だとしても、未払い金の回収に来ただけのことだろうという一縷《いちる》の望みをいだいていた――そんな楽観ができればこそ、彼は苦難だらけの人生をここまで生き延びてこられたのである――が、今の一声でその望みは打ち砕かれてしまった。

「いや、人違いだよ」彼はつとめて明るく、軽く――何も知らないような口調で――行く手を阻んでいる男に答えた。カリス訛《なまり》もうまくごまかしている。

「とぼけても無駄だぜ」男はそう言うと、路地の反対側から近寄ってきた。両手を広げたままの姿は、なまじ手を剣の柄に置いているよりもなお威圧感がある。ワイアットの剣がどれほどのものだろうと眼中にないという態度だ。

「あいにく、わたしの名前はワイアット・デミンタールだ。誰を捜してるのか知らんが、わたしじゃない」

ワイアットは言葉に詰まることがなかったので気を良くした。さらに、これまた意志の力ひとつで緊張感を消し去り、肩をほぐし、ゆったりとした佇《たたず》まいを装ってみせる。にこやかな表情で周囲を眺めるのも、罪なき者がやりそうな仕種だ。

両者が真正面から対峙したのは、ワイアットが屋根裏部屋を借りている建物からわずか数ヤードのところだった。あたりは暗い。彼のすぐ後ろにある飼料店の軒先にランタンがひとつ、仄《ほの》かな光をまたたかせ、石敷きの路上に残る水溜まりを照らしている。さらに後方、〈灰色ネズミ〉亭からは飲めや歌えの声が洩れ聞こえてくる。そして、どこともつかない遠くでも、人々は笑い、叫び、議論している。植木鉢の割れる音がしたかと思うと、猫がけたたましい鳴き声を響かせた。辻馬車が走り、濡れた舗装路を木製の車輪が叩く。もう夜も遅い。こんな時刻に外を出歩いているのは酔っ払いか、娼婦か、あるいは、闇にまぎれて何かをしようとしている連中だけだ。

　男はなおも間合を詰めた。ワイアットにはその視線が痛かった。鋭い眼光、決然たる殺意。ただし、それにもまして、かすかな哀惜《あいせき》の色がワイアットを困惑させる。

「あんた、エッセンドン城から剣を盗み出してくれって、おれと相棒に仕事をもちかけてきたよな」

「もうしわけないんだが、何の話だか見当もつかんよ。そもそも、エッセンドンとかいう場所がどこなのかさえ知らないんだ。人違いだと言ってるじゃないか。この帽子のせいかな？」ワイアットは広鍔《ひろつば》の帽子を脱ぐと、相手の目の前にかざしてみせた。「ほら、誰にでも買えるような代物だが、今の流行じゃない。こんな感じの帽子をかぶってるやつがいたとすりゃ、わたしがそいつに間違えられたとしても不思議はないさ。よくあることだ。べつに、それぐらいで気を悪くしたりはしないよ」

　ワイアットは帽子をかぶりなおすと、前縁をいくぶん斜め下へずらした。その帽子のほか、彼は高価そうな赤と黒の絹であつらえたダブレットと、きらびやかで丈の短いケープを身にまとっている――とはいえ、どちらも天鵞絨《びろうど》の縁飾りはついていないし、履いている長靴もくたびれきっており、身上を隠すには用が足りなかった。そして、左耳だけにつけている金の輪がさらなる真実を示している――それはかつて彼に与えられた特権の証《あかし》であり、捨て去った人生の名残なのだ。

「礼拝堂に忍びこんでみたら、国王が床に倒れてたんだぜ。死体になってな」

「何の話かと思えば、恨み節かい？」ワイアットはそう言いながら、上等な赤い手袋の指先をこすりあわせた——気分がおちつかないときの癖だった。

「おまけに、警備兵たちが待ちかまえてやがった。おれたちは地下牢へぶちこまれた。あやうく処刑されるところだったんだ」

「つらい目に遭ったことには同情するが、何度も言ってるとおり、わたしはデウィットじゃない。名前も知らんよ。どこかで出会うことがあったら、きみの話ぐらいは伝えてあげよう。ちなみに、どちらさんかな？」

「リィリア」

ワイアットを背後から照らしていた飼料店の灯がいきなり消えたかと思うと、すぐそばで囁きかける声があった。「二人組だってことを忘れるなよ」

彼の心臓はたちまち倍の速度で早鐘を打ちはじめた。ふりかえる暇もあらばこそ、喉許に鋭い刃が押し当てられる。彼は全身をこわばらせ、息をするのもやっとだった。

「よくも、死の罠にはめてくれたな」その声がたたみかける。「おれたちを売るつもりで仕事をもちかけてきやがって。礼拝堂へ誘いこんで、罪をなすりつけるつもりだったんだろ。その借りはきっちりと返させてもらうぜ。遺言がありゃ聞いてやるから、さっさと、静かな声で話せ」

　ワイアットはかねてからカード勝負が得意で、はったりの効かせ方も熟知していたが、背後にいる男の言葉がはったりでないことは明白だった。脅迫、威圧、陽動、そんなものではまったくない。こいつは情報など求めていない——必要なことはすべて、すでに知っているのだ。声音《こわね》、口調、語句、ワイアットの耳にかかる息遣いまでも——殺意に満ちている。

「どうかしたの、ワイアット？」小さな声が呼びかけてきた。

　路地に沿って並ぶ扉のひとつが開いており、中の灯がこぼれ、敷石から反対側の壁面にかけて少女の影を投げかけている。痩せた身体、肩にかかる髪、大きすぎるガウンの裾からわずかに覗く足には何も履いていない。

「何もないさ、アリィ——中に入っときな！」ワイアットは訛を隠すのも忘れ、とっさに声を上げた。

「一緒にいるのは誰？」アリィが歩み寄ってこようとする。彼女は素足のまま水溜まりに踏みこみ、波紋を生じさせた。「怒ってるみたいに見えるけど」

「目撃者をそのままにしておくわけにゃいかないぜ」ワイアットの背後の声が囁く。

「あの子には手を出さないでくれ」ワイアットはすがるような口調になった。「何の関係もないんだ。嘘じゃない。わたしだけのことだから」

「関係がどうかしたの？」アリィが尋ねる。「何がどうなってるの？」彼女はさらに歩を進めた。

「そこから動くな、アリィ！　こっちへ来るんじゃない。いい子だから、言うとおりにするんだ」少女が足を止める。「一度だけ、わたしは悪いことをしてしまったんだよ、アリィ。でも、わかってくれ。おまえとエルデンとわたし、みんなのためにやったことだ。二年前の冬、仕事で何日か家を空けたことがあっただろう？　北へ行くと言っただろう？　あのときだ——あれは悪い仕事だった。偽の名前を使って、他人を死なせようとしたんだ。そうやって、あの冬を越すための金を稼いできたんだ。こんなわたしを嫌いにならないでくれ、アリィ。愛してるよ。さぁ、中へ戻りなさい」

「いや！」彼女は従おうとしなかった。「その人、刃物を持ってるじゃない。あなたを傷つけるつもりよ」

「言うとおりにしないと、おまえまで殺されてしまうぞ！」ワイアットは語気を荒らげた。彼女をどやしつけたくはなかったが、わからせるにはそうするしかなかった。

アリィが泣き出した。路地に立ちつくし、細く洩れる灯の中で身を震わせている。

「ほら、入って」ワイアットは気力ひとつで声を抑えた。「大丈夫だ。泣くな。エルデンが面倒を見てくれるだろう。何があったのか、彼に話しなさい。大丈夫だ」

彼女はなおも啜《すす》り泣いている。

「お願いだから、中へ戻ってくれ」ワイアットはすがるように言った。「ほかに何ができるわけでもない。そうしてくれるだけでいいんだ。たのむ」

「す……好き——なの、父——さん！」

「あぁ、わかってるさ。ありがとう。わたしだって、おまえが好きだよ。ごめんな」

アリィはゆっくりと扉のむこうへ消え、そこから洩れていた一筋の灯も細くなっていき、やがて、カチャッという音とともに、路地はふたたび闇に包まれた。雲間に見え隠れする蒼い月のかすかな光の下、三人の男たちだけがその場に残る。

「あれで何歳になるんだ？」彼の背後の声が尋ねた。

「あの子にかまわないでくれ。いいから、さっさとやれよ——ささやかな望みぐらいは叶えてくれてもいいだろ？」ワイアットは死を迎える覚悟を固めた。子供の姿を見てしまったことで、彼はすっかり意気阻喪していた。それでも、彼は必死に自分を奮い立たせ、手袋の中で拳を固め、胸が痛くなるほどに息を詰めた。喉許の刃がいつ動くか、その瞬間を待ち受ける。

「おれたちにあの仕事をもちかけてきた時点で、罠だってことは知ってたのか？」三本の剣をたずさえている男が問いかける。

「ん？　いや、知らなかった！」

「知ってたとしても片棒を担いだか？」

「そりゃ——どうだろうな——あぁ、たぶん。金が必要だったんでね」

「男爵を名乗ったのも嘘なんだろ？」

「あぁ」

「本当は何者なんだ？」

「船長だった」

「だ、っ、た、？　今は違うのか？」

「殺すなら、さっさとやってくれないか？　質問攻めだなんて、どういうつもりだ？」

「質問に答えりゃ、そのぶんだけ呼吸を続けさせてやるってことさ」背後の声が告げる。何の感情もたたえていない、虚ろな死を思わせる声だ。それを聞くだけで、ワイアットは断崖絶壁から足元を覗きこんでいるかのごとく、胃が締めつけられるような気分になってしまった。顔の見えない相手に刃物を突きつけられているのだから、死刑囚もかくやというありさまだ。彼はアリィのことを考え、彼女に害が及ばぬようにと願いながら、はたと思い当たった――自分の死体を彼女に見られてしまうだろうということに。それは火を見るよりも明らかだ。すべてが終わったあと、彼女はふたたび外へ出てくるにきまっている。そして、彼が流した血にあの小さな足を濡らすのだ。

「今は違うのかってんだよ？」処刑人がたたみかけてきたので、彼はたちまち我に返った。

「船を売ってしまったからな」

「どうして？」

「言うほどの理由じゃない」

「博奕《ばくち》で負けた穴埋めに？」

「まさか」

「だったら、どうして？」

「あんたらの知ったことじゃないだろ？　どうせ殺すつもりなら、さっさと終わりにしてくれ!」

彼はすでに冷静さをとりもどしていた。覚悟はできている。彼は歯をくいしばり、目をつぶった。しかし、刃はあいかわらず動かないままだった。

「ところが、おれたちの知ったことなんだよ」背後の声が囁く。「アリィはおまえの実の娘じゃないってところがな」

ワイアットの喉許から刃が離れた。

ゆっくりと、おそるおそる、ワイアットは背後をふりかえり、短剣を手にしたままの男を眺めた。こちらとは初対面ということになる。相棒よりも小柄で、黒いマントに身を包み、深くかぶったフードからは顔の一部しか見えない——鋭く尖った鼻、うっすらと月光に照らされている頬、そして顎の先。

「そんなことがわかるのか?」

「闇の中でもおれたちの存在に気がついたんだぜ。おれがおまえの喉に刃を突きつけてるのも目に入ってた。二十ヤードも離れてるのにな」

ワイアットは黙ったままだった。身体を動かすどころか、口を開くだけの気力もない。頭の中も真白だ。何がどうなったのやら、状況は変わりかけていた。目前にまで迫っていた死はいくぶん引き下がったようだが、その翳《かげ》は彼につきまとったままだ。事のなりゆきについていけず、彼は次の一歩を踏みそこなってしまうのではないかと怖れるばかりだった。

「おおかた、あの娘を買い取るために船を売ったんだろ」フードをかぶっている男が言い当てた。「それはいいとしても、誰から、どんな意図で？」

ワイアットはフードに隠された顔を注視した——荒漠たる風景にも似て、同情などは微塵もない。あるのは死の気配だけだ。救われるか逝《い》くかの境界に立たされているにひとしい。

大柄なほう、三本の剣をたずさえた男が手を伸ばし、ワイアットの肩をつかんだ。「答えによっちゃ重い結果が待ってるよな。だけど、あんたもわかってるんじゃないのか？ 今のあんたは言葉を選ぼうとしてる。おれたちの望む答えは何なのかと迷ってる。やめとけよ。真実あるのみだぜ。そうすりゃ、最悪の場合でも、嘘にまみれて死ぬことだけは避けられる」

ワイアットはうなずいた。彼はふたたび目をつぶり、ひとつ深呼吸をしてから、「あの子はアンブローズという男から買い取ったんだ」

「アンブローズ・ムーアか？」処刑人さながらの男が訊き返す。

「あぁ」

ワイアットはそのまま死を待ったものの、何も起こらなかった。彼は目を開けた。そこにあったはずの短剣はすでになく、三本の剣の男が笑みを浮かべている。「いくらで買い取ったのかは知らんが、あんたの人生で最良の金遣いだったと誇ってもいいだろうぜ」

「わたしを殺すつもりじゃなかったのか？」

「今日のところは生かしておいてやる。ただし、あの仕事の報酬として、まだ百テネントの貸しが残ってるぜ」フードの男が釘を刺す。

「それは——手持ちがないんだ」

「だったら、稼げよ」

ワイアットが部屋を借りている建物の扉が荒々しく開かれ、路地にこぼれる灯とともにエルデンが飛び出してきた。巨大な双頭の斧を高々と振りかざしながら、決然たる表情で彼らのほうへと迫ってくる。

三本の剣の男がそのうちの二本を抜いた。

「エルデン、**やめろ！**」ワイアットが叫ぶ。「わたしは無事だ！　とにかく、おちつけ」

エルデンはその場で立ち止まると、斧を構えたまま、それぞれの顔を見比べた。

「これから家に帰るところだったんだ」ワイアットは彼に言ってから、二人組をふりかえった。「かまわないんだよな？」

フードの男がうなずいた。「残りの金はかならず返せよ」

男たちが立ち去ると、エルデンはワイアットのかたわらに身を寄せた。アリィもふたたび駆け出してきて、彼に抱きつく。三人は建物へと戻り、中へ入った。エルデンは最後にもういっぺん外の様子を眺めてから、扉を閉めた。

「えらくでっかいやつだったな」ハドリアンはロイスに話しかけながら、あの大男が尾行してきてはいないだろうかと肩ごしに背後をふりかえった。「あんなやつは見たことがないぜ。身長は七フィート以上もありそうだったし、首は太いわ、胸板は厚いわ、おまけに、あの斧ときたら！　あんな代物、おれだって持ち上げられやしない。ひょっとしたら、巨人族かトロルかもな。そういう連中も実在すると信じて疑わない人々もいる。自分の目で見たことがあるって話を聞かされたことも一度や二度じゃない」

ロイスは相棒に視線を向け、顔をしかめた。

「そりゃ、酒場の酔っ払いどもから聞いた話がほとんどではあるけどな。でも、だからって、実在しないと決まったわけじゃないだろ。マイロンに尋ねてみろよ——おれと同じことを言うはずだぜ」

ふたりはラングドン橋のある北の方角をめざしていた。あたりはひっそりとしている。コルノラの丘陵地帯において、夜は酒場で騒ぐよりも自宅で眠るものなのだ。ここは豪商たちの集まる街であり、ちょっとした上級貴族よりもはるかに大きな屋敷を構えている人々も少なくない。

コルノラの歴史の始まりは、ウェズベイデンとアクエスタとを結ぶ交易路の途中にある辻のひとつに作られた小さな休憩所だった。ホレンベックという農夫とその妻が、そこを通る隊商に水を与え、空いている納屋を貸し、それとひきかえに物品や情報を得ていたのだ。ホレンベックは目利きの才があり、いつも最良のものを選び出していた。

やがて、彼は農地をつぶして宿屋を建て、旅行者たちから手に入れた品々を売るための店舗や倉庫も併設した。ほかの商人たちも遅れを取るまいと、それぞれが近隣に店を出し、あるいは酒場や安宿などを開いた。農地は村落になり、やがて街になったが、隊商たちのお気に入りはいつもホレンベックの店だった。言い伝えによれば、彼の妻のもてなしがその大きな理由だったらしい。並外れた美貌にくわえ、歌やマンドリン演奏で客を楽しませ、モモやブルーベリーやリンゴなどのパイを焼く腕前も最高だったという。それから幾世紀、ホレンベックの農地があった正確な場所はもちろん、彼が農夫であった事実さえもほぼ忘れ去られてしまった現在にいたるまで、彼の妻の名前はなお人々を惹きつけずにおかない――コルノラ。

長い歳月を経て、この街はエイヴリン最大の商業都市へと発展した。流行の最先端をいく服を、極上の宝石を、さまざまな異国の香辛料を求めて、人々はここに建ち並ぶ何百という店や市場をひっきりなしに訪れる。また、職人たちもみな一流だし、宿屋や酒場もたいそう評判の高いところばかりだ。芸能の街としても歴史が古く、比類なき大富豪にして芸術全般の庇護者と謳われたコスモス・ドゥルーアが設立した〈ドゥルーア劇場〉もここにある。

ちょうどその劇場の前を通りかかったロイスとハドリアンは、そこに立つ白地の大きな看板の前でふと足を止めた。高い塔に登ろうとしている二人組の姿が影絵のように描かれており、その表題は――

王都の二人組

国難を救える若き王子と盗賊たちの物語

夜公演　連日開催中

ロイスは片眉を上げ、ハドリアンは前歯のあいだから舌先を覗かせた。ふたりは顔を見合わせたものの、何も言わずにふたたび歩きはじめた。

ふたりは丘陵地帯を抜け、前方の川にかかる橋をめざして坂を下っていく。道の両側には倉庫群――いずれも巨大な建造物で、所有する会社の紋章がそれぞれに掲げられている。社名の頭文字だけのところはどんな業種やら見当もつかないが、たとえば、豚肉を扱うボカント社ならイノシシの顔をあしらってあるし、ドゥルーア興業ならダイヤモンドの意匠といった具合だ。

「あいつが百テネントも返せるわけがないって、わかってはいるんだろ?」ハドリアンが尋ねた。

「おれたちが安い相手じゃないってことを思い知らせておきたかっただけさ」

「むしろ、ロイス・メルボーンは女の子に泣かれると弱いんだってことを隠しておきたかったんだよな」

「あの娘をそんじょそこらの子供と一緒にするな。おまけに、アンブローズ・ムーアから救ったとなりゃ、それに免じてやらないわけにゃいかないだろうが」

「そこがひっかかるところだぜ。アンブローズが今も生きてるってか?」

「おっと、しゃべってばかりじゃ迷い道だな」ロイスはいかにも〝その話題を持ち出すな〟という口調で、ハドリアンを黙らせた。

この街にかかる主要な橋は三つあるが、ラングドンはとりわけ壮麗なものだ。切石を組んだ造りで、白鳥をかたどった大きな灯柱が数フィートおきに並び、それらに火が入れられたときの光景はまるで祝宴かとでも思わずにいられないほどだ。しかし、今はまったく灯がともっておらず、濡れた石も滑りやすくて危ない。

「まぁ、先月まるまる費やしてデウィットを捜したのはまったくの無駄じゃなかったってことだな」ハドリアンは橋を渡りながら自嘲的に言った。「ひょっとしたら――」

ロイスがだしぬけに立ち止まり、片手で相棒を制した。ふたりは周囲に視線をめぐらせ、無言のまま剣を抜き、背中合わせに位置を取った。何も異状はなさそうに見える。聞こえてくるのも、彼らの真下で渦を巻きながら流れていく川の水音だけだ。

「みごとなもんだな、ダスター」灯柱の陰から姿を現わした男がロイスに話しかける。肌は透けるように白く、骨が浮いて見えるほどに痩せており、シャツもズボンもひどくだぶついている。埋め忘れられた死体さながらの外見だ。

その背後にあと三人の男たちがいるのを、ハドリアンは視界に捉えた。いずれも似たような風体で、細身だが逞《たくま》しく、黒っぽい服をまとっている。そいつらは狼の群れよろしく彼らを取り囲んだ。

「どうして、おれたちが隠れてるってことに気がついた?」痩せぎすの男が訊いた。

「あんたらの口臭のせいだと思ったんだが、体臭のほうかもな」ハドリアンがにんまりとしながら答えたものの、そのあいだも、相手の位置や仕種や視線から目を離そうとはしない。

「舐めた口を利くんじゃねぇ」四人のうちでいちばん背の高い男が威嚇する。

「何の用だ、プライス？」ロイスが問いかけた。

「おいおい、こっちの台詞《せりふ》だろうよ」痩せぎすの男が言葉を返す。「この街はおれたちのもんで、おまえの居場所はどこにもないんだぜ――今となっちゃ、な」

「ってことは、〈黒ダイヤ〉の連中か？」ハドリアンが尋ねる。

ロイスは無言でうなずいた。

「そちらさんがハドリアン・ブラックウォーターか」プライスが言った。「想像してたほどの巨漢じゃなかったな」

「〈黒ダイヤ〉のほうこそ、想像してたほど手駒が多いわけじゃなさそうだな」

プライスはうっすらと笑みを浮かべ、牽制するようにじっくりと目を細めてから、ふたたびロイスに向きなおった。「で、この街に何の用があるってんだ、ダスター？」

「ただの通りすがりさ」

「本当か？　仕事じゃないのか？」

「おまえに首をつっこまれるようなことは何もない」

「そりゃ、ずいぶんとおめでたい考え方だぜ」プライスは白鳥をかたどった灯柱から離れると、包囲網をなぞるように歩きはじめた。川面を吹き抜けていく風が彼のだぶついたシャツをはためかせる。「コルノラでの出来事すべてが〈黒ダイヤ〉の関心の的なのさ――ましてや、おまえも一枚嚙んでるとなりゃ目を離せるもんかよ、ダスター」

ハドリアンが身をかがめるようにして尋ねる。「どうして、掃除屋《ダスター》なんて呼ばれてるんだ？」

「ギルドでの通り名だったのさ」ロイスが答える。

「そいつ、〈黒ダイヤ〉から足抜けしたっすか？」四人のうちでもっとも若そうなやつが口を開いた。丸っこい童顔で、赤い頬には痘痕《あばた》があり、鼻の下から顎にかけて生やした髭はまだ薄く、その輪の中に見える唇はすぼまっている。

「あぁ、そうだ、エッチャー。おまえはダスターのことを何も知らないんだっけな。まぁ、新顔なんだから無理もないだろうよ――まだ六カ月か？　とにかく、ダスターはただのギルド員どころか、桶持ちで、幹部で、〈黒ダイヤ〉史上屈指の凄腕とも称された男さ」

「〝桶持ち〟？」ハドリアンが尋ねる。

「殺し屋のことだ」ロイスが説明する。

「まぁ、要するに、こいつは伝説的な存在なんだよ」石造りの橋の上、プライスは水溜まりを避けながら歩きまわっている。「ギルドに入ってすぐに誰からも一目置かれるようになったし、昇格もえらく速かったもんで、仲間内にまで不安を与えちまってたほどさ」

「おかしいな」ロイスが言葉をさしはさむ。「おれの記憶じゃ、びびってたやつはひとりしかいなかったはずだぜ」

「まぁ、首領をびびらせたとなりゃ、ギルド全体をびびらせたも同然だろ。ジュエルじきじきのご指名でホイトが後釜になってからのことを思い出してみろよ。ぶっちゃけた話、あいつは腐れ野郎だった——盗みの腕は悪くないし、政治力もあったが、人望はからっきしだったよな。で、下っ端どもから支持されてたダスターに首領の座を奪われるんじゃないかと、ホイトは心配でたまらなかった。ほどなく、あいつはダスターにやばい仕事を回すようになった——どう考えても成功は望めないような、やばすぎる仕事さ。ところが、ダスターはいつだって無傷で戻ってきて、いよいよ英雄扱いされるようになっちまった。ギルド内に裏切者がいるんじゃないかっていう噂も流れはじめた。ホイトにしてみりゃ頭の痛い問題になりかねなかったはずなんだが、あいつはむしろ好機と捉えたらしい」

プライスは独り舞台を演じているかのような歩みを止め、ロイスの正面に立ちはだかった。

「当時、ギルドにゃ三人の桶持ちがいて、おたがいに親友同士って感じでつるんでたもんさ。女でただひとりの殺し屋だったジェイドはけっこうな美人で——」

「どこまで続けりゃ気が済むんだ、プライス？」ロイスがさえぎった。

「エッチャーの後学のためだよ、ダスター。若いやつに教育の機会を与えたからって、文句はないだろ？」プライスはにんまりとしながら、ズボンの上縁に両手の親指をつっこみ、ふたたび彼らの周囲を歩きはじめた。「で、何の話だったっけな？　あぁ、そうか、ジェイドだ。ちょうどすぐそこでの出来事だったよ」彼は橋の反対側を指し示した。「クローバーの社紋のついた、からっぽの倉庫があるだろ。ホイトは策を弄して、こいつと彼女にあそこで生きるか死ぬかの勝負をさせたのさ。桶持ちとしての正体がばれないよう、仕事のときはかならず顔を隠すってのは、昔も今もまったく同じだ」プライスはそこで言葉を切り、心にもない同情の視線をロイスに向けた。「相手が彼女だってこと、やりあってるあいだにゃ気がつかなかったのか、ダスター？　それとも、承知のうえで殺したのか？」

ロイスは答えようともせず、ただ剣呑《けんのん》な視線でプライスをにらみつけるばかり。

「残るひとりの桶持ちはカッターってやつで、ダスターがジェイドを殺したと知って愕然としちまったもんさ——なにしろ、カッターとジェイドは恋人同士だったからな。親友だと信じて疑わなかったダスターの仕業とくりゃ、恨みはなおさら大きい。ホイトの期待どおりってわけだ。

とはいえ、カッターの望みはダスターを殺すことじゃなかった。できるだけ長く苦しませるつもりだったんだ。あいつは計略が得意でな——ギルド一の策士にふさわしく、ダスターを街の警備隊に捕まえさせたのさ。それから、ちょっとした裏取引やら袖の下やらで裁判官どもを買収して、マンザント監獄の岩塩坑へとダスターを追いやることに成功した。脱出は不可能、誰も生きて帰れやしない——はずだったんだが、ダスターはこのとおりだ。どうして逃げ出すことができたのか、教えてもらいたいもんだぜ」彼はふたたび言葉を切り、水を向けるようにロイスをふりかえった。

これにも、ロイスは無言のままだった。

プライスは肩をすくめた。「そんなわけで、ダスターはコルノラに戻ってきた。まず、こいつの裁判を担当した法務官が自宅の寝室で殺された。それから、偽証した目撃者たち——三人が一晩のうちに——と、最後は弁護士もだ。ほどなく、ギルド員たちもぽつりぽつりと消えていった。で、とんでもないところから死体が発見されるのさ——川に浮かんでたり、街の広場に転がってたり、教会の塔にひっかかってたやつもいたな。

十人以上もやられたところで、ジュエルが事態の収拾に乗り出した。ホイトをダスターの目の前へひきずっていって、自分のやらかしたことを白状させたんだ。ダスターはホイトを殺して、山手広場の噴水にその死体を晒した——えらく芸術的なやりかたでな。それで内紛は終わったが、誰にとっても心の傷は深かった。ダスターは〈黒ダイヤ〉を離れたあと、何年かして北のほうで仕事を再開した。あのへんは〈紅《あか》き手〉の領分だが、あいつらの仲間になったわけじゃないんだよな？」

「もう、つるむのはうんざりだ」ロイスが冷然と答える。

「で、こっちの野郎は？」エッチャーがハドリアンのほうへ親指を向けた。「ダスターの乾《こ》分《ぶん》っすか？　おれっちで山分けできそうなぐらいの得物を持ってやがりますよ」

プライスがエッチャーに笑いかける。「ハドリアン・ブラックウォーター、そんなふうに指差すのはやめておいたほうがいい相手だ。腕ごとばっさりやられても文句は言えないぜ」

エッチャーは疑わしげな表情でハドリアンをふりかえった。「へぇ？　一撃必殺の剣豪とか？　こいつが？」

プライスが鼻を鳴らす。「剣、槍、弓矢、石——とにかく、武器なら何でもござれってな」それから、彼はハドリアンに視線を移すと、「あんたのことは詳しく知らないんだが、評判だけは〈黒ダイヤ〉にも伝わってきてるぜ。一説によれば剣闘士だったとか、あるいはカリス陸軍の司令官だったとか——しかも、あれやこれやの逸話が本当なら、相当な使い手らしいな。あぁ、もうひとつ、東方のどこかの国の女王さまに飼われてたって噂も聞いたよ」

最後の一言に、エッチャーをふくむ幾人かの部下たちが笑い声を洩らす。

「昔話はけっこうだが、プライス、おれたちをここで足止めしてる理由はそれだけか？」

「旧交を温めたくはないってか？ 古傷に触れてほしくないってか？ 〈黒ダイヤ〉こそがこのコルノラを支配してるなんてことは言われるまでもないってか？ おまえらみたいなギルド外の盗賊どもはお呼びじゃない、おまえ個人はとりわけ歓迎されないってことも？」

「あぁ、それ以上の理由はないのかと訊いてるんだ」

「ひとつある。どこぞの小娘がおまえらを捜してるぜ」

ロイスとハドリアンは不思議そうに顔を見合わせた。

「そこらじゅうで〝ハドリアンとロイスっていう二人組を知らないか〟と訊きまわってるよ。〈黒ダイヤ〉にとっちゃ、縄張りの中ではぐれ者どもの名前を連呼されるなんてのは迷惑千万でね。無用の誤解を招きかねないからな」

「その小娘ってのは誰なんだ？」ロイスが尋ねる。

「おれが知るかよ」

「どこにいる？」

「目抜き通りから仲見世に入る門の下で寝てたぜ。つまり、貴族や豪商の娘じゃないだろうな。それに、旅の道連れもいないから、おまえらを殺したいとか捕まえたいとかってわけでもなさそうだ。消去法で考えりゃ、仕事の依頼にきまってる。おまえらの客層があの程度の連中ばかりだとしたら、さっさと堅気の商売に鞍替えしたほうがいいぜ。豚小屋の管理人なんかはどうだい――とりあえず、つきあう相手としちゃ今だって大差ないだろ」

プライスはそこで声を落とし、真剣な表情になった。「その小娘を拾って、明日の晩までに街から出ていけ。急ぐほうが得策だぞ。小娘ひとりぼっちじゃ、金が目当てだろうと身体が目当てだろうと、簡単に絞められちまう。今日まで無事だったのは、捜す相手がおまえらだったからにきまってる。ここいらの連中はあいかわらず、ロイス・メルボーンの名前を聞くだけでびびっちまうんだ」

プライスは踵《きびす》を返しながら、ふざけたような口調に戻った。「何にしても、時間的な余裕がないのは惜しいな――国王殺しの濡衣を着せられちまったメドフォードの二人組の盗賊を主人公にした劇を観る暇もないか。何年か前のアムラス暗殺事件にそそられて脚本を書いたやつがいるんだとさ」プライスは肩をすくめた。「まるっきり荒唐無稽だけどな。年季の入った盗賊が、決闘で死ぬのが怖いから相手の剣を盗み出してくれなんていう依頼を鵜呑みにして王宮に忍びこむなんて、ありえないだろ？　作り話にしてもお粗末すぎるぜ！」

プライスはしきりに首を振りながら、部下たちともども歩み去っていった。橋の上にはハドリアンとロイスだけが取り残された。

「おもしろいやつもいるもんだな、えぇ？」目抜き通りへと戻る道すがら、ハドリアンが口を開く。「愉快な四人衆って感じでさ。まぁ、人数があれだけじゃ物足りないような気もするが」

「甘いぜ。危険な連中ばかりだ。プライスは今や〈黒ダイヤ〉の首領だし、だんまりのふたりも桶持ちだぞ。おまけに、あいつら以外にも橋の両側に三人ずつ、いつでも襲いかかってこられるように待機してやがった。これっぽっちも油断はなかったってことさ。嬉しいだろ？」

「あぁ、充分すぎるくらいだよ」ハドリアンは目を丸くしてみせた。「ダスター、だっけか？」

「その名前でおれを呼ぶな」ロイスがけわしい口調になる。「ぜったいに、その名前では呼ぶな」

「おれ、何か言ったっけ？」ハドリアンがとぼけた。

ロイスは溜息をついたあと、表情をゆるめた。「さっさと歩こうぜ――依頼人がお待ちかねにちがいない」


無遠慮な手で太腿に触れられ、彼女は眠りから覚めた。

「その財布にいくら入ってんだい、嬢ちゃんよぉ？」

わけがわからないまま、少女は両眼をこすった。仲見世の門の下にある側溝が彼女の寝床だった。もつれきった髪の毛は枯葉や小枝だらけだし、服もすっかり汚れてしまっている。

彼女は紐で首にひっかけてある小さな財布を握りしめた。ほとんどの通行人たちにとって、彼女の姿は路傍のごみの山も同然だった。掃除夫が置き忘れていったものとでも思っているのだろう。しかし、ごみの山だとしても興味を示す者がいないわけではない。

彼女はようやく目の焦点を合わせると、やつれた浅黒い顔の男が大口を開けながら自分の上にのしかかっていることに気がついた。彼女は小さな悲鳴を洩らし、身をよじって逃げ出そうとする。とたんに、男は片手で彼女の髪の毛をひっつかんだ。そのまま腕ずくで組み伏せ、彼女の手首を左右とも地面に押さえこむ。

男の熱い吐息が彼女の顔にかかる。酒と煙草の臭《にお》い。男はそのちっぽけな財布から彼女の指をひっぺがし、首の紐も抜き取った。

「やめて！」彼女はどうにか片手をふりほどき、財布を取り返そうとする。「お金がないと困るの」

「おれだってそうさ」男が笑いながら、彼女の手をひっぱたいた。そして、財布の中の硬貨の重さを掌で確かめ、にんまりと自分の懐《ふところ》にしまいこむ。

「だめ！」彼女は抵抗した。

男は馬乗りになって彼女の動きを封じ、顔から唇を経て首筋へと指先を這わせた。両手で喉のまわりを包み、やんわりと力をこめる。彼女は喘ぎ、あわてて息を吸いこんだ。すかさず、男はその唇にむしゃぶりついた。歯が何本かなくなっているのだろうか、吸引力がやたらと強い。ざらついた無精髭が彼女の顎や頬をひっかく。

「しーっ」男が囁いた。「お楽しみはこれからじゃねぇか。暴れたって無駄に疲れるだけだぜ」そいつは身体を浮かせ、膝立ちになり、ズボンのボタンを外しはじめた。

彼女は必死にもがき、爪と両足でどうにか反撃しようとする。しかし、すぐに両腕を膝で押さえこまれ、蹴るのも虚空ばかりだった。彼女は金切声を上げた。とたんに、男の手が彼女の頬を張りとばす。彼女はその一発で茫然となり、男がズボンを脱ごうとしている姿をただ眺めるしかなくなってしまった。痛みがゆっくりとこみあげてくる。頬が灼けつくように熱い。涙で曇った視界のむこうで、ふたたびのしかかってくる男の姿がはるかに遠く感じられた。耳鳴りもひどくて、物音を聞き分けることもできない。目の前に迫った口がぽっかりと開き、何かを言っているように動く。喉の筋肉や浮き上がった血管もひくついているが、その声は聞こえない。彼女はようやく片腕をふりほどいたものの、すぐにまた自由を奪われてしまった。

男の背後に、ふたつの人影が現われた。彼女は一縷の望みを託し、弱々しい声で呼びかけた。「助けて」

ふたりのうち手前にいた人物が巨大な剣を抜き、刃のほうを持って、柄を振り下ろした。彼女を襲おうとしていた男は側溝の中へと倒れこんだ。

剣を手にしたその人物が彼女のかたわらにひざまずいた。暗い夜空を背景にして、その影はまるで幽霊のごとく、ぼんやりと輪郭が見えるだけだった。

「お役に立てることがあれば何なりと、お嬢さん」彼女の耳にそんな言葉がとびこんできた

――聞き心地の良い声だ。その人物は彼女の手を取り、助け起こした。

「あなたは誰？」

「ハドリアン・ブラックウォーター」

彼女は目を見開いた。「……本当に？」救いの手を握りしめたまま、やっとのことで言葉を絞り出す。自分でも気がつかないうち、彼女は泣いていた。

「おまえ、何をやらかしたんだ？」もうひとりの人物が口を開く。

「何もしてない――はずだけどな」

「馬鹿力でつかんでるんじゃないのか？　離してやれよ」

「こっちがつかまれてるんだってば」

「ごめんなさい……ごめんなさい」彼女は声を震わせた。「本当に逢えるとは思ってなかったんです」

「あぁ、そういうことか。とにもかくにも、逢えて良かった」ハドリアンが笑みを浮かべてみせる。「ちなみに、こいつはロイス・メルボーンだ」

彼女は息を呑み、両腕を広げてその小柄な男の首にしがみつくと、ありったけの力で抱きしめながら、ますます激しく泣かずにいられなかった。ロイスは途方に暮れたように立ちつくし、ハドリアンがそっと彼女を引き離す。

「とりあえず、おれたちに逢いたいっていう願望は叶ったわけだね」ハドリアンはあらためて話しかけた。「それはそうと、きみは誰なんだい？」

「ダールグレン村のトレース・ウッドです」彼女もようやく笑顔になった。それほどまでに嬉しかったのだ。「あなたたちを捜して、ずいぶん遠くまで来ちゃいました」ふと、彼女は足元をふらつかせた。

「大丈夫か？」

「ただの立ちくらみです」

「最後に飯を食ったのはいつのことだい？」

トレースは考えこむような表情になり、あちらこちらへと視線をさまよわせながら思い出そうとしている。

「あぁ、もういい」ハドリアンはロイスをふりかえった。「おまえ、昔はこの街で暮らしてたんだろ？　夜中でも女の子が入れる店はないのか？」

「メドフォードなら話は早いんだけどな。グウェンがうまくやってくれるだろうに」

「じゃ、娼館はどうだ？　世界一の商業都市なんだから、その分野だけ扱ってないってことはありえないと思うぜ」

「それなら、南通りに良さげな店があったはずだ」

「よし、トレース——だっけか？　一緒においで。長旅の汚れを落として、軽く腹ごしらえといこう」

「待って」彼女は失神している男のわきで身をかがめ、そいつの懐から自分の財布を取り返した。「この人、死んじゃったんですか？」

「まさか。そんなに強く殴ったわけじゃないぜ」

ふたたび立ち上がった彼女はまたも眩暈《めまい》に襲われ、視界の端がぼやけたような気がした。ひとしきり酔っ払いのような千鳥足で歩こうとしたものの、すぐにその場へ倒れこんでしまう。ややあってから意識が戻ってくると、誰かの腕に抱きかかえられている感触があった。鈍い耳鳴りの中で、彼女はかすかな笑い声を聞いた。

「何がおかしいんだ?」そんな言葉も聞こえてくる。

「いやぁ、女連れで娼館へ行くなんて、めったにあることじゃないからさ」

2 トレース

「磨けば光る珠だったわよ、あの子」クラリスは二人組ともども戸口に立ち、談話室で所在なげにしているトレースを眺めながら言った。クラリスは血色の良いふくよかな女性で、ぽってりとした指でしきりにスカートの襞《ひだ》をいじっている。彼女は〈艶遊閣〉で働く娼婦たちにも手伝わせ、店に転がりこんできたその少女をまるで別人のようにしてしまった。今や、トレースは真新しい服に身を包んでいる。白いスモックに茶色の胴着、そしてこちらも茶色い麻のガウンという、安くて質素なものにすぎなかったが、使い古しの雑巾のようだった昨夜までの服にくらべれば雲泥の差である。これなら、ごみの山かと誤解されることもないだろう。ここの娼婦たちは彼女に一夜の寝床を貸したばかりでなく、風呂にも入らせ、髪に櫛を通してやり、食事も与えた。そして、目許や口許に化粧を施せば、青い瞳と黄金色の髪の美少女のできあがりというわけだ。

「あんたたちが連れてきたとき、あの子はずたぼろだったね。どこで拾ってきたの？」クラリスが尋ねる。

「仲見世の門前だよ」ハドリアンが答える。

「かわいそうに」恰幅の良い女主人は悲しげに首を振った。「あの子が居場所を必要としてるんなら、うちできっちりと面倒を見てあげる。ここにいれば、ベッドで眠れるし、三度の食事も出るわ。しかも、あんなに器量の良い子だもの、すぐに稼げるようになるはずよ」

「いやぁ、身体を売ろうとまでは考えてないんじゃないかな」ハドリアンが言葉を返す。

「あたしたちだって、昔はそうだったわよ。でも、仲見世の門前で寝るしかないような身の上になったら、好き嫌いは言ってられないの。今朝のあの子の食べっぷり、あんたたちにも見せておくべきだったかしら？　まるで、餓えた野良犬みたいでね。ただし、旅人を丁重にもてなすための法律があるから無料だと言ってあげるまでは手をつけようともしなかったけど。それ、マギィの思いつきよ。なにしろ、口が達者だからね。あぁ、そういえば、あの服と朝食と風呂と、あわせて銀貨六十五枚になるわ。化粧については、デリアが自分で使う前に様子を見てみたいって言い出したことだし、無料でかまわないけど」

ロイスは彼女に一テネント金貨を渡した。

「あら、まぁ――あんたたち、また来てくれると嬉しいわ。できれば、次は女連れじゃないときにでも、ねぇ？」クラリスは片目をつぶってみせた。「それはそうと、真面目な話、あの子に何があったの？」

「おれたちも聞かせてもらってないんだよ」ハドリアンが答えた。

「まぁ、そろそろ良い頃合だろうな」ロイスがつけくわえる。

おなじみの〈メドフォード館〉ほどではないにせよ、この〈艶遊閣〉も深紅のカーテン、実用性は二の次の調度類、ピンク色の照明具、さまざまなクッションなどがそこかしこに置かれている。床には絨毯、高い壁には緞帳、いずれも房飾りが施されている。古びて色褪せかかっているとはいえ、清潔さは充分に保たれていた。

談話室は小さな楕円形の部屋で、広間のすぐ奥にあり、四つの窓からは外の街並が見える。二人掛の安楽椅子がふたつと、陶製の置物でいっぱいのテーブルがあり、小さな暖炉も設置されている。トレースは安楽椅子のひとつに座ったまま、行き場を探すウサギさながら、しきりに視線をさまよわせていた。彼らが扉を開けたとたん、彼女は跳び上がるように席を立ち、その場でひざまずき、深々と頭を下げた。

「おいおい！　新品の服が汚れちゃうぜ」ハドリアンが笑顔で声をかけた。

「あ！」彼女はあわてて立ち上がり、膝のあたりをはたくと、裾をつまみながらふたたび頭を下げる。

「何のつもりだろうな？」ロイスがハドリアンの耳許で囁いた。

「はてさて」ハドリアンも囁き返す。

「ちゃんとしたお辞儀をしなきゃと思ったんです、閣下がた」彼女は頭を下げたまま、これまた囁き声で弁明した。「上手にできてないとしたら、ごめんなさい」

ロイスが天を仰ぎ、ハドリアンは吹き出した。

「そもそも、どうしてそんなに小声なんだい？」ハドリアンが尋ねる。

「おふたりと同じようにしたほうが良いのかなって」

ハドリアンがさらに笑う。「あぁ、悪かった、トレース——たしか、トレースって名前だったよな？」

「はい、閣下、ダールグレン村のトレース・アナベル・ウッドと申します」彼女は慣れないお辞儀をくりかえした。

「よし、それじゃ——トレース」ハドリアンはどうにか笑いを嚙み殺した。「おれもロイスも〝閣下〟と呼ばれるほどの身分じゃないし、お辞儀なんか望んでもいないよ」

少女がようやく視線を上げた。

「でも、わたしにとっては生命の恩人です」その重々しい口調に、ハドリアンも思わず真顔に戻る。「昨夜のこと、そんなにはっきりと憶えてるわけじゃありませんけど、そこだけは忘れてません。だから、せめて感謝の気持だけでも示すのが当然だと思ったんです」

「だったら、その説明で納得しておくさ」ロイスが言いながら、窓辺へと足を運ぶ。彼は手近なところからカーテンを閉めていった。「わかりやすいじゃないか。救いの手をさしのべた、崇高なる存在だと思われた、呼び方もそれっぽくなった。おれたちはただでさえ薄氷を踏んでるにひとしい状況なんだぜ。必要以上にややこしくするのは得策じゃない」

彼女が姿勢を正すと、ハドリアンはすっかり目を奪われてしまった。黄金色の長い髪はもはや小枝も枯葉もひっかかっておらず、肩から背中へと波打つように輝いている。若さゆえの美しさをそのまま体現したかのような容貌に、ハドリアンは彼女がまだ十八歳にもなっていないのではないかと推察した。

「で、おれたちを捜してた理由は？」ロイスが残り一枚のカーテンを閉めながら尋ねる。

「父を助けていただきたいんです」トレースは財布の吊り紐を首から外し、笑顔でそれを彼らに差し出した。「どうぞ。銀貨二十五枚です。ダンモアの王冠もちゃんと刻印されてます」

ロイスとハドリアンは顔を見合わせた。

「……足りませんか？」彼女はたちまち唇を震わせた。

「どれぐらいかけて貯めたんだい？」ハドリアンが訊き返す。

「生まれてからずっとです。おこづかいでも下働きのお駄賃でも、銅貨ひとつだって大切にしてきました。持参金にするつもりで」

「持参金？」

彼女は目を伏せた。「父は貧しい農夫です。どんなに頑張っても――それで、わたし、自分のことは自分でどうにかしようって。だけど、足りないんですね？　物知らずでごめんなさい。ちっぽけな村じゃ、これでも大金なんです――わたしだけじゃなく、村人みんながそう言ってます。だけど……」彼女は視線をめぐらせ、古い安楽椅子や色褪せたカーテンを眺めた。「こんな宮殿なんか見たこともないような田舎者ですもんね」

「まぁ、おれたちの仕事ってのは――」ロイスが例によって配慮のかけらもない口調で言いかける。

「――詳しい話を聞かせてもらわなきゃ始まらないんだよな」ハドリアンがとっさにその続

りってもんさ」

きをひっさらった。「何もわからないうちに決められることじゃない。依頼の内容によりけりってもんさ」

トレースはすがるような表情になった。

ロイスが無言で彼をにらみつける。

「とにかく、話ぐらいは聞いておこうぜ、なぁ？」ハドリアンは肩をすくめた。「さて、トレース、親父さんを助けてほしいんだっけな。誘拐にでも遭ったか？」

「いいえ、そういうわけじゃないんです。少なくとも、わたしが村を離れたときは無事でした。あれから何日も過ぎてるんで、今はどうだかわかりませんけど」

「じゃ、どういうことなんだ？　おれたちに何を期待してる？」

「鍵を開けていただきたいんです」

「鍵？　どんな？」

「塔の入口の鍵です」

「つまり、錠前破りか？」

「いいえ、そのぅ——まぁ、それはそうなんですけど——法に触れるようなことじゃないと思います。そこは誰のものでもありません。もう何年も前から、人が出入りするのを見たこともないし……たぶん」

「誰のものでもない塔に入りたいってことかい？」

「そうです！」彼女は長い髪が跳ね上がるほど大きくうなずいた。

「べつだん難しくもなさそうだな」ハドリアンはロイスをふりかえった。

「その塔のある場所は？」ロイスが尋ねる。

「ダールグレンの近く、ニルウォルデン川の西岸です。わたしたちの村はちっぽけだし、開拓の歴史もまだ浅いんです。ダンモアのウェストバンク地方の中でもとくに新興です」

「名前だけは聞いたことがあるぞ。エルフに襲撃されたとか」

「それ、エルフの仕業じゃありませんよ。エルフは何も悪いことなんかしません」

「まったくだ」ロイスが誰に言うともなく声を洩らす。

「少なくとも、わたしはそんな噂なんか信じてません」トレースが言葉を続ける。「むしろ、獣が暴れてるんだと思います。まだ誰も見たことのない獣です。トマス助祭さまがおっしゃるには、ウバーリン配下の魔物じゃないかって」

「で、あんたの親父さんの話は？」ハドリアンが水を向けた。「どこでどう関係してくるんだ？」

「父はその獣を殺そうとしてるんですけど……」彼女は声を落とし、またもや目を伏せてしまった。

「むしろ返り討ちにされちまうんじゃないかと心配なんだな？」

「これまでにも十五人が殺されてますし、家畜も八十頭以上がやられてますから」

だしぬけに、雀斑《そばかす》だらけで赤毛の女が談話室の扉を開け、むこう傷のある顔に無精髭を生やした小太りの男をひっぱりこんできた。女は笑いながら両腕でその男にしなだれかかり、後ろ向きに歩いている。男はそこで室内の先客に気がつき、足を止めた。支えを失った女はあえなく床に倒れこんでしまう。男はそんな女と先客とを交互に眺めながら、凍りついたように立ちつくしている。女が肩ごしに視線をひるがえし、笑い声を新たにした。

「あらぁ、いたのぉ」女は間延びした口調で言った。「お邪魔しちゃって、ごめんねぇ。手を貸してよぉ、ルビス」

男がその女を助け起こす。女はトレースの姿をひとしきり観賞するように眺めてから、三人にむかって片目をつぶってみせた。「あたいたち、頑張ったでしょ？」

「あれがマギィさんです」ふたたび女が男の手を引いて部屋の外へ消えたところで、トレースはふたりに説明した。

ハドリアンは手振りでトレースを座らせ、自分も向かい合わせで腰を下ろす。彼女はぎこちない姿勢で、背もたれに寄りかかるまいと上体を緊張させながら、慎重にスカートの皺を伸ばした。

ロイスだけは立ちっぱなしだった。「ウェストバンクの領主は？　何らかの対策を講じてるんじゃないのか？」

「侯爵さまでした」彼女が答える。「三人の騎士さまともども、勇敢なおかたでした」

「でした？」

「ある晩、おそろいで獣退治にいらっしゃいました。何日かして、ばらばらになった甲冑だけが見つかりました」

「そんな村、さっさと逃げ出しちまえよ」ロイスが言った。

トレースはうなだれ、肩を落とした。「わたしが村を離れる二日前の晩、父とわたし以外の家族全員がその獣に殺されたんです。わたしたちふたりだけが家にいないときの出来事でした。父は遅くまで野良仕事で、わたしが様子を確かめに行ったんです。わたし——うっかりして、家の扉をちゃんと閉めなかったんです。そこから光が洩れて、獣を引き寄せちゃったみたいで……兄もお嫁さんも子供も、それっきりでした。

兄のタッドは——父にとっての生き甲斐でした。わたしたちがダールグレンで暮らすことにしたいちばんの理由も——村でいちばんの鍛冶屋になりたいっていう兄の夢を叶えるためだったのに」彼女は目を潤《うる》ませた。「兄に先立たれた父は悲しみでいっぱいになってます。元凶はあの獣です。あいつを殺すか、いっそ月が替わる前に自分も死にたい——父はそこまで思い詰めてるんです。わたしが扉を閉め忘れたせいで。わたしがいいかげんだったせいで……」

彼女は両手で顔を覆い、華奢な肩を震わせた。ロイスがハドリアンに顔をしかめてみせ、小さく首を振りながら、〝よせ〟と声は出さずに口を動かす。

ハドリアンも渋い表情でそれに応えると、彼女のかたわらへ歩み寄った。その肩に手を置き、目許に垂れた髪をかきわけてやる。「せっかくの化粧が流れちゃうぜ」彼はそっと話しかけた。

「ごめんなさい。わたしったら、ご迷惑をかけてばかりですよね。あなたたちには何の関係もないことなのに。でも、今のわたしにとって、父はたったひとりの残された家族なんです。そんな父もいなくなっちゃったらと思うだけでも胸がつぶれそうで。そうかといって、わたしの説得なんか聞いてくれませんし。ふたりで村を離れようって言ったんですけど、だめでした」

「そっちの事情はわかったが、どうして、おれたちなんだ？」ロイスが冷たい口調で訊き返す。「辺境の農夫の娘がおれたちのことを知ってるとか、コルノラでおれたちを捜してるとか、いちいちひっかかるぜ」

「手の不自由な人が教えてくれたんです。ここへ来れば願いは叶うって。あなたたちなら塔を開けられるはずだって」

「手の不自由な人？」

「はい。ハッドンさんの話じゃ、あの獣は――」

「ハッドンさん？」ハドリアンがさえぎった。

「ええ」

「そのハッドンさんとやらは……ひょっとして、両手がないとか？」

「はい、そうです」

ロイスとハドリアンが視線を交わす。

「で、そいつの話ってのは？　正確に聞かせてくれ」

「ええと――あの獣は人間の手で造られた武器で殺すことはできないけど、アヴェンパーサの塔にある剣でなら殺せるって」

「その手なし男に言われるまま、あんたはコルノラへ来て、アヴェンパーサとかいう塔のどこかにある剣を親父さんに使わせるためにおれたちを雇おうとしてるわけだな？」ロイスが念を押す。

少女がうなずいた。

ハドリアンは相棒をふりかえった。「なぁ……それって、ドワーフが建てた塔だろ？」

「いや……エルフのほうさ」ロイスは視線をそらし、思案ありげな表情になった。

ハドリアンは少女に向きなおりながら、いたたまれない気分だった。彼女の住む村がはるかに遠いというだけでも条件が悪いのに、エルフの塔とは。たとえ報酬が百テネントだろうと、ロイスを説得するのは至難の業だったにちがいない。しかし、トレースは必死の思いで救いを求めてきたのだ。ハドリアンも次に言うべきことは重々承知していたものの、胃がよじれてしまいそうだった。

「いいかい」ハドリアンはためらいがちに口を開いた。「ニルウォルデン川までは何日もかかるし、その道中だって山あり谷ありだ。片道で六日――いや、七日か？　往復すりゃ二週間だな。自分たちの食糧はもちろん、馬たちの餌も用意しなきゃならん。それに、塔でどれぐらいの日数を取られるやら……そのあいだ、ほかの仕事はできなくなる。稼げるはずの金も入ってこない。おまけに、大きな危険が待ち受けてるかもしれん。やばい仕事にゃそれ相応の手当もつけてもらうことになるし、誰彼かまわず殺しまくる正体不明の獣だか魔物だかってのは超がつくほど危険な存在だろうよ」

ハドリアンは彼女の瞳を覗きこみ、首を振った。「こんな言い方はしたくないし、もうしわけないとも思うんだが、きみの貯《たくわ》えでおれたちを雇うのは――」

「おつりが必要だな」ロイスがだしぬけに話の流れをひっくりかえした。「報酬の見立てが高すぎるぜ。銀貨二十五枚だと？　十もありゃ充分だろ」

ハドリアンは片眉を上げて相棒の顔を眺めながら、あえて何も言わなかった。

「おひとり十枚ずつですか？」トレースが尋ねる。

「えっ……いやぁ」ハドリアンはロイスを凝視したまま、しばし言葉を濁す。「ふたりあわせて十ってことさ。どうだい？　ひとり五枚ずつだ」

ロイスが肩をすくめる。「実際に鍵を開けるのはおれなんだから六と四が妥当だと思うんだが、まぁ、分け前をどうするかってのは内輪で決めるもんだよな。依頼人が気にすることじゃない」

「本当ですか？」トレースは喜びを抑えきれないようだった。

「あぁ」ロイスがうなずく。「何はともあれ、おれたち……悪党じゃないんでね」

「どうしてこの仕事を引き受けたのか、理由を聞かせてもらえるんだろうな？」ハドリアンは外へ出ると、片手を目の上にかざしながら尋ねた。空はどこまでも青く、夜のうちは路上のところどころに残っていた水溜まりも朝日を浴びて乾きつつある。周囲を行き交う人々はみな商売に大忙しだ。通り過ぎていく荷馬車に積まれているのは春野菜だったり、防水布をかけた樽だったり、あるいは、乾草の山もひとつふたつではない。太った男が暴れようとする鶏二羽を左右それぞれの小脇にかかえ、雑踏のあいだから飛び出してきた。その男は踊るような足運びで通行人や荷馬車をかわし、彼らのすぐそばを通り過ぎていきながら〝失礼〟と小さく声をかけた。

「報酬が銀貨十枚って、おれたちは早くも一テネント、あの子のために使っちまったんだぜ」ハドリアンは鶏をかかえた男をやりすごしたあと、おもむろに言葉を続けた。「最終的にはいくらの持ち出しになることやら」

「金のために引き受けたわけじゃない」ロイスが雑踏をかきわけながら言葉を返す。

「そりゃそうだろうさ。だから、その理由を教えてくれっての。もちろん、あんなに可愛い子が相手じゃ甘い顔のひとつも見せたくなるもんだが、売り飛ばすぐらいのつもりでなきゃ帳尻が合いっこないぜ」

ロイスが肩ごしにふりかえり、性悪じみた笑みを浮かべる。「売り飛ばすってのは考えつかなかったな。いよいよとなったら、それでいくか」

「いや、今の話は忘れてくれ。そんなことより、仕事を引き受けた理由だよ」

ロイスは雑踏を抜け、〈オグノトン雑貨店〉のほうへと進んでいく。その店頭には水キセルやら陶製の動物像やら真鍮の留金がついた宝石箱やらが陳列されている。ふたりはその脇へまわり、試供品の飴玉を配っている駄菓子屋との境にある煉瓦敷の袋小路へと入りこんだ。

「おまえだって、エスラハッドンが何を企んでやがるのか、気にならないわけじゃないだろ」ロイスが囁いた。「九百年も獄中に閉じこめられてた魔術師が、おれたちの手助けで逃げ出したっきり、何の音沙汰もないんだぞ？　教会にもその情報は伝わってるはずだが、帝政派の捜索隊が動いてる様子はないし、お尋ね者の貼紙さえ出してない。史上最悪の危険人物とまで言われるほどのやつが自由を謳歌してるとなりゃ、少しぐらいはその波紋も広がるもんだろうに。

で、二年が過ぎて、やっこさんは小さな村に現われ、おれたちを呼びつけようとしてる。それも、エルフ界に近い辺境の、よりによってアヴェンパーサときたもんだ。何を企んでやがるのか、つきとめないわけにゃいかんだろうが？」

「アヴェンパーサってのは何なんだい？」

「おれも、古い建物だってことしか知らないんだがね。ものすごく古くて、遠い昔にはエルフ族の砦だったらしい。そう、それでもうひとつ訊くが、そんなところなら中を覗いてみたくならないか？　扉を開けてみる価値はあるとエスラハッドンが考えてるとすりゃ、そのとおりだろうからな」

「エルフの秘宝が隠されてるかもしれないってか？」

「そこまではわからんが、掘出物ぐらいは充分に期待できるぜ。しかし、まずは旅支度を整えて、プライスが子飼いの猟犬どもをけしかけてこないうちに出発しないと」

「とにかく、彼女を売り飛ばすような真似はしないと約束してくれ」

「するわきゃないだろ――まぁ、良い子にしてるかぎりはってことだが」

ハドリアンはまたしてもトレースがもたれかかってくるのを背中に感じた。今回の注目の的は石材と漆喰で造られた二階建の田舎屋敷で、屋根は藁葺き、赤煉瓦の煙突が立っている。建物の周囲には腰ほどの高さの塀があり、ライラックとツタに覆われていた。

「すてき」彼女はそっと声を洩らした。

午後もまだ早い――コルノラを離れてわずか数マイル、一行はアルバーン街道を東へ進んでいる。郊外の丘陵地帯にある小さな村々のあいだを縫うように曲がりくねった田舎道だ。名ばかりの領主たちが夏場の三ヵ月だけを過ごす別荘のかたわらで、貧しい農民たちが野良仕事に精を出している。

ロイスはときおり前方の様子を確かめるために馬を走らせ、しばらくすると戻り――という動きをくりかえしていた。好天にもかかわらず、彼はフードをかぶったままだった。トレースはハドリアンの栗毛の牝馬に横座りで同乗し、馬の歩みにあわせて両脚をぶらぶらさせている。

「まるで別世界ね。楽園みたい。お金持ちがいっぱいで、誰もが王さまになれそう」

「コルノラはたしかに栄えてるが、それはちょっと褒めすぎじゃないかな」

「でも、大きなお屋敷がそこらじゅうにあるでしょ？　馬車の車輪も金物だし――金物よ！　まだ春なのに、野菜売りの屋台じゃタマネギだって豆だって樽からこぼれそう。雨上がりでも道がでこぼこにならないとか。丘の斜面であんなにたくさんの牛が放牧されてるとか。どこの道にも名前があって、その標識も立ってる。野良仕事をするのに手袋をはめてる人もいたわ——手袋で野良仕事かぁ。父さんに言っても、信じてもらえっこないわね。ダールグレンじゃ、助祭さまだって手袋なんか持ってないし、持ってたとしても、それが汚れるような使い方はしないいんじゃないかしら。やっぱり、お金があるからできることなのよ」

「まぁ、金持ちがいないとは言わないけどな」

「あなたたちもそうでしょ」

ハドリアンは笑うばかりだった。

「だって、上等な服を着てるし、すてきな馬に乗ってるし」

「こいつはそれほどの馬じゃないさ」

「ダールグレンで馬を飼ってるのは領主さまと騎士さまたちだけ。それに、あなたの馬はこんなに可愛いわ。目のあたりとか——睫毛《まつげ》がすごく長いのね。名前は？」

「ミリィって呼んでるよ。おれの言うことを聞いてくれないところが昔の恋人とそっくりなんで、彼女から拝借したのさ」

「ミリィ、可愛い名前ね。似合ってると思うわ。ロイスの馬は？」

ハドリアンは眉間に皺を寄せ、そちらをふりかえった。「聞いた覚えがないな。ロイス、おまえの馬に名前なんてあったっけ？」

「必要ないだろ？」

ハドリアンがトレースに視線を戻すと、彼女は愕然たる表情を浮かべた。

「それじゃ……」彼女は言葉を切り、上体をひねるようにして路傍を見渡してから、「ライラックとか、デイジーとか？　あぁ、待って、どうせならクリサンセマムのほうが良いかも」

「ク、ク、ク、ク、クリサンセマムだって？」ハドリアンは訊き返した。丁香花《はしどい》だの菊だの、花の名前をつけた馬にロイスが乗っているところを想像するだけでも滑稽だったし、そもそも、背が低くて薄汚れた葦毛の牝馬にふさわしくもないだろう。「せめて、短足《ショーティ》か煤《スーティ》あたりにしないか？」

「だめよ！」トレースが顔をしかめてみせる。「そんな名前じゃ、馬がみじめになっちゃうわ」

ハドリアンは吹き出さずにいられなかった。ロイスはすっかり無視をきめこんでいる。彼は軽く舌を鳴らし、馬の脇腹を爪先でつつき、近づいてくる荷馬車をやりすごすために諾足《だくあし》で少し先行させ、道が空いてからもその場でふたりを待っていた。

「レディはどうかしら？」トレースが尋ねる。

「名前負けってことにならないか？　品評会に出るような馬じゃないんだぜ」

「それぐらいのほうが気分は良いはずよ。自信をつけさせてあげなきゃ」

やがて、街道沿いに川が見えてきた。滑らかな花崗岩の連なる岸辺のところどころにスイカズラやラズベリーが茂り、新緑の彩りを添えている。製粉所の水車が軋みながら回り、大粒の雫をひっきりなしに滴らせる。木組みの尖った屋根の下、石壁には小さな角窓がふたつ並び、まるで黒い目のようだった。低い塀が水車と街道とを隔てており、一匹の猫がその上に寝そべっている。白と灰色の毛、緑色の瞳、いかにも怠惰そうに彼らのほうを眺めていたが、彼らがなおも近づいていくと、それ以上は勘弁とばかりに塀から跳び降り、道をつっきって茂みの中へ姿を消した。

いきなりのことに驚いたのか、ロイスの馬がいななきながら後脚立ちになる。ロイスは罵《のの》り言葉とともに手綱を引き絞り、ひっくりかえらんばかりにのけぞっている馬の頭を下げ、その場を一回りすることでおちつかせた。

「アホか！」彼はあきれたように声を上げた。「千ポンドも体重のあるやつが五ポンドの猫にびびりやがって、みっともないぜ」

「それよ！　マウスって名前で決まりね」トレースが叫んだので、ミリィが耳をぱたつかせる。

「ぴったりだな」ハドリアンも相槌を打つ。

「あぁ、やれやれ」ロイスはぼやき、首を振りながら、ふたたび馬を歩かせはじめた。

一行がさらに北東方向へ進むにつれ、荘園はただの農地へと変わっていき、バラの生垣のかわりに灌木の茂み、塀のかわりに木立だけが土地の境界を示すようになった。それでも、トレースはあいかわらず好奇心旺盛で、有蓋橋やら派手な辻馬車やらが目に映るたびにはしゃいでいる。

道はいよいよ高原地帯にさしかかり、建物の影も失せ、アキノキリンソウやトウワタや野生のサリファンなどに覆われた休耕地が広がるばかりとなった。陽気に誘われた羽虫の群れが彼らにたかり、あちこちからセミの声も聞こえてくる。トレースもさすがに疲れたのだろう、おしゃべりをやめ、ハドリアンの背中を枕がわりにしていた。眠りこんでの落馬を心配するハドリアンだったが、彼女はときおり視線をめぐらせたり、うっとうしい羽虫を叩きつぶしたりと、起きてはいるらしい。

坂を登れば登るほどに道も細くなり、とうとう、馬車一台が通れるか通れないかというぐらいに狭くなってしまった。彼らから見て左のほうはチャドウィック伯爵領である。そこを迂回するように、彼らはより東へと進路を変え、アンバー高地をめざした。遠目にもそれとわかるほどの高さで、丈の短い草が生えているだけの岩場が広がっている。長い稜線はそのままウォリックの東の国境となっており、ここを越えなければコルノラからアルバーン王国に入ることはできない。てっぺんからはコルノラが一望できる——それよりも少し北寄りに村々の点在するあたりが南チャドウィック地方というわけだ。そして、さらに北東へと目を向ければ、鬱蒼とした森が何マイルも続いている。

アンバー高地は奇景で知られる場所だ。波打つような輪郭を描く青灰色の巨石群がそれである。その形態はあたかも本物の蛇のごとく、今にも動き出すのではないかと錯覚させる。どんな理由でここがこうなったのか、ハドリアンは見当もつかなかった。いや、知る者など皆無なのではなかろうか。周辺には焚火の跡がいくつもあり、落書もそこらじゅうに残されている——愛の言葉があるのは世の常として、〝**マリバーこそ神!**〟〝**愚民どもに権利を?**〟〝**帝国断絶**〟などの一言政論もあり、〝**酒を飲むなら〈灰色ネズミ〉亭——山の麓へどうぞ**〟という宣伝まである。山頂の強い涼風が羽虫の群れを吹き飛ばしてくれるので、ちょっと休んで昼食にするにはぴったりの場所だ。

彼らは塩漬けの豚肉、固く干した黒パン、それにタマネギとピクルスで腹ごしらえをした。町にいるときだったら、ハドリアンはこんなものに手をつけたくもないだろうが、旅路ではふだんより腹も空くし、いやなら何も食べずにいるしかないのだ。彼がトレースをふりかえってみると、彼女は草の上に座り、新品の服を汚してしまわないようにと気をつけながら、ピクルスをかじっていた。ゆったりとした呼吸とともに、どこか遠くを眺めている。

「考え事かい?」彼は声をかけてみた。

彼女はいくぶん作ったような笑顔になったが、そこには悲しみが感じられた。「すてきなところだと思ってたの。通りすがりに見てきたような農家の人たちの暮らしはどんなふうかしら。べつに、お屋敷に住みたいってわけじゃないけど。建物はどうだって——父さんはそれぐらい自力で造っちゃうし、開墾の経験もあるのよ。やるとなったら何でもやる、決めたことは曲げない、そういう人なの」

「へぇ、たいしたもんじゃないか」

「そうよ。身も心もすごく強いんだから」

「きみをひとりで旅に出すことを許してくれたってのが不思議だな」

トレースは表情をほころばせた。

「ところで、ずっと歩いてきたわけじゃないんだよな？」

「まさか。ダールグレンに立ち寄った行商の夫婦がいて、一泊したらすぐに出発するって話だったんで、お願いしてみたら荷馬車に乗せてくれたの」

「旅には慣れてるのかい？」

「全然。わたしが生まれたところはグラムレンダー――ダンモアの王都ね。父さんはある領主さまの荘園で働いてた。で、わたしが九歳のとき、家族みんなでダールグレンに移ったの。どっちにしてもダンモア国内ってことよね。それに、グラムレンダーでの生活もほとんど憶えてなくて、印象に残ってるのは街の汚さだけ。石造りの建物なんかひとつもなかったし、道はいつだって泥沼みたいで……まぁ、そんな感じね」

「今も変わっちゃいないさ」ロイスがつけくわえる。

「それでいてこんな長旅に出ようと思えるんだから、きみの度胸も相当なもんだな」ハドリアンが首を振りながら言った。「辺境のダールグレンからほんの数日で世界一の大都市へ来りゃ、仰天することだらけだったんじゃないか？」

「えぇ、まったく」彼女は答えながら、風に吹かれて口に入ってしまった幾筋かの髪の毛を小指で払いのけた。「あそこであなたたちと会えるなんて簡単に考えてた自分が恥ずかしくなっちゃったわ。ダールグレンじゃ村人全員が顔見知りだから、居場所もすぐにわかるの。でも、コルノラの人の多さはわたしの想像をはるかに超えてた。人が多いだけじゃなく、何から何までいっぱい。捜しても捜してもあなたたちに会えなかったんで、もう無理なんじゃないかって」

「親父さんが心配してるだろうな」

「そうでもないと思うわ」

「いや、しかし——」

「あれは何なの？」彼女は巨石群を指し示した。「青くて、すごく不思議な形よね」

「誰も知らんさ」ロイスが答える。

「エルフが作ったの？」

ロイスは首をかしげながら彼女の顔を覗きこんだ。「どうして、そんなことがわかる？」

「村の近くにある塔と似てるのよ——それって、あなたたちに開けてほしい塔のことね。石の種類が同じなんだと思うけど、塔もああいう色なの。でも、ひょっとしたら、距離のせいかもしれないわね——遠くにあるものって青く見えるでしょ？　近くまで行ってみると地味な灰色だったりするじゃない？」

「その塔を近くから見たことはないのかな？」ハドリアンが尋ねる。

「だって、川の中に建ってるんだもの」

「村人諸君はみんな泳ぎが苦手かい？」

「よっぽど力が強くなきゃ、泳いで渡るのは無理よ。滝の上の岩場なんて、とんでもない場所にあるんだから。もちろん、滝そのものは壮観なんだけどね——すごく高くて、ものすごい勢いで水が流れ落ちて、晴れた日には飛沫《しぶき》に虹がかかるわ。でも、それだけ危険ってわけ。今までに少なくとも五人は死んでるけど、死体が発見されたのはふたりだけ。あとの三人は、たぶん――」トレースはそこでようやく彼らの表情に気がつき、言葉を切った。「……どうかしたの？」

「もっと早く言えっての」ロイスが言葉を返す。

「滝のこと？　あなたは知ってるんだとばかり思ってたわ。わたしが最初に塔の話をしたときの反応がそんな感じだったから。ごめんなさい」

三人はひとしきり黙って食事を続けた。トレースは食べ終わると巨石群のほうへ歩いていき、服の裾をなびかせながら見てまわった。「よくわからないんだけど」彼女は風に負けまいと声を上げた。「ニルウォルデンが境界線なら、どうして、こんなところにエルフ族の石柱があるの？」

「昔はこのあたりもエルフ界だったのさ」ロイスが説明する。「ここだけじゃないぜ。コルノラだって、街の歴史が始まるよりもずっと昔は……というか、ウォリック全土がエリヴァン帝国の一部だった。しかし、それを認めようとしない連中はたくさんいる。いつの時代も人間がここの支配者でありつづけてきたってことにしておきたいのさ。都合の悪いことは見て見ぬふりだ。しかし、そうなると、そこらじゅうにあるエルフ語の地名はどう解釈すりゃいいんだろうな？　エルヴァノン、レーニッド、グラムレンダー、ゲイルヴィア、ニルウォルデン、すべてエルフ語だ。エイヴリンって国名からして〝緑地〟って意味のエルフ語じゃないか」

「酒場でそんな話題を持ち出そうもんなら、あっというまに頭をガツンとやられちまうだろうけどな」ハドリアンが両者の顔を交互に眺めながら言った。

ふたりがまだ食事を続けているあいだ、トレースは巨石群に囲まれたまま、西の方角を眺めていた。髪も服も強風にすっかり舞い乱れてしまっている。その瞳はコルノラのはるか彼方、青々とした丘のむこうに細く伸びる水平線を捉えていた。小柄で華奢な彼女は今にも吹き飛ばされてしまいそうだったが、それでも動じない表情がハドリアンを驚かせた。あどけなさの残る姿でありながら、子供らしさを微塵も感じさせない顔をしている。天真爛漫だとか好奇心旺盛だとか、そんな形容はまったくあてはまらない。厳然たる態度、決然たる眼光。幼い頃の彼女がどうだったのかは知る由もないが、それはもはや遠い昔のものだった。

彼らは食事を終えると荷物をまとめ、ふたたび出発した。そこから先はずっと下り坂で、細い山道をたどっていくうちに日が暮れてしまう。農場はまばらで、ひときわ深くて暗い森ばかりが広がっている。

夜の闇が訪れると、トレースはめっきり口数が少なくなった。彼女の目を楽しませるようなものがないからという理由もあるのだろうが、ハドリアンが思うに、それだけではなさそうだった。マウスが去年の落葉の吹き溜まりを踏んだ足音ひとつにも跳び上がらんばかりに驚き、彼の背中にしがみついてくるのだ。それも、彼が思わず顔をしかめてしまうほどに力をこめて。

「どこか、泊まれそうなところはないのかしら？」彼女が尋ねる。

「このあたりじゃ望み薄だな」ハドリアンが答えた。「アルバーンまで行けば宿屋もあるだろうが、今夜はどうしようもないさ。まぁ、天気が良いのが救いだよ。暖かいし、地面も乾いてる」

「外で寝るってこと？」

ハドリアンはふりかえった。彼女は口をわずかに開き、額《ひたい》に皺が寄るほど目を丸くして上空を仰ぎ見ている。「ダールグレンはまだまだ遠いさ」彼は安心させるように言った。彼女はうなずきながらも、しがみついている手を放そうとはしなかった。

一行は渓流沿いの小さな空地で馬を止めた。岩をくすぐる水音が耳に心地良い。ハドリアンはまずトレースを降ろしてやり、二頭ぶんの鞍と装備品もそれぞれの馬体から外した。

「ロイスはどこ？」トレースが不安そうに囁いた。自分の胸を抱くように両腕を重ね、おちつかなげに視線をめぐらせている。

「心配しなさんなって」ハドリアンはミリィの引き綱を外しながら答えた。「夜営のときの偵察はあいつの役目なのさ。そこいらを一周して、おれたち以外には誰もいないことを確かめるんだ。ロイスは他人に驚かされるのが大嫌いでね」

トレースはうなずいたものの、急流の中州にでも取り残されてしまったかのごとく身をこわばらせたままだった。

「とにかく、寝る場所を決めたら、きれいに均《なら》しておくほうがいい。小石ひとつで眠れなくなっちまうこともある。おれの言うとおりにしなよ――ちゃんと取り除いたつもりでも、実際にその場へ横になってみるとやっぱり小石の感触があって寝心地が悪いとか、そんな経験を何度もしてきたもんさ」

彼女は空地を歩きまわって適当な場所を選ぶと、しゃがみこんで小石や枯れ枝を拾っては放りのけていったが、そのあいだにも上空をそわそわと仰いだり、ちょっとした物音にも跳び上がったりのくりかえしだった。ハドリアンがちょうど馬たちの世話を終えたところへ、ロイスが戻ってきた。腕いっぱいに小枝や木片をかかえており、それで焚火の用意をする。

トレースはその炎を慄然と眺めた。「こんなに明るいなんて」彼女は声を洩らした。

ハドリアンが彼女の手を握り、笑いかける。「なぁ、きみは料理が得意じゃないか？　おれがやってもいいんだけど、食うのがやっとの代物になっちまうからさ。まともにできるのはジャガイモを茹でるぐらいでね。どうだい、頼まれてくれないかな？　鍋や釜なんかはあそこの荷袋に入ってるし、食材はその隣だ」

トレースは無言でうなずくと、もういっぺんだけ上空を仰ぎ見てから、備品をひっかきまわしはじめた。「料理の好みは？」

「食えるものなら何でも最高さ」ロイスが焚火に木片をくべながら答える。

そんな彼にむかって、ハドリアンが手近な枯れ枝を投げつけた。ロイスはそれを難なく受け止めると、炎の中に投げ入れた。

彼女はひとしきり袋の中に首をつっこんでいたが、ほどなく、必要なものはひととおり揃ったようだった。それから、ハドリアンのナイフを借り、裏返した鍋の底を俎板がわりに野菜を切りはじめる。

あたりはたちまち暗くなり、この空地では焚火が唯一の光源となった。黄色い光がまたたいて周囲の木々の梢《こずえ》を照らし、緑の洞窟の中にいるかのような錯覚をもたらす。ハドリアンは煙の漂ってこない風上側の叢《くさむら》を選び、防水布を敷いた。これがないと、地面の水気が寝ている身体にまで伝わってきてしまうのだ。旅に出ることの多い彼らが長年にわたって直面してきた不便をようやく解決してくれた代物である。ただし、トレースのための予備はない。彼は溜息をつくと、彼女に使わせる毛布をそこへ置いた。自分は松の根でも枕にするしかあるまい。

夕食ができあがったところで、ロイスがハドリアンを呼びに来た。焚火のそばへ戻ってみると、ニンジンとジャガイモとタマネギと塩漬け肉でこしらえたシチューを器によそっているトレースの姿があった。ロイスがそれを受け取り、満面の笑みで座りこむ。

「えらく嬉しそうだな」ハドリアンが言った。

「だって、ほら——まともな料理だぜ」ロイスが皮肉たっぷりに答える。

夕食のあいだじゅう、会話らしい会話はなかった。オルバーンに入ったら縄を買い足しておきたい、割れてしまったスプーンも買い替えたほうがいいと、ロイスがいくつか挙げた程度である。ハドリアンはもっぱらトレースの様子を観察していた——彼女は焚火から離れていたいのだろう、馬たちを繋いであるところに近い木陰にぽつねんと座っている。全員が食べ終えると、彼女は静かに立ち上がり、鍋や食器を洗うために川辺へ降りていった。

「大丈夫かい？」ハドリアンはその後を追い、岩場にいる彼女に声をかけた。

トレースは一面の苔の上にしゃがみ、ガウンの裾が濡れないよう膝裏にたくしあげた恰好で、水と砂を使って鍋を手洗いしているところだった。

「平気よ、ありがとう。ただ、暗くなっても外にいるのに慣れてないだけ」

ハドリアンもその隣で腰を落とし、食器を洗いはじめる。

「わたしがやるのに」彼女が言った。

「これぐらいなら、おれにもできるさ。そもそも、きみは雇い主なんだから、金を払ってくれたぶんの仕事は任せてくれていいんだよ」

彼女は微笑を浮かべた。「わたし、そこまで世間知らずじゃないわ。銀貨十枚じゃ、馬たちの餌代にも足りないんでしょ？」

「まぁ、マウスもミリィも贅沢に慣れきってることは否定できないね。いちばん上質な麦でなきゃ見向きもしない」彼は片目をつぶってみせた。彼女もつられたように表情をほころばせる。

やがて、洗い物が終わると、ふたりは空地へ戻った。

「この先、まだどれぐらいかかるの？」トレースが鍋を荷袋にしまいながら尋ねる。

「どんなもんだろうな。おれもダールグレンには行ったことがないんだが、今日だけでもずいぶん距離は稼げたから、あと四日ってところか」

「父さんが無事だといいんだけど。ハッドンさんが魔獣狩りを待つように説得してくれてるはずなの。でも、父さんが耳を傾けるかしら。最初に言ったとおり、なにしろ頑固な人で、考えを変えさせるのは簡単じゃないのよ」

「いやぁ、ハッドンのおっさんにとっちゃ簡単かもしれないぜ」ロイスが長い棒で炎の中の炭をつつきながら言った。「ちなみに、どんな経緯《いきさつ》で知り合ったんだ？」

トレースは炎のそばにハドリアンが用意しておいてくれた寝床に気がつき、毛布の上に座りこんだ。「兄さんたちのお葬式のすぐあとだったわ。村じゅうの人たちが集まってくれて、すごく感動しちゃった。キャスウェルさん家《ち》のマリアとジェシーが野生のサリファンで編んだリースをお墓に飾ってくれたし、マックダーンさん家のローズとヴェルナ、それにメイ・ドルンデルの三人が『野に咲くユリ』を歌ってくれたし、トマス助祭さまもいろんなお祈りを唱えてくださったの。それから、ラッセル・ボスウィックと奥さんのレナがお別れの会を開いてくれたわ。レナはわたしの母さんと仲良しだった」

「そういえば、おふくろさんのことは何も聞いてなかったっけな。ひょっとして――」

「二年前に死んだの」

「あぁ、気の毒に。病気かい？」

トレースは無言で首を振った。

しばしの沈黙のあと、ハドリアンがあらためて口を開く。「ところで、ハッドンさんとの出会いなんだが――」

「あぁ、そうだったわね。あなたたちはお葬式に慣れてるのかもしれないけど、わたしは……いたたまれなくなっちゃって。みんなが思い出を語ったり泣いたりで、聞いてるのがつらかった。こっそりと外へ出て、村の井戸まで歩いていったら、あの人が——目についたの。人口の少ない村だから他所者《よそもの》がいれば一目瞭然なのはもちろんだけど、それだけじゃなくてね。何色とも決められない不思議な光沢のあるマントもそうだし、両手がない人なんて珍しいどころじゃないでしょ。かわいそうに、水汲み桶の縄をひっぱることもできないんだから。

で、とりあえずは名前を訊こうとしたんだけど、わたしったらバカみたいに泣き出して、逆にあの人を心配させちゃった。あのとき、兄さんとお嫁さんが死んだことで泣いたわけじゃないんだと思うの。次は父さんが死ぬかもしれないって、怖くなっちゃったのね。あの人に話を聞いてもらうつもりになった理由はわからないわ。他所者だから？　とにかく、話しやすかったのよ。次から次へと、言いたいことが溢れ出てきたの。あとで恥ずかしくなっちゃったけど、あの人はわたしの話に最後までつきあってくれた。それから、塔の中に武器があるとか、あなたたちが力を貸してくれるはずだとか、教えてくれたの」

「やっこさん、おれたちの居場所をどうして知ってたんだろうな？」

トレースは肩をすくめた。「あなたたち、あの街に住んでるんじゃないの？」

「うんにゃ……旧知のやつがいるんで、会いに行ってたのさ。ところで、やっこさんの話し方はどんな感じだい？　〝そなた〟だの〝否《いな》〟だの、聞き慣れない言葉だらけだろ？」

「うぅん、むしろ学者さんっぽいわよ。エスラ・ハッドンさん。あなたたちの知ってる人で間違いないの？」

「一度会ったきりなんだぜ」ハドリアンが説明する。「きみと同じで、やっこさんがちょいと問題をかかえてたときに手を貸してやっただけさ」

「そんなおれたちの動きを把握しつづけてるってのは、どういうわけなんだ？」ロイスが疑問を投げかけた。「こっちは名乗ったわけでもないし、コルノラくんだりまで遠征してるなんてこともわかるはずがないだろうに」

「とにかく、あなたたちに塔の扉を開けてもらわなきゃならない、すぐに出発すればコルノラで会えるはずだからって、わたしはそれだけ言われてきたの。あとは、行商の夫婦に話をつけてくれたのもあの人だったわ。すごく協力的よね」

「そこまでするくせに、水汲みは無理だってか」ロイスが呟いた。

3 特使

　アリスタは塔の窓辺に立ち、眼下に広がる世界を眺めていた。商業地にも居住地にも無数の屋根が並び、灰色や茶色や赤などの三角形や四角形に突き立つ煙突はどれも暖かい春の陽射の中ですっかり閑居している。雨で汚れを洗い落とされたばかりの街の風景はどこも溌剌《はつらつ》として活気に満ちていた。人々はひっきりなしに街角を行き交い、広場に集まり、あちこちの建物へ出入りする。ときおり、かすかな叫び声も聞こえてくる。しかし、もっぱら彼女の耳をつくのは、すぐ真下の中庭に到着したばかりの馬車七輛に荷物を積みこもうとしている従僕たちのあわただしい仕事ぶりだった。

「だめ、だめ、だめ。その赤いドレスはだめよ！」彼女の背後でも、バーニスが大声でメリッサをたしなめていた。「ノヴロンよ、わたしたちをお護りくださいませ。前襟の深さを考えてちょうだい。姫さまのお名前に泥を塗ってはいけないわ。さっさと物置にでも放りこんで——いいえ、焼き捨ててしまいなさい。そんなもので着飾るなんて、飢えた狼の群れを呼び寄せることになるのが関の山なんだから。あぁ、そっちのドレスもだめ。ほとんど黒にしか見えないわ——春らしくないでしょ。あなた、ちゃんと頭を使っているの？　その空色のガウンは——えぇ、それは良いわ。まったく、わたしがいないと何も始まらないのね」

バーニスはでっぷりとした老女で、頬にも顎にも垂れるほどの贅肉《ぜいにく》をまとっている。大きなヴェールでいつも頭をすっぽりと覆っているため、髪の色は誰も知らない。さらに、その上から、てっぺんが平らで丈の高いフィレをかぶっている。そんな姿でアリスタの私室の中央に立ちはだかり、両手をばたばたと振り回し、自分自身が巻き起こした混沌の嵐に負けじと声を張り上げているのだ。

服という服がそこらじゅうで山積みにされ、何もないのは衣裳簞笥の中だけになっていた。バーニスはかたっぱしから選り分け、冬物のガウンに用はないと放り出していく。メリッサにくわえ、下から連れてこられた侍女ふたりも荷造りに大忙しだった。衣裳箱ひとつがようやく満杯になったところだったが、室内にはまだ数えきれないほどのドレスが残っており、いつ終わるとも知れない喧噪の中、アリスタはすっかり頭痛にさいなまれていた。

バーニスはかつて彼女の母に仕えていたという。アン王妃は幾人もの侍女をかかえていた。美貌の秘書であり親友でもあったドルンディリン。掃除や裁縫や洗濯など日々の雑役について監督の才を発揮したハリエット。やる気のなさそうな表情にもかかわらず子供のあしらいが上手だったノーラ——彼女が寝物語に聞かせてくれた、強欲なドワーフにさらわれた深窓の姫君とそれを助け出す王子のお伽話の数々を、アリスタは今も憶えている。そんなこんなで、少なくとも八人は侍女たちがいたものだが、バーニスの存在はついぞ思い出すことができなかった。

彼女がエッセンドン城へ来たのはおよそ二年前、アリスタの父であるアムラス王が殺されて一カ月もしないうちだった。サルデュア司教の説明によれば、王妃たちの生命を奪ったあの火事であやうく難を逃れた唯一の侍女だったという。以来数年、心身に不調をきたして暇を取っていたのだが、アムラスの訃報に接し、敬愛する王妃の忘れ形見のためにと復帰を申し出たらしい。

「あぁ、姫さま」バーニスは両手に一足ずつアリスタの靴を持ったまま呼びかけた。「どうか、窓辺からは離れていらっしゃいませ。空模様を見るかぎりは暖かいように思えても、冷気にはご用心なさらないと。えぇ、本当に――わたくしも身に覚えがあります。姫さまがそんな目に遭われてはいけません――お腹が痛いとか、熱が出るとか、咳が止まらないとか。いいえ、何も文句はございませんよ？　ですから、ここでこうしてお世話をさしあげているのです。マリバーの思召《おぼしめし》のまま、すばらしく成長なされた姫さまの花嫁姿を拝見できればと願っております。さぞや美しい花嫁におなりでしょうとも！　アルリック国王陛下がすぐにでも良きお相手を決めてくださいませんかしらねぇ。わたくしも老い先はもう長くないでしょうし、姫さまのことでおかしな噂話ばかりが広まるのもよろしくありませんわ」

「おかしな噂話？」アリスタがふりかえり、全開になっている窓の縁に腰掛ける。

虚空に背を晒している彼女の姿を見て、バーニスはすっかり動顛《どうてん》してしまい、口をぱくぱくさせながらも声が出てこないまま、両腕をばたつかせた。「……姫さま、危のうございますわ！」やっとのことで、その一言を絞り出す。

「大丈夫よ」

「いいえ、だめ、いけません」バーニスは必死に首を振ってみせた。「おやめください。後生ですから」持っていた靴が落ちるのもかまわず、自分自身が断崖絶壁の上で救いを求めているかのように手を伸ばす。「おやめください」

アリスタはあきれはてた表情になると、床に足を戻し、窓辺から離れた。そのまま部屋をつっきり、まだ幾重にも服が置きっぱなしになっているベッドのほうへと歩み寄る。

「あぁ、お待ちを！」バーニスがまたしても叫び、あたふたと両手を踊らせた。「メリッサ、姫さまがお座りになる場所を作ってさしあげて」

アリスタは溜息をつき、髪の毛に指先をくぐらせながら、ベッドの上にとっちらかっているドレスの山がメリッサの手でかたづけられるのを待った。

「気をつけて、皺にならないように」バーニスが釘を刺す。

「もうしわけございません、姫さま」メリッサは両腕いっぱいにドレスをかかえこみながら謝った。深緑色の瞳をした小柄な赤毛の娘で、アリスタに仕えてもう五年になる。アリスタが思うに、その謝罪の言葉はただベッド上の乱雑ぶりだけを意味しているわけではなさそうだった。アリスタは吹き出しそうになるのを抑えながら口許をほころばせた。ところが、メリッサもにんまりとしてみせたので、王女はいよいよ耐えきれなくなってしまいそうだった。

「ありがたいことに、今朝は司教さまがお見えで、姫さまのお相手にふさわしい殿方たちを幾人か、陛下にご推挙くださるそうですのよ」バーニスの言葉に、アリスタの中でこみあげていた愉悦はたちまち萎え、表情もこわばってしまった。「アルマンド王のご子息のルドルフ殿下ならお似合いかと存じますわ」バーニスはことさらに目を丸くして、放埓《ほうらつ》なピクシーもかくやという悪戯《いたずら》っぽい笑みを浮かべる。「たいそう男前で勇み肌とも聞きますし、それに、アルバーン王国の暮らしやすさは折り紙つき──世間ではそう言われておりますわね」

「わたしはあの国へ行ったこともあるし、王子とも会ったけれど……他人を見下してる感じで、いやなやつだったわ」

「あぁ、そんなことをおっしゃったりして！」バーニスは両頰に手を添え、天にむかって祈りを捧げるように口を動かした。「もう少し自制心をお持ちにならないと。他人に聞かれてしまってはいけませんでしょ──わたくしたちはまだしも」

アリスタは視線をめぐらせ、メリッサとほかのふたりの侍女たちが仕事に追われている姿を眺めた。メリッサが横目でふりかえり、

「ルドルフ殿下のことがお気に召さないとしても、ウォリックのエセルレッド王はいかがでしょう？　あのかた以上のお相手はどこを探しても見つかりませんわよ。お后さまに先立たれてしまわれたのはお気の毒ですけれど、エイヴリン随一の王国に君臨しておられるんですもの。姫さまがアクエスタへお輿《こし》入れなされば、あちらの冬祭もさぞかし華やぐことでございましょう」

「だけど、もう五十がらみでしょ。おまけに、がちがちの帝政派。そんな相手と結婚するぐらいなら、この喉を切り裂いて死ぬほうがましだわ」

　バーニスはよろめき、片手でとっさに自分の襟許を押さえ、もう一方の手で近くの壁にすがりついた。

　メリッサがかすかに鼻を鳴らし、それを咳払いでごまかそうとする。

「ご苦労さまだったわね、メリッサ」バーニスが言った。「下へ行くついでに、お、ま、る、の始末もお願いするわ」

「でも、ドレスの整理がまだ途中で――」メリッサは異を唱えかけた。

　バーニスは無言で眉をひそめてみせた。

　メリッサが溜息をつく。「失礼いたします、姫さま」彼女はアリスタにむかってお辞儀をすると、おまるをかかえて退出した。

「めくじらを立てるほどのことじゃなかったのに」アリスタがバーニスに言った。

「そういう問題ではございません。他人への敬意を忘れてはならないのです。わたくしも今やただの耄碌《もうろく》婆にすぎないことは百も承知ですが、これだけは申し上げておきたいのです。わたくしがずっと姫さまのお世話をしていたら――亡くなられたお母上の代わりをつとめさせていただくことができていたら、魔女だの何だのという陰口など誰にも叩かせはいたしませんでしたのに！」

　アリスタは目を見開いた。

「さしでがましいとは存じておりますが、事実から目をそむけるわけにはまいりません。お母上の亡きあと、わたくしまでもお暇《いとま》をいただいてしまい、姫さまの成長期を充実したものにしてさしあげることができませんでした。マリバーに感謝を、わたくしはその過ちに気がついたからこそ戻ってきたわけですが、さもなければ、今頃はどうなっていたやら。いいえ、もう大丈夫、こうして無事に道を正すことができました。すべてがうまくいけば、姫さまにふさわしいお相手もすぐに決まるでしょう。過去のくだらない噂話が忘れ去られるのも時間の問題です」

アリスタが勢いまかせに階段を駆け下りていかなかったのは、長いガウンの裾が邪魔だったせいもあるが、彼女の自尊心がそれを許さなかったからだった。護衛のヒルフレッドが小走りに追いかけてくる。彼はすっかり意表をつかれてしまったようだった。そもそも、当の彼女からして自分自身に驚いていたのだ。アリスタとしては、あくまでも悠然と弟を訪ね、頭がおかしくなってはいないかと冷静に尋ねるつもりだった。途中まではその目算どおりに進んでいたのだが、礼拝堂の前を通り過ぎたあたりからはどんどん歩みが速くなるばかりだった。

〝ありがたいことに、今朝は司教さまがお見えで、姫さまのお相手にふさわしい殿方たちを幾人か、陛下にご推挙くださるそうですのよ〟

あのときのバーニスの笑み、いまいましいほどに嬉しそうな口調を、アリスタはどうにも忘れることができなかった。まるで、絞首刑が執行される瞬間はまだかと待ちわびる見物人のような態度だったではないか。

〝アルマンド王のご子息のルドルフ殿下ならお似合いかと存じますわ〟

息が苦しい。リボンのほどけた髪が後方になびいている。舞踏室のそばの角を曲がろうとしたところで左足が滑り、アリスタはあやうく転んでしまいそうになった。靴が脱げ、磨きあげられた床の上をすっとんでいく。彼女はそれにかまわず、車輪の壊れた荷車のようにぎくしゃくと歩きつづけた。やがて、西寄りの回廊にさしかかる。甲冑の並ぶ長い廊下を進むにつれ、彼女はますます足早になっていった。謁見室の入口前に座っていた秘書官のジェイコブズがその姿を目にして、はじかれたように立ち上がる。

「いかがなされましたか、殿下？」彼は敬礼しながら声をひきつらせた。

「ここにいるの？」アリスタが詰問する。

丸顔に赤い鼻の小柄な秘書官はうなずいた。「しかしながら、陛下は国務会議を開いておられるところです。誰にも邪魔をさせるなとのご命令でございまして」

「邪魔だなんて言われる筋合はないわ。からっぽ頭のくせに、何が会議よ」

秘書官はたじろいでしまった。嵐に遭遇したリスもこんなふうだろうか。彼に尻尾があったら、それで頭を覆い隠そうとするところにちがいない。アリスタの後方から、聞き慣れたヒルフレッドの足音がようやく追いついてくる。

彼女は謁見室の扉に向きなおり、そちらへ足を踏み出そうとした。

「お入りになることはできません」ジェイコブズが動顛もあらわに告げた。「会議が開かれておりますので――」彼は同じ説明をくりかえした。

扉の左右に立っていた衛兵たちが身を盾にしてアリスタの行く手をふさぐ。

「どきなさい！」彼女は声を張り上げた。

「もうしわけありませんが、殿下、われわれは何人《なんぴと》たりともここを通してはならぬという王命に逆らうわけにはまいりません」

「わたしはその国王の姉なのよ」彼女が言葉を返す。

「おそれながら——殿下こそかならずお止めせよというのが、陛下からの具体的なご指示でございます」

「それって——どういうこと？」彼女はひとしきり絶句したあと、ハンカチで鼻の汗を拭いている秘書官をふりかえった。「ほかには誰がいるの？　どういう会議なの？」

「何を騒いでおるのかね？」ジュリアン・テンペスト宮内官が自分の執務室から顔を出した。金線の袖章をつけた黒い式服の裾が床面に長く伸び、まるで婚礼衣裳のようだ。ジュリアンは彼女の産まれる前からエッセンドン城の宮内官をつとめてきた老人だ——いや、ひょっとしたら、彼女の父が産まれるよりも前からだろうか。ふだんの彼は肩までかかる鬘をかぶっており、垂れ耳の老犬さながらの風貌なのだが、今はよほどアリスタの声に驚いたのだろう、頭のてっぺんに小さな丸帽子を載せているだけで——トウワタの莢《さや》のごとく、幾筋かの白髪がその隙間から飛び出している。

「弟に会いたいのよ」アリスタが言った。

「いや、しかし——殿下、会議が終わるまでお待ちください」

「ほかには誰がいるの？」

「サルデュア司教、ピッカリング宰相、ヴァリン卿――それ以外にどなたがいらっしゃるかは存じません」ジュリアンはこっそりとジェイコブズに目配せを送った。

「で、議題は？」

「そのぅ……」彼はためらいがちな口調で、「殿下の将来にかかわることかと」

「わたしの将来？　わたしの人生を左右する会議に、当のわたしは立入禁止？」彼女は今や怒りをあらわにしていた。「ルドルフ王子が来てるのかしら？　それとも、ラニス・エセルレッド？」

「いやぁ……どうでしたかな――そのおふたりをお見受けした記憶はございませんが」彼はふたたびジェイコブズを一瞥したものの、秘書官のほうは知らん顔だった。「殿下、どうかお静かに。中にまで聞こえてしまいます」

「望むところだわ！」彼女はなおさら声を大きくした。「聞かせてやるわよ。聞いてもらおうじゃないの。わたしが言われるままにするとでも思ってるなら、他人に押しつけられた運命をおとなしく受け入れるとでも思ってるなら、おあいにく――」

「アリスタ！」

彼女がその声にふりかえると、謁見室の扉は開かれていた。彼女の弟でもあるアルリック王の眼前をふさぐかたちになってしまった衛兵たちがあわてて脇へ退く。彼は国務の正装としてジュリアンが定めた白い毛皮のマントに身を包み、重い黄金の王冠をかぶっている。アリスタと向かいあったところで、彼はその王冠を後ろへずらした。「どうかしたのかい、姉さん？　箍《たが》が外れたような荒れっぷりじゃないか」

「どうもこうもないでしょ。あんたの好き勝手にされるなんて、まっぴらごめんだわ。アルバーンだかウォリックだか知らないけれど、わたしを――わたしを――政略の手駒にしないでちょうだい」

「ウォリックにもアルバーンにも、姉さんを行かせるつもりはないさ。行先はダンモアということで話がまとまったところだよ」

「ダンモア？」彼女はその一言に愕然とした。「冗談よね？　冗談だと言ってよ！」

「今夜にでも話すつもりだったんだ。おかしいな、喜んでもらえると思ったのに。気に入らないのかい？」

「気に入らない？　気に入らないのかって？　ええ、そりゃもう、お国のためなんだから光栄と思わなきゃいけないわよね。で、あんたに約束されてる見返りは何なの？　わたしの価値はどの程度なのか、それを話し合ってたんでしょ？」彼女は爪先立ちになり、弟の肩越しに謁見室の中を覗きこもうとした。「牛の品評会みたいに、最高額をつけた相手に売ろうってわけ？」

「品評会？　何の話をしてるんだい？」アルリックはふと思い出したように背後をふりかえると、扉を閉めた。そして、ジュリアンとジェイコブズを手振りひとつで持ち場へ戻らせる。それから、彼は声を落とし、「姉さんへの敬意は忘れてないよ。権限も委ねるつもりさ。やるべきことをやってもらうには、お姫さまの肩書だけじゃ不足だろうからね。塔にひきこもっていないで王族の役割を果たしたいって、姉さん自身の希望じゃなかったっけ？」

「だからって――これはないんじゃないの？」彼女の声は半ば悲鳴になっていた。「やめてよ、アルリック、お願いだから。もちろん、自分が疎ましい存在なのは知ってるわ。噂も聞こえてきてる。たとえ囁くような声でも、〝魔女〟っていう一言はひどく耳につくのよ。あの裁判だって、そんな証言ばかりだったんでしょ」

「あれは茶番だったんだってば。姉さんもわかってるはずだろ」彼はちらりと視線を動かし、アリスタが途中で落としてきた靴を手にしているヒルフレッドのほうを盗み見た。

「でも、そう思われてるってことまでは否定できないわよね。きっと、あんたのところにも批判が届いてるんでしょうよ」彼女は謁見室の閉じた扉にむけて片手をひるがえした。もっとも、批判があるとしたら誰からなのかということまでは考えていなかったので、アルリックにその点をつっこまれたら答えに窮するだろう。「まぁ、他人にどう思われてるのかなんて、悩んでみても始まらないのよね。やらなきゃいけないことなら、いろんな行事に顔を出すようにするわ。晩餐会とか。あとは、針仕事にも挑戦してみる。タペストリーだって作れるようにならないと。華やかで、感じの良さそうな。鹿狩りの図柄はどうかしら？　タペストリーの作り方なんか知らないけど、バーニスに教えてもらって――そっちの方面には詳しそうだもの」

「タペストリー？　姉さんが？」

「そうしなきゃいけないならってこと。立居振舞をちゃんとして――本当よ。塔を改築してからは自分の部屋に鍵もかけてないわ。あんたが国王になったのを機に、人目をはばかるようなことはやめたの。信じてちょうだい。だから、わたしの未来を赤の他人に売り渡したりしないで。ただのお姫さまで充分――ほかの肩書なんていらない」

アルリックはわけがわからないといった表情で彼女を眺めている。

「嘘じゃないわ。誓うわ。お願い、アルリック、勘弁してよ」

彼は溜息をつき、悲しげな表情になった。「姉さん、これ以外に何ができるっていうんだい？　姉さんが隠者よろしく塔のてっぺんで長い余生を過ごすなんて、ぼくは良いことだと思えないよ。実際のところ、最善の策を考えたつもりなんだ。姉さんが幸せでいられるようにってね。今すぐには納得できないかもしれないけれど――って、そんな顔をしないで！　王の言葉は素直に聞いてもらいたいな。姉さんにしかできないことなんだよ。この国のため、ぜひともやってほしい」

アリスタは自分の耳を疑った。目に涙が浮かぶのが感じられる。彼女は歯を食いしばり、呼吸を荒らげ、それが流れ落ちるのを抑えようとした。頭の芯が熱くなり、軽い眩暈が襲ってくる。「どうせ、前々から決まってた話なんでしょ。馬車が何台も来てる理由はそれね？」

「もちろん」彼は率直に答えた。「明日の朝には出発してもらう」

「明日の朝？」アリスタは膝が震え、息も止まりそうになってしまった。

「あぁ、まったくもう――どこぞのご老体に嫁入りしろって話じゃないんだから」

「へぇ――そうでしょうよ！　ずいぶんなお気遣いね」彼女が言葉を返す。「じゃ、相手は誰？　ロズウォート王の甥っ子ども？　まさか！　ねぇ、アルリック、どうしてダンモアなの？　ルドルフとだって良い気分はしないけれど、アルバーンとの友好関係を保つ必要があるってことは理解できるわ。でも、ダンモア？　ひどすぎるでしょ。わたしのこと、そんなに嫌いなの？　時代の流れに取り残されたような王国の、どんな馬の骨ともつかない公爵なんかと結婚させたいわけ？　父上だって、そこまで無体なことは――ちょっと――何がおかしいのよ？　笑ってる場合じゃないでしょ、思いやりのない！」

「結婚話じゃないってば、姉さん」アルリックはやっとのことでそう言った。

アリスタは眉間に皺を寄せた。「……そうなの？」

「きまってるだろ！　そんなことを心配してたのかい？　できやしないよ。姉さんの周りには只者じゃない連中もいるんだからね。またぞろゲイルウィアの川下りをやらされる羽目になるのが関の山さ」

「だったら、何なのよ？　ジュリアンの話じゃ、あんたたちがわたしの将来を決めようとしてるって」

「そのとおり――姉さんをメレンガー特使に任命させてもらったよ」

彼女は茫然と立ちつくしたまま、弟の顔を凝視した。そのままふりかえらずに視線だけを動かし、ヒルフレッドが拾ってきてくれた靴を受け取る。そして、彼の肩を借りながらそれを履き直した。

「でも、バーニスの話じゃ、サウリィがわたしの嫁入り先を決めたがってるとか」

「まぁ、そこはそれ」アルリックが鼻を鳴らす。「あいつらと一緒に大笑いさせてもらったよ」

「あいつら？」

「モーヴィンとファネンさ」彼は謁見室の扉にむけて親指をひねってみせた。「旅は道連れってね。エルヴァノンで教会主催の競技会が開かれるとかで、ファネンが出場するらしい。姉さんをびっくりさせてやろうと思ってたのに、すっかり水の泡だ」

「ごめんなさい」彼女は謝りながら、思わず声を震わせた。

「いやだな、泣かなくてもいいじゃないか」

「しょうがないでしょ」彼女は腕を広げ、弟に抱きついた。「ありがとう」


馬車の前輪が路面の穴で弾み、後輪もすぐにその動きをなぞる。アリスタは屋根に頭をぶつけそうになり、そのせいで集中力が途切れてしまった。ダンモアの財務長官をようやく思い出せそうなところだったのに、いまいましい。ボンで始まる名前だっけ？　ボニ？　あるいは、ボボだったような——うぅん、ボボはありえないわよね？　とにかく、そんな感じだったはず。名前も爵位もごちゃごちゃで、ブロディリナ男爵三世とか、ニッ伯爵とか——それとも、ニッ男爵三世とブロディリナ伯爵？　アリスタは自分の掌を眺め、そこに書きつけておくわけにはいかないだろうかと考えてみた。しかし、そんなことが発覚しようものなら、彼女自身はもちろん、アルリックやメレンガー王国全体の名折れにもなりかねない。今や、彼女が失態を演じたり言葉を選びそこなったりするたびに、それが国の評判を落とすことになるのだ。完璧を期さなくては。とはいえ、どうすれば完璧になれるのやら。せめて、弟がもう少しでも猶予を与えてくれていれば良かったのに。

　ダンモアは建国から七十年ほどの新しい王国だ。血統も定かではないが野心だけは強い貴族たちが無人の荒野へと手を伸ばしていき、まがりなりにも国と呼べるまでの広さになったものである。ほかのエイヴリン諸国とちがって伝統や風格は望むべくもないが、とってつけたような位階官職だけは覚えきれないほどだ。彼女が思うに、ロズウォート王は自意識過剰な人物で、ありきたりでは満足できないと虚飾に走っているのだろう。彼が召しかかえている家臣たちの数はアルリックよりもはるかに多いし、それらの肩書ときたら、たとえば〝王府市中担当次席治安判事付秘書官補佐〟のごとく、長ったらしいばかりで意味不明なものがほとんどなのだ。わけがわからない。あるいは、内陸国だというのに〝海軍総司令官〟とか！　そんなこんなで、ジュリアンが用意してくれた一覧表をかたっぱしから頭に叩きこんでいくしかない。ほかにも、輸出入の収支や通商条約や軍事協定や、国王が飼っている犬の名前にいたるまで。彼女は天鵞絨《びろうど》張りの座席にもたれかかり、溜息をついた。

「お疲れのようですな、姫？」彼女の真正面に座っているサルデュア司教が両手の指先を合わせながら声をかけた。その視線はただ彼女の顔を捉えているだけでなく、意識の中まで見透かすこともできるかのようだ。ほかの誰かがそんな視線を向けてきたら、彼女はそれを無礼と感じたにちがいない。しかし、サルデュアは――彼女にとっては昔も今も〝サウリィ〟だったが――タンポポの綿毛を吹き飛ばせば新たな芽が吹くことを五歳のアリスタに教えてくれた人物なのである。チェッカーの対戦相手にもなってくれたし、木に登ったりポニーに乗ったりしているところを見て見ぬふりもしてくれた。そして、十六歳の誕生日を迎えた彼女にニフロン信仰の秘儀を説いてくれたのも、ほかならぬサウリィだった。彼女にとっては祖父のような存在だ。その視線はいつだって彼女に注がれていた。どうしてなのか、彼女はもう久しく考えたこともない。

「覚えなきゃいけないことが多すぎるわ。頭の中はごちゃごちゃ。おまけに、馬車の揺れもひどいし。こんなありさまじゃ……」彼女は書類を膝の上に落とし、首を振った。「うまくやってのけたいと思ってるけれど、無理かしらね」

老聖職者は笑みを浮かべ、同情するように眉根を上げた。「大丈夫、うまくいきましょうとも。それに、たかがダンモアではありませんか」彼は片目をつぶってみせた。「いずれ姫もおわかりになるでしょうが、ロズウォート国王陛下は決して愉快な人物とは言えません。文明の進んだ国々は時を経て美徳を知るに至ったわけですが、ダンモアはそこでも後れを取っているのです。まずは忍耐と敬意をお持ちなさい。ご自分があちらの客人であることをわきまえ、メレンガーの流儀を控え、先方の権威を尊重なさいませ。いかなる論議の場においても、沈黙こそが最大の味方となるでしょう。その技倆《ぎりょう》を磨くことです。口よりも耳を働かせ、嵐が来ようとも無事にやりすごすのです。そして、もうひとつ、何のお約束もなさいますな。思わせぶりな態度を見せながらも言質《げんち》は与えず。アルリックに取捨選択の余地を与えるための方策です。君主が動きを封じられてしまうのは望ましくありませんぞ」

「何かお飲みになられますか、姫さま？」アリスタの隣で手回り品の入った荷籠をかかえこんでいるバーニスが尋ねた。まっすぐに座り、膝を揃え、籠の周りでしっかりと両腕を輪にしたまま、親指でその縁をなぞっている。満面の笑みが目尻に深い皺を刻んでいた。ふっくらとした頬肉がいつになく盛り上がり、口角も広く――子供をあやそうとするときのような、わざとらしさに満ちた笑顔だ。この老婦人がなぜ母親役を演じたがっているのか、アリスタにはさっぱり理解できなかった。

「どんなものがあるのかね？」サルデュアが尋ねる。「元気の源になれば良いのだが？」

「ブランディを一パイントほど用意してまいりました」バーニスはそう答えたあと、あわてて補足した。「寒の戻りにそなえてのことですわ」

「言われてみれば、いささか冷えこんできたようですな」サルデュアが両腕をさすり、身体を震わせてみせる。

アリスタは片眉を上げた。「わたしは窯《かま》の中にいるみたいな気分なんだけれど」彼女は顎まで届く襟をひっぱりながら言った。服装にも慎み深さが必要だというのがアルリックの主張だった――まるで、ふだんの彼女は酒場の娘たちのように露出度が高くて派手な恰好で城内を闊歩しているとでも言わんばかりではないか。バーニスはそれを自分への白紙委任と解釈し、古風で重い衣裳ばかりをアリスタに押しつけてくる。唯一の例外はダンモア国王への謁見のために用意した儀礼用のガウンで、アリスタとしては、母の形見であるそれを着ていくことで好印象を与えられたらと願っていた。それは彼女が見てきたうちでもひときわ美しく、在りし日の母がその装いで人前に出れば、誰もがふりかえったものだ。華麗かつ高潔――まさに女王然とした佇《たたず》まい。

「寄る年波には勝てぬものですよ、姫」サルデュアが言葉を返す。「さぁ、バーニス、ともに一献といこうじゃないか」その呼びかけに応え、老婦人もにんまりとした。

アリスタは天鵞絨《びろうど》のカーテンを開け、窓の外を眺めた。彼女を乗せた馬車は隊列のちょうど中央に位置しており、前後左右をほかの荷馬車や随行の騎兵たちに囲まれている。モーヴィンとファネンもどこかにいるはずだが、小さな窓から見える範囲ではその姿を確かめることができなかった。一行はゲント王国にさしかかったところだ――ただし、王国といっても、この国に王は存在しない。もう何百年も前から、ここはニフロン教会の直轄領となっているのだ。岩だらけの土地に木々は少なく、春だというのに丘の斜面はくすんだ茶色のまま――世の移ろいなど知ったことかといわんばかりの風景である。野原の上空には鷹が一羽、大きな円を描いていた。

「ありゃまぁ！」馬車がまたしても揺れたとたん、バーニスが叫ぶ。それは彼女なりの罵り言葉にちがいない。アリスタがふりかえると、ふたりはブランディを注ぐのに四苦八苦しているところだった。サウリィが壜、バーニスが杯を持ち、ぶつからない程度に近づけようと腕を上げたり下げたり、五月の花祭あたりでおなじみの遊戯を連想させる仕種をくりかえす——傍目には簡単そうに見えるが、当人たちにとってはたいそう難儀なことなのだ。それでも、サウリィはようやく狙いどおりに墨を傾け、ふたりそろって歓声を上げた。

「一滴もこぼさなかった」彼は満足そうにひとりごちた。「新任の特使どのに乾杯。我が国の誇りとともにあらせられたまえ」彼は高々と杯をかざしてから、ぐいっと大きく呷《あお》り、座席に身を沈めて溜息をついた。「姫、エルヴァノンへいらっしゃったことは？」

彼女は無言で首を振った。

「おいでになれば、魂の昂揚を感じることができましょう。正直なところ、お父上にお連れいただいたことがないとは驚くばかりです。ニフロン教会の信徒たちが生涯に一度は訪れるよう求められている巡礼の地なのです」

アリスタはうなずきながら、父の信仰心がそこまで篤《あつ》かったわけではないということを公言するわけにはいかない。国内での宗教行事にはなるべく顔を出すようにしていたが、魚が網にかかったとか、谷間で鹿が目撃されたとか、そんなときには欠席するのが常だった。もちろん、心の平安を求めての祈りは大切にしていたものである。父の死後、彼女は長らく疑問をいだきつづけていた。あの憎むべきドワーフに刺し殺されたとき、彼はなぜ礼拝堂にいたのだろうか？　ましてや、パーシー叔父はどうやってその居場所を把握し、そこでの殺害を指示できたのだろうか？　しかし、ノヴロンやマリバーに祈りを捧げていたとはかぎらないと気がついたおかげで、ようやく謎が解けた——語りかけたい相手はほかにいたのだ。あの日はかつて城が燃えた日、アリスタの母の命日だった。おそらく、父は毎年あの日になると礼拝堂へ行っていたのだろう。アリスタにとっては腹立たしいことだが、彼女が知らずにいた父のそんな習慣を、叔父は熟知していたというわけだ。そして、父と一緒に追悼しようとさえ思いつかなかった自分自身に対しても、彼女はひどく腹を立てていた。

「姫にはゲント大司教を訪問する栄誉もございますぞ」

彼女は驚いて顔を上げた。「そんなこと、アルリックからは何も聞いてないわ。エルヴァノンはただ通過するだけで、まっすぐダンモアへ行くんだと思ってたけれど」

「公式訪問というかたちではありません。ただ、メレンガーの新たな特使に会ってみたいと望んでおられましてな」

「ひょっとして、教皇さまも？」彼女は不安をあらわにした。ダンモアへ行くにあたっての準備不足だけでも頭が痛いのに、何の準備もなしで教皇に会うなど無理難題もいいところだ。

「いいえ」サルデュアは目を細めた。まるで、あんよを始めたばかりの幼子を見守りながらも笑わずにいられないといったような表情だ。「ノヴロンの末裔が現われないかぎり、教皇猊下《げいか》には神の代理人としての重責がございます。そのあいだは俗世から隔絶された環境で暮らさなければなりませんし、軽々しく言葉を発することもできません。猊下は偉大なる聖人であらせられます。それに、姫のほうも長居は禁物でしょう。ロズウォート国王陛下とのお約束を第一に考えるなら、グラムレンダーへの到着が遅れてはいけません」

「そうなると、競技会を観る暇はないってわけね」

「……おっしゃる意味がわかりませんが」司教はゆっくりとブランディで唇を潤してから言葉を返した。

「ダンモアまでの道程を急がなきゃならないんだから、エルヴァノンでの競技会は――」

「競技会が開かれるのはエルヴァノンではありませんぞ」サルデュアが説明する。「公告をごらんになったのでしょうが、あれは出場者たちの集合場所が書かれているにすぎません」

「じゃ、どこで？」

「あぁ、うむ、それは秘密とされておりましてな。きわめて重要な行事ゆえ、わずかな遺漏もあってはならんのです。とりあえず、ダンモアはそこまでの道中とだけ申し上げておきましょう。あちらの国王とお会いになったあと、彼らとともに競技会をごらんいただくことになろうかと思います。めったにない機会ですし、アルリックさまもかならずや自国の特使を列席させたいと望まれるにちがいありません」

「えぇ、それは嬉しいわね――ファネン・ピッカリングが出場する予定なのよ。ところで、あなたは一緒じゃないの？」

「大司教のお許しをいただけるかどうか」

「一緒に来られると良いわね。ファネンだって、応援してくれる人が多いほど頑張れるでしょ」

「応援といっても、闘技場での勝負というわけではありませんのでな。宣伝文句からはそのように受け取られてしまうのも無理からぬところですが、教皇猊下のお考えはまったく別のところにございます」

アリスタは当惑をあらわにした。「通常の剣闘会だとばかり思ってたわ。〝教会主催の一大行事あり、腕に覚えの勇者たちよ来《きた》れ、優勝者には比類なき特賞が与えられる〟――公告はそうなってたから」

「さよう、何も嘘は書かれておりません。あとは、それをどのように解釈するかということです。剣の優劣など二の次で、まずは胆力……まぁ、実際にごらんいただくのがいちばんでしょう」

彼はまたしても杯を傾け、ふと顔をしかめ、期待に満ちた視線をバーニスに向けた。

アリスタはなおもしばらく老聖職者を凝視しながら、最後の一言に隠されている真意を見出そうとした。しかし、サウリィがこの話題を打ち切りたがっていることは明白だ。彼女はふたたび窓の外を眺めた。白い牡馬にまたがったヒルフレッドが馬車のすぐかたわらにいる。バーニスとちがって、その護衛は控えめで静かだった。つねに彼女の身辺で目を光らせながらも、適切な距離感をわきまえており、一線を踏み越えるような真似はしない――任務でやむをえない場合は別だが。いつも視界のどこかに入っており、それでいて邪魔にならない、まさしく影のような存在だ。しかし、裁判以降、そんな彼も変わってしまった。これといった何かがあるわけではないが、よそよそしくなったような気がする。自分が証言したことについて罪悪感をいだいているのか、それとも、世間の例に洩れず、彼女に対する風評をいくらかでも信じているのか？　仕えてきた相手が魔女だったとなれば、ヒルフレッドも良い気分はしないだろう。あの火事の中から彼女を救い出したことを後悔しているのかもしれない。彼女はカーテンを閉め、溜息をついた。

隊列がエルヴァノンに到着したとき、空はすっかり暗くなっていた。バーニスは座席で眠りこけ、その膝から籠が落ちそうになっている。サルデュアも舟を漕いでおり、頭が徐々に下がっていくかと思うと唐突に跳ね上がり、そこからまた下がっていくのだ。アリスタは窓から流れこんでくる涼しく湿った夜気を顔に受けながら首を伸ばし、前方を眺めた。夜空には無数の星がきらめき、その下に伸びる丘の斜面には黒々とした街の輪郭が見えている。低い建物の連なる影のあいだにひとつだけ、すらりと高くそびえる塔があった。それこそが〈王冠の塔〉だということは一目瞭然、雪花石膏《アラバスター》の胸壁のてっぺんが環状になっており、まるで純白の王冠が空高く浮かんでいるかのようだ。帝位委託の時代に築かれたという太古の建造物は、今もなお人類史上随一の高さを誇っている。遠くから見るだけでも畏敬の念がこみあげてくるほどだ。

街の周辺ではあちこちに篝火《かがりび》が焚かれ、それらの炎がちらつく様子はどことなく蛍の群れを連想させる。一行がその近くを通りかかるたびに、語り、叫び、笑い、あるいは論じる声が聞こえてくる。競技会の出場者たちだ——数百人はいるだろうか。アリスタの目に映ったのは彼らのわずか一部にすぎなかった。篝火に照らされた顔。甲冑を用意している人物の陰翳。杯を傾けながら談笑する男たち、あるいは少年たち。どこにも余地の残されていないテント村、そこかしこに繋がれた馬たちや荷馬車の数々。

蹄《ひづめ》や車輪がけたたましくカタカタと音を響かせるようになった。どうやら、石畳の道にさしかかったようだ。ほどなく、一行は門をくぐり、窓の灯やところどころの松明《たいまつ》に導かれるかのように進んでいった。アリスタはがっかりしていた。シェリダン大学でこの街の歴史を学んだ彼女は、かつて世界を支配したこともある古都がどんなところか、期待に胸を躍らせていたのである。ノヴロンに始まった帝国が滅亡したあと、アペラドーンの四カ国を統一しようと本気で考えた君主はひとりしかいない。ゲントのグレンモーガンが内戦の時代を終わらせ、鮮烈かつ苛酷な占領政策を押し進め、トレント、エイヴリン、カリス、デルゴスをひとつの旗幟の下にまとめあげた。教会はそのあいだもノヴロンの末裔を捜しつづけながら、グレンモーガンへの支持を表明し、信仰の守護者にして末裔の名代という肩書を与えた。さらに、総本山もエルヴァノンへ移り、グレンモーガン城のすぐそばに大聖堂を建立することで、結束の強さを世に示そうとした。

しかし、その関係は長続きしなかった。アリスタが大学で教わったところによれば、二代目は父ほどの資質に恵まれておらず、統一からわずか七十年後、グレンモーガン三世が諸侯の裏切りに遭ったことで帝位委託はご破算となった。ほどなく、カリスとトレントはそれぞれ離脱し、デルゴスは共和制を宣言した。

その直後の戦乱により、エルヴァノンは広大なる焦土と化してしまったものの、グレンモーガン城はわずかながらも焼け残り――〈王冠の塔〉がそれだ――停戦の成立を受けて当時の教皇がそこへ居を構えることを決めたのである。こうして、エルヴァノンと〈王冠の塔〉はともに教会の代名詞となり、歴史に埋もれて久しい帝都パーセプリキスに次ぐ聖地と称されるに至ったのだ。

馬車が大きく揺れながら停まり、乗客たちはその衝撃でつんのめった。サルデュアが目を覚まし、年老いた侍女は籠の中身をぶちまけてしまったことに気がついて小さな悲鳴を上げる。

「到着か」サルデュアはかすれた声で呟くと、眼をこすり、欠伸《あくび》まじりに身体をほぐした。

御者がきっちりと輪止め棒を引き、御者台から降り、客室の扉を開ける。湿った涼気が流れこみ、アリスタは思わず身を震わせた。彼女は身体も頭も重く、のろのろと外へ出た。動かない地面の上に自分の足で立っているのが奇妙に感じられる。そこは壮麗な〈王冠の塔〉の真下だった。彼女は高処《たかみ》を振り仰ぎ、眩暈に襲われた。塔のてっぺんから、まばゆい光が夜空を貫いている。この塔が建つのは〈グレンモーガンの輿〉と呼ばれる半球形の山の上、数マイル四方を一望できるところだ。塔の階段を昇るまでもなく、古都からはるか遠く伸びる谷筋までを眼下に収め、世界の頂点に立っているかのような気分にも浸れるだろう。

彼女は欠伸をしたとたんに寒さを感じた。そこへすぐさまバーニスが歩み寄り、彼女の肩に外套をひっかけ、ボタンを留める。サウリィはじっくりと時間をかけて馬車から降りようとしていた。痩せた脚を片方ずつ動かしてみて、体重をかけても大丈夫かどうかを確かめている。

「猊下」ひとりの少年が現われた。「遠路はるばる、お疲れさまでございます。大司教さまより、私室のほうへ姫君をご案内するよう申しつかっております」

アリスタは呆気にとられてしまった。「今すぐに？」彼女は司教をふりかえり、「旅の汚れと汗にまみれたままでお会いするわけにはいかないわよね。髪も服もくしゃくしゃだし、豚みたいに臭くなっちゃってるし、くたくたなのに」

「ふだんどおりの美しいお姿でいらっしゃいますよ、姫さま」バーニスが王女の髪を手櫛で整えながら甘ったるい声を出す。アリスタはこれがとりわけ嫌いだった。「大司教さまは魂を大切にしておられるにちがいありませんから、外見よりも内面をごらんになるでしょうし」

アリスタは疑わしげにバーニスを一瞥したあと、あきらめたように天を仰いだ。

僧衣に身を包んだ従僕たちが集まってきて、手回り品を運んだり、馬たちの装具を外して水を与えたりと忙しく働きはじめる。

「こちらへどうぞ、猊下」少年が声をかけ、先に立って塔の中へと入っていった。

円形の大広間の床には磨きあげた大理石が敷きつめられ、円柱が立ち並び、その外側が回廊になっている。どれだけ遠くからだろうか、かすかな歌声が聞こえてくる。さまざまな声が重なっているので、練習中の聖歌隊かもしれない。灯の在処《ありか》はわからないものの、淡い光がまたたき、鏡面さながらの床に反射する。一同の足音が大きく響いた。

「明日の朝でも良いと思うんだけれど？」

「そうはいきません」サルデュアはにべもなかった。「非常に重要なことですのでな」

アリスタは眉間に皺を寄せて考えこんだ。単なる表敬訪問なのだろうと思っていたが、どうも、それだけのことではないらしい。メレンガーの王位簒奪《さんだつ》を狙ったパーシー・ブラガは、王殺しの罪をその娘である彼女になすりつけるための裁判をでっちあげた。彼女は審理の場からも排除されてしまっていたが、事後、誰がどんな証言をしたのかは噂で知った。敬愛するサウリィも証人のひとりだったということも。耳に入ってきた話が本当なら、サウリィは彼女が父を殺したものと決めつけたばかりでなく、魔術を学んだことについても非難を浴びせたのだとか。彼女はその噂の真偽をあえて司教に尋ねようとはしなかったし、同じく証言台に立ったヒルフレッドに説明を求めるつもりもない。責めを負うべきはパーシー・ブラガただひとり。ほかの人々はあの男に翻弄されていたのだ。ヒルフレッドもサウリィも、王国のために最善と思えることをやろうとしたにすぎないのだろう。とはいえ、彼女はなおも自分が騙されているような気がしてならなかった。

教会によれば、魔術はどんなものであれ信仰の妨げになるものとされている。**サウリィがその点でわたしを有罪と判断したら、罰が与えられることになるのかしら？** 彼女としては、家族同然につきあってきた好々爺のような司教がそこまで強硬な態度に出るだろうとは思えなかった。もっとも、叔父であるブラガは忠臣と呼ばれるにふさわしい働きをおよそ二十年も見せておきながら君主を殺し、その子供である彼女とアルリックまでも亡き者にしようと企んでいたのだ。権力欲が忠誠心を吹き飛ばしてしまった一例である。

彼女は階段を昇っていきながら、背後にいるヒルフレッドの存在を意識せずにいられなかった。ふだんであれば護られているという安心感を与えてくれるのだが、今はかえっておちつかない。**どうして、わたしを直視しようとしないの？**　ひょっとしたら、彼女の勘違いにすぎないのかもしれない。罪悪感や不快感があるわけでなく、意図的に距離を置いているだけかもしれない。聞くところでは、どこの牧場でも乳牛たちはベッシーやガートルードなどと呼ばれるものだが、いずれ屠殺される肉牛たちは名前をつけてもらえないらしい。

アリスタはいよいよ妄想が止まらなくなってきた。またしても塔に幽閉されてしまうのだろうか？　グレンモーガン三世がそうだったように、彼女も教会による断罪を受けることになるのだろうか？　穢《けが》れた魂を浄化する唯一の方法だからと焚刑《ふんけい》に処されるのだろうか？　アルリックがそれを知ったら、どんな反応を示すだろうか？　教会に戦いを挑むだろうか？　そんなことをすれば、ほかの国々すべてを敵に回してしまうも同然だ。教会がこうと決めたら、彼もおとなしく従うしかあるまい。

一同はとある扉の前で足を止めた。司教はバーニスをふりかえり、王女が泊まる部屋へ行って支度を整えておくようにと指示を与えた。それから、ヒルフレッドをその場で待機させ、みずからアリスタを先導して室内へ入っていく。

その部屋は意外なほどに狭く、小さな机がひとつと椅子がいくつかあるだけの、ささやかな書斎といった風情だった。壁面の蠟燭に照らされて、古風な分厚い本、巻物、封書、地図、教会の行事ごとに使い分ける各種の祭服などが見える。

　そして、ふたりの男性の姿があった。机のむこうに座っているのが大司教だろう——髪は白く、肌も皺だらけになった老人だ。深紫色の法服、刺繡をほどこした肩掛け、丈の高い黄金色のストールをまとっている。髭は伸び放題になっており、机の陰で床に届いているのではないかと思うほどで、もとより細長い顔がなおさら痩せているように感じられ、生気もおよそ伝わってこない。伸び放題なのは眉毛も同じで、鬱蒼たる茂みになっている。彼は背の高い木製の椅子に収まり、猫背のような恰好で上体をのりだし、これから始まろうとしていることに興味津々という様子だった。

　もうひとりはずっと若く、小柄でほっそりとしていた。長い指、鋭い眼光。こちらも色白で、何年間も陽光を浴びていないかのようだ。漆黒の長髪を後頭部で束ねた風貌にいかめしい雰囲気が漂っている。

「ガリエン大司教」サルデュアがおもむろに口を開いた。「メレンガーのアリスタ・エッセンドン王女をご紹介さしあげます」

「おぉ、ようこそおいでくださった」老齢の大司教がそれに応える。歯がほとんど残っていないのだろう、そんな短い言葉のあいだにも幾度となく薄い唇を吸いこんでしまいそうになっている。そして、その声も息洩れを起こしているかのように嗄《しわが》れていた。「どうぞ、おかけなさい。朝から晩まで馬車に揺られ、さぞやお疲れでしょう。まこと、旅というのは大儀ですな。荒れた道など、身も世もあったものではございません。あんな代物に乗りたいとは思いませんよ。これぐらいの歳になると、箱型のものは何であれ棺桶を連想させますから、そこへ足を踏み入れるのは決して良い気分はいたしません。もっとも、先の見えぬ未来にそなえようとすれば、辛抱が必要なところではありましょうが」彼はそう言いながら片目をつぶってみせ、アリスタを驚かせた。「何かお飲みになりますかな？　ワインは？　ほれ、カールトン、おまえも半人前なりにやれることがあるだろう。まずはモンテモルセーを一杯、殿下のためにご用意してさしあげなさい」

小柄な男は何も言わず、部屋の片隅にある棚のほうへと足早に移動した。その中から黒い壜を取り出し、コルク栓を引き抜く。

「姫、そちらの席へ」サルデュアが囁いた。

彼女は机の正面に置かれた赤い天鵞絨《びろうど》張りの椅子の前でドレスの裾をさばき、おずおずと腰を下ろした。おちついていられる状況ではないが、こみあげてくる不安を露呈してしまうわけにもいかない。

カールトンが赤ワインを注いだグラスを彫刻入りの銀盆に載せ、アリスタのかたわらへ差し出した。彼女はその酒に何か混ぜてあるのかと思わずにいられなかったが、くだらない心配はやめることにした。**わざわざ薬を盛る必要はないわよね？　ここへ来るのを安易に受け入れた時点で、わたしはもう取り返しのつかない失敗をやらかしちゃってるんだから。**ヒルフレッドがこちらについていてくれなければ、味方はバーニスただひとりというわけだ。これではゲントの全軍に対して何ができるはずもなく、相手の慈悲にすがるしかない。

アリスタはグラスを手にすると、カールトンに会釈してみせ、ワインに口をつけた。

「デルゴスの〈ヴァンドドム香辛料仲買社〉に輸入を手配させたものでしてな」大司教が説明する。「わしはモンテモルセーがどこにあるのかも知らんのですが、このワインはすばらしいの一言に尽きましょう。そうはお思いになりませんか？」

「あのぅ、もうしわけございません」アリスタはおちつかない気分で話の腰を折った。「わたし、直接こちらへ伺うことになるとは存じておりませんでした。長旅の汚れぐらいは落としてからと思っていたのですけれど。こんな恰好のままでは失礼にあたってしまいます。どうか、今夜はご挨拶までに、お話を伺うのは明朝とさせていただけませんでしょうか？」

「いやいや、まことに麗しいお姿でいらっしゃる。気に病むことなど何もございますまい。姫の若さと美しさは微塵も損なわれておりませんぞ。サルデュア司教がまず第一にここへ殿下をお連れしたのは、きわめて適切な判断でした——おそらくは彼自身が考えていたであろう以上に」

「状況が変わりましたか？」サルデュアが尋ねる。

「天の声だよ」大司教は上のほうを指し示してみせた。「そう、ルイ・ギィもわれわれと一緒に来るらしい」

「番人が？」

ガリエンがうなずく。「心強いではないかね、うむ？　セレット騎士団の一分隊も同行するとなれば、現地での秩序は充分に保たれるだろうて」

「教皇猊下もそのようにお考えなのでありましょう。しかしながら、番人の姿勢に対しては多少の懸念もございます。独断専行に走りがちですし、剛腕に頼ってしまう場合も少なくありません。いや、今ここで論ずべき問題でないということは百も承知ですが」

サルデュアは言葉を切り、一息ついてから、アリスタに視線を向けた。「お答えください、姫。エスラハッドンについて何をご存知ですか？」

アリスタは脈拍が乱れるのを感じたものの、すぐに口を開こうとはしなかった。

司教が彼女の手に自分の手を重ね、笑いかける。「あなたがグタリア監獄にあやつを訪ね、悪しき黒魔術の教えを乞うておられたことを、われわれはもう何カ月も前から把握していたのです。それに、アルリックがあやつの脱獄に手を貸したことも。しかし、そんなことはどうでもよろしい。われわれが知りたいのは、あやつの今の居場所と、脱獄後にあなたと接触を図ったかどうかです。あやつへの信頼を示してみせたのは世界中であなただけですから、あやつが誰かを利用しようとするなら、あなた以外には考えられません。さぁ、姫、あやつから連絡はありませんでしたか？」

「そんなことのために、わたしをここへ連れてきたの？　罪人と決めつけた相手が逃げ出したからって、わたしが尋問されなきゃいけないの？」

「あやつはまぎれもなく罪人ですぞ、アリスタ姫」ガリエンが言った。「あやつの作り話を信用しては――」

「彼がわたしに何を言ったか、なぜご存知なのですか？　あそこは盗み聞きできるようになっていたとでも？」

「さよう」大司教はあっさりと認めた。

当然至極といわんばかりの態度に、彼女は思わず絶句した。

「姫、あの老いぼれ魔術師めの口車に乗せられましたな。たしかに、あやつが言っていたことの大半は真実ですが、それよりもはるかに多くの点について触れずに流したのですよ」

彼女がサウリィをふりかえると、彼は父性を感じさせる顔に厳然たる表情を浮かべ、無言でうなずいた。

「あなたのお父上が殺された事件も、パーシー・ブラガがその黒幕であったと断じるのは誤りです」大司教がたたみかける。「元凶はエスラハッドンですぞ」

「ありえません」アリスタが鼻を鳴らした。「ずっと獄中に閉じこめられていて、外部と連絡を取ることもできなかったんですから」

「ふぅむ？　ところが、あやつはそれをやってのけたのですよ――あなたを介して。お父上のための薬の処方を教わることができた理由はおわかりですかな？」

「でも、実際にそのおかげで病気は治りました――ほかに何が？」

「エスラハッドンはアムラスなど眼中にありません。娘のあなたも同様です。むしろ、お父上の死はあやつにとって好都合だったというのが真相ですぞ。あやつに相談をもちかけたのは失敗でしたな。信頼に値する相手ではありません。親愛の情で応えてくれるとでも期待しておられたのですか？　大学で教わった老アルカディウスのように？　エスラハッドンは決して飼い慣らすことのできない獣、紳士の名誉とは無縁の存在です。危険きわまりない魔物です。あなたは脱獄の手段として利用されたにすぎません。初めて顔を合わせた瞬間から、あやつは計算をめぐらせていたのです。自由の身となるには、あの一帯の統治者であるメレンガー国王を呼び寄せるのが早道。とはいえ、すでに本性をお見通しのお父上では策略にひっかかるはずもありません。そこで、あやつは何もご存知ないアルリックどのに目をつけました――お父上が亡くなれば思いのままにできると。お父上こそ帝国の末裔なのだと教会に信じこませるぐらい、エスラハッドンにとっては朝飯前だったでしょうな。われわれがお父上の排除へと動かざるをえない状況を作り出したわけです」

「でも、教会が末裔を殺すなんて？　わけがわかりません」

「じきにご理解いただけると思います。ともあれ、あやつがお父上とあなたに関心を示してみせたことについて、われわれはその意図を読み違えてしまいました。しかも、エスラハッドンが薬の処方をあなたに教えたという事実はとどめの一撃にひとしいものでした。お父上はその薬に血を穢され、末裔とおぼしき徴候が現われたのです――ブラガはそれを見て、アムラスと彼の子らを生かしておくことを教会は望むまいと斟酌《しんしゃく》し、実力行使に出たのでありましょうな」

「つまり、ブラガが父上を殺したのは教会のためだったわけですか？」

「断定はできません――少なくとも、表向きは。しかし、ブラガはまさしく信仰心の塊でした。教会内の煩瑣《はんさ》な仕事を〝官僚的〟と言い放ち、それを待たずに突っ走っていました。サルデュア司教もわたしも教会の一員として、そちらの王室を襲った悲劇には深い遺憾を残すばかりです。ただ、われわれが画策したわけではないという点だけは心に留めておいていただきたい。お父上の運命をあのように急転させてしまったのは、エスラハッドンの計略にほかなりません。あなたがつけこまれたのと同じく、教会もつけこまれたのです」

　アリスタは大司教をにらみつけ、そのままの視線をサウリィにも向けた。「知っていたのね？」

　司教がうなずく。

「ブラガが父上を殺す前にどうにかできなかったの？　旧知の仲だったはずなのに」

「やめさせようとはしたのですよ」サウリィが答える。「嘘は申しておりません。お父上を疑わせるような検証結果が出てしまった時点で、わたしは教会の上層部に対して緊急動議を求めたものの、ブラガを止めることはできませんでした。彼はわたしの言葉に耳を貸すどころか、時間の無駄だと切り捨てたのです」

　アリスタは自分が殺されるかもしれないという恐怖をすっかり忘れ、憤怒でいっぱいになっていた。彼女は立ち上がり、拳を握りしめ、両眼に憎悪の炎を燃え上がらせた。

「姫、ご立腹は重々承知しておりますし、それも当然至極とは存じますが、まずは最後までお聞きください」大司教はそう言って、彼女がふたたび腰を下ろすのを待った。「ここから先はニフロン教会の最高機密です。首脳陣にしか知らされていない情報です。それを打ち明けるのは、ご協力いただきたいという事情にくわえ、わけもわからずに暴露してしまうようなことはなさらないと信頼しているからでもございます」彼はワイングラスに口をつけると、アリスタのほうへ上体をのりだし、声を落とした。「帝国の最末期、全人類の隷属を最終目的とする邪悪な陰謀が進められつつあり、教会がそれを看破しました。危機を救うことができるのも教会だけでした。われわれは皇帝を殺し、その血筋を絶とうとしたものの、エスラハッドンが皇子を連れて逃げたのです。皇子が受け継いだ異能を使えば、古代の魔物を召喚したり人類を瞬時に滅亡させたりすることも可能です。それゆえ、教会は末裔を捜し出し、われわれすべてにとっての脅威を未然に防ごうとしてきたのです。もちろん、時代が変わり、末裔はもはや自分が何者なのかを知る機会もなく、異能を秘めていることにさえ気がつかないかもしれません。しかし、エスラハッドンが忘れるはずはありません。あやつが末裔を捜し当てれば、その異能でわれわれに戦いを挑んでくるでしょう。とんでもないことです」

大司教は探るような視線で彼女の顔を覗きこんだ。「かつて、エスラハッドンは帝国首脳の一員でした。帝国の転覆を許さないという重要な立場にあったわけですが、最後の最後、あやつ自身が教会を裏切ったのです。平和裡に体制の移行を進めるべきところを、あやつのせいで内戦が勃発し、帝国はそのまま瓦解したのです。教会はあやつの両手を斬り落とし、一千年ちかくも幽閉してきました。しかし、あやつは今や復讐の機会を得て、何を企んでおるでしょうかな？　あやつも昔は人間らしさを持ちあわせていたのかもしれませんが、そんなもの、グタリア監獄の中へ捨て去ってきたでしょうよ。残るは、われわれへの復讐心を燃やす強大な魔物にほかなりません。そこに正気はありますまい。すべてを焼き尽くす野火のごとく、誰かが止めなければならないのです。あなたも一国の王女、おわかりでしょう——

国家の安寧を護るためとあらば、多少の犠牲はやむをえません。われわれの事実誤認がお父上の死を招いてしまったことについては深くお詫びいたしますが、その背景にも目を向け、われわれの謝罪を聞き入れ、最悪の結末を避けるためにご協力いただきたいのです。

エスラハッドンは途方もない知性と狂気をかねそなえ、それらを復讐のためだけに費やしています。皇子の存在こそ、あやつの武器です。皇子の捜索であやつに先を越されてしまえば、幾世紀もの昔にかろうじて封じこめた惨事を今度こそは避けられず、この——この街も、あなたがたのメレンガー王国も、いや、アペラドーンのすべてが滅ぶことになるでしょう。あなたのご協力が必要なのですよ、アリスタ姫。エスラハッドンの居場所をつきとめるため、なにとぞご協力を」

だしぬけに扉が開かれ、ひとりの僧侶が駆けこんできた。

「猊下」彼は荒い息のまま報告した。「番人が教皇宮廷部会を招集しました」

ガリエンはうなずくと、アリスタに向きなおった。「いかがです、姫？　ご協力いただけますかな？」

彼女は自分の手許に視線を落とした。頭の中がすっかり混乱してしまっている——エスラハッドン、ブラガ、サウリィ、謎の陰謀、薬……ただひとつ、ベッドに安置された父の土気色の顔と血染めの覆い布という光景だけが、ずっと変わることなく脳裏にへばりついたままだった。あのときの苦悩を乗り越えるにはずいぶん長い時間がかかったものだが、それをまた……殺したのはエスラハッドン？　それとも教会？　「わからないわ」彼女はひとりごちた。

「せめて、脱獄後のやりとりがあったかどうかだけでもお答えいただけませんか？」

「まだ父上が存命だった頃でさえ、エスラハッドンが連絡してきたことはありません」

「申し上げるまでもないでしょうが」大司教はたたみかけるように言葉を続け、「これまでの経緯を思い出してみるに、あやつがあなたこそ頼みの綱と考えている可能性は充分にあり、われわれもそこをふまえてご協力をお願いしている次第です。特使といえば諸国を巡るのがお役目、どちらへいらっしゃっても疑いの目を向けられる心配はありますまい。もちろん、われわれのお願いを即諾できるような状況ではないということも重々承知しておりますから、是非にとは申しません——とりあえず、ご検討いただければ幸いです。いかにも、われわれはあなたの信頼を踏みにじってしまったわけですが、一度だけ、その失地を回復する機会をいただけませんでしょうか？」

アリスタはワインの残りを飲み干し、ゆっくりとうなずいた。


「姫は本当のことを言っていたと思うかね？」大司教が尋ねた。彼は一縷の望みにすがろうとしながらも、表情はどんよりと曇っていた。「かなりの葛藤があったようだが」

アリスタが退出してからずっと、サルデュアは部屋の扉を凝視したままだった。「葛藤というより憤慨でしょうな。まぁ、いずれにせよ、本当だと思います」

ガリエンが何を期待していたのやら、彼には理解できなかった。彼女の父親を殺したのは教会だったと白状して、すんなりと許してもらえるとでも思っていたのだろうか？　窮地に立たされて必死なのはわかるが、非常識もいいところだ。

「話してみる価値はあったはずだ」大司教はそう言ったものの、確信はなさそうだった。

サルデュアは袖口の糸のほつれを指先で転がしながら、バーニスが持ってきたブランディの壜を預かっておけば良かったと後悔していた。ワインはあまり好きでないのだ。ブラガの死でとりわけ惜しまれるのは、あのすばらしいブランディをもう飲めなくなってしまったという点だろう。酒というものに関して、大公はまことに通人であった。

ガリエンは彼の顔を覗きこみ、声をかけた。「いつになく口数が少ないな。まぁ、わしのやりかたに不満があるのは当然だろうよ。きみ自身もそう言っていたではないか？　前回の会合ではずいぶんと声高だった。きみはこれまでずっと姫を観察してきた。あの――あの――」老体の大司教は言葉に詰まってしまったのを補おうと、扉のほうへ片手をひるがえしてみせながら、「――あの婆やを姫の見張りにつけたのもきみだ。そうだろう？　エスラハッドンが姫に接触を図ればすぐにでも決着がつくはずだったというのに……」大司教は投げ出すように両手を上げ、渋面のサルデュアにあてつけるように自分も顔をしかめてみせる。

サルデュアはなおも糸切れを弄びつづけ、人差し指の先にからめては、その輪をきつく引き締めた。

「きみはいささか独善的なところがあるな」ガリエンが面目を保とうとするかのように非難の言葉を投げかける。「相手は皇帝のおかかえ魔術師だぞ。あやつの能力がどれほどのものか、われわれには想像もつかん。あやつが姫に近づくとなれば、蝶となって庭園へ舞い降りるかもしれんし、蛾となって夜の窓辺を訪れるかもしれん。万全の準備が必要ということだ」

「蝶……ですか？」サルデュアはかけねなしに啞然とした。

「魔術師だということを忘れるな。それぐらいのことはやりかねん」

「まさか、そこまでは――」

「思慮が足りなかったと言っているのだよ」

「それは今でも変わっておりませんでしょう。はっきりしているのはアリスタが嘘をついていないということだけですし、そもそも、彼女は賢い子です。マリバーの名にかけて、すでに疑う余地はありますまい」

ガリエンは飲み干したワイングラスをかざした。「カールトン！」

従僕が視線を上げた。「もうしわけございません、猊下、わたくしはあの姫のことをほとんど何も存じておりませんので、どちらともお答えできません」

「鈍いやつだな――誰がおまえにそんなことを訊くか。ワインのおかわりだと、一目で察しろ」

「おぉ、さようで」カールトンは壜を取ってくると、気の抜けたような鈍い音とともにコルク栓を抜いた。

「問題は、エスラハッドンの捜索が遅れているせいで、教皇猊下からお叱りを受けてしまったということなのだ」ガリエンが言葉を続ける。

それを聞いて、サルデュアはようやく話の流れに関心を示した。「猊下じきじきに？」

「いやいや、わしには何もないよ。このところ、猊下のお呼びがかかるのは番人たちだけでね。ルイ・ギィともうひとり、あの男――トラニックか。ギィのつきあいにくさも相当だが、トラニックは……」彼は言葉を濁すと、眉間に皺を寄せながら首を振った。

「わたしはどの番人とも実際に会ったことがございませんので」

「僥倖と思っておきたまえ。とはいえ、その幸運も長くは続くまい。ギィは午前中いっぱい上で過ごし、もっぱら猊下の相談役をつとめている」大司教は飲み干したグラスの縁を指先でなぞった。「今は教皇宮廷部の面々と会議中だな」

「われわれが顔を出してはいけないでしょうか？」

「いいや」ガリエンは大儀そうに答えながら、腰を上げるそぶりも見せない。

「……あのぅ？」サルデュアがふたたび問いかける。

「うむ、そうだった」大司教は手を振ってみせた。「カールトン、杖を持ってきてくれ」

サルデュアとガリエンは男の太い声が響きわたる中へと足を踏み入れた。まるごと三階ぶんを吹き抜けにした円形の大会議場。ほっそりとして華美な柱が二列に並び、信仰の庇護者たるノヴロンと人類を司る神であるマリバーのつながりを示している。それぞれの柱列のあいだには薄くて高い窓があり、そこから郊外の景色を一望できる。同心円状に設置された座席に収まっているのが教会宮廷部の面々、すなわち、ニフロン教会の要職にある上級聖職者たちだ。そして、そのほかにも十八名の司教たちが、ルイ・ギィの口から伝えられる教皇のお言葉を拝聴しようと集まっている。

議場の中央に立つルイ・ギィは長身で黒髪、その瞳は見る者をおちつかない気分にさせる。鋭利な刃物のような男――それが彼に対するサルデュアの第一印象だった。風貌にせよ物腰にせよ、清潔で、端正で、凜としている。肌は透けるようで、髪の黒さとは対照的だ。口髭は細く、顎鬚は短く、きっちりと刈りこんである。伝統的な赤の僧衣に身を包み、その上にまとった黒地のフードつきマントの胸許には壊れた王冠の刺繍がほどこされている。髪一本、飾り襞の一枚にいたるまで、ほんのわずかな乱れもない。立ち姿もまっすぐで、周囲を睥睨《へいげい》しているわけでないにもかかわらず、鋭い眼光で議場全体を捉えているのだ。

「……ルーファスこそがトレント諸侯を納得させるに足る実力をそなえており、教会もその方針をもって各国をまとめようというのが猊下のご意向です。くれぐれも申し上げておきますが、あてずっぽうで勝ち馬を選ぶわけではありません。確実に勝てることを絶対条件としての大本命がルーファスなのです。北の出身ながら、南でも英雄と呼ばれています。教会との関係も隠密裡にとどまっています。ほかの誰を帝位に据えるとしても不満の声は聞こえてくるでしょうが、彼ならば広く受け入れられるはずです」

「王党派はどうなのかね？」キルナーのティルデール司教が尋ねた。「彼らがおとなしく引き下がっているとは考えにくい。領土や地位があるのだからね。富や権力をすんなりと譲り渡すつもりはないだろう」

「王党派に対しては相応の身分を保障するつもりです。彼らとしても、現実的な要求はその一点に尽きるはずです。それ以上に失って困るものはありますまい。皇帝にひざまずくのは不本意かもしれませんが、領土や地位のほうが大切でしょう」

「民権派は？」ラティバー教区長が尋ねた。「徐々にではあるが、勢力を拡大しつつある。放置してはおけないだろう」

「たしかに、民権派の存在は頭の痛いところです」ギィが答える。「数年来、セレット騎士団はガウントと支援者たちの監視を続け、ドゥルーア家やデルゴス共和国の商業組合から秘密裡に資金提供がくりかえされている事実をつきとめました。デルゴスは君主制を捨てて久しく、その放縦ぶりが目に余るようになっています。帝国による統一を忌避するのも無理はありません。ええ、彼らとは戦わなければならないでしょう。力で叩きつぶす必要があるわけですが、それもまた、猊下がルーファスをお選びになった理由のひとつなのです。なにしろ、猛将と呼ばれるほどの人物です。皇帝としての初仕事は民権派の掃討ということになるでしょう。その次がデルゴスというわけです」

「デルゴス遠征のための戦力はどうするかね？」史家としても知られるクリンデル教区長が尋ねた。「トゥール・デル・フュールにはドワーフの建てた砦がある。ダッカ軍に包囲されたときも、二年間におよぶ持久戦を耐え抜いたものだ」

「その問題についてもすでに検討し、おそらく解決できるだろうという感触を得ています——

――なかなかの妙案ではないかと自負しております」

「具体的に聞かせてもらえるかね？」ガリエンが訝《いぶか》しげに訊き返す。

ルイ・ギィは視線を上げた。「おぉ、大司教どの、おいでくださいましたか。一時間ほど前に開会のご連絡をさしあげておいたのですが」

「遅刻を責めているのかね、ギィ？　それとも、はぐらかそうとしているのかね？」

「現時点でお答えするつもりはありません」番人が言葉を返したので、大司教は眉をひそめた。「申し上げたところで信じてはいただけないでしょうし、真向から否定されてしまうにきまっています。しかし、いずれは……必要とあらば確実に、ドルミンドールを陥落させることができるはずです」

「民衆はどうだろう？　新しい皇帝は歓迎されるかね？」サルデュアが尋ねる。

「わたしは今回の競技会について周知を図るべく、四州をくまなく巡ってきました。アペラドーンの片隅で開催されるということを語り広めた効果は充分です。今や、誰もがそれを知っています。交易所、酒場、城館――どこもかしこも期待感でいっぱいです。この状況で競技会の真の目的が公表されれば、民衆は大喜びでしょう。おわかりですか、皆さん、世間はうわついた気分に支配されています。こうなれば、帝国の復興は決まったも同然、残るは時期の問題だけです。下準備は整いました。戴冠式を待つばかりです」

「エセルレッドは？」ガリエンが尋ねる。「彼の名前も挙がっているのかね？」

ギィは肩をすくめた。「一国の王から太守へと格下げになるのはおもしろくないでしょうが、そもそも、そんな処遇を喜ぶ君主がいるとは思えません。とりあえず、最初に王冠を脱ぐならば特別な地位を与える用意があると耳打ちしておきました。ルーファス卿が帝国全土を平定するまでのあいだ、摂政を任せることになっています。それと、枢密院の議長はどうだろうかとも水を向けてみたところ、悪くなさそうな様子でした」

「しかし、ルーファスやエセルレッドに権力を委ねるというのは気に入らんな」ガリエンがぼやく。

「そんなことにはなりませんよ」ギィが答えた。「中枢はあくまでも教会です。われわれが方針を決め、彼らがそれを実践するのです。猊下はこの宮廷部からも一名を選び、エセルレッドと並ぶ摂政として送りこむ算段であらせられます」

「その一名とは誰かな？」大司教が問いかけた口調は、それが自分である可能性はないと割り切っているかのようだった。

「まだ決まっておりません」しばしの沈黙のあと、ギィがあらためて口を開いた。「歴史的な瞬間はすぐそこです。われわれが力を注いできたこと、何世紀にもわたって大切に育ててきた種が、ようやく実を結ぶのです。遠からず、われわれは人類の新たなる夜明けを迎えることになります。ノヴロンよ、一千年ちかくも前に始めたことが、はるかに世代を超えて終わろうとしているのです。われわれの尽力を祝福したまえ」

「あの男、たいしたものですな」サルデュアはガリエンに囁いた。

「そう思うかね？」大司教が訊き返す。「それは良かった——きみにも一緒に来てもらうのだからな」

「競技会ですか？」

ガリエンがうなずいた。「ギィの抑え役を探していたのだよ。わしをうるさがらせてきたきみなら、彼にとっても良い薬になってくれるかもしれん」


アリスタは蠟燭一本を持ったまま、扉を開けるのをためらっていた。彼女をここまで案内してくれた少年はとっくに立ち去ったあとだった。彼女は扉を凝視した。室内ではバーニスがベッドの位置を変えたり、盥《たらい》に水を汲んだり、寝具を整えたり、侍女はかくあるべしと当人が信じて疑わない仕事に励み、その物音が廊下まで聞こえてくる。アリスタは疲れきっていたものの、そんなところへ入っていきたくもなかった。頭の中がごちゃごちゃになってしまっているときにバーニスの顔を見るなど、耐えられそうにない。

いつから？


彼女は記憶の糸をたぐり、父の死と叔父の死のあいだの日数を思い出そうとしてみた——いろいろな出来事がたてつづけに起こった時期で、今となっては判然としない。それでも、ベッドに安置された父の土気色に変わりはてた顔、その頰に一筋だけ残された血痕、そして、亡骸《なきがら》の下で赤黒く染まったマットレスもはっきりと脳裏に灼きついている。

アリスタは背後に立つヒルフレッドをおずおずとふりかえった。「まだ寝たくないわ」

「お望みのままに、殿下」その静かな返事は、室内で待つ世話好きの厄介者に悟られたくないという彼女の思いを察しているかのようだった。

アリスタはあてどもなく歩きはじめ、廊下をどこまでも進んでいった。この単純な動作のおかげで、周囲に流されるのではなく自分の意志を発揮するということを思い出すことができた。ヒルフレッドは三歩後方をついてくる。足の運びにあわせて剣の鞘《さや》が太腿に当たる乾いた音は、彼女がもうすっかり聞き慣れたものだった。

いつから？

パーシー・ブラガが彼女の父を殺そうとしていることを、サウリィは知っていたという。事前に！　どれぐらい前から知っていたのだろうか？　数時間？　数日？　数週間？　止めようとしたとも言ってはいたが、それは嘘だ——嘘にきまっている。口をつぐんでいたのではないのか？　注進してくれたら良かったのに？　いや、サウリィはそうしたのかもしれない。彼女の父が耳を貸さなかっただけかもしれない。エスラハッドンが彼女を利用していたというのは本当なのだろうか？

塔の外縁に沿って、仄暗い廊下は弧を描くように伸びている。装飾のほどこされていない内装に、アリスタは驚くばかりだった。もちろん、〈王冠の塔〉は往時のグレンモーガン城の一部、それも片隅に建っていたにすぎない。何世紀も前に積み上げられた石壁はどこも同じように見える——煤《すす》と埃をかぶり、古い歯のようにくすんだ黄色。いくつもの部屋の前を通り過ぎると階段があったので、彼女はそこを昇りはじめた。ほとんど出歩くことのない彼女にとっては良い運動だった。

いつから？

叔父はアルリックを捜すにあたり、彼女にも監視をつけ、動向を追わせていたらしい。サウリィがパーシーの企みを知りながら何の対処もしなかったとは、どういうことなのだろうか？　彼女が塔に幽閉され、あのおぞましい裁判にかけられるのを、平然と傍観していたのか？　あれで彼女が処刑されることになっていたとしたら？　せめて、話だけでも聞かせてほしかった。味方になってほしかった。状況がわかっていれば、さっさとブラガを逮捕できたはずだ。メドフォードの戦いも起こらなかったろうし、誰も死なずに済んだはずだ。

サウリィはいつから知っていて……それなのに、ブラガが死ぬまで何もしなかったのは、なぜ？

その問いをくりかえしてみても、答えは出ない。その問いが頭の中にひっかかってはいるものの、本当に答えを知りたいのかどうかさえ自信がない。

それに、世界が滅ぶかもしれないとかいうのは？　アリスタとしても、彼らが自分を純真だと思っているであろうことは気がついていた。しかし、無知とまでも？　どれほど強大な力を持っていようと、一個人が全人類を隷属させるとは考えにくい。ましてや、よりによって皇帝が？　そんなことをするまでもなく、世界の支配者なのだから！

階段を昇りきったところに暗い円形の空間があった。燭台も松明もランタンもない。彼女が手にしている小さな蠟燭だけが唯一の光源だ。アリスタはそちらへ歩を進め、ヒルフレッドも追随する。そこは塔のてっぺんの直下、雪花石膏《アラバスター》で造られた冠状部だった。ふと、彼女は不安がこみあげてきた。禁域を侵してしまったかのような気分になるのは、おそらく、この闇の深さのせいだろう。あるいは、屋根裏部屋を探検する子供にも似た感覚――静寂の中、そこいらに隠されたまま忘れ去られている宝物があるのではないかとも思えてくる。

市井の人々と同じく、彼女も子供の頃にはグレンモーガンの秘宝が〈王冠の塔〉のてっぺんに隠されているという寝物語を聞かされてきたものだ。そればかりか、くだんの秘宝が何者かに盗まれ、翌晩には元の場所へ戻されていたという伝説もある。この塔にまつわる伝説は数多く、歴史上の人物が幽閉されたことも一度や二度ではないらしい。たとえば、エドムンド・ホールのような異端者たち――彼は消えた聖都パーセプリキスへの道を発見し、他言無用とばかりに巷間《こうかん》へ戻る機会も与えられないまま残りの人生を終えたのだとか。

ここで。まさにここで。

アリスタは円形の室内をぐるりと歩いてみた。足音が鋭く谺《こだま》するのは、天井の低さによるものか、それとも、彼女自身の錯覚にすぎないのだろうか。蠟燭を頭上にかざすと、反対端に扉があるのが見えた。その扉はなんとも奇妙だった。縦にも横にも大きくて、これ以外の塔内すべての扉が木製なのとは異なるし、鋼や鉄などの金属で造られているわけでもない。石の扉だ。花崗岩から切り出したものらしく、磨きあげられた雪花石膏の壁のあいだへ嵌めこむには違和感がある。

彼女はその扉に目を奪われた。錠も把手もついておらず、蝶番《ちょうつがい》さえもない。開閉はどうするのだろうか？　扉を叩いてみればわかるかもしれない。**でも、そんなことをしたところ**

で、手の皮が破れるだけだと思うけれど？　彼女はそこに掌を押し当て、力をこめてみたが、びくともしなかった。ヒルフレッドをふりかえってみると、彼は無言で視線を返してくる。

「屋上から夜景を眺めてみたかったのよ」アリスタは彼の胸中を察しかね、弁解がましく説明した。

　ちょうどそのとき、頭上から物音が聞こえてきた。彼女は首をかしげながら蠟燭をかざした。そこかしこに蜘蛛の巣がかかっている天井は木製だ。すぐ上の階に誰かがいるのだろう。

　エドムンド・ホールの幽霊かもしれない！

　彼女はとっさにそう思ってしまった自分の愚かしさに首を振った。さっさと部屋へ戻り、ベッドにもぐりこみ、バーニス小母さんの寝物語を聞きながら眠ってしまうべきなのかもしれない。しかし、それでは疑問が残ったままだ。この堅固な扉のむこうには何があるのだろうか？

「もし？」だしぬけに谺してくる声に、彼女は跳び上がった。階下がうっすらと明るくなり、足音が昇ってくる。「どなたか、そこにおられるのですか？」

　アリスタはあわてて隠れる場所を探してみたが、そんなものはなかった。いや、たとえあったとしても、ヒルフレッドがいては無理だろう。

「どなたですか？」螺旋階段の陰から、ひょっこりと頭が現われた。人間だ――風体を見るに、僧侶のようだった。黒いローブに身を包み、首の両脇に紫のリボンを垂らしている。髪は薄く、アリスタのいる位置からは頭頂部の後ろ寄りに禿げかけた部分があるのが見えた―

―灰色の髪の海に浮かぶ褐色の島のごとく。彼はランタンをかざし、訝しげに眼を細めた。

「あなたは？」その僧侶は淡々と尋ねた。威圧的ではないが好意的なわけでもなく、ただ知りたいだけという口調だった。

彼女は作り笑いを浮かべた。「アリスタと申します。メレンガーから参りました」

「メレンガーよりお越しのアリスタさま？」僧侶は思案ありげに訊き返す。「よろしければ、ここで何をなさっているのかお聞かせいただけますか？」

「何を？　はい、そのぅ――夜景を眺めたくて、屋上への出口を探していたところです。ここへ来たのは今回が初めてなものですから」

僧侶は表情をほころばせ、笑い声を洩らした。「あぁ、夜景を――さようでございましたか」

「ええ、まぁ」

「ちなみに、そちらの男性は――やはり、夜景をごらんに？」

「彼はわたしの護衛です」

「護衛？」僧侶はそこで立ち止まった。「メレンガーのお若い女性がたは護衛をお連れで旅をなさるのが一般的なのですか？」

「わたしはメレンガーの王女なので――先代のアムラス王はわたしの父、今のアルリック王はわたしの弟にあたります」

「それはそれは！」僧侶はふたりのいる空間へと足を踏み入れた。「そうかもしれないとは思っていたのですよ。日が暮れてから到着したご一行さまでしたね？　メドフォードの司教さまとご一緒に馬車から出ていらっしゃるところを拝見いたしました。王室の馬車というところまでは判別できたのですが、どなたがお乗りなのかまでは存じませんで」

「そちらは？」今度は彼女が尋ねる番だった。

「おぉ、まことに失礼いたしました。ゲントのマートン神父と申します。当山の麓にあるイバートン村の出身です。エルヴァノンからすぐのところにある漁村で――父も漁師でした。季節を問わず魚が獲れるのですよ。夏は網を引き、冬は延縄を仕掛けます。一人前の漁師なら、食うに困るようなことはありません。もっとも、わたしがここにいるというのは、まさにその裏返しだったわけですが」

　アリスタはにこやかにうなずいてみせながら、石の扉のほうへと視線を戻した。

「いいえ、あの扉は屋上につながってはおりません。そもそも、屋上へは出られないのですよ」神父は彼女のほうへ顔を寄せ、声をひそめた。「御室《おむろ》となっておりまして」

「御室？」

「ニルネフ教皇猊下の聖域ですよ。塔の最上階全体がそうです。ここまでは昇ってこられるので、わたしもときどき休憩場所として使っています。塔の内外とも静かなとき、風の音もしないようなときには、猊下が何かをしておられる物音が聞こえることもあります。たった一度だけ、お声が聞こえたかとさえ思えたこともあったのですが、ただの錯覚だったかもしれません。まるで、ほかならぬノヴロンがその場におわしますかのように、わたしたちを見守ってくださっているかのように感じられるのです。まぁ、それはさておき、外の景色をごらんになりたければ、ほかにも良い場所がありますよ。こちらへどうぞ」

マートン神父は回れ右をするると、せっかく昇ってきたばかりの階段を降りはじめた。アリスタは最後にもういっぺん石の扉を一瞥してから、彼についていった。

「ところで、教皇さまですけれど」アリスタが尋ねる。「お出座《でまし》になるのはいつですか？」

「そういうことはございません。少なくとも、わたしはまだ一度もお姿を拝謁しておりません。猊下は余人と接することなく暮らしておられます——そのかわり、主とともにあらせられるのです」

「お姿を拝謁できないとなると、お元気でいらっしゃるかどうかも確かめられないのでは？」

「ふぅむ？」マートンは彼女の顔を眺め、笑い声を洩らした。「あぁ、それなら大丈夫です、つねにご託宣をいただいておりますから。御室へ伺うことのできる聖職者たちはあらかじめ決まっておりまして、彼らがお言葉を伝え聞かせてくれるのですよ」

「その聖職者たちというのは？　大司教さまも？」

「えぇ、ときおりお運びになっておられますが、最近は番人たちがほとんどです」彼は階段の途中で足を止め、彼女をふりかえった。「番人についてはご存知ですか？」

「はい」

「姫君にとっては当然至極かもしれませんね」

「でも、メレンガーではもう何年もご無沙汰の状態が続いていますけれど」

「なにとぞ、ご理解のほどを。少ない人数で広い範囲を巡らなければなりませんのでね」

「そんなにも人手が足りない理由は？」

「猊下が新規任命をなさらないのですよ。現在のところはルイ・ギィが最後です」

アリスタにとって、それは今日一日のうちで初めての吉報だった。なにしろ、番人たちは教会の犬と囁かれるほど煩わしい存在なのである。もともとは末裔を捜すために設置された役職で、かの有名なセレット騎士団の指揮権を持つ。この騎士団はつねに教義の実践を求め——俗世はもちろん教会内においてさえ、正統からの逸脱を決して許さない。騎士団が動くとなれば、かならず誰かが断罪されるし、反駁ひとつで検挙されてしまうことも珍しくない。

マートンは二階下まで降りると、そこにある扉のひとつを叩いた。

「何だ？」棘々しい声が返ってくる。

「外の景色を見せてくれないかな」マートンが答える。

「今夜はあんたの相手になってやれるほど暇じゃないぜ、マートン。ほかをあたってくれ」

「わたしはどうでもいいが、メドフォードのアリスタ王女がちょうどご来院で、夜景をご所望なのさ」

「あら、そんな、かまわないでください」アリスタは首を振った。「軽い気持で、つまらないことを言ってしまって——」

だしぬけに扉が開かれ、太った男が姿を見せた。その頭には毛がまったくない。上も下も赤一色に身を包み、樽のような腹に巻いている編み紐のベルトだけが金色だった。彼は脂だらけの手をタオルで拭きながら、アリスタの顔をしげしげと眺めた。

「マールよ！　王女さまの頼みじゃ断われないっての」

「ジャニソン！」マートンがたしなめるような口調になる。「そんな、聖職者にあるまじき言葉を使わないでくれないか」

太った男は顔をしかめた。「ほら、すぐにそれだ。おれが大食らいの酒好きだからって、ウバーリンそのものじゃないかと決めつけてるのさ」

「善悪を判断するのはわたしじゃない、ノヴロンさまだよ。お邪魔させてくれるかな？」

「あぁ、もちろん。入ってくれ」

室内はそこらじゅう服や書類や画材だらけで足の踏み場もなく、籠の中や棚の上もいっぱいだった。片隅に机がひとつ、反対側には天板に傾斜のついた大きな画卓も置いてある。その上で地図とインク壺と羽ペンが雑然と山を作り、それらの本来の在処はどこなのか、いや、本来の在処というものがあるのかどうかさえ見当もつかない。

「うわぁ――」アリスタは思わず絶句した。バーニスがこの場にいたら〝ありゃまぁ〟の一言だったにちがいない。

「いかがです、ひどいありさまでしょう？　ジャニソン神父はがさつな性分でしてね」

「地図作りにかけちゃ妥協はしない、それがいちばん重要なことさ」

「つまり、ノヴロンさまへの信心は二の次だと」

「言ってくれるねぇ？　あぁ、まったくだ、返す言葉もないさ。病人を癒し神と語らう聖者、マートン神父さまの右に出るやつなんかいないもんな」

アリスタはマートンのすぐ後ろを歩き、混沌とした室内をつっきり、カーテンに覆われている壁のほうへと進んでいきながら、ふと、幼い頃の出来事を思い出した。そう、この人だったはずだ。「あなた、フォーロン・マイアの救世主ですよね？」

「あたり！　しかし、自分からは決して言わないんですよ。主に選ばれし者だなんて認めちまっちゃ尊厳に傷がつくと思ってるんでしょう」

「あぁ、うるさいな」マートンが渋面をあらわにする。

「やっぱり、あなたなんですね？」彼女がたたみかけた。

マートンは無言でうなずきながら、ジャニソンをにらみつけた。

「お話だけはいろいろと伺っています。あれから何年になるのかしら。わたしはまだ五歳か六歳でした。フォーロン・マイアで疫病が発生して、すぐ北にあるメドフォードでも大騒ぎになりました。父もドロンディル・フィールズへの遷都を提案したほどでしたが、結局、それは立ち消えになりました。疫病がそこから北へ広がってくる心配はないとわかったからです」

「こいつがくいとめたおかげですよ」ジャニソンが言った。

「わたしじゃない！」マートンが声を上げる。「ノヴロンさまのご加護だ」

「しかし、おまえに与えられたお役目だったんだろ？　ちがうか？　ちがわないよな？」

マートンは溜息をついた。「主のお導きのままに、やるべきことをやったまでだ」

ジャニソンはアリスタをふりかえった。「こんなやつですから、神との語らいも日常茶飯事ってことで、わしらごときじゃ話し相手にもなれやしません」

「ノヴロンのお告げによってフォーロン・マイアの人々を救ったそうですけれど、本当に神の声が聞こえたんですか？」

「主はわたしの進むべき道を示してくださったのです」

「言葉を交わしたってのも本当なんだろ」ジャニソンはなおもアリスタにむかって力説する。「もちろん、こいつは否定してますがね。そんなことを公言すりゃ自分が異端者だと認めるも同然ですし、何階か下にはルイ・ギィがいる。そのたぐいの奇蹟を目の敵にしてるやつですよ」ジャニソンは丸椅子に腰をおろすと、笑い声を洩らした。「えぇ、そこの善良なる神父さまは主と対話してるなんて口が裂けても言わないでしょうが、事実はそうなんです。わしもこの耳で聞いたことがありましてね。真夜中の礼拝堂で、おそらく、ほかの連中はすっかり寝静まってるはずだと安心してたんでしょうな」ジャニソンは少女の物真似をするかのような裏声になり、「**おぉ、神よ、わたしは朝の勤行にそなえなければいけないのに、今夜も眠らせてはくださらないのですか？　なぜでございますか？　あぁ、そういうことでしたら——おおせのとおりと存じます**」

「もういいだろう、ジャニソン」マートンの口調がけわしくなった。

「はいはい、これ以上は何も申しませんですよ、神父さま。ってわけで、王女さまの夜景見物のお相手はおまえにまかせて、わしは晩飯を続けさせてもらうぞ」

ジャニソンはそう言うと、食べかけだった鶏の骨付き腿肉にかぶりついた。マートンはそれにかまわずカーテンを開ける。そこにあった窓はまさしく特大だった。三本の石柱で区切られた四枚並びで、壁面の端から端まで広がっている。その外の景色に、アリスタは息を呑んだ。夜空に浮かぶ大きな月が、手を伸ばせば届くのではないかと思うほど近くに見え、その背後できらめいている幾多の星々にも負けじと明るく輝いている。

彼女は窓辺に片手をかけ、地上を俯瞰した。はるか遠く、月下で銀の帯のように光る川。そして、塔の周辺へと視線を移してくれば、無数の篝火《かがりび》が街をぐるりと囲み、ちらちらとまたたくその灯はさながら地上の星といったところか。さらに、塔の真下を覗きこんだとたん、彼女は眩暈に襲われ、心臓も早鐘を打ちはじめた。とんでもない高さだ。自分がどのあたりにいるのかと視線をひるがえしてみると、純白の雪花石膏《アラバスター》をまとった冠状部はすぐそこ、わずか三階上だった。

「ありがとうございました」アリスタはマートンに声をかけ、ジャニソンにも会釈した。

「ごゆるりとお休みくださいい、王女さま。この塔はつねに護られておりますゆえ」

彼女はふたたび頭を下げたものの、最後の一言の意味するところが神なのか大司教なのかは判然としないままだった。

4 ダールグレン

五日間、ロイスとハドリアンとトレースはひたすら北をめざし、エイヴリンの東縁にある名もなき森をつっきっていった。アルバーンとダンモアがそれぞれ領有権を主張している係争地で、まさにその鬱蒼とした森の帰属をめぐって両国がもめているのだが、ダールグレンへの入植が始まるまではほぼ完全に放置されたままだった。〝東の涯《はて》〟〝無用の地〟などと呼ばれ、伐採はおろか枝打ちもされていない、育ち放題に広がってきた大樹林帯である。一行が通っている道は、最初のうちこそアルバーン北部の幹線と呼ぶにふさわしい幅員をそなえていたものの、途中からは雑草で左右に分断された田舎道となり、ついにはどこで消えてしまってもおかしくないような細い泥道と化していた。柵も農場も木賃宿もない風景の中、ほかの旅人の姿を目にすることもない。地図を見ても、この北東地方はほとんど何も記されておらず、ニルウォルデン川のむこうは真白というありさまだ。

森はところどころで息を呑むほど美しい風景を見せ、神の存在が感じられる瞬間さえもあった。記念碑にも似たニレの巨木が無数にそびえ、緑のトンネルを高々と形成している。その風景に、ハドリアンは幾度か忍びこんだことのあるメドフォードのマレス大聖堂を思い出した。高く伸びた太い幹が道沿いに並んでいるところは天然の柱廊だし、林冠から陽光が洩れてくる様子はさながら教会の高窓のそれだ。地表に目を向ければ、去年の秋の落葉のあいだから柔らかい絨毯のようなシダの若芽が生えている。視線の届かない梢では鳥たちがさえずり、林床のあちこちをリスやネズミが駆けまわり、それらの音もまた会衆の咳払いや囁き声や衣擦れにそっくりだった。美しいとはいえ、不安な気分にもさせられる——引き返せないほど遠くまで泳ぎ渡ってしまったときのごとく、あるいは、人跡未踏の場所へ迷いこんでしまったときのごとく。

この何日か、旅路はひときわ難儀なものとなっていた。春の嵐が立木を薙ぎ倒し、固く閉ざされた城門よろしく道をふさいでいたのである。一行は馬から降り、ロイスの先導で迂回し、茂みをかきわけていくしかなかった。何時間も悪戦苦闘させられたあげく、元の道へは戻れなかった。汗にまみれ、ひっかき傷だらけになりながら、いくつもの渓流を越えていくと、その先は断崖絶壁だった。ハドリアンは急峻な岩場を目の前にして、ロイスの横顔に疑わしげな視線を向けた。元来、ロイスは方向感覚がとても鋭く、決して道に迷ったことがない。たとえ荒野のまっただなかでも進むべき方角がわかるということを、すでに幾度となく実証してきたものだ。ハドリアンは顔を上げた。しかし、太陽の位置はおろか、空模様さえも確かめようがない——葉をつけた梢にすっかり隠されてしまっているのだ。これまではロイスに任せておけば大丈夫と思ってきたが、こんな森の中ではさすがに勝手が違うのかもしれない。

「大丈夫だっての」ロイスの口調にはかすかな苛立ちが感じられた。

一行はどうにか通れそうな下り坂を探し、ハドリアンが先頭で道を作り、ロイスとトレースがそのあとから馬を牽いていく。谷底にはまたも渓流があったものの、道らしい道はない。ハドリアンはふたたび相棒を一瞥したが、当のロイスはもはや言葉を返そうともせず、なるべく茂みの密生していないところを選んで進みつづけた。

「あそこ」トレースが声を上げ、前方にうっすらと見えてきた森の切れ目を指し示した。陽光がうっすらと降り注いでいる。そのすぐ先に小径《こみち》があった。ロイスはひとしきり視線をめぐらせたあと、無言のまま肩をすくめ、マウスにまたがり、軽い一蹴りで馬を歩ませた。

巨大な洞窟のようだった森を抜けると、そこは数日前まで見てきたような日当たりの良い土地だった。粗末な木製の井戸のわきにある小さなぬかるみで八頭の豚が泥浴びをしており、すぐそばにひとりの子供が立っている。五歳ぐらいだろうか、細長い棒切れを持ち、汗と泥にまみれた小さな丸い顔は好奇心に満ちていた。汚れのしみついた亜麻布のスモックはそこらじゅうが破れたり裂けたり、そんな恰好のせいもあって、ハドリアンはその子が男女どちらなのか判別がつかなかった。

「パール！」トレースは呼びかけると同時に馬から跳び降りた。いきなりのことだったので、ミリィが足元をふらつかせる。「ただいま！」彼女はその子に歩み寄り、鳥の巣のようになっている頭を撫でた。

小さい女の子は――名前から考えて、たぶんそうなのだろう――トレースにうなずいてみせると、馬上のふたりを凝視した。

　トレースが両腕を大きく広げ、ぐるりとひるがえした。「ここがダールグレン、わたしの故郷よ」

　ハドリアンは馬から降り、当惑しながら周囲を見回した。彼らが立っている小さな草地はすっかり家畜に食い荒らされているし、その先にある井戸も粗末な造りで、ぬかるみの渡し板は一枚として平らになっておらず、横桁にひっかけてある木桶は水漏れがひどい。井戸にむかって踏み固められた足跡が二本、彼らの来た小径と三角形を描くように交叉している。森の中にぽっかりと開いた空地で、そこから見上げる蒼穹は巨木の群れによって丸く切り取られていた。

　ハドリアンは木桶から両手で水をすくい、顔の汗を洗い落とした。すかさず、ミリィが彼を押しのけるようにして木桶に鼻面をつっこみ、喉を潤しはじめる。

「妙なところに鐘があるんだな」マウスから降りたロイスが木陰を指し示す。

　ハドリアンは視線をひるがえし、近くにあるカシの木の低い枝から揺軸で吊られた巨大な青銅製の鐘にびっくりした。地面に降ろせば、立ったままのロイスがすっぽりと収まるのではないかと思えるほどだ。その寸法にあわせていくつもの結び目をこしらえた撞《つ》き縄もかたわらに垂れ下がっている。

「珍しいな」彼はそちらへ歩み寄っていった。「どんな音だ？」

「鳴らしちゃだめ！」トレースが叫ぶ。ハドリアンはふりかえり、目を丸くした。「緊急のときにしか鳴らさないことになってるの」

彼はふたたび鐘に視線を戻し、マリバーとノヴロンの姿やさまざまな聖句がその表面に浮き彫りにされているのを見て取った。「えらく豪勢というか……まぁ……」彼はとりたてて見るべきものもないその空地に視線をめぐらせた。

「トマス助祭さまの提案よ。〝教会のない村は村と呼べない、鐘のない教会は教会と呼べない〟が彼の口癖でね。村人みんなでお金を出しあったら、領主さまからも同じ金額のご寄付をいただけることになって、実施を急ぐようにっていう命令も下されたの。そんなこんなで、教会そのものよりもずっと早く、鐘だけが完成したわ。マクダーンさんが荷車を牛に牽かせて、エルヴァノンからここまで運んでくれたのよ。だけど、教会が建つまでの保管場所はないし、マクダーンさんの荷車に積みっぱなしも無理でしょ。それで、あそこに吊るしておいて万一のときにでも鳴らすことにしようって、父さんが提案したの。怪物の襲撃が始まる前の週だった。実際にそんな使い方をしなきゃいけなくなるだろうなんて、誰も考えてなかったのにね」彼女はひとしきりその巨大な鐘を眺めてから、おもむろに言葉を継いだ。「わたし、あの音は嫌いだわ」

一陣の風が梢《こずえ》を揺らし、トレースの顔に乱れ髪を吹きつけた。彼女はそれを払いのけ、視線を移した。「みんなが住んでるのは、あっち」彼女は踏み固められた小径の先を指し示した。ハドリアンもそちらに目を向け、木陰のむこうにある窪地でアキノキリンソウやトウワタの茂みに見え隠れしている家々を観察した。いずれも木造の小さな建物で、壁には漆喰を塗り固めてある――というより、泥と藁と家畜の糞を練り合わせたものか。屋根は草葺き、窓は単なる壁の穴にすぎない。ほとんどの家々は扉もなく、カーテンで代用しているのだが、風に吹かれるたびに舞い上がり、地面そのままの床が丸見えになってしまう。裏庭で野菜を育てている家もあるが、陽当たりは良くなさそうだ。

「いちばん手前にあるのがウェント・ドルンデルと奥さんのメイの家ね」トレースが説明する。「でも、今はメイだけ。ウェントと子供たちは――あの怪物に殺されちゃった。その左隣、庭があるのはボスウィックさんの家。タッドも下の双子もわたしが面倒を見てあげてきたんだけど、今はタッドが大きくなったから、お兄ちゃんとして双子の世話をしてるわ。うちとはずっと家族ぐるみのつきあいなの。レナとうちの母さんはすごく仲が良かったのよ。その奥――屋根だけ見えてるのがマクダーンさんの家。鍛冶屋で、村に二頭しかいない牡牛も彼が飼ってる。力仕事で必要なときは気軽に貸してくれるから、人望も篤いの。右のほう、ぶらんこがあるのはキャスウェルさんの家。マリアとジェシーはわたしの親友なの。うちがここへ引っ越してきてすぐ、父さんがあのぶらんこを造ったのよ。子供の頃はみんなであれに乗って遊んで、今でも良い思い出になってる」

「きみの家は？」ハドリアンが尋ねた。

「丘の麓にあったのよ」彼女は東をふりかえった。「父さんが建ててくれた、村でいちばんの家――っていうか、農場だったわ。みんなもそう言ってた。それが、今はもう跡形もないなんてね」

パールはあいかわらず彼らに視線を注いだままで、どんなに些細なことも見落とすまいとしているかのようだった。

「やぁ」ハドリアンが笑顔で呼びかけ、しゃがみこんだ。「おれの名前はハドリアン、一緒に来たこいつはロイスってんだ」パールは彼をにらみつけながら一歩後退すると、棒切れを身体の前で構える。「ずいぶん無口な子なんだな、うん？」

「二カ月前、農作業に出てた両親を殺されちゃったのよ」トレースが同情の視線でその少女を眺めながら、ふたりに説明する。「昼間は安全だと思ってたんだけど、荒れ模様の日だったの。雲で空が暗かったのね」トレースはふと言葉を切り、あらためて口を開いた。「これまで、ずいぶん大勢が死んだわ」

「ほかの村人たちはどこにいるんだ？」ロイスが尋ねる。

「まだ外で働いてるはずよ。牧草の刈りこみを始める時期だから。でも、日が暮れるまでには帰ってくると思う。それで、パールは村じゅうの豚を見張ってくれてるってわけ。そうよね、パール？」その問いかけに、少女は力強くうなずくと、ハドリアンへの警戒心もあらわに、棒切れを両手で握りしめた。

「あそこにあるのは？」ロイスは草地を離れ、小径の北へと遠い目を向けている。

ハドリアンは木桶に鼻面をつっこんだまま尻尾で蠅を追い払っているミリィをその場に残し、相棒のそばへと歩み寄った。トウヒの木の下を抜けると、三百ヤードほど前方に丘が見える。その頂上に丸太小屋のような外観の豪邸があった。

「領主さまのお館よ。国王陛下が新しい領主さまを決めてくださるまではトマス助祭さまに管理をお任せしてるの。助祭さまにお願いすれば、厩舎を借りるぐらいは大丈夫だと思う。どうせ、ほかに馬がいるわけじゃないし。とりあえずは井戸のところに繋いでおいて、父さんに会ってきましょ。

パール、この人たちの荷物の番をしておいてあげてね。豚が寄りつかないようにして。タッドかハルかアーヴィッドが戻ってきたら、お館で馬を預かってもらえるかどうか訊いてみるように伝えてほしいんだけど……わかる？」

少女は無言でうなずいた。

「しゃべれないわけじゃないんだよな？」ハドリアンが尋ねる。

「そうだけど、今はそんな気分になれるはずがないわよね。とにかく、うちへ——っていうか、うちの跡地へ来てちょうだい。たぶん、父さんもそこらへんにいると思う。そんなに遠くもないし、散歩にぴったりの道よ」彼女はふたりを先導し、小径を東へ、家々の裏手にある坂を下っていった。

ぶらぶらと見て歩くにつれ、ハドリアンはより仔細に村の様子を観察することができた。どの家も小さく、部屋はひとつで天井裏を物置にしているといったところだろうか。あとは、ネズミ返しのついた貯蔵庫がいくつか——共用施設なのだろうが、やはり扉はない。

「あなたたちが寝泊まりする場所なんだけど、ボスウィックさんの家の片隅を借りられるかどうか訊いてみるわね。わたしも間借りさせてもらってるから——」そこまで言いかけたところで、トレースは絶句し、唇を震わせ、両手で顔を覆ってしまった。

ぶらんこのある家から少し行ったところの道端に、まだ新しい木の杭が突き立ててある。そこには、ジェシー・キャスウェルと妻マリアの名前が刻まれていた。


踏み固められた小径の先に農場が見えてきた。木立を抜けた丘の麓、何エーカーもある畑に、青々とした麦が一直線に並んでいる。その周囲には丁寧に積まれた低い石垣。黒々として豊饒さを感じさせる土はしっかりと耕され、さまざまな作物が植えられ、水捌《は》けも良さそうだ。

家の敷地はといえば斜面の途中にあり、農地全体を見渡せるようになっている。しかし、その上にあったはずの建物はもはや原形をとどめず、あたり一面に吹き飛ばされた屋根の葺き藁が風に舞っていた。残った柱は数えるほどしかない――それもすべて途中で折れ、ささくれた端が残骸と化した壁のあいだから突き出ている。とはいえ、煙突をふくむ建物の下半分はさほど崩れておらず、元の間取りを窺わせる。いくつかの礎石はあるべき場所から動いてしまっているが、ほとんどは何事もなかったかのようで、それがかえって不気味さを感じさせた。

ふと、ハドリアンは些細なことに目を惹かれた。とある窓辺の下、貝殻細工をほどこし鹿の姿も彫りこんだ鉢入れの箱はいかにも頑丈そうなカシ材の扉をそなえ、手打ち鍛冶でこしらえた鉄製の錠前もとりつけてあるが、目につく部分には釘や金具がひとつもない。壁を支えてきた石材は灰色、薔薇色、渋皮色、いずれもきっちりと四角く切り出されたものだ。曲がった小径と敷地との境界を示す生垣の灌木もきれいに刈りこんである。

セロン・ウッドはその家の残骸のまっただなかに座りこんでいた。がっしりとした体軀、浅黒く灼けた肌、灰色がかった短い髪、厳寒酷暑による深い皺の刻まれた顔。まるで大地の一部であるかのようなその姿は、ごつごつと太い根を張った巨木の切株を連想させる。彼は崩れずに残っている壁にもたれかかり、両脚で挟みつけた鎌にゆっくりと砥石を当てていた。刃に沿って弧を描くように砥石を滑らせては戻しながらも、眼中にあるのは丘の下の緑地だけといった様子で、ハドリアンの見たところでは侮蔑としか思えないような表情を浮かべている。

「父さん！　ただいま」トレースがその老農夫に駆け寄り、首に抱きつく。「あぁ、また会えて良かった」

セロンは抱擁されるがままに、ふたりの見知らぬ男に鋭い視線を向けた。「この連中がそうなのか？」

「うん。ハドリアンとロイスよ。遠路はるばる、コルノラから助けに来てくれたの。エスラが言ってた武器を取ってきてくれるって」

「武器ならある」農夫は唸るように言葉を返し、砥石を動かしつづけた。神経をも削るかのような冷たい音が響く。

「どんな？」トレースが尋ねる。「その鎌のこと？　領主さまは剣と盾と甲冑で完全武装してたけど、それでも――」

「こんなもんじゃない。もっと大きくて鋭い武器がある」

彼女は困惑したように視線をめぐらせた。老父のほうはまったく表情を変えない。

「塔に何があるのか知らんが、そんなものがなくてもあの怪物を殺してやる」

「でも、前に約束してくれたわよね」

「もちろん、言を弄するような真似はせんさ」彼はそう答えると、なおも鎌の刃に砥石を走らせた。「待てば待つほど、わしの武器は研ぎ澄まされることになる」彼はかたわらに置いてある桶の水に砥石を浸した。それを引き上げ、ふたたび鎌の刃に当てたところで手を止め、「毎朝、わしは起きるたびにタッドの壊れたベッドを目にする。ヒッコリーの揺籃《ゆりかご》も。タッドが作った樽の残骸も。あいつのために耕した畑も――わしの心の中とは無関係に、たいそう良く育っとるよ。この十年でいちばんの豊作かもしれん。借金や経費を差し引いても充分な稼ぎが残るだろう。一財産だ。あいつのために工房を建ててやれるぐらいのな。看板も出せるし、窓に本物のガラスも使える。入口の扉は無垢板で、蝶番や飾り鋲をあしらおうか。この村にあるどんな家よりも豪勢な工房だ。領館にだって負けやしない。通行人は誰もが目を留め、これだけの工房を持てるとはよほど繁盛しているのかと羨《うらや》むだろう。町の樽職人としては並外れた腕利きなんだから、工房にも相応の金をかけることができるってもんじゃないか？

グラムレンダーの唐変木《とうへんぼく》どもはタッドに店開きの機会さえも与えてくれなかった。物の価値を知らん連中め。瓦屋根の軒先には扇飾り。カシ材で造った頑丈なカウンター。注文がたてこんだときには夜まで仕事をしなきゃならんから、壁のあちこちにランタンを吊る金具もとりつけておこう。工房の隣には倉庫も建てて、完成した樽をしまっておく。それから、特大のやつを店の前に置いて、わしがそれを真赤に塗ってやりゃ、まちがいなく注目の的さ。さすがのわしも荷馬車は造ったことがないが、エイヴリン全土に品物を配達するには必要だな――グラムレンダーからも注文があるだろうから、わしが自分で乗りつけて、あいつらの驚きや怒りを堪能してやる。

　まずは満面の笑みで〝ごきげんよう！〟とでも声をかけるか。エイヴリン随一の樽職人、タデウス・ウッドの逸品をお届けだ。あいつら、さぞかし地団駄を踏んで悔しがるだろうよ。そう、わしの自慢の息子はもう野良仕事に追われちゃおらん。ウッド家の者たちは技倆と商才で世の中を渡っていけるのさ。

　この村も大きな将来性がある。人口も増え、商売もさかんになるだろう。その先鞭をつけ、ほかの誰よりも名を馳せるのがタッドというわけだ。いずれ、ここが大都市にまで発展したとき、ウッド家はいちばんの大富豪として――芸術に金を投じ、豪華な馬車を乗り回す。タッドはわしのためを想って、ここに本物のお屋敷を建ててくれるかもしれん。いや、わしがそう望んどるわけじゃないぞ。わしはただヒッコリーがすこやかに成長して、しっかりと読み書きができるようになってくれれば、それで充分に満足だ――法曹界へ進むのも悪くはあるまい。孫が黒いローブに身を包むとは！　ウッド判事が馬車に乗って出廷するのを、わしはここで見送るというわけだ。

すべてはこの瞼《まぶた》の裏にある。毎朝、起きるたびに――こうやって――ストーニィ・ヒルを眺めるだけで、あらゆることが瞼の裏に映るのさ。ほれ、畑も良い感じに育ってきた。わしがあれこれと手をかけたわけでもないのに、すばらしいじゃないか。これほどの当たり年はめったにないぞ」

「父さん、お願いだから、わたしたちと一緒にボスウィックさんの家へ来てよ。もう日が暮れちゃうわ」

「ここがわしの家だ！」老農夫は声を荒らげたが、それは娘への怒りによるものではなかった。彼はなおも畑しか眼中にないようだった。やがて、彼はあらためて鎌を砥ぎはじめた。トレースは溜息をついた。

長い沈黙が漂う。

「さっさと立ち去れ。わしのほうから怪物退治に行くことはしない約束だが、あいつが来やがったら相手になってやるわい」

「そんな、父さん――」

「さっさと立ち去れと言っとるんだ。おまえたちに用はない」

トレースはハドリアンのほうへ視線を向けた。その眼に涙が浮かんでいる。彼女は唇を震わせながら、しばしその場に立ち尽くしていたものの、やがて、だしぬけに踵を返し、小径をひとり駆け戻っていった。セロンはそちらを見向きもせず、鎌の刃を裏返すと、あらためて砥石を動かしはじめる。ハドリアンは石と鉄のこすれる音に気を取られ、トレースを追いかけるのをひとしきり忘れてしまっていた。老農夫はそんなハドリアンに視線を返すこともなく、娘の後ろ姿も一顧だにしない。まさに石のような姿だ。

トレースは小径の途中、三十ヤードも離れていないところにへたりこんで泣いていた。華奢な身体が震え、それとともに髪の毛も揺れている。ハドリアンはそっと彼女の肩に手をかけた。「親父さんの言うとおりだよ。あの調子なら、刃はいくらでも鋭くなるさ」

ひとかけらの木片を手にしたロイスが追いついてくる。彼はやりきれないといわんばかりの表情でトレースを見下ろした。

「何かあったか？」ハドリアンがとっさに口を開き、ロイスに冷淡な言葉を吐かせまいと機先を制した。

「これ、何だと思う？」ロイスは壊された家の一部とおぼしき木片を見せた。カシの大木の根に近いところから採った梁材の切れ端だろう、かなりの幅と厚みがある。そして、深く抉《えぐ》ったような傷が四本。

「爪跡か？」ハドリアンは掌をめいっぱいに広げ、その木片を受け取った。「でっかい爪跡だよな」

ロイスもうなずく。「どんなやつかわからないが、かなりの大物なのはまちがいない。それでいて目撃者がいないってのは、どういうわけだ？」

「ずいぶん暗くなってきちゃった」トレースがふたりに声をかけ、頬に流れた涙を拭きながら立ち上がる。ふと、彼女は不思議そうな表情になり、カエデの木の下で黄色い花を咲かせているレンギョウのそばへと歩み寄った。そこでおずおずと身をかがめ、枯草にまみれた古布の塊を拾い上げる。その汚れをそっと落としてみると、それは不恰好な人形だった――顔に縫いつけられた×印は目鼻の代わりということだろうか。

「きみの？」ハドリアンはあえて尋ねてみた。

トレースは首を振ったものの、何も言わなかった。ややあってから、彼女はようやく口を開いた。「ヒッコリーのために作ってあげたの。タッド兄さんの子。冬祭の贈り物にしたら、すごく気に入ってくれたみたい。どこへ行くにも持ち歩いてたわ」彼女は布地にひっかかっていた枯草を一本残らず取り除き、撫でるように指先でなぞった。「これ、血の痕よね」声を震わせながら、その人形を胸に抱きしめ、「父さんは忘れちゃってるみたいだけど――わたしにとっても、大切な家族だったのよ」

村の中心部へ戻るあいだ、ロイスはまだ日が暮れたばかりだと感じていたが、広大な森を越えてくる残光はたちまち薄れ、あたりはすっかり暗さを増していた。井戸端にはあの少女も豚の群れもおらず、彼らの馬や装備品も見当たらない。それにかわって、大人たちがあわただしく小径を行き交い、その様子を眺めているだけの彼までもおちつかない気分にさせられてしまう。

鋤や斧や薪束を肩にかついだ男たちが通り過ぎていく。その大半は裸足で、汗のしみこんだチュニックを着ているだけだ。そんな彼らのすぐあとを、細枝や葦や蒲、亜麻の茎などを小脇にかかえた女たちが急ぎ足で追いかける。やはり裸足で、髪はひっつめて布で巻いてある。服を新調してもらったトレースが大喜びしていた理由を、ロイスはようやく理解した。この村では生成《きなり》の白布から自前で仕立てた飾り気のないスモックが唯一の選択肢で、おしゃれなど望むべくもないのだ。

　村人たちはくたびれ、息も上がっており、一刻も早く家へ帰って荷物を降ろしたいようだった。トレースと二人組が村の中心部へさしかかったところで、ひとりの少年が視線を上げ、立ち止まった。柄の長い鋤を首の後ろに通し、両腕をひっかけるように押さえている。

「知らない人がいる」少年が言った。

とたんに、近くの村人たちがふりかえる。細枝をかかえたままの老婆がけわしい表情になった。諸肌脱ぎの男が薪束を放り出し、太い腕に力をこめて斧を握りしめる。それから、トレースの泣き腫らした眼に気がついたのだろう、斧を右手に持ちかえ、彼らのほうへと詰め寄った。

「ヴィンス、妙な連中が入りこんでるぜ！」その男が大声を上げた。

　無精髭を生やした背の低い初老の男がふりかえり、こちらもたちまち荷物を放り出した。そして、最初に彼らを見咎めた少年へと視線を移し、「タッド、親父さんを呼んでくるんだ」しかし、少年がためらっていたので、「早くせんか、坊主！」

　少年はあわてて家並のあいだをすっとんでいった。

「トレース、かわいそうに」老婆が声をかける。「大丈夫かい？」

髭面の男が彼らをにらみつけた。「嬢ちゃんよ、こいつらに何をされたんだ？」

男たちに詰め寄られたロイスとハドリアンはじりじりと後退しながら、どうにかしてくれという視線をトレースに向けた。ロイスは片手を懐につっこんだ。

「ねぇ、やめて！」トレースが叫ぶ。

「何も悪くないとか、信じられんね。おまえがいなくなっちまって、数週間ぶりに戻ってきたと思えば、そんな服――」

トレースは首を振った。「わたしはどうでもいいんだってば。父さんのために――」

男たちの動きが止まる。他所者に対する警戒感はそのままだったが、トレースへの同情もはっきりと窺えるようになっていた。

「セロンはたいした男だよ」ヴィンスが彼女に言った。「強い男だ。いずれは元気を取り戻してくれるだろう。ただ、そのための時間が必要なんだ」

彼女はうなずいたものの、それさえもつらそうだった。

「で、そっちのふたりは？」

「ハドリアンとロイスよ」やっとのことで、トレースはふたたび口を開いた。「ウォリックのコルノラから来てくれたの。事情を説明したら、力を貸してくれるって。こちらはグリフィンさん、何もないところからこの村を開拓した人よ」

「斧とナイフをたよりに、ここで一旗揚げてやろうと思ったのさ――良い暮らしが待ってるとか何とか、山師の売り口上にほいほいと乗っちまうような連中ばかりが集まった村だよ」

初老の男が右手をさしのべる。「わしのことはヴィンスと呼んでくれ」

「おれはディロン・マクダーン」諸肌脱ぎの大男も名乗った。「鍛冶屋をやってる。おっと、言い忘れるところだったぜ。あんたら、馬に乗ってきたんだろ？　さっき、うちの小僧どもが領館に連れてってたとさ」

「彼女はメイ」ヴィンスの紹介を受けて、老婆が重々しくうなずいた。トレースが無事だとわかって気が抜けたのか、その目はたちまち澱んだようになり、細枝の束をかかえて自分の家へと帰っていった。

「気にせんでやってくれ。メイは――まぁ、つらいことがあったばかりでな」ヴィンスがそう言いながらディロンを横目で見ると、大男もうなずいた。

さきほどの少年が大急ぎで別の男を連れてきた。マクダーンよりは年上だがグリフィンよりは若く、どちらと比べても痩せており、足をひきずりながら、わずかな残光の中にもかかわらず目を細めている。その腕の中では小さな子豚が一頭、逃げようと暴れていた。

「どうして豚なんか抱いとるのかね、ラッセル？」グリフィンが尋ねる。

「いやぁ、こいつが――緊急事態だって言うもんだから」

グリフィンはディロンと視線を交わし、肩をすくめた。「緊急事態だから豚の手も借りたいと？」

ラッセルが顔をしかめる。「ちょうど、小屋に戻そうとしてるところだったんです。一日じゅうパールに遊んでもらってたんで、巣に入りたがらなくてね。置いてこようもんなら、それっきり行方不明だったでしょうよ。で、緊急事態ってのは？　何があったんですか？」

「空騒ぎだったんだ――すまんな」グリフィンが答えた。

ラッセルは首を振った。「勘弁してくださいよ、ヴィンス、心臓が止まっちまうかと思うほどだったんですから。そのうち、鐘の音ひとつで死人が出るかもしれませんよ？」

「何もなかったわけじゃない」ヴィンスはロイスとハドリアンのほうへ顎をしゃくってみせた。「こちらさんが何かを企んどるのかと疑わずにいられなかったのさ」

ラッセルも彼らをふりかえった。「へぇ、初めて見る顔だな？　どこから来たって？」

「コルノラからよ」トレースが答える。「わたしの頼みで来てくれたの。このふたりなら父さんを救うことができるって、エスラが言ってたわ。お邪魔でなければ、わたしと一緒にあなたの家で寝泊まりさせてあげてほしいんだけど……」

ラッセルは彼女の顔を見ながら重い溜息をつき、口の端をゆがめた。

「えぇと、ごめんなさい――聞かなかったことにして」トレースは困ったように言葉を濁した。「トマス助祭さまにお願いすれば――」

「おいおい、遠慮するなって、トレース。かまわないにきまってるだろ」ラッセルは子豚を小脇にかかえこみ、空いたほうの手で彼女の頬を撫でた。「ただ、おれは――レナもそうだけど、きみがどこかで幸せに暮らしてくれることを願ってたんだ。誰かと所帯を持つんじゃないかってね」

かりさ」


「父さんを見捨てるわけにはいかないわ」

「あぁ、まったく、きみらしいと思うよ。きみと親父さんは――そういうところがそっくりだ。石のように硬い。畑を耕すときには、そんな石が隠れていないことをマリバーに祈るばかりさ」

子豚が彼の腕から脱け出そうと身をよじり、脚をばたつかせ、金切声を上げる。ラッセルはあやういところで押さえこんだ。「そろそろ帰ろう。ぐずぐずしてると、女房まで捜しに来るかもしれん。ほら、トレース――そっちのふたりもついてきな」彼はちっぽけな家々のあいだを歩きはじめた。「それにしても、どこでそんな服を手に入れたんだい？」

ほかの面々がその場を離れても、ロイスだけは動こうとしなかった。ハドリアンが不思議そうにふりかえったものの、村人たちとともに歩み去っていく。小径に佇《たたず》むロイスの目の前で、人々は水汲みを済ませ、洗濯物をかたづけ、家畜を引き連れ、灯のある場所へと急ぐ。パールも井戸のそばを通りかかった――彼女に預けられたままの豚はあと二頭だけだった。すでに家へ戻ったはずのメイ・ドルンデルがふらりと出てくる――頭に巻いていた布を外し、髪を下ろしている。彼女は自宅の脇へ行くと、キャスウェル家の前にあったような木の杭が三本並ぶ場所で足を止め、しばらくひざまずいてから、ふたたび屋内へひっこんだ。戸外をうろうろしている村人はもう誰もいなかった。

残るは、ロイスともうひとり、井戸端にいる男だけだ。

風体から判断するに、農夫ではない。

ロイスがその男の存在に目を留めたのは、ここへ引き返してきてすぐのことだった。すらりとした長身を井戸のポンプに預け、影の中にひそんでいたのだ。肩まで伸びた黒髪はところどころに灰色が混じり、頬骨は高く、目許には憂いの色を漂わせている。全身を覆うマントが消える寸前の残光を浴びて淡い輝きを帯びている。待つことによほど慣れている者でなければ、あんなふうに少しも身動きせずにはいられないだろう。

さほど老けているわけでもなさそうな外見だが、ロイスはごまかされなかった。二年前、ロイスとハドリアンが若いアルリック王子や修道士のマイロンとともにグタリア監獄を訪れ、彼の脱獄に手を貸したときのことを思い出してみても、風体はおよそ変わっていない。マントの色合はあのときと異なっているにせよ、形容しようのない彩りはそのままだ。今この瞬間のそれは碧玉色か深緑か。袖口もあいかわらず長く垂らし、手首から先がないのを隠していた。目新しいところは髭だけである。

両者は草地をはさんで対峙した。ロイスが無言で歩を進め、距離を詰めていく。幽霊同士の邂逅さながらに。

「ひさしぶりだな――エスラだっけか？　それとも、ハッドンさんと呼んでほしいか？」

相手は首をかしげ、目を丸くした。「きみと再会できて嬉しいよ、ロイス」

「どうして、おれの名前を知ってる？」

「わたしは魔術師だよ。まさか、忘れていたわけじゃあるまい？」

ロイスは立ち止まり、笑みを浮かべた。「どうでもいいことってのは記憶に残りにくいんだよ──一目でわかるように書きつけといてくれりゃ助かるんだけどな」

エスラハッドンが片眉を上げる。「きついことを言ってくれるね」

「どうして、おれが誰なのかを知ってるんだよ？」

「あぁ、コルノラに立ち寄ったついでに『王都の二人組』を観てきたのだよ。舞台装置は安っぽいし、演出もめちゃくちゃだが、脚本はしっかりしていた。崩れゆく塔からの大脱出はみごとなものだったし、脇役の修道士にはおおいに笑わせてもらった──登場人物たちのなかでは彼が一押しだな。それと、魔術師をめぐる逸話がまったくないというのも気に入った。隠蔽工作をしてくれた人物にお礼を言わなきゃならんが、まぁ、きみたちとは無関係か」

「おれたちの名前だって出てこなかったはずだぜ。それなのに、どうして？」

「きみがわたしの立場だったら、どうするかね？」

「知ってそうな連中に尋ねてみるさ。誰から聞き出した？」

「いいや、きみだったら、その問いに答えるかね？」

ロイスは渋い表情になった。「あんた、他人の質問にちゃんと答えるってことができないのか？」

「すまん、昔からの癖でね。教師を生業《なりわい》にしていたせいだよ」

「そういえば、前に会ったときとは別人みたいな話し方になってるな」ロイスが言った。

「気がついてくれたか、ありがとう。ずいぶん頑張ったよ。この六カ月間、ひたすら酒場に入り浸って、ほかの客たちの話を聞きまくったものさ。もともと、わたしは語学が得意でね

――使いこなせる言語はいくつもある。きみたちの言葉も、会話体はあやふやだが、基本文法はさほど難しくなかった。根は同じ言語だし、きみたちの方言はわたしが使い慣れているものよりも――まぁ、いくぶん粗野というだけのことだ。少し下品な調子でしゃべっていれば充分に通じる」

「まぁ、とにかく、あんたはおれたちの正体を探り当てて、三文芝居を楽しんで、酔っ払いどもの与太話から当世の言葉を学んだ――そこまではわかった。それはそれとして、ここで何をしようとしてるんだ？　おれたちをここへ来させた理由は？」

エスラハッドンは立ち上がり、井戸のまわりをゆっくりと歩きはじめた。ポプラの枝葉の隙間から洩れてくる最後の残光の中、足元だけを見下ろしている。

「身を隠すのにうってつけの土地だからと答えれば、それらしく聞こえるだろうな。あるいは、この村の窮状を知りながら救いの手をさしのべないわけにはいかないというのも、魔術師としての模範解答ではある。だが、もちろん、そんな言葉できみを納得させられるはずがないことは重々承知しているよ。おまけに、時間がもったいない。いっそ、きみの推察を述べてみたらどうかね？　それに対するわたしの反応を見れば、当たり外れがわかるだろう」

「魔術師ってのはどいつもこいつも、あんたみたいに性根がねじれてやがるのか？」

「あいにくだが、わたしなんぞ及びもつかん連中ばかりだよ。若かりし頃のわたしは仲間内でいちばんの良識派という評判を得ていたのだぞ」

若者がひとり――タッドという名前だったか――桶を片手に駆け寄ってくる。「まずいよ、遅くなっちゃったよ」彼は呟きながら、大急ぎでポンプを動かしはじめた。少し離れたところでは、頑固な山羊をひっぱって家へ入らせようとしている女と、後ろから押して手伝う幼い息子の姿も見える。

「タッド！」男の声が響いてきたので、井戸端の少年はあわててふりかえった。

「すぐ戻るってば！」

水を汲み終えた少年はふたりに会釈すると、桶をひっつかみ、中身がこぼれるのもかまわずに走り去っていった。

あらためて、ふたりだけがその場に残される。

「あんたの欲しいものがアヴェンパーサに隠されてるってことだろ」ロイスは魔術師に言った。「ただし、そりゃ怪物退治のための剣なんかじゃない。ところが、自分じゃその扉を開けられるはずもないもんだから、あんたはあの父娘《おやこ》の哀れな境遇につけこんで、おれとハドリアンをここへ連れてこさせた」

エスラハッドンは溜息をついた。「がっかりだよ。きみはもっと頭の切れるやつだと思っていたし、二言目にはわたしの斬り落とされた手を揶揄してばかりなのも不愉快だ。わたしは誰にもつけこんでなどおらんのに」

「じゃ、本当にそんな剣があるってのか？」

「まさにそう言ってきたわけだが」

ロイスはひとしきり彼の顔を覗きこみ、顔をしかめた。

「わたしが嘘をついているかどうか、わからないのかね？」エスラハッドンがにんまりとする。

「嘘じゃなさそうだが、真実を語ってるとも思えないんだよ」

魔術師が目を丸くしてみせる。「ふむ、いいところをついてきたな。きみもまだ捨てたものではなさそうだ」

「なるほど、塔の中には武器があって、それが手に入れば——何だかわからないその怪物も退治できるのかもしれない。ただし、あんた自身がそいつを召喚して、おれたちを誘い出すための餌にしたって可能性も否定できんぜ」

「たしかに」エスラハッドンがうなずいた。「牽強付会ではあるが、理屈としては合っている。とはいえ、この村が襲われるようになった時点でわたしがまだ獄中にいたことを忘れているようだね」

ロイスはふたたび顔をしかめた。「で、あんたがここにいる本当の理由は何なんだ？」

エスラハッドンが笑う。「きみはまず、魔術師がそうやすやすと情報を吐き出すわけがないということを理解する必要があるな。もっとも、これだけは教えておいてあげよう——わたしがここへ来て、セロンの娘にきみたちを連れてこさせなかったら、あのふたりは今日まで生きていられなかったにちがいない」

「いいだろう。あんたの目的が何であれ、おれの知ったこっちゃない。しかし、どうしておれなんだ？　そこだけでもはっきりさせてもらいたいな、えぇ？　錠前破りぐらい、そのへんの盗賊を雇うだけでも充分だろうに、わざわざおれたちの名前を調べあげて、コルノラにいるってこともつきとめて――まぁ、みごとなもんだとは思うが――そこまでする理由があるのか？」

「ほかの誰にもできないことだからだよ。わたしの知るかぎり、アヴェンパーサの扉を開けられるのはきみしかいない」

ロイスの眼光が鋭くなった。

「怪物は無差別に村人たちを殺している」エスラハッドンはいきなり真剣きわまる口調になった。「人間の手によって造られた武器では退治できない。夜になると現われ、いくつもの死体を残していく。それを止めるには、塔に隠された剣がなくてはならないのだ。どうにかして中へ入る方法を見出し、その剣を取ってきてもらいたい」

ロイスはなおも魔術師を注視したままだった。

「きみの推察は正しい。わたしはすべての真実を語っているわけではない。しかし、語っていること自体に嘘はないし、現時点で言えるかぎりのことは言った……つもりだ。それ以上は中へ入ってみないと」

「剣泥棒か」ロイスはひとりごちた。「よし、まずは現場を見に行ってみよう。どうせなら、今すぐにでも始めるとするか」

「いかん」魔術師が言葉を返す。彼はすっかり暗くなった地面に視線を落とした。それから、やはり闇に染まりつつある空を仰ぎ見る。「夜のあいだは屋内に身をひそめておくべきだ。

朝になったら動くが、今夜は村人たちと一緒に休もう」

ロイスは魔術師から目を離そうとしなかった。「初めて会ったとき、あんたは稲妻を呼ぶも山をそびえさせるも思うがままの凄腕魔術師だとかいう話を聞かされたはずだが、今の様子じゃ、ちんけな怪物と戦ったり古い塔に入りこんだりもできないようだな。こけおどしもいいところじゃないか」

「昔はできたのだよ」エスラハッドンはそう言うと袖を滑らせ、手首から先のない両腕をあらわにしてみせた。「喩えるなら、魔術というのはフィドルを演奏するようなものでね。手が使えなくては至難の業なのさ」


夕食に出されたのは野菜のポタージュだった。もしくは、ニラとセロリとタマネギとジャガイモを具材にした薄いシチューというべきか。ハドリアンは少しだけにさせてもらったが、味はびっくりするほどすばらしく、さまざまな珍しい香草が入っているのだろう、口の中が燃えるような刺激に満ちていた。

ラッセルとレナのボスウィック夫妻は約束どおり寝る場所を提供してくれた。家の狭さを考えるに、それはたいへんな厚意だった。ボスウィック家には子供が三人、豚が四頭、羊が二頭、マミィという名の山羊が一頭、みんなそろって部屋ひとつしかない同じ屋根の下で暮らしているのだ。さらに、昼間の招かれざる客だった蠅にかわり、夜は蚊が入りこんできている。室内には煙と獣臭が充満し、シチュー鍋から立ち昇る湯気もたちこめ、呼吸をするのもやっとの環境だ。そんなわけで、ロイスとハドリアンはなるべく戸口の近くに陣取っていた。

「もともと、おれは農業のことなんか何も知らなかった」ラッセル・ボスウィックがしゃべっていた。村の男たちの例に洩れず、彼も膝まで届くほど丈の長いよれよれのシャツを着ており、腰のすぐ上あたりを組み紐でくくっている。ちなみに、目のまわりにある大きな隈もダールグレンの住民たちに共通の特徴となっているようだ。「ドリスムーアじゃ蠟燭職人だった。ヒッティル通りにある貿易商の店で雇われてたのさ。ここへ移住してきた最初の年、うちの家族全員がとにもかくにも無事に生き延びられたのは、ひとえにセロンのおかげだよ。セロン・ウッドとかみさんのアッディがいなかったら、おれたちは餓えと寒さで一巻の終わりだったにちがいない。あのふたりはおれたちを居候させてくれたし、この家を建てるときも力を貸してくれた。それに、畑仕事を教えてくれたのもセロンなんだ」

「双子が産まれたときはアッディがとりあげてくれたよね」レナが器にシチューを注ぎながら言った。トレースがそれを受け取り、子供たちのところへ運んでいく。双子の娘とタッドはそろって天井裏へと追いやられ、藁のベッドに寝そべって頰杖をつき、下の会話に耳を傾けていた。「それから、トレースにもずいぶん面倒を見てもらったっけ」

「そんなわけで、うちへ来てもらうのは大歓迎さ」ラッセルがしめくくった。「できれば、セロンも一緒だったら良かったんだけどな……どうにも頑固一徹だから」

「それにしても、本当にすてきな服だよねぇ」レナがトレースのほうを眺め、首を振る。ラッセルがうっとうしげに声を洩らしたものの、口の中にシチューが入ったままだったので、何と言ったのかは誰にも聞き取れなかった。

レナが顔をしかめる。「だって、そうでしょ」

彼女もそれ以上はその話題をひっぱろうとしなかったが、視線を離すこともできずにいた。レナ・ボスウィックは痩せぎすで、淡褐色の髪を短くしているため、少年のような雰囲気を漂わせている。尖った鼻は紙の一枚や二枚ぐらい簡単に切れるのではないかと思えてしまうほどだ。顔には雀斑《そばかす》が残っているし、眉毛は薄い。娘たちも息子もその血を受け継いでいることが如実にわかる風貌で、おまけに、髪型も同じ――ちなみに、ラッセルの頭には毛が一本も残っていない。

トレースは大都会の華やかさと喧噪、そこで自分が経験した冒険譚などを語り、ボスウィック家の人々を楽しませた。ハドリアンとロイスが彼女を豪奢な宿へ連れこんだというくだりに、レナはたちまち表情をこわばらせたものの、詳しい話を聞いて胸をなでおろした――浴槽にはお湯がたっぷりで石鹸も香り高く、寝室へ行けば大きな羽毛布団が待っていると、トレースは夢中でまくしたてた。ただし、仲見世の門前での顚末には一言も触れなかった。

レナはその話にすっかり心を奪われ、シチューの残りを煮え返らせてしまうほどだった。ラッセルは食事のあいだじゅう、低い声で唸ったり喉を鳴らしたりの相槌だけをくりかえしている。エスラハッドンは脇のほうの壁ぎわ、レナの糸車とバター攪拌器とのあいだに座りこんでいる。彼のマントは濃灰色になっていた。あまりにも静かなので、またしても影に溶けこみかかっている。その口許へ、トレースが匙を運んでいる。ハドリアンはそんな魔術師の姿を見ながら、心の中で自問した。**どんな気分だろうな? 強大な力を持ちながら、実際には匙の一本も持てないなんて?**

食事が終わると、トレースはレナのあとかたづけを手伝い、洗った食器を戸棚に並べていった。「このお皿、憶えてるわ」彼女はそこにある唯一の陶器に目を留め、小さく笑った。青の釉薬《ゆうやく》でこまやかな網目模様の描かれた白い楕円形の皿が、棚のいちばん奥へ大切にしまいこまれている。「まだ小さかった頃、わたしとジェシー・キャスウェルが――」とたんに、彼女は言葉を失い、室内も水を打ったように静まりかえった。おしゃべり好きな子供たちでさえも。

レナが皿洗いの手を止め、両腕でトレースを抱き寄せた。その顔に、今夜これまでは見せてこなかった皺が浮かんでいる。ふたりは汚水の入った桶の前に立ち尽くしたまま、静かに泣くばかりだった。「あんた、戻ってきちゃいけなかったのよ」レナが囁く。「お宿の人たちと一緒に暮らすほうが幸せだったはずなのに」

「でも、父さんを置き去りにはできないわ」レナの肩に顔を埋めたまま、トレースが小さな声で答える。「たったひとりの残された家族だもの」

トレースが思い切るように身体を離したので、レナも笑顔を作ってみせた。

外はすっかり暗くなっていた。戸口のすぐそばにいるハドリアンでさえ、ほとんど何も見えない――梢の彼方に見え隠れする月光の下、蛍の群れがまたたいている。それ以外は森の闇に呑まれてしまっている。

ラッセルが椅子をひきずって動かし、ロイスとハドリアンの真正面で座りなおした。鋸屑《おがくず》を詰めた長い素焼のパイプに火を入れ、おもむろに口を開く。「で、セロンがあの怪物をやっつけるにあたって、あんたらふたりが力を貸してくれるわけかい？」

「できるかぎりのことはするさ」ハドリアンが答える。

ラッセルは強く吸って煙草にしっかりと火を移すと、地面そのままの床に鋸屑を叩き落とした。「セロンはもう五十過ぎだ。三叉の使い方なら熟知してるが、剣なんか持ったこともないだろうさ。しかし、あんたらは戦いにも慣れてそうな様子だし、ハドリアンさんよ、あんたは三本も剣を持ってる——どれも充分に使いこなせるんでなきゃ、そんなに持って歩くはずがないよな。ぶっちゃけた話、年寄りがみすみす死んでいくのを手伝うよりも役に立つんじゃないのか？」

「ラッセル！」レナがたしなめる。「彼らはうちのお客さんだよ。そうやって難癖をつけるより、さっさとお湯でも沸かしたらどうなの？」

「セロンにゃ自殺同然の真似をしてほしくないんだよ。領主と騎士たちでさえ手も足も出なかったんだぞ、あのとっつぁんに何ができる？　鎌なんぞ役に立たんだろうに。自分の強さを証明してみせようってか？　そんなのが勇敢だとでも？」

「何を証明するつもりもなかろうよ」エスラハッドンがいきなり言葉をさしはさんだので、室内の誰もが息を呑んだ。「彼は死のうとしているのさ」

「何だって？」ラッセルが訊き返す。

「よくある話だよ」ハドリアンが言った。「おれも見たことがある。たとえば、兵士が――百戦錬磨の兵士でさえ、やってられるかって気分になっちまったりするんだな。きっかけはいろいろだ――あまりにも多くの死に直面してきたとか、親友を喪《うしな》ったとか、あるいは、天気のせいで滅入っちまったなんていう些細な理由かもしれん。昔の知り合いで、あちこちの戦場を踏み越えてきたやつがいたよ。ところが、部隊の食料が足りないってんで軍用犬の一頭をつぶさなきゃならなくなったとき、そいつに懐いてたやつが選ばれちまったのが運の尽きだった。そう、戦いに生きてきた者にとって降伏は受け入れられるものじゃない。ただ勝負を降りるってわけにゃいかないのさ。自滅の道を選ぶしかないんだ。それで、勝ち目がないことは重々承知で、八方破れの戦いへと突き進んじまう」

「だとしたら、あなたたちには無駄足だったわけね」トレースが言った。「父さん自身が生きていたくないと思ってるなら――塔にどんな武器があるとしても、何の助けにもならないってことでしょ」

ハドリアンは不用意な発言を後悔しながら、「親父さんがとにもかくにも日々を生きてるあいだは、また希望を見出す可能性もないわけじゃないさ」

「お父さんはきっと元気を取り戻せると思うよ」レナもつけくわえる。「岩みたいに逞しい男なんだから。そうでしょ？」

「母ちゃん」子供たちのひとりが天井裏から呼びかけた。

レナはそれを無視した。「お父さんのことを悪く言われたからって、耳を貸す必要なんかないよ。どうせ、何もわかっちゃいないんだから」

「母ちゃん」

「そもそも、家族を喪ったばかりの女の子にそんなことを言うなんて、とんでもない」

「母ちゃんってば！」

「何だってのよ、タッド？」レナは半ば金切声になりながら訊き返した。

「羊の様子が変なんだ。ほら」

そこでようやく、全員がそれを見て取った。彼らの食事のあいだじゅう、羊たちは部屋の片隅でおとなしくしていた。ハドリアンにいたっては、大きな毛玉のような家畜の存在さえも失念してしまっていたのである。ところが、今やその二頭はまるで先を争うかのように、ラッセルが建てつけた木の板に身体を押しつけているのだ。山羊のマミィもおちつかない様子で、首につけた鈴をしきりに振り鳴らしている。一頭の豚が戸口めがけて突進し、トレースとレナがぎりぎりのところで捕まえた。

「みんな、降りといで！」レナが子供たちに低い声を飛ばす。

三人は無駄のない動きで梯子を駆け降りた。幾度も実地訓練を経験してきたにちがいない。そして、部屋の中央にいる母親の許へと身を寄せる。ラッセルもすばやく席を立ち、皿洗いに使われていた水を竈《かまど》にぶちまけた。

たちまち、闇がすべてを包みこむ。誰もが無言だった。屋外のコオロギも鳴くのをやめた。

カエルもすぐに沈黙した。家畜はあいかわらず右往左往している。さっきとは別の豚が駆け出し、ハドリアンは小さな蹄の音が戸口のほうへと急接近してくるのを聞いた。しかし、彼のすぐ隣にいるロイスがひょいと身体を動かしたとたん、その音は聞こえなくなった。

「おい、誰か、こいつをどうにかしてくれ」ロイスが囁いた。タッドが這い寄ってきて、彼の腕の中にいる豚を抱き取った。

一同はひたすら待つしかなかった。

鈍い物音がかすかに聞こえてきた。ハドリアンがまず連想したのは鞴《ふいご》だった。やがて、それは次第に近く、大きく、重く、威圧的になってきた。頭上にさしかかった瞬間、ハドリアンは反射的に振り仰いだものの、もちろん、闇の先には天井が見えるばかりだった。彼は剣の柄に手をかけた。

バサッ――バサッ――バサッ――

それはいったん通り過ぎたものの、ふたたび戻ってきた。一同は凍りついたようになったまま、聞き耳を立てた。ふと、その音が消えた――完全なる沈黙。室内にいる誰もが息を殺している。

ズシン！

家並のどこかで爆発が起こったかのような衝撃音に、ハドリアンは思わず跳び上がった。何かが叩き割られ、引き裂かれ、砕け散っていく、破壊の不協和音。それにまじって悲鳴が上がった。女の声だ。けたたましい断末魔の叫びがそこらじゅうに響きわたる。

「マリバーよ、お慈悲を！　メイだわ」レナが泣き出した。

ハドリアンが腰を浮かせた。ロイスはすでに立ち上がっている。

「やめておきなさい」エスラハッドンが声をかけた。「もう手遅れだ。きみたちにできることは何もない。手持ちの武器であの怪物を倒すことはできんよ。だから――」

ふたりは戸口から外へ駆け出した。

ロイスのほうが一足先に、メイ・ドルンデルの小さな家めざして小径をすっとんでいく。ハドリアンは夜目が利かず、ロイスの足音を追いかけるのがせいいっぱいだった。

悲鳴がやんだ――いや、途絶えた。

ロイスが立ち止まったので、ハドリアンはその背中にぶつかりそうになってしまった。

「どうした？」

「屋根がひっぺがされてる。壁はどこもかしこも血だらけだ。婆さんが生きてるとは思えないな。あいつもさぞ満足だろうよ」

「あいつ？　姿が見えたのか？」

「梢の隙間からな――ほんの一瞬だったが、それで充分さ」

5 砦

ロイスとエスラハッドンは夜明けとともにボスウィック家を出ると、小径をたどって村を離れた。昨日、ダールグレンに到着したときから、ロイスの耳はかすかな鈍い物音を捉えつづけていたのだが、こうして川のほうへと近づいていくにつれ、それが実際には轟音だということがわかってきた。ニルウォルデン川はまさに大河である——途方もない量の水が緑色に逆巻きながら滔々と流れ、岩を濯《あら》っては飛沫をほとばしらせる。しばし、ロイスはその光景に目を奪われて立ち尽くした。ちょうどそこへ一本の枝が押し流されてきて、灰色とも黒ともつかない葉塊がひっきりなしに浮き沈みをくりかえす。あちらでもこちらでも巨大な岩にひっかかっては削られ、ふたたび奔流に乗り、やがて沸き立つような白波の中へと消えていく。広い川幅の中ほどには何やら高いものがそびえているようだが、激しい飛沫で視界が白く霞んでおり、岸辺から伸びる木々の枝にも邪魔されて、はっきりと視認できる状態ではない。

「もっと下流まで行かんと」エスラハッドンが声をかけ、自分が先に立ち、いよいよ細くなる川沿いの小径を進んでいった。道端では朝露に濡れたシダが茂り、おだやかな風が鳥たちのさえずりを運んでくる。雷鳴のような水音が響きわたっているにせよ、屋根のない家とそこに残された血染めの壁というおぞましい光景の記憶とは比べようもないほどの静謐が感じられる。

「さぁ、ごらんあれ」エスラハッドンがうやうやしく告げた。そこは見晴らしの良い岩場で、川面を一望することができる。対岸ははるかに遠く、猛々しい流れの先は滝によって断ち切られていた。

ふたりが立っているのは瀑布の突端にきわめて近いところで、大量の水が一気に落ちることによる白い靄《もや》が湧き立っている。滝のてっぺん、川幅のちょうど中央あたりに巨大な岩塊が鎮座しているありさまは、かろうじて転落をまぬがれた船が虚空にむかって舳先を突き出しているかのようだ。そして、大自然の驚異とでもいうべきその巨岩を礎《いしずえ》に、アヴェンパー サ砦が建っているのだ。すべてが石で造られ、岩棚から天を衝かんばかりに高くそびえる塔。すらりと伸びた姿は気品をたたえ、水晶あるいは氷の細片を無数にちりばめたかと思わせるほどで、泡立つ白波とそこから生じた霧を足元にまとっている。一見、それは誰の手も触れることなく生み出された石柱のようだったが、仔細に観察してみれば、窓や通路や階段などをそなえた構築物であることがわかる。

「どうやって渡りゃいいんだ？」ロイスは轟々たる水音に負けじと声を張り上げた。風を受けたマントが蛇のように舞いくねる。

「まずはそこから解決せんとな」エスラハッドンも叫び返したものの、具体的な答えは何もなかった。

おれを試してやがるのか？　やっこさん自身も知らないのか？

ロイスが川沿いに岩場をたどっていくうち、急峻な谷が現われた。標高差は二千フィート以上もありそうだ。眼前に広がる光景は言葉にできないほど美しい。壮大な滝を落ちていく奔流はすさまじいばかりで、吸いこまれてしまうような錯覚に襲われる。青緑色の水の塊が躍り、爆《は》ぜ、無数の白い水滴と化し、その衝撃音が彼の胸を叩く。南のほうへと視線を移せば、そちらも絶景だった。はるかなる川の流れはあたかも輝く蛇のようで、緑に覆われた地を抜けてゴブリン海へと注ぎこむ。

エスラハッドンはいくぶん川から離れた下り斜面の途中に立ち、花崗岩の陰にまわりこんで風や飛沫を避けていた。ロイスもそこまで降りてみることにした――そのあたりだけ岸辺の木々が少なく、林冠もひときわ低いということに気がついたのである。実際に足を運んでいくと、それは地形の問題でなく、木々の若さによるものだった。あまつさえ、その特徴が見て取れる部分はみごとに直線を描いているのだ。奇妙な小山があちこちにあり、ツタや灌木がびっしりと生い茂っている。それらの一部を引き抜き、何層にも重なった枯葉と土をかきわけてみると、平らな石が現われた。

「古道の跡みたいだな」彼は大声で魔術師に呼びかけた。

「そのとおり。アヴェンパーサへ渡るための長い橋がかけられていたのだよ」

「なくなっちまった理由は？」

「川の水だよ」魔術師が答える。「人間がどんなに頑張ったところで、ニルウォルデンの流れをいつまでも従えておくことなど不可能だ。遅かれ早かれ崩れ落ち、滝壺に呑まれてしまう」

ロイスは古道をたどって岸辺に出ると、威圧的なまでに広い川面のまっただなかに立つ塔を眺めた。巨大な灰色の水の塊がすぐ目の前をものすごい勢いで駆け抜けていくが、さほど速いようにも感じられないのは、その規模があまりにも桁外れであるせいだ。滝が迫るにつれ、川の流れは濃灰色から透きとおった緑色へと変わっていく。そして、落下の瞬間、それは炸裂して白い泡となり、何百億という水滴をあたりかまわず弾き飛ばし、衰え知らずの轟音を発しつづける。

「まいったね、こりゃ」ロイスはひとりごちた。

彼は魔術師のいるところまで戻ると、陽射で温められた岩の上に座りこんだ。川面はるかに立つ塔は飛沫にうっすらと烟《けぶ》り、虹をかぶっている。

「あれを開けろってか？」盗賊は真剣そのものの口調で尋ねた。「何かの冗談ってわけじゃないんだな？」

「もちろん、冗談なんぞ言っとらんさ」エスラハッドンもそこいらの岩にもたれかかり、腕組みをしたまま目をつぶっている。

その悠然たる態度がロイスの気に障った。「じゃ、情報の出し惜しみはやめとけよ」

「何を知りたいのかね？」

「全部だ――あんたが知ってること、何から何まで」

「まぁ、そうは言っても、わたしがここへ来たのは遠い昔のことでね。当時と今とではずいぶん事情が違う。たとえば、あの頃はノヴロンの橋があって、塔まで歩いて渡れたものだが」

「それ以外の方法はなかったのか？」

「いや、ないことはないはずだ。少なくとも、理屈からすれば何かあって然るべきだろう。いいかね、アヴェンパーサは人類がまだエランの地に存在していなかった時代、エルフたちによって建てられたものだ。その理由や目的を知る者はいない――というか、人間界では知られていない。南向きの滝の上、われわれがゴブリン海と呼ぶところと正対するように位置していることから、ひとつの仮説として、エルフたちがウバーリンの子らの襲来にそなえたのではないかとも言われている――ちなみに、ドワーフたちはウバーリンの子らを〝バ・ラン・ガーゼル〟と呼ぶが、その直訳が〝海に棲むゴブリン〟なのはきみも知ってのとおりだろう。かつて、この一帯が都市として栄えたこともあったらしい。アペラドーンに伝え遺されたものはないも同然だが、エルフたちの文化はとりわけ美術や音楽や至藝にすぐれていた」

「あんたの言う〝至藝〟ってのは、魔術のことだよな？」

魔術師は片目を開け、顔をしかめてみせた。「そのとおりだが、忌まわしげな視線を向けるのはやめてくれ。脱獄して以来、もう何度となく不愉快な思いをさせられてきたよ」

「まぁ、人類の多くは魔術を邪悪なものと考えてるからな」

エスラハッドンは溜息をつき、けわしい表情で首を振った。「長らく閉じこめられているあいだに世の中が変わりはててしまったとは、残念でたまらん。あの獄中生活で狂うこともなく生き延びてこられたのは、いつの日か人類の庇護者としての務めに戻るのだという一念があったからだが、こうなってみると、それほどの価値があるのかどうか疑いたくもなってしまう。わたしが若かった頃の世界はとにかく驚異的だった。たとえば、超と特がつくほどの大都市。きみたちのコルノラでさえ、往時なら都市の末席にも数えられなかったはずだ。すべての建物に水道が引かれていた――栓をひねるだけで水が出る。また、汚水溜めは悪臭の元になるため、街の隅々にまで排水路を敷設し、その維持管理も怠らなかった。八階建や九階建はあたりまえ、十二階まである建物も珍しくなかった。病院へ行けば本当の意味において健康を回復することができた。図書館、博物館、寺院、さまざまな学校もあった。

人類はノヴロンの遺産を無為に使い果たしてしまった。眠りにつくまでは富豪だったのに、目覚めてみると貧民に落ちぶれていたようなものだ」彼はいったん言葉を切った。「それから、きみたちは魔術と呼んで怖れるが、至藝こそは人間と動物たちを分かつ一大要件なのだよ。おかげで、われわれの文明にはおおいなる発展がもたらされたというのに、きみたちは何も憶えていないばかりか、罵り言葉まで浴びせてくる始末だ。かつて、至藝とは自然を従わせる営為とされ、その能力を会得した者たちは〝高聖〟――すなわち神の名代と崇《あが》められた。それが今や、明日の空模様がどうなるかを当てただけで焚刑とは。

こんなはずではなかった。人々は幸せに暮らしていた。路上で寝起きする者などいなかった。食べていくのがやっとの貧農もいなかった。掘立小屋に三人の子供をかかえ、四頭の豚と二頭の羊、さらには山羊まで同じ屋根の下に住まわせ、蠅の群れにたかられながら薄いシチューを分け合う、そんな家族もいなかった」

エスラハッドンは悲しげに視線をめぐらせた。「わたしは魔術師として世の真理を学び、その成果をもって皇帝陛下にお仕えすることに人生を捧げてきた。そして実際、できるかぎり多くの真理を発見し、陛下にも誠心誠意を尽くしてきたつもりだ。それでもなお、いろいろと悔やむことはある。家でおとなしくしているほうが良かったのかもしれない。そうすれば、幸せなまま人並みの死を迎え、後顧の憂いとも無縁だったはずだ」

ロイスが彼の顔をしげしげと眺めている。「魔術師の本音を聞けるとは思わなかったぜ」

エスラハッドンは渋面を浮かべた。

「それより、塔についての話はどうなったんだ?」

魔術師は霧の上に高くそびえる優美な建造物をふりかえった。「エルフ大戦における最後の戦場となったのが、このアヴェンパーサだ。ノヴロンはエルフ軍をニルウォルデン川まで押し戻してきたものの、あちらが塔内に立てこもったので、戦局は膠着状態となってしまった。ノヴロンは川の流れに屈することを拒み、橋を造れと命令した。それから八年、数百人の犠牲者を出しながらも、橋はようやく完成した。ノヴロンはさらに五年がかりで塔を制圧した。この一勝は戦略的にも象徴的にも大きな意味があり、エラン完全制覇をめざすノヴロンを止める手段はないのだとエルフ軍に納得させることができた。そこから先がいささか奇妙な話で――詳細はわかっていないのだがね。言い伝えによれば、ノヴロンは〈ギュリンドラの角笛《つのぶえ》〉を手に入れ、それがエルフ軍の無条件降伏を決定づけた。そのあと、彼はすべての兵器を破壊させ、橋を渡って撤収し――二度と塔へ近づこうとはしなかったらしい」

「つまり、ノヴロンが来るまでは橋がなかったわけか？　どっちの岸からも？」

「そう、そこが問題だ。もともと、塔へ渡る手段はなかった」

「エルフたちはどうしてたんだろうな？」

「まさしく」魔術師が相槌を打つ。

「あんたも知らないのか？」

「齢《よわい》を重ねてきたとはいえ、ノヴロンの時代は遠すぎる。彼はわたしよりもはるかに昔の存在だ――わたしときみの歳の差も相当だが、それどころではないのでね」

「じゃ、摩訶不思議と決めつけるのは早計だな。何か見落としてるのかもしれんぜ」

「口で言うほど簡単なことなら、ノヴロンはわざわざ八年もかけて橋を造ったと思うかね？」

「簡単じゃないのを承知のうえで、おれに話をもちかけてきやがったのか？」

「きみの生きの強さに期待しているのだよ」

ロイスは訝しげな表情になった。「……それを言うなら〝引きの強さ〟だろ？」

魔術師が当惑をあらわにする。「どうも、わたしはまだ語彙が足りていないようだな」

ロイスは流れのまっただなかに立つ塔を眺めた。剣を盗み出してほしいという依頼を受けるたびに厄介事がついてまわるのは、何が元凶なのだろうか？


メイ・ドルンデルの葬儀はしめやかで厳粛なものだったが、ハドリアンが思うに、そこには事前の準備がいきとどいていたかのようだった。進行がもたつくこともなかったし、弔辞でとちることもなかった。誰もが自分に与えられた役割をきっちりとこなしていた。その気になれば、ダールグレン村の人々はいつでも葬儀屋に転身できるにちがいない。

生前のメイがどれほど献身的に家族や教会を支えてきたか、トマス助祭はかいつまんで述べたにすぎなかった。彼女がドルンデル家に残された最後のひとりだったこと。息子たちはいずれも六歳を待たずに病死したこと。夫が五カ月ほど前にあの怪物の餌食となったこと。おぞましい最期を迎えたとはいえメイ自身にとっては本望だったかもしれないという助祭の弁に対して、村人たちも多かれ少なかれ納得の表情だった。彼女がこの二晩、わざわざ窓辺に蠟燭を立てていたという声も聞こえてきた。

これまでと同じく、現場には死体が残されていなかったので、村人たちは白木の杭に焼き鏝《ごて》で彼女の名前を刻みつけ、それをドルンデル家の敷地に突き立てた——ディヴィ、ファース、ウェントの名前がある三本の杭と並べて。

調査に出ているロイスとエスラハッドンを別にすれば、欠席者はひとりもいなかった。セロン・ウッドでさえ、死者への敬意を示すために顔を見せていた。ただし、その表情は昨日以上にやつれており、夜も眠らなかったのではないかと疑いたくなるほどだった。

葬儀のあとは村を挙げての午餐が始まる。男たちが広場の端から端までテーブルを並べたところへ、それぞれの家から料理を持ち寄ってくるのだ。魚の燻製、黒練りプディング（豚の血と牛乳と獣脂とタマネギとオートミールでこしらえたソーセージ）、羊肉などが一般的らしい。

ハドリアンはやや離れたネズの木にもたれかかり、順番待ちの列を作る村人たちの姿を眺めていた。

「好きに食べていいんだよ」レナが声をかける。

「途中で足りなくなっちゃ困るだろ。こっちは手持ちの糧食もあることだし」

「遠慮しないで——こういう席なんだからね——みんな一緒にっていうのが大切なの。メイもそれを望むだろうし、死んだ人をないがしろにするようなお葬式はろくなもんじゃないわよ」

彼女の刺すような視線に、ハドリアンはうなずき、料理を取りに行った。

「おぉ、あなたが厩舎の馬たちの持ち主でいらっしゃる?」背後からのそんな声に、彼がふりかえってみると、恰幅の良い身体に僧衣をまとった男が立っていた。この村で食うに困らない風情の人物と会うのは初めてだ。ふっくらとした頬は血色も良く、ただでさえ細い眼は笑顔に埋もれてしまっている。さほど老けているようには見えないが、髪は真白だし、刈りこまれた髭もそうだった。

「ってことは、あなたがトマス助祭?」ハドリアンが訊き返す。

「さよう――いいえ、お礼には及びませんよ。丘の上、ほかに誰もいない領館で夜を過ごすというのは寂しいものです。物音だけはあれこれと聞こえてきますが、鎧戸を叩く風、垂木の軋み、お世辞にも心地良いとは言えません。しかし、おかげさまで、あの二頭が騒いでいるのだと思うことができるようになりましたよ。厩舎まではかなりの距離ですから、実際にそこでの物音が聞こえるかどうかは疑わしいところですが、心の平安のためには……ねぇ？」助祭は小さく笑った。「とにかく、文字どおりの侘《わ》び暮らしですよ。いつも身近に誰かがいることへの慣れがあるので、ひとりぼっちの領館では気が滅入ってしまいます」彼はそう言いながら、自分の皿にどっさりと羊肉を取った。

「そりゃ、さぞかし居心地は悪いでしょうね。そうなると、いちばんの楽しみは食事ですか。貴族の食料庫ともなれば、上等なものが揃ってるんじゃ？」

「えぇ、まったく、そのとおりです」助祭が答える。「領主さまは肉の燻製がお好きだったようですし、エールやワインは言うまでもありません。もちろん、わたしは必要な量しかいただいておりませんが」

「わかりますよ」ハドリアンが相槌を打つ。「そこで好き勝手なことをするようなやつは、ろくな人間じゃありませんからね。ところで、今日の葬儀にエールか何かを提供したりってのは？」

「そんな、滅相もない」助祭の顔色が変わった。「何にせよ、領館のものを持ち出すつもりはありませんよ。まさにあなたのおっしゃるとおり、好き勝手なことはできません――自分の家でもないのに」

「なるほど」

「おや、おいしそうなチーズが」助祭はその一切れをつまんで頬張った。「葬儀に物惜しみしないのはダールグレンの良いところですな」彼は口の中をいっぱいにしながら言った。

並べられたテーブルのいちばん端まで来ると、ハドリアンは座る場所を探した。ベンチがいくつかあるとはいえ、すでに空席はなくなっている。

「これこれ、子供たち、場所を譲りなさい！」助祭がタッドとパールをたしなめるように叫んだ。「その歳ならベンチを使うまでもないだろう。芝生の上で充分だ」ふたりは顔をしかめたものの、おとなしく立ち上がった。「さぁ、どうぞ、ハドリアン――でしたっけね？三本の剣をたずさえ、馬でダールグレンを訪れたとあっては、ぜひともお話を伺わないと。貴族なら昨夜のうちに領館へいらっしゃったでしょうから、そうでないということだけはわかっておりますが」

「えぇ、貴族じゃありません。そうだ、それで思い出した――こっちとしても、あなたが領館を相続した経緯ってやつを知りたかったんですよ」

「ふぅ～む？　相続？　いや、相続したわけではありません。ひとえに、この危機的な状況を乗り越えるための一助となるべく、臣下としての役割を果たそうとしているだけです。領主さまも騎士たちもお亡くなりになってしまった今、迷い多き村人たちを導くこと、国王陛下の権益を守ること、それらはわたしに与えられた天命だと悟ったのです。艱難辛苦に耐え、あらんかぎりの力を尽くす所存です」

「たとえば、どんな？」

「どんな……とおっしゃいますと？」助祭は訊き返しながら、唇や頬が脂だらけになるのもかまわず羊肉にかぶりついた。

「具体的には、どんなところで力を尽くしてるんですか？」

「あぁ――それは、まぁ……掃除や草取りや水撒きなどを。とくに菜園は雑草が生えやすくて、少しでも目を離すと収穫にも響いてしまうのですよ。あとは、そう――租税の徴収もわたしがやるしかありませんね。すんなりと払ってもらえれば良いのですが」

「そういうことじゃなく、怪物への対抗策が知りたいんですよ。どうやって村を護ろうとしてるんです？」

「おやおや」助祭は笑い声を洩らした。「わたしは騎士でなく聖職者です。まずもって、剣の正しい持ち方も知りませんし、手足のように働いてくれる騎士たちがいるわけでもありません。祈りを重ねる以外に何ができるのかと求められても、それは買いかぶりというものですよ」

「夜間だけでも村人たちを領館へ避難させるってのは？　どんな怪物なのかは知りませんが、草葺きの屋根じゃ一撃でおしまいです。しかし、領館なら屋根もずっと頑丈そうですし、壁だって分厚いでしょう」

助祭は首を振った。その表情たるや、世の中に貧富の差がある理由を尋ねる子供に対して大人が見せる憐憫《れんびん》の笑みにそっくりだった。「なんともはや、無体なことをおっしゃる。よってたかって領館を占領したとなれば、次にいらっしゃる領主さまも決して良い顔はなさらないと思いますよ」

「それにしても、領民たちに対する庇護は領主の義務だってことをご存知ないわけじゃないでしょう？　そのための租税じゃありませんか。領主が庇護を躊躇《ちゅうちょ》してたら、金や農作物や敬意を払ってもらう理由もなくなっちまいますよ？」

「何かお忘れのようですね」助祭が言葉を返す。「現在、この村には領主さまがおられないということです」

「つまり、庇護の義務を負うべき領主がいない期間については租税を免除すると？」

「いや、そこまでは――」

「領館を預かっている立場として、その義務を代行する意志はあると？」

「まぁ、そのぅ――」

「そうか、村人たちのために領館を開放するのは越権行為にあたるかもしれないってのが心配なんですね？　じゃ、もうひとつの選択肢でいきましょう」

「もうひとつの選択肢？」助祭はふたたび羊肉を口に運びかけたところで手を止めた。

「えぇ――領主に代わってこの村を庇護する義務はそれとして、領館を避難所にするのは論外となると、あなた自身の手で怪物をやっつけるのが早道ですよ」

「わたしが？」助祭は食べかけの羊肉を膝の上に落としてしまった。「そんな――」

ハドリアンは反駁《はんばく》の暇を与えずにたたみかける。「せっかくですし、おれも少しは協力させてもらいますよ。予備の剣を提供するとか、厩舎を使わせてもらってるお礼にあの馬をお貸しするとか。怪物の棲んでる場所についての噂もちらほらと耳に入ってきてますから、そのつもりになりゃ――」

「り……領館を避難所にするかどうかの件ですが、論外とまで決めつけたわけではありませんよ」助祭が大声でハドリアンの言葉をさえぎったので、周囲の村人たちは何事かとばかりにふりかえった。彼はあわてて声を落とし、「あくまでも、慎重に検討すべきであるという意見を述べたにすぎません。おわかりでしょうが、指導的な立場には重責がついてまわるため、ひとつひとつの選択肢について適否を熟慮しておかないと。結論を急ぐのは禁物です」

「なるほど、そりゃそうだ」ハドリアンは聞こえよがしに相槌を打った。「しかし、領主が亡くなってもう二週間以上も経ったんですから、さすがに結論も出た頃でしょう?」

助祭は注目の的になっていた。食事を終えた幾人かが歩み寄ってくる。ディロン・マクダーンの姿もあり、背の高さを活かして悠然と見物していた。

「わたしは――むぅ」

「お～い、みんな!」ハドリアンが叫んだ。「集まってくれ。助祭さんが、村の護りについて話したいそうだ」

会葬者たちは皿を持ったまま、井戸のまわりに丸い人垣を作った。すべての視線がトマス助祭に注がれ、その彼はまるで罠にかかった無防備なウサギのように身をこわばらせた。

「う……あ……」助祭は口をぱくぱくさせていたが、やがて、ひとつ大きく息をつくと、声を張り上げた。「村の家々が襲われるという昨今の状況をふまえ、夜間の避難所として領館を使っていただくことにしました」

群衆が囁き交わすなか、ラッセル・ボスウィックが尋ねる。「全員が寝泊まりできるだけの余地がありますかね？」

早くも前言を撤回しそうな助祭の気配を感じ、ハドリアンが立ち上がった。「女子供はもちろん、家族持ちの男もほぼ入れるだろう。十三歳以上で独身の男は厩舎とか燻製場とか、別棟の施設で辛抱してくれ。それでも、あんたらの家よりは屋根も壁も頑丈なはずだ」

たちまち、ふたりを囲む人垣の輪が縮まった。

「家畜は？　一緒に連れていくのは無理かな？」別の農夫が尋ねる。ハドリアンがまだ知らない顔だ。「肉を食うにも毛糸を採るにも畑を耕すにも、家畜がいなきゃ始まらない」

「あぁ、そうだよな」マクダーンが口を開く。「あの牛たちがやられちまったら、ダーグレンはどうしようもねぇよ」

ハドリアンは井戸の縁に跳び乗り、釣瓶《つるべ》に片腕をひっかけて身体を支えた。「領館の敷地はかなりの広さがあるし、防郭もしっかりしてる。村じゅうの家畜をそこへ集めりゃ、一戸ずつで隠しておくよりも安全なはずだ。動物が群れを作る理由を思い出してみなよ。人間だって、暗闇の中でひとりぼっちじゃ、どうぞ殺してくださいと言ってるようなもんさ。だが、あんたらも家畜もそろって領館の敷地内に立てこもるとなったら、どんな怪物でもそう簡単に襲いかかってはこられないはずだ。それと、防郭の外にぐるりと篝火《かがりび》も焚こう」

村人たちが息を呑んだ。「あいつは灯があるところを襲うんだ！」

「いやぁ、それはどうかな。たぶん、夜目はかなり利くと思うね」

彼らはハドリアンとトマス助祭の顔を交互に見比べた。

「どうして？」人垣の中の誰かが声を上げる。「どうして、そこまで言いきれる？　あんたは他所者じゃないか。何がわかるってんだ？」

「ウバーリンの魔獣が相手なんだぞ！」さらに別の声。

「あたしらじゃ何もできやしない！」右のほうから女の金切声が飛んだ。「ひとっところに集まるなんて、そこが狩場にされちゃうよ」

「なぁに、あいつはあんたらを一気に殺すつもりなんかないし、そもそも魔獣なんてもんじゃないんだぜ」ハドリアンが村人たちに言い聞かせる。

「どうして、そんなことがわかるってんだ？」

「あいつが一度の襲撃で殺すのはひとり、せいぜいふたり。なぜだ？　セロン・ウッドご自慢の家をぶっつぶしたのもメイ・ドルンデルの家の屋根をひっぺがしたのも、あっというまのことだった。それほどのやつなら、一晩のうちにこの村を全滅させるんだって簡単だろうさ。ところが、実情は違う。つまり、あいつの目的はあんたらを皆殺しにすることじゃない。餌が欲しいんだよ。怪物だとか魔獣だとか言ってるが、要は肉食動物のでっかいやつだ」村人たちが考えこんでしまったので、ハドリアンはたたみかけるように言葉を続けた。「聞いた話じゃ、あんたらは誰もあいつの姿を見てないし、襲われて九死に一生を得た者もいないそうだな。そんなの、おれに言わせりゃ、何も驚くようなことじゃない。暗くて狭い場所にひきこもってる獲物がいるとして、狩りが失敗すると思うかい？　姿が見えないってのも、そいつが姿を見せないようにしてるだけさ。どんな肉食動物だって、襲いかかる寸前までは存在を悟られないように忍び寄るし、いちばん弱そうな相手を狙うだろ――はぐれ者、子供、老いぼれ、病気のやつ。これまでのあんたらはまとまりもなく、あいつの狩りに好都合な状況をわざわざ用意しちまってたわけだ。抵抗も何もあったもんじゃない。だが、ひとつの大集団を形成すりゃ、あいつは鹿や狼にでも狙いを移し、人間には目もくれなくなるだろうさ」

「しかし、あんたの読みが外れてたら？　誰も見たことがないのは本当に魔獣だからって可能性も否定できないだろ？　恐怖心を啜《すす》って生きる、姿なき妖魔かも。ありえなくはないですよね、助祭さま？」

「えぇと……まぁ……」助祭がはっきりしない声を洩らす。

「これまでなら否定できなかったかもしれんが、今はありえないと断言できるぜ」ハドリアンが答えた。

「どうして？」

「昨夜、おれの相棒があいつの姿を見たからさ」

その一言に驚いた群衆はたちまち蜂の巣をつついたようになった。ハドリアンがふと見ると、芝生の上に座っているパールがじっと彼のほうを注視している。あちこちから矢継早に質問が飛びはじめたので、ハドリアンは両手を上げ、彼らをおちつかせた。

「どんなやつだったの？」日灼けした顔に白い頭巾をかぶっている女が尋ねる。

「おれが見たわけじゃないんで、ロイス自身に説明してもらわないとな。まぁ、暗くなるまでには戻ってくるだろ」

「あの暗さで何が見えたって？」老農夫のひとりが疑わしげに声を上げた。「悲鳴が聞こえたんで、わしもすぐに外を見てみたんだが、井戸の底にでもいるみたいな漆黒の闇だったぞ。ただのはったりだろうさ」

「でも、豚を捕まえた！」タッドが叫ぶ。

「何の話だ、坊主？」ディロン・マクダーンが訊き返す。

「昨夜、うちの豚が逃げようとしてさ」タッドが興奮もあらわに答える。「真暗だったのに、あの人はちゃんと捕まえたんだよ」

「そうだったな」ラッセル・ボスウィックも思い出したようだった。「竈《かまど》の火を消したばかりで、自分の手許も見えやしない状態だったんだが、やっこさんは駆け出そうとする豚を取り押さえた。きっと、夜目が利くってことなんだろうな」

「とにかく」ハドリアンはあらためて口を開き、「一カ所に固まってるほうが、生き延びる可能性は確実に上がるはずだ。助祭さんのおかげで、壁も屋根もがっちりとした領館を使わせてもらえることにもなった。あとは、具体的な計画を立てて、日が暮れるまでに薪を集めてこよう。まだ時間は充分にあるから、かなりの篝火《かがりび》を用意できるぞ」

　村人たちはハドリアンの言葉にうなずいた。半信半疑の色を残したままの顔もないわけではないが、そこにもわずかながら希望の光が見えてきたようだった。彼らはいくつかの小集団に分かれ、意見を交わしはじめた。

　ハドリアンは座り、ようやく食事にとりかかった。豚の血のプディングには心を惹かれなかったが、魚の燻製は絶品だった。

「とりあえず、うちの牛たちを連れてこよう」マクダーンの声が聞こえてくる。「ブレントは荷車だ。ついでに、斧も頼む」

「シャヴェルも必要だぜ。それと、ウェントの鋸《のこぎり》も貸してもらうか」ヴィンス・グリフィンがつけくわえた。「やっこさん、いつだって歯の手入れは完璧だったもんな」

「よし、タッドに取って来させよう」ラッセルが言った。

「本当なの？」問いかける声に、ハドリアンは視線を上げ、目の前に立っているのがパールだということに気がついた。「さっきの話、おっちゃんと一緒に来た人のことでしょ——真暗だったのに、本当に豚を捕まえたの？」

「信じられなきゃ、あとで当人に訊いてみな」

　その少女の肩ごしにトレースの姿が見えた。キャスウェル家の墓標が並んでいるところよりも少し先の道端に座りこみ、しきりに頬を拭いている。彼は食べ終えた皿をテーブルに置くと、パールに笑いかけてみせ、その場を離れた。

ハドリアンが歩み寄っても、隣に腰をおろしても、トレースはうつむいたままだった。

「どうかしたかい？」

「べつに」彼女は首を振り、髪の毛で顔を隠した。

ハドリアンは小径の遠近《おちこち》を見回し、それから、村人たちの集まっているあたりをふりかえった。女たちは食べ残しをかたづけ、男たちはこのあと必要になる道具類を持ち寄り、そのあいだもがやがやと話が続いている。

「親父さんは？　葬儀にゃ来てたと思うが」

「家へ帰ったわ」彼女はしゃくりあげながら答える。

「何か言われたのかい？」

「べつに、どうってこともないから」彼女は立ち上がると、服の汚れを払い落とし、目許を拭いた。「わたし、洗い物の手伝いに行かなきゃ。ごめんなさい」

ハドリアンはふたたび開拓地を抜け、壊れはてたウッド家の前に立った。屋根を支えていた柱はすべて同じ方向へ傾き、梁は折れ、屋根も吹き飛ばされている——そして、夢も砕け散ったのだろう。呪われているかのように、幽霊に憑かれているかのように。ただし、そんな幽霊のうちのひとりは見当たらない。老農夫はあの鎌を壁に立てかけたまま、どこへ行ってしまったのやら。ハドリアンはこの機に乗じて中へ入り、壊れた家具、粉々になった食器類、引き裂かれた服、そこらじゅうに残された血痕などを観察した。部屋のほぼ中央には椅子がひとつ、その隣には木製の揺籃が置いてある。

　ほどなく、セロン・ウッドが川のほうから戻ってきた。水をいっぱいに汲んだ桶をふたつ天秤棒の両端にひっかけ、肩に担いでいる。自宅の残骸の前にたたずんでいるハドリアンの姿を見ても、彼はまったく歩みをゆるめようとしなかった。すぐわきを通り抜け、桶を地面に降ろし、三本の大きな甕《かめ》に注ぎ分ける。

「昨日の今日でご苦労さんだな、えぇ？」セロンは顔も上げずに尋ねた。「娘の話じゃ、きさまらを連れてくるのに銀貨での払いが必要だったとさ。そうなのか？　何も知らん田舎娘をだます商売か？　あいつが必死の思いで貯めた金をふんだくって、村の連中の食い扶持《ぶち》にまで手を出して。わしからも搾り取ろうと企んどるなら、失望することになるぞ」

「金が欲しくて来たわけじゃない」

「ほぅ？　じゃ、何のためだ？」彼はふたつめの桶を傾けた。「手許も頭も不自由そうなあの男が吹聴しとる剣だか棍棒だかを探しに来たのなら、さっさと塔まで泳ぎ渡ればいいだろうに？」

「おれがここでこうしてるあいだにも、相棒がそのへんの策を練ってるよ」

「ふん、あの男は泳ぎが得意か？　きさまの役目は何だ？　憐れむべき農夫のささやかな貯えをかっさらうか？　辻強盗やら詐欺師やらの同類だな――他人の不安につけこんで金を出させるのが得意な連中さ。もっとも、あいにくだが、わしには通用せんぞ」

「金が欲しくて来たわけじゃないと言ってるだろ」

　セロンは桶を足元に置き、ふりかえった。「じゃ、どんな目的があるというんだ？」

「葬儀のあと、あんたはすぐに帰っちまったんで、最新の情報が耳に入ってないだろうと思ってね。村人全員のための避難所として、領館で寝泊まりできることになったのさ」

「わざわざ知らせてくれて、ありがとよ」彼はそれだけ言うとふたたび背を向け、甕のひとつひとつにコルク栓をつっこんでいった。その作業を終えたところで、いらだたしげな態度をあらわにする。「いつまで帰らずにいるつもりだ？」

「あんた、戦いの経験は？」ハドリアンが尋ねる。

　老農夫は彼をにらみつけた。「そんなこと、きさまの知ったことか？」

「たしかに、あんたの娘は財布をからっぽにしてまで、おれたちを雇ったよ――あんたが怪物を殺すのに協力してくれってな。相棒はそのために必要な武器を手に入れようとしてる。しかし、あんたがその武器を正しく使えなきゃ話にならん。そこで、おれの出番さ」

　セロンは舌先で歯並びをなぞった。「きさまの教えを受けろと？」

「まぁ、そんなところだな」

「よけいなお世話だ」彼は桶と天秤棒をつかんで歩み去ろうとする。

「戦いの初歩も知らないいんだろ。まず、剣を持ったこともないいんじゃないのか？」

　セロンが憤然とふりかえった。「あぁ、あるもんか――しかし、一日に五エーカーも畑を耕すだけの足腰はある。半コードぐらいの材木なら昼飯までに挽くだけの腕っぷしもある。吹雪の中を八マイルも歩いて無事に帰れるだけの辛抱強さだってある。一晩のうちに家族全員を喪う痛みも知っとる！　きさまにはどれひとつ負けんわい！」

「家族全員じゃないだろ」ハドリアンが指摘する。

「支えになる者は全員さ」

ハドリアンは剣を抜き、セロンのほうへ詰め寄った。老農夫はいかにも無関心な様子でその姿を眺めている。

「大剣にしとくか」ハドリアンはそう言いながら鞘を払い、農夫の足元に投げ落とすと、五歩ほど後退した。「あんたなら、それぐらいのほうが使いやすいはずだ。さぁ、かかってこいよ」

「きさまなんぞと遊んどる暇はない」セロンが言葉を返す。

「あの晩も、家族のことなんか心配してる暇はなかったぐらいだもんな？」

「言葉に気をつけろ、若造」

「いたいけな孫のために、あんたは何か気をつけてやったのかい？　実際のところ、どうだったんだ？　あの晩、日が沈んでもまだ働きつづけてた本当の理由を聞かせてくれよ。息子の工房だの何だの、そんなのは建前にすぎないだろ。あんたは自分の望みを叶えたい一心で、今年の稼ぎを少しでも増やそうとしてた。それに気を取られて、家族を護ることを忘れちまったのさ」

老農夫は剣をつかんだ。頰をふくらませ、くいしばった歯の隙間から唸るように息を洩らし、肩を上下させる。「だからって、わしが死なせたわけじゃない。決めつけるな！」

「何とひきかえにした？　愚かな夢か？　あんたは息子のことなんか眼中になかった――自分のことしか考えてなかったんだ。偉い判事さまの祖父だなんて、そりゃもう鼻が高いよな。世間から一目置かれる存在になりたかったんだろ？　ほかのことすべてを二の次にして、あんたはその夢を追いかけた。日が沈んだからって仕事を終わらせたくはなかった。家に帰っちまうのが惜しかった。家が襲われたとき、あんたがその場にいなかったのは、あんた自身の夢のせい、あんた自身の欲望のせいだ。どうだい、あんたが息子を死なせたも同然だろ？　家族がどうなろうと、あんたはおかまいなしだった。ちがうか？　大切なのは自分だけってことさ」

老農夫は両手で剣を握りしめ、ハドリアンに斬りかかった。ハドリアンが横への動きでかわすと、彼は大振りの勢いそのままにつんのめり、地面にひっくりかえってしまった。

「家族を死なせたのはあんた自身だぜ、セロン。一人前の男として、やるべきことをやらなかった。いざとなったら家族を護らなきゃいけない立場なのに、あんたはどうだった？　自分の望みを叶えようと、野良仕事に没頭してたんだろ。それがあんたのやったことさ」

セロンは立ち上がり、ふたたび斬りかかった。ハドリアンはこれも横への動きでかわす。老農夫のほうも、今度はつっこみすぎて倒れることなく、すぐさま次の攻撃に移った。ハドリアンはすばやく短剣を抜き、相手の刃を受け止めた。セロンは怒り心頭に発しており、めちゃくちゃに連打を浴びせてくる。しかし、片手持ちでの横薙ぎをくりかえすほどに体勢が崩れてしまう。ほどなく、ハドリアンは短剣を使うまでもなくなり、足の運びだけで軽くあしらっていった。セロンは当たるはずもない一振りごとにますます顔を紅潮させ、ついには涙をあふれさせた。やがて、老農夫は忿懣《ふんまん》と疲弊に負け、その場にへたりこんでしまった。「わしが悪いんじゃない」彼がわめきたてる。「あの馬鹿娘のせいだ！　灯は点けっぱなし、扉も開けっぱなしだったたんだぞ」

「ちがうよ、セロン」ハドリアンは老農夫の震える手から剣を取り去った。「あんたの家族を殺したのはトレースじゃない。もちろん、あんた自身でもない――あの怪物の仕業なんだ」彼は大剣を鞘に収めた。「扉を開けっぱなしにしたからって、彼女を責めることはできないさ。何が始まろうとしてるか、知る由もなかったんだからな。誰にとっても同じことだ。わかってたら、あんたはさっさと家へ戻ったにちがいない。家にいた誰かが灯を消したにちがいない。何の罪もないはずの人々を罵るより、今後のために問題の解決を図るほうが有益ってもんさ。

セロン、あんたが使うことになる剣の切れ味は抜群にちがいないが、空振りしてるようじゃ宝の持ち腐れだし、狙いとは違うところに刃が入っちまうなんてのは最悪だ。憎しみだけじゃ勝てっこないぜ。怒りや憎しみは心身に勢いを与えてくれるもんだが、それは同時に頭の働きを鈍らせもする。自分で自分の足を踏んづけるような羽目にもなりかねないのさ」戦士は老農夫を見下ろした。「今日の教練はここまでにしておこうか」

日没まで残り一時間たらず、ようやく村へ戻ってきたロイスとエスラハッドンが目のあたりにしたのは、丘を登っていく動物たちの大行列だった。村にいるすべての家畜がそこに連なっているのではないかと思えるほどで、村人たちがそこかしこに立ち、鐘を棒切れで、あるいは鍋を匙で打ち鳴らし、一頭たりとも見失うことのないように領館へと誘導していく。羊や牛たちは仲間についていくことに慣れているので何の問題もないのだが、豚はどうしても鼻の向くままに進もうとするため、後方にひかえたパールが棒切れで巧みに追い立てていた。

鍛冶屋の妻であるローズ・マクダーンがふたりの姿に目を留めた。「戻ってきたよ！」という彼女の一言を、村人たちは興奮とともに伝え広めていった。

「こりゃ、何が始まったんだ？」ロイスはあえて大人たちを避け、パールに尋ねた。

「みんなでお城へ行くの。そこでお泊まりすることになったんだって」

「ハドリアンはどこだ？　ほら、おれと一緒に来たやつだよ。トレースと同じ馬に乗ってたし、憶えてるだろ？」

「お城に行ってると思う」パールは答えてから、彼にむかって目を細めた。「真暗なところで豚を捕まえたって、本当なの？」

ロイスはわけがわからず、少女の顔を眺めるばかりだった。ちょうどそのとき、一頭の豚がだしぬけに列の先へと駆け出したので、パールも棒切れを振りながら追いかけていった。

ウェストバンク地方を治める領主の城は典型的なモット／ベイリー形式の砦で、勾配の急な人工の小山のてっぺんに館があり、その下に建ち並ぶ別棟の施設ともども、両端を鋭く尖らせた丸太を組んで造った防郭に囲まれている。門もたいそう頑丈な代物だ。敷地の周囲には濠もあるが、これは浅い溝にすぎない。およそ四十ヤード四方にわたって、木々はすべて切り払われている。

その先に広がる森にさしかかったあたりで、一団の男たちが松の木をかたっぱしから切り倒していた。ロイスはまだ顔と名前を覚えきれていなかったものの、両挽き鋸を使っているのがヴィンス・グリフィンとラッセル・ボスウィックだということはわかった。タッド・ボスウィックと幾人かの少年たちが斧や鉈を片手にそこらじゅうを駆け回り、邪魔な枝を落とす。その枝を少女たちが拾い集めて束にまとめ、荷車に積む。処理の済んだ丸太を運ぶのはディロン・マクダーンの牛たちで、彼と息子に導かれるまま丘を登っていく。

ハドリアンは倉庫前で薪割りをしているところだった。諸肌脱ぎになっているので、首にかけた小さな銀のメダリオンが胸許で揺れているのもはっきりとわかる。かたわらに積んである薪はすでにかなりの量になっており、滝のような汗もその仕事ぶりを示していた。

「また、おせっかいをせずにいられなかったか？」ロイスは声をかけながら、活気に満ちた人々をふりかえった。

「これといった防衛策もないんじゃ、そうするしかないだろ」ハドリアンが作業の手を止め、汗まみれの顔をこする。

ロイスは笑みを浮かべながら、「まったく、おまえの言いそうなことだよな」

「そっちはどうなんだ？　とっかかりぐらいはつかめたのか？」

ハドリアンは近くにあった甕に手を伸ばすと、一気に呷った。口に入りきらなかった水が顎を濡らす。さらに、彼はくぼませた掌に水を注いで顔を洗い、指先を髪にくぐらせた。

「まだ、手も届きゃしないぜ」

「そんなに悲観したもんでもないさ」ハドリアンが笑ってみせる。「逮捕されて死刑宣告を受けちまうとかってのと比べりゃ、まさしく雲泥の差だ」

「それだけのことで悲観するなってか？」

「あぁ、そうさ。グラスの水を見て〝半分も入ってる〟と思うのが人情ってもんだぜ」

「おぅ、来たか」ラッセル・ボスウィックが声を上げた。「ほら、みんな、ロイスだぞ」

「こりゃ、何の騒ぎだ？」ロイスは領館の内外から集まってくる人々の姿に驚いた。

「昨夜、おまえがあの怪物を見たってことを話したら、それがどんなやつなのかを知りたいんだとさ」ハドリアンが説明する。「何だと思ったんだ？　袋叩きにされるとでも？」

ロイスは肩をすくめた。「あぁ、そうさ。グラスの水を見て〝半分しか入ってない〟と思っちまうのも人情ってもんだろ」

「おまえの場合、それ以外にも思うところがありそうだな」ハドリアンが笑う。「グラスの水を見て〝毒が混じってるかも〟とかさ」

ロイスがハドリアンにむかって顔をしかめているうち、村人たちがふたりの周囲に人垣を作った。女たちは袖をまくり、土埃にまみれ、汗がたっぷりと頭巾にしみこんでいる。男たちは大多数がハドリアンと同じように諸肌脱ぎで、そこらじゅうに木屑や松葉がへばりついている。

「見たのか？」ディロンが口火を切った。「本当に見たのか？」

「あぁ」ロイスの答えがざわめきを呼ぶ。

「どんな姿でしたか？」トマス助祭が尋ねた。ひとりだけ汗もかかず、こざっぱりとしている——もちろん、疲れた様子などあるはずもない。

「翼で飛ぶのか？」ラッセルの問いはいくぶん具体的だった。

「爪は鋭い？」タッドがつけくわえる。

「どれぐらいの図体だったかね？」ヴィンス・グリフィンがたたみかける。

「おい、答えを聞こうぜ！」ディロンがどなったので、質問攻めはそこまでとなった。

「翼と鉤爪《かぎづめ》があったことはまちがいない。枝の隙間だったんで一瞬しか見えなかったが、蛇かトカゲみたいな細長い胴体で、翼を広げて、脚は二本——がっちりとメイ・ドルンデルをつかんでたよ」

「トカゲに翼？」ディロンが訊き返す。

「ドラゴンだわ」女の声が聞こえた。「そうにきまってる。ドラゴンよ！」

「なるほど」ラッセルがうなずく。「翼のあるトカゲといえば、それだな」

「鱗はすごく硬いけど、腋の下……っていうか、人間なら腋の下にあたる部分が急所なのよね」鼻の汚れきった女が言った。「飛んでるドラゴンを弓矢で射ち殺した人もいるって」

「ドラゴンは宝物を貯めこむ癖があって、それを盗まれると力が衰えるんだってな」禿頭の男も負けじと知識を披露する。「ドラゴンの巣に閉じこめられた王子さまが、そこにあった宝物をすべて海に投げ捨てて、弱りきったところを目玉への一突きで殺したとかいう伝説もある」

「ドラゴンは不死身で、どうやっても殺すことはできないはずよ」ローズ・マクダーンが異議を唱える。

「あれはドラゴンなどではない」エスラハッドンがうんざりしたように口を開いた。人垣の輪の中へと歩み出て、ひとわたり全員を眺めまわす。

「誰から聞いた話だね？」ヴィンス・グリフィンが反問した。

「聞くまでもないことだ」魔術師の答えは自信に満ちていた。「きみたちがドラゴンの逆鱗に触れたのであったら、この村はもう何カ月も前にエランの地表から消滅していたにちがいない。ドラゴンという種族はきわめて頭が良く、きみたちやわたしでさえ及びもつかんし、力の強さは想像を絶するほどだ。ブロックトンの奥さん、弓矢でドラゴンの急所を射抜いて殺した者など実在せんよ。グッドマンくん、ドラゴンの宝物を盗み取ったからといって、力が衰えるようなこともない。そもそも、宝物を貯めこむというところからして作り話だ。黄金だの宝石だの、そんなものがドラゴンにとって何の意味があると思うかね？　人間と同じような経済活動を営んでいるとでも？　何かを所有するということについて、ドラゴンはまったく重きを置いていない——有無にこだわるとすれば、記憶や力や名誉ぐらいなものだろう」

「しかし、彼が見たと言っているのは、まさにそれなんだが」ヴィンスが反駁する。

魔術師は溜息をついた。「彼が見たと言っているのは、蛇かトカゲのような細長い胴体、黒々とした大きな翼、二本の脚――そこまでだ。ただし、それらの特徴は謎を解くための糸口になるだろう」彼は視線をめぐらせ、豚の群れをすべて領館の前庭へ追いこんで人垣に加わったばかりのパールに目を留めた。「そこのお嬢ちゃん、ドラゴンの脚は何本かな？」

「四本」少女が即答する。

「そのとおり――すなわち、あやつはドラゴンではないということだ」

「じゃ、何なんだ？」ラッセルが尋ねる。

「ジラーラブリュンだよ」エスラハッドンはこともなげに答えた。

「ジラ……何だって？」

「ジ、ラー、ラ、ブ、リュン」魔術師は聞き取りやすいよう、ゆっくりと音節ごとに切ってくりかえした。「ジラーラブリュン、魔獣の一種だ」

「魔獣って、どんな？　魔女みたいに呪文をあやつるのか？」

「いや、自然界に存在する生命体とはまったくの別物という意味だ。生まれ育つのではなく――召喚によって造り出される」

「どうかしてるぜ」ラッセルが言葉を返す。「そんな与太話にかつがれるとでも思ってるのか？　そのナンタラカンタラには――名前なんかどうでもいいが――もう何十人と殺されてるんだ。でっちあげの野獣もどきがそこまでやれるとは思えないね」

「いや、ちょっと待って」トマス助祭が言葉をさしはさみ、手を振ってみせる。彼のまわりの人垣がわずかに割れ、その姿が見えるようになった。彼は思案ありげな表情を浮かべていた。「魔獣ジラーラブリュンなら、わたしも聞いたことがあります。神学校時代に学んだのですが、エルフ大戦ではエリヴァン帝国の兵器として猛威をふるったとか。それ以前の風景は見る影もなく変わりはて、犠牲者の数も万単位だったと伝えられています。そんな魔獣が何体もいれば、大都市だろうと軍隊だろうと無事では済まなかったでしょう。ましてや、いかなる武器での攻撃も通用しないというのですからね」

「助祭どのは歴史をよくご存知のようだ」エスラハッドンが褒め言葉を口にする。「ジラーラブリュンは史上最強の兵器だよ――知性と破壊力をかねそなえた、空を飛ぶ殺戮者だ」

「そんなやつが今もまだ生きてるってのかい？」ラッセルが尋ねた。

「自然界に存在する生命体とは別物だと言っているだろう。われわれ人間が考える〝生死〟など、あやつらには何の意味もない」

「もっと薪が必要かな」ハドリアンがひとりごちた。

日が暮れると、村人たちは夜の避難所である領館をめざした。女子供は頑丈な屋根の下に身を寄せ、男たちは残光の中で篝火の準備を進めていく。ハドリアンの指揮のもと、彼らは丸太を挽き、運び、積み重ね、空がすっかり暗くなる頃には防壁の外に六つ、前庭の中央にもひとつ、巨大な薪の山を組み上げた。そこへ油や獣脂をまぶし、安定した火勢を得られるようにする。夜は長いのだから、途中で消えてしまうようでは論外だし、燃え出しが悪くても困る。

「ハドリアン！」トレースが叫びながら、あわただしく前庭を駆け寄ってきた。

「トレースじゃないか」ハドリアンは薪の積み具合を調整する手を休めることなく言葉を返す。「もう暗いぞ。館の中でおとなしくしてろっての」

「父さんがいないのよ」彼女は半泣きで声を上げた。「お城の隅々まで捜してみたんだけど、誰も見かけてないみたいなの。家に戻ったきりなのかも。ひとりぼっちであんなところにいたら――」

「ロイス！」ハドリアンが叫んだものの、その必要はなかった。ちょうど、鞍をつけた馬を厩舎から連れてきたところだったのだ。

「おれが先に会ってたんだよ」ロイスはそう言いながら、ミリィの手綱を相棒に渡す。

「ったく、あの大馬鹿親父が」ハドリアンは放り出してあった自分のシャツと剣をひっつかみ、愛馬に跳び乗った。「城へ来いって、わざわざ伝えてやったのに」

「わたしも言っておいたんだけど」トレースが恐怖のあまり顔をこわばらせる。

「心配するなよ、トレース。かならず無事に連れてくるさ」

ふたりは馬に拍車を当て、門外へと駆け出していった。


セロンは家の残骸のまっただなかで木製の椅子に座っていた。戸口の前にある浅い穴で小さな焚火が燃えている。すっかり暗くなった空には星々がまたたいている。コオロギやカエルたちの合唱が聞こえる。どこかでフクロウが啼いた。焚火が小刻みに爆ぜ、彼方からは滝のざわめきが静かに響きつづける。崩れた壁を越えて、無数の蚊が飛んでくる。耳障りな羽音、身体にたかられる感触、刺されたあとの痒み。だが、老農夫はそいつらの好き勝手にさせておいた。毎晩、彼はここにこうして座りこんだまま、しんみりと思い出に耽っているのだ。

彼の視線は揺籃を捉えていた。もともとは初子《ういご》のために自分の手でこしらえたものだった。彼はアッディと相談して、その長男をヒッコリーと命名した——強くてしなやかな、良質の木材。セロンは森へ行き、理想どおりの一本を探すうち、神々のお導きがあったのか、丘の斜面でたっぷりと陽光を浴びているヒッコリーの木に出逢った。以降、その材をじっくりと加工するのが彼の毎晩の楽しみになった。先々まで長く使えるよう、最後の仕上げも丁寧に。こうして、五人の子供たちはみんなこの揺籃で眠ったものだ。ところが、ヒッコリーは一歳の誕生日を迎えることなく、謎の奇病で逝ってしまった。ほかの息子たちも次々と早世し、りっぱな大人に成長したのはタッドだけだった。彼はエマという愛妻を得ると、やがて産まれた長男にヒッコリーの名を与えた。おかげで、セロンも初子の不条理な死という苦悩からようやく解放され、世界がひときわ明るくなったように思えてきた。しかし、それも束の間にすぎなかった。今や、揺籃は血飛沫に染まり、死児の数はたちまち五人へと増えてしまった。

揺籃のむこうには、アッディの二着しかない服のうちの一着が置いてある。そこかしこが汚れたり裂けたり、見るも無残なありさまだが、セロンの涙に霞んだ目には何よりも美しく映った。彼女はまさしく良妻だった。三十年以上にわたり、腰をおちつけられる土地をもとめて転居をくりかえす彼についてきてくれた。決して裕福ではなく、いつだって暮らしの糧はぎりぎりだったし、凍え死んでしまうのではないかと思ったことも一度や二度ではなかったが、そんなときでさえ、彼女は不満を洩らそうとしなかった。破れた服を繕《つくろ》い、折れた骨に添木を当て、体調を崩せば粥《かゆ》を食べさせてくれた。また、食事の席ではいつも夫や子供たちの皿にばかり盛りつけていたので、彼女自身は痩せ細っていた。家族の中でいちばんみすぼらしい服を着ていたのも彼女だった。繕う暇がなかったからだ。それほどの良妻だったのに、セロンは彼女に面と向かって愛を伝えた記憶がまるでなかった。そんな必要があるとさえ思ってもみないうち、彼女はあの怪物に襲われ、村と農場を結ぶ小径の途中で姿を消してしまった。そこに生じた心の隙間を、エマがタッドの妻として埋めてくれたおかげで、彼はふたたび立ち上がる意欲を取り戻せたのである。ただひたすらに目標を追い求めつづけるべく、彼はアッディのことをつとめて思い出すまいとしてきた。しかし、その目標さえも今は失われ、我が家も瓦礫《がれき》の山と化してしまった。

怪物がつっこんできた瞬間の恐怖はどれほどだったのだろうか？　生きたまま連れ去られたのか？　死の苦しみは？　そんな思案で心を痛めているあいだに、コオロギの声が消えた。

彼は立ち上がり、鎌を握りしめ、暗闇をにらみつけた。そこへ、虫たちが黙りこんだ理由を示す物音が聞こえてきた。蹄の音が迫ってきたかと思うと、トレースに雇われた二人組が焚火のむこうから馬を飛ばしてくるのが見えた。

「セロン！」ハドリアンが叫び、ロイスとともにウッド農場の敷地内へ駆けこんだ。すでに日は沈み、残光も消え、焚火の炎がおいでおいでをするように揺れている——ただし、誘う相手は彼らふたりではない。「ほら、行こうぜ。城に避難するんだっての」

「おまえらだけで行け」老農夫は唸り声で答える。「迎えに来てくれと頼みもしなかったぞ。わしの家はここだ、梃子《てこ》でも動くものか」

「あんたの娘が心配してるんだよ。とにかく、さっさと馬に乗ってくれ。時間がない」

「お断わりだ。娘のことなら何も問題はないだろう。ボスウィックの家にいれば、ちゃんと面倒を見てもらえる。さぁ、さっさと立ち去れ！」

ハドリアンは馬から降りると、地面に根を生やしたように立ちはだかっている相手に詰め寄った。

「まったく、とんでもない頑固爺さんだな。自分から動こうとしないんなら、放り上げてでも乗せてやるさ」

「やれるもんなら、やってみるがいい」セロンは鎌を足元に置き、腕組みをしてみせる。

ハドリアンは肩ごしにふりかえり、マウスにまたがったままのロイスを見た。「手を貸してくれる気はないのか？」

「おれの得意分野じゃないだろ。死体を持ち帰るんでもかまわなきゃ——ってことさ」

ハドリアンは溜息をついた。「頼むから、乗ってくれ。いつまでもこうしてたら、三人そろって殺されちまうかもしれん」

「そもそも、きさまらが勝手に押しかけてきたんだろうが」

「くそっ」ハドリアンは剣帯を外し、自分の鞍にひっかけた。

「慎重にいけよ」ロイスが馬上から忠告する。「年寄りとはいえ、体力はありそうだぜ」

ハドリアンは前のめりで老農夫にぶつかっていき、彼を地面に突き倒した。セロンのほうが大柄で、際限のない野良仕事で鍛えられた腕や手も逞しい。しかし、瞬発力や敏捷性ならハドリアンがまさっている。両者はもつれあったまま地面の上を転げまわり、おたがいに相手を組み伏せようと格闘した。

「こんなの、どうかしてるぜ」ハドリアンが立ち上がりながら声を洩らす。「あんたさえ素直に乗ってくれりゃ、それで済む話だろ」

「きさまらこそ、おとなしく帰れ。わしにかまうな！」セロンは地面に座りこんだまま、荒い息をつきながら叫ぶ。

「これぐらいは手伝ってくれないか？」ハドリアンはロイスに声をかけた。

ロイスはあきれたような表情で馬から降りた。「こんなにごたつくなんて、おまえらしくないぞ」

「自分よりでかいやつを怪我させないように取り押さえるってのは簡単じゃないんだよ」

「まぁ、そうみたいだな。ちょっとやそっとの怪我ぐらい、かまうこっちゃないだろ？」

ふたりがあらためてセロンに向きなおると、老農夫は手頃な棒をつかみ、決然たる表情を浮かべていた。

ハドリアンが溜息をつく。「やるっきゃなさそうだな」

「父さん！」トレースが焚火のむこうから泣き顔で走ってきた。「父さん」彼女はその一言をくりかえし、両腕を広げて老農夫にしがみつく。

「トレース、どうしてここに？」セロンが叫んだ。「物騒だろうが」

「迎えに来たのよ」

「誰が行くか」彼は娘の肩をつかんで引き離そうとする。「おまえが雇った盗賊どもを連れて、さっさとボスウィックの家へ戻れ。わかったか？」

「いやよ」トレースも負けじと声を上げ、必死にくいさがる。「父さんだけ置き去りにできるわけがないでしょ」

「トレース！」セロンは巨体をそびえさせ、文字どおり頭ごなしにどやしつけた。「娘なら娘らしく、父親の言うことを聞け！」

「いやだってば！」彼女は金切声になった。涙に濡れた頬が焚火で赤く染まる。「死のうとしてるのを放っておけるわけがないでしょ。殴りたきゃ殴っていいけど、一緒にお城へ来てからにして」

「この馬鹿娘が」彼は罵り言葉を吐いた。「おまえだって、ここで死ぬことになるぞ。わからんのか？」

「**それでもいいわよ！**」彼女はあらんかぎりの声で叫び、拳をきつく握りしめ、腕をこわばらせた。「家族はふたりきりになっちゃったのに、自分だけさっさと死のうとして――父さん、わたしのことなんか眼中にないんでしょ」

セロンはとっさに返す言葉がなかった。

「最初は、犠牲者が増えるのを見過ごしておけないからって決めたことなのかと思った」彼女は震える声でたたみかけた。「あるいは――もしかしたら――鎮魂のつもりかもしれないって。それとも、復讐？　憎しみに駆られて？　あの怪物がどうやって人を殺すか、自分の目で確かめるため？　うぅん、どれでもなかった――父さんはただ生命を捨てたがってるだけ。自分自身を憎んで、わたしも憎んで。この世界にいる意味はもう何もないとか、どうでもなっちまえとか、そんなふうに思ってるのよね」

「おまえを憎んでなんかいない」セロンが反駁する。

「憎んでたでしょ。わたしのせいだって。父さんにとっては兄さんたちのほうがずっと大切な存在だったことぐらい、ちゃんとわかってる――毎朝、目を覚ますたびに痛感してるってば」彼女は視界を曇らせている涙を拭い去った。「死んだのがわたしだったら、父さんはわたしの名前を刻んだ杭をストーニィ・ヒルに立てて、次の日にはまた野良仕事に戻ったんじゃないかな――母さんのときもそうだったわよね。畑を耕しながら、息子が無事に戻ったことをマリバーに感謝するだけ。わたしが身代わりになってあげたかったけど、そんなの、自分で決められることじゃないでしょ。父さんが死んだからって兄さんが戻ってくるわけでもない。どうしようもないの。今のわたしにできるのは――何を言っても無駄なら――ここで父さんと一緒に死ぬことだけ。本気よ。どこへも行かない。行きたくない。行けっこない」彼女はがっくりと膝を落とし、消え入りそうな声で、「あの世でもいいから、家族みんなで暮らしたいわ」

最後の一言に応えるかのように、森がひときわ静まりかえった。コオロギもカエルもぴたりと声をひそめ、耳が痛いほどの沈黙が訪れる。

「やめろ」セロンが首を振った。彼は夜空を仰ぎ見た。**「やめてくれ！」**

老農夫はだしぬけに娘の身体を抱き上げ、二人組をふりかえった。「言うとおりにする――助けてくれ」

ハドリアンはミリィの牽き綱をたぐった。「こいつで行け」ミリィはしきりに足踏みをくりかえし、身をくねらせ、鼻息を荒らげ、耳をばたつかせている。ハドリアンは銜《はみ》をつかんで動きを抑えた。

セロンは鞍にまたがり、トレースを前に乗せると、きれいに拍車を当て、村への小径をまっしぐらに突き進んでいった。ロイスもすぐさまマウスの背に身を躍らせ、ハドリアンに片手をさしのべて自分の後ろへ引き上げるや、一気の早駆けで夜闇の彼方をめざす。

二頭の馬は追い立てられるまでもなく、恐怖ゆえの汗にまみれながら全力疾走していた。地面を蹴る蹄の音が、まるで太鼓を乱打するかのように荒々しく響きわたる。馬上の風で涙がにじむハドリアンの眼は、暗い森の中で小径の先だけがうっすらと明るくなっている様子をぼんやりと捉えた。

「上だ！」ロイスが叫ぶ。梢の隙間から、何かの動く物音が聞こえてきた。

馬たちはとっさに進路を変え、森の中へと駆けこんだ。何も見えないまま、木々の枝にぶつかり、尖った松葉にひっかかれる。二頭ともすっかり恐慌状態で、灌木の茂みをつっきり、木々の幹をかすめ、枝をかいくぐっていく。ロイスが身をかがめるのを察知して、ハドリアンもあわててそれに倣《なら》った。

バサッ――バサッ――バサッ――

ゆったりとした重い羽音が頭上にさしかかる。空気の塊が落ちてくるような一陣の風とともに、梢が折れ、枝が砕けはじめた。次の瞬間、林冠がすさまじいばかりの勢いで吹き飛んだ。

「倒木！」ロイスが叫ぶと同時に、馬たちが跳躍した。

ハドリアンが鞍上にとどまっていられたのは、ロイスがとっさに彼の身体をつかんでくれたおかげだった。暗闇の中からトレースの悲鳴、鈍い呻き声、斧の柄が木を叩いたときのような音が聞こえてきた。ロイスが手綱を絞ると、マウスは後脚立ちになりながら向きを変えた。ミリィの蹄の音が前方へと遠ざかっていく。

「どうした？」ハドリアンが尋ねた。

「振り落とされたんだろ」ロイスがけわしい口調で答える。

「何も見えんぜ」ハドリアンはすばやく跳び降りた。

「茂みの中だ。もうちょい右のほう」ロイスも声をかけながら降り立ち、動顚のあまり首を上下させているマウスをおちつかせようとする。

「おぅい」セロンの苦しげな声が聞こえた。「ここにいるぞ」

老農夫は娘のかたわらに立っていた。彼女は地面の上でぐったりとしている。鼻と口から血が洩れていた。

「枝につっこんじまった」セロンが慄然としたように声を震わせた。「わしのせいだ――倒木に気がつかなかった」

「おれの馬に乗せろ」ロイスが命令する。「急げ、セロン、領館まであと少し、あんたらはマウスを使え。篝火を目印にするんだ」

老農夫はもはや何の異議も唱えなかった。彼はなおもじたばたしているマウスの背に乗った。ハドリアンがトレースの身体を抱き起こす。梢の隙間から洩れるわずかな月光に照らされて、彼女の顔に黒々と残された大きな痣《あざ》が見えた。彼はそのまま彼女を担ぎ上げた。首も手足も支えが利かずに垂れ下がっており、まるで死んでしまったかのようだ。彼女の身体をハドリアンから受け取ったセロンは胸の前でしっかりと彼女をかかえた。ロイスが銜を離すと、その馬はたちまち広場のほうへと走り出し、ふたりだけがその場に残された。

「ミリィの居場所はわかるか？」ハドリアンが声をひそめて尋ねる。

「たぶん、怪物の腹の中だな」

「トレースとセロンが逃げるだけの時間を稼いでくれたってことで納得するしかないか」

ふたりはゆっくりと森の縁へ出た。昼のあいだにディロンと息子たちが丸太を切り出していた場所はすぐそこだ。六つの篝火のうち三つが見えており、その炎は天をも焦がすほどだった。

「さて、おれたちはどうする？」ロイスが尋ねる。

「まだここに身を潜めたままだってこと、ジラーラブリュンは知ってると思うか？」

「エスラハッドンが言ってたほどの知性があるとすりゃ、それぐらいはわかるだろうな」

「だとしたら、おれたちを捜しに引き返してくるはずだ。とにかく、城へ急ごう。距離は——どれぐらいだ？　二百フィートってところか？」

「そんなもんだろ」ロイスがうなずく。

「あいつがまだミリィを貪《むさぼ》り食ってるとすりゃ、逃げきれる可能性は充分にありそうだな。どうだ？」

「意識を散漫にさせるために、ばらけて動くぞ。よし、行こう」

森の下草は夜露に濡れ、しかも、そこかしこに切株や穴がある。ハドリアンは十ヤードも行かないうちに顔面から倒れこんでしまった。

「ついてこい」ロイスが声をかける。

「ばらけて動くんじゃなかったのか？」

「おまえは夜目が利かないってことを忘れてたんだよ」

彼らはあらためて走り出した。ロイスの先導で丘寄りの経路をたどり、物陰から物陰へと進んでいく。しかし、ようやく中間地点というあたりで、ふたたびあの羽音が聞こえてきた。

バサッ――バサッ――バサッ――

その音が迫ってくる。ハドリアンが視線を上げたとたん、黒い翳が月光をさえぎった。コウモリのような翼をそなえた巨大な蛇が風を切り、野ネズミを狙う鷹さながらに弧を描きながら飛んでいる。

羽音が聞こえなくなった。

「来るぞ!」ロイスが叫ぶ。

すさまじい風圧を受け、彼らは地面に押し倒された。すべての篝火が一瞬にして消えた。その直後、大地を揺るがすほどの轟音とともに、丘全体を囲いこむ緑色の焔の輪が噴き上がった。高さ三十フィートはあるだろうか、まばゆいばかりの光の柱がそこかしこに林立し、灼けつくほどの熱気をほとばしらせる。

その明るさのおかげで前方が見渡せるようになったハドリアンはすばやく立ち上がり、領館めざして全速力で走り出した。ロイスも遅れじと追いかける。彼らの背後では渦巻くような焔が燃えさかっていた。そして、頭上からは身も凍るほどの咆哮が響きわたる。

彼らが門をつっきると同時に、ディロンとヴィンスとラッセルがそこを封鎖する。とたんに、それまでは静置されたままだった前庭の篝火が爆発的な勢いで燃えはじめ、天頂までも焦がすかのような青緑色の炎がその場にいる人々を驚かせた。暗い夜空のどこかで、ジラーラブリュンがまたもや咆哮を上げた。

　エメラルドの輝きを帯びた劫火はやがて徐々に収束し、緑の色合も消えて通常の炎となった。薪が爆ぜるたび、無数の熾《おき》が高々と舞い散っていく。前庭に集まっている村人たちは夜空を仰ぎ見たものの、怪物はすでに消え失せ、いつのまにかコオロギの声がふたたび聞こえていた。

6 競技会

「ご心配には及びません、陛下」アリスタはせいいっぱいの愛想をふりまいた。「アルリックの治世となりましても、内政外交をめぐる方針は何ら変更ございません。先代たるわたくしたちの父王と同じく――エッセンドン家の尊厳と栄誉にかけて、メレンガーは今後とも、貴国にとって善き西の隣人でありたいと願っております」

ダンモア国王の前に立つアリスタは、亡き母の形見でもっとも上等なドレスに身を包んでいた――きらめくような銀絹のガウンで、袖には四十個もの飾りボタンが並べられ、何十フィートもの天鵞絨《びろうど》でこしらえた襞が身頃から裾までふんだんにあしらわれ、襟許は肩が出るほどに大きく開いている。彼女はしっかりと胸を張り、顎を上げ、視線を真正面に向け、身体の前で両手を組んでいた。

狼とおぼしき毛皮をまとったロズウォート王はどっかりと玉座に身を沈めたまま、杯を飲み干し、げっぷをした。背が低く、張り裂けそうなほどに肥え太っている。顔も丸々とふくらみ、その肉が自重で垂れ下がり、顎が三層になるほどの厚みを与えているのだ。瞼《まぶた》も重そうで開いているのか閉じているのかわからないし、ぬめった唇からは涎がこぼれ、こちらも肉の余った喉首を濡らしている。隣にいるフリーダ王妃も大柄な女性だが、夫ほどたるみきってはいないようだ。そして、粘液質の国王が暑苦しさを感じさせるのとは対照的に、表情は涼しげで――態度は冷淡なほどだった。

謁見の間はこぢんまりとした部屋で、床には木板が敷き詰められ、何本もの梁で支えられた天井はカテドラル様式ならではの高さがある。壁にはトナカイやヘラジカなどの頭部が飾ってあるが、いずれも埃をかぶっており、せっかくの毛皮が灰色にくすんでしまっている。扉のそばには九フィートという巨大な熊の剝製が両前足をふりかざし、荒々しく口を開いた姿で立っている。この熊はかねてからオズワルドと呼ばれ、地元の伝説によれば、騎士を殺したこと五回、農夫にいたっては数知れずだったが、やがて、オグデン王が――ロズウォート王の祖父にあたる人物だ――短剣一本で倒したという。今から七十年ほども昔、グラムレンダーがまだ前線基地にすぎず、ダンモアを通る道がどれも小径同然だった頃のことだ。ちなみに、ロズウォート自身はそのような偉業とはまったく縁がない。お家芸だったはずの狩猟など見向きもせずに宮廷生活を満喫してきた結果は見てのとおりというわけだ。

国王は杯をかざし、振ってみせた。

彼が欠伸をするのを見ながら、アリスタは待つしかなかった。彼女の後方から靴音が響いてきた。押し殺したような声が聞こえ、ふたたび靴音が聞こえ、指をはじく音が聞こえた。ようやく、ほっそりとした小さな人影が玉座へと歩み寄った――体格から見て、エルフにちがいない。毛織のお仕着せは地味な茶色で、鋲つきでいかにも重そうな鉄の首輪を巻いている。そのエルフは捧げ持ってきた瓶から国王の杯におかわりを注ぎ、すぐに部屋の片隅へとひっこんだ。国王は杯に口をつけたものの、傾けるときに勢い余ってしまい、こぼれたワインが無精髭をたどって薄紅色の軌跡を描いた。彼はひときわ派手にげっぷをすると、満悦の溜息をついた。それから、アリスタに視線を戻す。

「それにしても、ブラガの死については、どう説明してくれるつもりかね？」ロズウォートはおもむろに口を開いた。「陰謀だの何だのと言うだけなら安いものだが、彼が関与していた明確な証拠があるとでも？」

「わたしは彼に殺されるところでした」

「ふむ、そなたはそう言うであろうよ。しかし、それが事実だとしても、彼には相応の理由があったはずだ。ブラガは敬虔なニフロン信徒だったし、そなたは——ともあろうに——魔女だそうではないか」

アリスタは組んだ両手に力がこもってしまった。もう何度目だろうか、指が痛くなってきている。「おそれながら、陛下、それは誤った情報でございます」

「誤った情報？　わしは——」彼はそこでひどく咳きこみ、玉座のわきの床に痰を吐き捨てた。フリーダの射るような視線でにらみすえられたエルフがふたたび歩み寄り、上着の裾でそれを拭き取る。

「わしは非常に優秀な諜報係をかかえておる」国王はようやく言葉を続けた。「聞くところによれば、そなたが魔女であり父王殺しの犯人でもあると告発したのは、ブラガとサルデュア司教だったそうだな。しかし、その直後にブラガが亡くなるや、すべては彼の罪であったと論じられるようになり、彼は名誉を剥奪された。そして、そなたは今やメレンガーの特使というわけだ――女だてらに。いやはや、ただの偶然とは思えん」

「ブラガはわたしにアルリック殺害の罪までも着せようとしましたが、そのアルリックがわたしをメレンガーの特使に任命したのです。それとも、無事に王位を継いだ彼の存在さえも否定なさいますか？」

ロズウォート王は目を丸くした。「若いな」彼は酷薄な口調になった。「まぁ、特使としての謁見はこれが初めてだそうだから、大目に見てやろう――ただし、一度だけだぞ。非礼がくりかえされるようなら、ただちに国外追放とする」

アリスタは無言で頭を下げた。

「メレンガーの王位が世襲であることは我が国をかならずしも利するものではない。エッセンドン家がしばしば教会をないがしろにするというのも気分は良くない。ましてや、エルフどもに対する寛容も度が過ぎる。あんな連中を野放しにしておくのだからな。そのようなこと、ノヴロンは決して望んでおられまい。教えによれば、エルフは病根なのだ。力づくで押さえつけ、従わせなくてはいかん。あやつらはネズミのような連中だというのに、メレンガーの現状はその巣窟だ。アルリックがこれまでの政策を踏襲するなど、わかりきったことよ。視野の狭さは父親譲りか。おおいなる変革期にさしかかった世界の中にありながら、メレンガーは〝柳に風〟という言葉の意味さえ理解しておらん。我がダンモアとは雲泥の差だな」

アリスタは口を開こうとしたものの、ロズウォートはすかさず人差指を立ててみせた。

「これにて謁見の時間は終わりだ。弟の許へ帰ったら、約束どおりに会うことはできたが実りのある話にはならなかったとでも伝えるがよかろう」

国王夫妻は席を立ち、部屋の奥にあるアーチをくぐって姿を消した。アリスタは主のいなくなった一対の椅子をしばし茫然と眺めるばかりだった。片隅に控えたままのエルフが彼女の横顔を凝視していたが、声をかけてはこない。彼女は用意してきた挨拶の残りをそのまま最後まで暗誦しようかとも考えてみた。聞かせるべき相手がそこにいてもいなくても、無益だったであろうことには変わりないのだ——むしろ、侮蔑的な言葉を返してこないぶんだけ、からっぽの玉座のほうが礼節をわきまえている。

彼女は溜息をつき、肩を落とした。**これ以上に悪くなりようがあったかしら？**　彼女は回れ右をすると、謁見の間をあとにした。美しいドレスの裾が乾いた音を立てて床をこする。

アリスタはそのまま城門を出て、街を見下ろした。干上がった川底かとも思わせるような凸凹だらけの砂利道はどこも深い轍《わだち》にえぐられている。同じ形をした木造の建物がぎっしりと軒を並べ、陽射による褪色でくすんだ白になっている。ほとんどの住民たちは地味な服装で、毛織にしても亜麻にしても染めたものではない。憂鬱そうな表情を浮かべた人々も多く、街角に座りこんだり、両手を突き出して右往左往したり。しかし、そんな姿は誰の目にも映っていないかのようだった。アリスタにとっては初めてのグラムレンダー訪問——ダンモアの王都はこんなところなのか。彼女は首を振り、自分にしか聞こえないほど小さな声で、

「あんたたちの姿もちゃんと見えてるわよ」

貧相な街にもかかわらず、雰囲気はおおいに沸いている。ただし、彼女が見たところ、地元民たちがその輪に加わっている様子はほとんどない。識別するのは容易だった。他所者たちは靴を履いているのだ。有蓋無蓋の馬車、荷馬車、あるいは騎馬が次々と東へ進んでいく。競技会を開催するにあたり、教会は参加者の身分を問わなかった——貴族はもちろん、平民にもその資格があるというわけだ。栄光、富、名声、すべてを手に入れるために集まってきた強者たち。

ハヤブサの紋章をつけたメレンガーの馬車が彼女を待っている。開かれた扉のわきにはヒルフレッドが立っていた。車内へ足を踏み入れると、バーニスが膝の上に菓子皿を置き、口許に笑みをたたえて彼女を迎えた。「いかがでございましたか、姫さま？　お話は弾みまして？」

「弾むどころか、まともに話す機会も与えられなかったわ。宣戦布告なんてことにならなかったのが不幸中の幸い、それだけでもマリバーに感謝しないとね」アリスタはバーニスのむかいの席に腰をおろし、ヒルフレッドが扉を閉める邪魔にならないよう、ガウンの裾をひっぱった。

「ショウガっ子のクッキー、お召し上がりになります？」バーニスは哀れをそそられたように下唇を突き出し、菓子皿をさしのべた。「つらいときの身代わりになってくれますわ」

「サウリィはどこ？」アリスタは手足のついたクッキーを眺めながら尋ねた。

「大司教さまとご相談しなければならないことがおありだそうで、あちらの馬車へ移られました。姫さまへの他意があるわけではございませんとお言伝をいただいております」

アリスタとしては何の異存もなかった。むしろ、バーニスも彼と一緒に行ってしまってくれたら良かったのだが。ひとりになれないのは息が詰まる。塔での暮らしに戻りたい。彼女がクッキーに手を伸ばしたとたん、ヒルフレッドが御者の隣の席に登ったのだろう、車体がわずかに傾くのが感じられた。それから、ガタッという軽い衝撃を残して、馬車は轍のついた道を進みはじめる。

「……おいしくない」砂を固めたかのような食感に、アリスタが声を洩らす。

バーニスは愕然と目を見開いた。「もうしわけございません」

「どこで買ったの？」

「あそこに――」バーニスは窓の外を指し示そうとしたものの、すでに風景が流れていることに気がついて絶句した。彼女はなおもしばらく視線をめぐらせたあと、時すでに遅しと悟ったようだった。「もう見えなくなってしまいましたけれど、馬車が停まっていたところの近くにかわいらしいお店があったので、姫さまがお戻りになったら――そのぅ――ご気分を直していただくのによろしいかと思いまして」

「気分を直す？」

バーニスはひきつった笑顔でうなずくと、王女の手を撫でながら話題を変えた。「姫さまの責任じゃございませんわ。こんなお役目を押しつけるなんて、陛下は本当に底意地が悪くていらっしゃる」

「メドフォードでおとなしく結婚相手を選ぶべきだったかしらね」アリスタが言った。

「そうですとも。今のままでは姫さまのためになりません」

「わたしのためにならないってことなら、このクッキーも同じだけれど」彼女は片脚を失ったショウガっ子を皿に戻した。それから、口の中に毛がひっかかってしまった猫のごとく、舌先でしきりに歯の隙間をつつきまわす。

「こちらの王さまも、姫さまのお姿には目を惹かれたにちがいありませんわ」バーニスがさも自慢そうに言った。「本当にお美しいこと」

アリスタは横目で一瞥するばかりだった。「わたしじゃなくて、ドレスのほうでしょ」

「いいえ、ドレスもですけれど――」

「あぁ、うっとうしいったら!」アリスタは窓の外を眺めながら声を上げた。「ずいぶんな大所帯になっちゃってるわね。軍隊にでも迷いこんだみたい」

馬車が街はずれにさしかかったあたりで、彼女はひときわ大きな集団を目にした。ニフロン教会の旗幟が立つなか、三百人ほどの男たちが一列に並んでいる――筋骨隆々たる者、瘦せぎすの者、背の高い者、小柄な者。身分も上から下まで――騎士、兵士、貴族、農民もいる。身にまとっているものもさまざまだ――甲冑、絹、亜麻、毛織。そして、乗り物はといえば、軍馬、農耕馬、ポニー、ロバ、馬車は大小あり有蓋無蓋あり、荷馬車まで使われている。どこをどう見ても烏合の衆だが、彼らに共通している点があるとすれば、当方へ向ける顔には期待と興奮に満ちた笑みが浮かんでいるということだ。

アリスタの特使としての初仕事は終わった。結果は最悪だったが、とにもかくにも完了だ。サウリィもいないのだから、教会がどうの国家がどうの、罪の意識も自責の念もひとまず棚上げさせてもらおう。何日間も心を蝕《むしば》みつづけていた緊張感から解放され、そこかしこに漂う高揚感をしばし堪能してもいいではないか。

先へ進めば進むほど、隊列はいよいよ長くなっていく。麻袋ひとつを小脇にかかえている者もいれば、何頭もの馬を連ねて大荷物を運ばせている者もいる。あるいは、何台もの荷馬車に食糧やら衣裳やらテントやらを満載している者もいる。どこの豪商だろうか、大きな馬車の屋根の上に天鵞絨《びろうど》張りの安楽椅子と天蓋つきのベッドを増築するという型破りをやってのけた者もいる。

アリスタたちを乗せた馬車の屋根に何かがぶつかったのか、ガンッという耳障りな音が響き、車内のふたりを仰天させた。菓子皿の上のクッキーが飛び散り、バーニスがおなじみの「ありゃまぁ！」を叫ぶ。次の瞬間、窓のむこうから、愛馬にまたがって黒髪を風にもつれさせたモーヴィン・ピッカリングが覗きこんできた。

「で、初仕事はどうだった？」彼は悪戯っぽい笑みを浮かべた。「戦争の覚悟を決めておくほうがいいのかい？」

アリスタは顔をしかめた。

「その様子なら、まずまずだったみたいだな」モーヴィンは自分が彼女たちに動揺を与えたことなど気にも留めずに言葉を続けた。「まぁ、つもる話はあとにしよう。まずはファネンを捜さないと、あいつ、どこかで決闘でも始めかねないんでね。よぅ、ヒルフレッド。こりゃ、ずいぶんなお祭り騒ぎになりそうだぜ。みんなでキャンプに行ったときのことを思い出したよ。またな」

バーニスは今にも泣き出しそうな表情で天井を凝視したまま、あたふたと両手を振り回しつづけている。その滑稽な姿と、座席や窓辺や膝の上にばらまかれたショウガっ子たちを眺めるうち、アリスタは思わず頬がゆるんだ。

「あなたの心遣いは無駄じゃなかったわ、バーニス。こうして、クッキーのおかげで気分が明るくなったんだから」

「ほら、あそこ」ファネンは茶色い鞣《なめ》し皮のダブレットをまとった男を指し示した。「エンデン卿だよ。たぶん、存命の騎士としちゃブレックトン卿の次に偉大な人じゃないかな」

翌日、居眠りしながらの馬車の旅のあと、アリスタはバーニスの目を逃れ、ピッカリング兄弟のキャンプにいた。ふたりの少年が立てた山型のテントは金色と緑色の縞模様が入った優美なもので、本隊の野営地からずっと東へ寄ったところに位置している。三人はテントの正面、背の高い一対の柱に支えられた扇形の庇の下に座っていた。左側には赤地に金色のハヤブサが描かれたエッセンドン家の章旗、右側には緑地に金色の剣が描かれたピッカリング家の章旗がひるがえっている。ほかの多くの貴族たちのキャンプに比べれば、ここは質素な部類だろう。なにしろ、大勢の従者たちが何時間もかかってようやく完成にこぎつける、小型の城とでも呼びたくなるような代物さえ見受けられるのだ。他方、ピッカリング兄弟は旅支度も軽く、それぞれの愛馬のほかに二頭も荷馬がいれば用が足りる。もちろん、テーブルや椅子など持ってきているはずもなく、アリスタも普段着にしているガウン姿のまま、地面に広げられた帆布の上に座りこんでいた。バーニスがこれを目撃したら、心臓発作で倒れてしまうかもしれない。

だが、アリスタにとってはこれで充分だった。地面に寝転がって空を眺めるというのも良いものだ。彼女は幼い頃にみんなで楽しんだ夏祭を思い出した。夜になれば、大人たちは手に手を取って踊り、子供たちはドロンディル・フィールズの南にある丘の上で流れ星や蛍の光を数えたものだ。モーヴィン、ファネン、アルリック、それにレネアも一緒だった――ピッカリング家の令嬢にふさわしい立居振舞を求められるようになるまでは。夜風は涼しく、草の葉が裸足をくすぐり、無数の星々が全天に輝き、ガリリン民謡『常春のポートモア』の旋律《しらべ》がどこからともなく聞こえてくる。

「緑色のチュニックを着た大男がいるだろ？　グラヴィン卿だよ――彼は探険家なんだ。もっぱらニフロン教会のために動きまわってる。遺蹟発掘とか、怪物退治とか、そういうことなら何でもござれってさ。その方面じゃ当代随一の凄腕らしい。出身地はヴァーネス――ずっと南のほう、デルゴスの近くだね」

「ヴァーネスがどこにあるかぐらい、わたしだって知ってるわ」アリスタが言葉を返した。

「そうとも、今のきみにとっちゃ当然の知識だよな？」モーヴィンが軽口を叩く。「さすが、やんごとなき特使さまでいらっしゃる」ピッカリング家の長男は地面に座ったままで丁重なお辞儀をしてみせた。

「いくらでも笑ってなさいよ——今のうちはね」彼女が言った。「あんたも未来の侯爵さまでしょ。気楽じゃいられないわよ。そのときになって責任の重さを思い知りなさい」

「ぼくには縁のない話だなぁ」ファネンがさびしげな口調になる。

三歳の差があることを除けば、ファネンとモーヴィンはまるで双子のようだった。どちらもピッカリング家ならではの風貌で、顔は骨張っており、髪は黒く濃く、歯並びはまばゆいほどに白く、肩幅は広く、胴体は引き締まった逆三角形を描いている。ふたりの違いをあえて挙げるなら、ファネンのほうがいくぶん細身で背も低いのと、髪の毛の状態——モーヴィンの頭がまるで鳥の巣なのと対照的に、ファネンはきっちりと櫛を通してあるということだ。

「だからこそ、おまえはこの競技会に勝たなきゃいけないんだろ」モーヴィンが弟を叱咤する。「もちろん、勝てるよな。次男坊だろうとピッカリング家の一員だ、誰にも負けっこないさ。たとえば、あそこにいるやつ——あんなのは敵のうちにも入らん」

アリスタはわざわざ身を起こそうともしなかった。今夜の彼はずっとこの調子だった——通りすがりの人々の歩き方や剣を見ては、ファネンのほうが実力は上だと言い放つのだ。彼女としても、その見立てを疑うつもりはない。聞き飽きてしまっただけのことである。

「競技会で優勝したら、何をもらえるの？」彼女が尋ねる。

「まだ、何も聞いてないんだよ」ファネンが声を落とす。

「おおかた、金貨だろうさ」モーヴィンが答える。「褒賞ってやつだな。でも、大切なのはそれじゃない。名声だよ。優勝することで、こいつの名前は格段に売れるようになる。もちろん、ピッカリング家はすでに広く知られてるが、ファネン自身はまだ何者でもないんだ。ここで名を上げて、明るい未来への扉を開かないとな。たとえば、土地を手に入れりゃ、りっぱな領主さまってわけさ」

「そうなったらいいねぇ――とにかく、修道院行きだけは勘弁してほしいよ」

「今でもまだ詩を書くの、ファネン?」アリスタが尋ねる。

「いやぁ――最近はさっぱり」

「全部を読ませてもらったわけじゃないけれど、上手だと思ったわ。いつも書いてたわよね。どうして、やめちゃったの?」

「剣の韻律を学ぶようになったからさ。ペンよりもずっと、こいつにはふさわしい」モーヴィンが弟のかわりに説明する。

「あれは誰?」ファネンが西のほうを指し示した。

「レンティニュアルだな」モーヴィンが答えた。「天才を自称してる。奇人かもな。何なのかはわからないが、巨大な装置を持ち運んでるよ」

「どうして?」

「競技会のためだとさ」

「装置って、どんな？」

　モーヴィンは肩をすくめた。「さぁね。とにかく、やたらとでっかい代物さ。すっぽりと防水布をかけてあるし、荷馬車が轍で揺れるたびに女々しい泣き声で人足たちを叱りつけてるよ」

「あっ、ねぇ、あれってルドルフ王子じゃないかな？」

「どこ？」アリスタはとっさに肘で上体を起こし、頭を上げた。

　モーヴィンが笑い声を洩らす。「冗談だよ。アルリックがぼやいてたぜ――そそっかしい姉ちゃんで困るってさ」

「ルドルフと会ったことはあるの？」

「ある」モーヴィンがうなずいた。「ロバを何頭も飼ってるんだが、それが自分の名前にふさわしいってことには気がついてないんだぜ」一瞬の間があったあと、ファネンとアリスタが吹き出した。モーヴィンもすぐに声を合わせる。「まぁ、ろくなやつじゃないね。この先の人生をあんなのと添い遂げる羽目になるなんて、おれだったら怒り狂うだろうな。正直なところ、アリスタ、よくもまぁアルリックをヒキガエルか何かに変えちまわずに我慢できたもんだと思うよ」

　アリスタの笑いが止まった。「……何の話？」

「呪文がどうのって話さ。カエルの姿で一週間――あれ？　どうかしたかい？」

「知らない」彼女はうつぶせになって顔をそむけた。

「なぁ——ちょっと——深い意味はないんだってば」

「気にしてないわ」彼女はごまかそうとした。

「冗談のつもりだったんだよ」

「最初の冗談は笑えたのにね」

「アリスタ、きみが魔女なんかじゃないってことぐらい、ちゃんとわかってるさ」

居心地の悪い沈黙が漂った。

「……ごめん」モーヴィンが声を落とす。

「謝ってくれるのが遅いのよ」

「思ったんだけどさ」ファネンが言葉をさしはさんだ。「モーヴィンとの結婚話が出たりしてたら、もっとややこしくなってたかもね」

「考えたくもないわ」アリスタは身体を反転させて起き上がった。とたんに、モーヴィンが驚きと傷心のいりまじったような視線を向ける。「兄弟と結婚するみたいなものだから考えられないっていう意味よ。昔から家族同然のつきあいなんだし」

「それ、デネクには内緒にしてやってくれ」モーヴィンが言った。「あいつ、きみに惚れてたんだよ」

「本当に？」

「おれがばらしちゃったことも内緒で頼む。というか——忘れてくれ」

「あのふたりは？」だしぬけに、ファネンは赤と黒の縞模様が入ったテントから出てきた男たちを指し示した。ひとりは大柄で、赤い髭をたくわえている。緑色の飾り襞がついた深紅の袖なしチュニックを身にまとい、頭を覆う鉄帽には無数の窪みがある。また、もうひとりのほうは背が高くて細身、黒髪を長く伸ばしており、髭はきっちりと刈りこんである。赤い僧衣、黒いマント、胸には壊れた王冠の紋章。

「どっちにしても、一戦交えるには危険すぎる相手だぜ」モーヴィンはややあってから答えた。「トレントのルーファス卿だよ。リンガルドの軍師さまだ。ヴィラン丘陵の戦いで英雄と称されるようになったことは周知のとおりだが、それ以外にもエストレンダーの蛮族たちと何十回もやりあってきた歴戦の勇士さ」

「へぇ、あれがルーファス卿なんだ」ファネンが呟く。

「噂じゃ、トガリネズミみたいに気性が激しくて、熊みたいに腕っぷしが強いとか」

「じゃ、壊れた王冠の紋章をつけてるほうは？」ファネンがもうひとりを指し示す。

「彼こそは泣く子も黙る番人だ。これよりも近くで遭遇することのないように気を配っておくのが身のためってもんだぜ」

アリスタもそのふたりを注視しているうち、さらに遠くの篝火をさえぎる別の人影があることに気がついた――背が低く、顎鬚は長く、袖のふくらんだ服を着ている。

「とにかく、明日はさっさと動き出そうぜ、ファネン」モーヴィンが弟に言った。「隊列の前寄りを狙うぞ。ひっきりなしに土埃を浴びるのはうんざりだ」

「誰か、具体的な目的地はどこなのかを知ってるのかな？」ファネンが尋ねる。「世界の涯《はて》にでも行こうとしてるみたいに思えてきたんだけど」

アリスタがうなずいた。「サウリィが大司教と話してるのを聞いたわ。ダールグレンっていう小さな村よ」

彼女は謎の人影が見えたあたりに視線を戻したものの、それはすでに消えていた。

7　エルフと人と

トレースは領主のベッドに寝かされ、細く裂いた布で頭部をぐるぐる巻きにされていた。その隙間からこぼれている髪の毛もくしゃくしゃに乱れている。目や鼻のあたりには紫色と黄色の痣が広がっている。上唇は二倍ほどに腫れあがり、黒ずんだ血の痕もくっきりと残っている。その口からはざらついた呼吸音や弱々しい呻き声が洩れるものの、言葉が発せられることはなく、瞼《まぶた》は閉じたままだった。

そして、セロンはそんな彼女につきっきりだった。

エスラハッドンの指示で、レナはリンゴ酢の大甕を使って熱抜きの薬草を煎じた。今や、彼女だけでなく、誰もが彼の指示に従っていた。夜が明けてからというもの、ダールグレンの人々は両手のないこの男に対して畏敬とささやかな懸念を隠そうとしなかった。昨夜、あの怪物をくいとめた緑色の焔を放ったのは彼だったと、タッド・ボスウィックとローズ・マクダーンが目撃していたのである。もちろん、〝魔術師〟〝魔女〟といった語句はまったく聞こえてこない。あえて言うまでもないのだろう。ほどなく、甕から漂う湯気とともに、植物ならではの刺激的な香りが室内を満たした。

「わしが悪かった」セロンは娘に囁いた。

息のかすれも呻きも聞こえなくなると、トレースはまるで死んでいるかのようだった。彼は娘のぐったりとした手を取り、自分の頬に当てた。彼女の耳に届いているかどうかもわからないまま、彼はもう何時間も同じ言葉をくりかえし、ふたたび目覚めてくれることを願うばかりだった。「おまえを責めるつもりじゃなかった。腹立ちまぎれに暴言を吐いてしまった。すまなかった。わしを置いていかんでくれ。戻ってきてくれ」

暗闇の中、鈍い衝突音とともに彼女が上げた短い悲鳴は、今もなお彼の耳の奥底で谺している。あれが木の幹だったら、いや、もうちょっと太い枝だったとしても、トレースはあの場で死んでいたにちがいない。もっとも、現状を見るかぎり、早いか遅いかの問題にすぎなかったと考えるしかないのだが。

セロンが悲嘆にくれているこの部屋へ出入りするのはレナとエスラハッドンだけだった。誰もが最悪の結末を覚悟していた。なにしろ、父娘が領館へたどりついたとき、少女の顔は血にまみれ、父親のシャツもそれで染まっていたのである。トレースの肌はすっかり血の気を失っており、唇も真青で、ぴくりとも動かない状態だった。エスラハッドンは彼女に何か囁きかけると、領主のベッドに寝かせて充分に暖を取らせるよう、運び手の村人たちに指示を与えた。絶対安静——瀕死の患者にもっとも必要な処置である。トマス助祭も彼女のために祈りを捧げ、飛び去ろうとする魂に祝福を与えつづけていた。

昨年来、ダールグレン村は多くの死を経験してきた。あの怪物のせいばかりではない。事故や病気はもちろん、冬になれば狼の群れも現われるのだ。さらに、謎の失踪を遂げた者たちもいる。人知れず怪物に襲われたのかもしれないし、森で迷ったりニルウォルデン川の急流に落ちたりということも考えられる。わずか一年あまりのうちに、ダールグレンの人口は半分以下にまで減ってしまった。誰もが顔見知りの小さな村で、各戸から少なくともひとりは死者や行方不明者が出ているのだ。村人たちにとって、死は日常茶飯事になりつつあった。夜ごと、朝ごと、死の影はいつも彼らの身近にあり、彼らに囁きかけ、あちらこちらの家々に出没する。それが当然であるかのごとく。事後処理の手間さえなければ、村人たちが何も気にかけないようになったとしても不思議はないだろう。そんなわけで、トレースが生き延びる可能性に期待をいだいている者はひとりもいなかった。

日が昇り、セロンが娘のために涙を流している部屋にもうっすらと光が入りはじめる。残された最後の家族が逝こうとしている今になって、彼はようやく彼女がいかに大切な存在なのかということに気がついた。記憶の糸をたぐってみたわけでなく、自然と思い浮かんだのである。一日の仕事の終わり、迎えに来てくれるのはいつも彼女だった。彼の帰りが遅れ、農場があの怪物に襲われたときも、暗い夜道を敢然とたどってきたのは彼女だからこそだった。まだ子供だと思っていたのに、トレースは親許を離れ、エイヴリンを半ば縦断し、自分の貯えをなげうってまでも、彼を助けようとしてくれた。昨夜も、頑固親父が農場に居座っているのを、危険もかえりみずに森の小径をすっとんできてくれた。彼女が考えていたのはただひとつ――彼を救うことだけだった。そして、彼女は望みどおりの成果を得た。彼があの怪物の鉤爪に捕えられるのを防いだばかりか、彼をこの現実世界へと連れ戻してくれた。彼の両眼を覆っていた黒布を剝ぎ取り、彼の心に重くのしかかっていた罪の意識を打ち砕いてくれた。彼女自身の生命とひきかえに。

涙が頰を濡らし、口角にひっかかって止まる。そのまま娘の手にキスをすると、そこに小さな水溜まりができた。ささやかな供物、ささやかな贖罪。

こんなにも、わしの目は曇ってしまっていたのか？

トレースの呼吸はいよいよ静かに、まばらに、浅くなっていく。遠ざかりつつある足音のように、はるか彼方へと消えてしまいそうなほどに。

彼はなおも娘の手を握りしめ、幾度となくキスをくりかえし、涙に濡れた頰を押し当てた。心臓をえぐられるような胸の痛みがこみあげてくる。

やがて、彼女の呼吸音が止まった。

セロンは嗚咽を洩らした。「おぉ、神よ」

「父さん？」予期せぬ言葉に、彼はあわてて顔を上げた。いつのまにやら、トレースが目を開き、彼に視線を向けている。「どうかしたの？」彼女は囁くように尋ねた。

彼の口が動いたものの、声は出てこなかった。涙はたちまち滂沱《ぼうだ》となり、その雨が荒漠の地を数年ぶりに潤したかのごとく、彼の顔もようやく歓喜の笑みにほころんだ。

強まるばかりの風に押し流された雲が荒れ模様の空を駆け抜けていく。新しい一日の訪れは嵐の到来を予感させるものだった。ロイスは滝ぎわで飛沫に濡れている岩場のてっぺんに座っていた。早朝から林床をさんざん歩きまわったおかげで、膝から下がびしょびしょだ。彼の視線は滝の棚上に鎮座する岩塊とそこにそびえる砦を捉えている。川底のさらに下をくぐってあの塔に至る抜け穴があるのかもしれないというのが彼の考えだった。その入口はどこかと森の中を探し歩いたのだが、それらしいものは見当たらなかった。これでは何も始まらない。

調査開始から二日、彼はまだ一歩も前へ進めずにいた。塔はあいかわらず手の届かないところにある。この急流を泳ぐのも無理、水面を歩いて渡るのも無理、空を飛ぶのも無理——どうしたものやら。

「むこうは身を潜めているな」エスラハッドンが言った。

ロイスは魔術師の存在をすっかり忘れていた。一時間ほど前に現われ、トレースの意識が戻ったこと、いずれ完治するであろうことを告げ、そのまま岩場に座りこみ、ロイスと同じように無言で川を眺めていたのだ。

「むこう？」

「エルフだよ。対岸からわれわれを観察しているのさ。これだけの距離があっても、はっきりと見えているはずだ。すぐれているのは視力にとどまらない。人間たちの多くはエルフを下等な存在と——怠惰だの、汚いだの、無学だの——決めつけているが、実際はあらゆる面において格上なのだよ。まぁ、そうだからこそ、人類はことさらに彼らを貶めようとしてきたのかもしれん。自分たちが第二位にすぎないと認めるのは不愉快だろうからな。

エルフは本当にすばらしい種族だ。あの塔を見るだけでもわかるだろう。全体がひとつの岩であるかのように滑らかで、継ぎ目もない。優美の一言に尽きる。完璧だ。自然の風景とみごとに調和し、それ自体もまた大自然の驚異としか思えないほどの建造物。そこには、人間界でもっとも腕の良い石工でさえ顔色を失うような技巧の数々が使われている。彼らの都市はさぞかし壮観にちがいあるまい！　川のむこうの森を抜けた先はどうなっているのか、おおいに心を惹かれるよ」

「あんたもこの川を渡ったことはないのか？」ロイスが尋ねた。

「ここを渡った人間はひとりもいないし、これからも渡る者は現われないだろう。あちら側の岸に到達した瞬間に死を迎えるのでね。そもそも、そこまで生きていられる可能性からして極細の糸のようなものだが」

「どういう意味だ？」

エスラハッドンは笑みを浮かべた。「ノヴロン以前、人類がエルフとの戦いに一度として勝てずにいたという事実を知っているかね？　往時の人間たちにとって、エルフは魔物以外の何者でもなかった。パーセプリキスの大文書館へ行けば、それが事実であったことを示す資料もそろっていたよ。ときには神の化身とさえ思われていた。彼らの寿命は人間よりもはるかに長く、それゆえ、少しぐらい年を重ねたからといって老化が進むわけではない。また、死者を送る儀式は秘密とされているため、人間がエルフの死体を見たことがなくとも当然だろう」

「そんなにも差があるんだったら、どうして、やつらは川を渡ってこないんだ？」

「ノヴロンのおかげさ。彼がエルフの弱点を教えたのだよ。さらには、戦いでの攻めどころ、守りどころ、魔術の奥義にいたるまで。彼がいなかったら、エルフの前の人間など無防備な弱者にすぎん」

「ノヴロンひとりのおかげで人類の勝ちってのは安直すぎるんじゃないか？」ロイスが反駁する。「いろんな知識がもたらされたにしても、それだけでエルフの優位が揺らぐとは考えにくいぜ」

「たしかに、対等の条件で戦っていれば勝ち目はなかったはずだ。しかし、それが対等ではなかったのさ。知ってのとおり、エルフの寿命はとても長い。人類がその正確なところを知る術はないだろうが、どんなに短くとも数百年という単位だろう。したがって、今この瞬間にあそこからわれわれを観察している連中は、ひょっとしたらノヴロンの顔を憶えているかもしれん。人間はそんなに長生きできるはずもないし、世代交代も早い。エルフは子供の絶対数が少なく、出産も一大行事だそうだ。彼らにとって、生命の誕生と終焉はどちらも稀有なこと、神の思召にちがいない。

　そんな種族が戦うとなれば存亡の危機も招きかねないということは、誰でも容易に想像がつくはずだ。たとえ連戦連勝でも、仲間の数は確実に減っていく。人類はじきに次の世代がその穴を埋めてくれるわけだが、エルフの場合は千年以上もかかってしまう。つまるところ、彼らは人海戦術に敗れたのだよ」エスラハッドンはいったん言葉を切り、それからふたたび口を開いた。「ただし、ノヴロンは遠い過去の存在だ。次なる戦いの救世主が現われるという保証もない」

「次なる戦い？」

「エルフが今もああやって川辺まで出てこられる理由は何だと思うかね？　彼らの土地だからだよ。われわれにとっての古代史も、彼らにとっては昨日の出来事と変わらんのさ。ある時代までは、このあたりも彼らの土地だった。そして、彼らの数はすでにその頃と同じくらいにまで回復しているはずだ」

「それなのに渡ってこないのは？」

「一般論として、やりたいことをやれない理由といえば？　恐怖だよ。完膚なきまでに叩きのめされ、滅ぼされてしまうのではないかという恐怖だ。しかし、ノヴロンはもういない」

「それはさっきも聞いたぜ」ロイスが指摘する。

「ちなみに、これも前言のくりかえしだが、人類はノヴロンの遺産を捨て去ったことで自分の首を絞めようとしている。ノヴロンは魔術をもたらしたが、彼が亡くなって幾星霜、もはや魔術の何たるかを知る者もいない。こうなってしまうと、われわれは無防備な子供にひとしい。人類は自分たちが遠く及びもつかない種族からの報復を受けようとしており、しかも、それに対する準備は何もできていない。エルフがわれわれの弱体化を知らず、亡き皇帝がエリヴァン帝国とのあいだに締結した協定の実効性がまだ残されていると思いこんでくれているからこそ、人類はかろうじて安全な状態にとどまっていられるのだよ」

「このままずっと知らずにいてくれりゃ、ありがたいかぎりなんだが」

「望み薄だろうな」魔術師が言った。「看破されるのは時間の問題だ」

「ジラーラブリュンか？」

エスラハッドンがうなずく。「ノヴロンの定めたところによれば、ニルウォルデン川の両岸は〝リィン・コンティタ〟ということになっている」

「〝相互不可侵〟」ロイスがおおまかに訳し、かすかな笑みを浮かべてみせた。「ちんけな盗人でも、読み書きぐらいはできなきゃ困るんでね」

「いやいや、すばらしい学識だよ。とにかく、ニルウォルデン川の両岸はリィン・コンティタということになっている」

ロイスはその意味を悟ったようだった。「ダールグレン開拓はそれ自体が協定違反だったんだな」

「そのとおり。ついでに言うなら、協定の一項に、人間が川を渡った場合を除いて、エルフが人間の生命を奪ってはいけないというのもある。ただし、どの条項にも反しない行動の過程または結果として人が死ぬことの是非については言及されていない。たとえば、わたしが手にしていた石をどこかで取り落としたとき、それが転がっていく方向は予測できないが、まぁ、下り斜面ならそこを転がり落ちていく可能性は高い。そうなると、坂下にいる人が落石に当たって死ぬかもしれないが、その人を死なせたのはわたしでなく石であり、もうひとつ、その人が石の転がり落ちる先にいたことも不運だったという解釈が成り立つだろう」

「要するに、あちらさんはおれたちを観察して、まずは次の一手を見極めようとしてるってわけだ。こっちの強みと弱みを探ってる。そういえば、あんたもおれに対して同じことをやってるよな」

エスラハッドンが相好《そうごう》を崩す。「さて、どうだろうね」彼は曖昧に答えてから、「あの怪物の動向についての責任が彼らにあるかどうかの判断は難しいところだが、いずれにせよ、われわれに観察の目が向けられていることは確実だ。このままジラーラブリュンに手も足も出ないとなれば、また、協定違反もしくは失効と認識されるような点があれば、恐怖による抑止効果はもはや期待できん」

「あんたがここへ来た本当の理由もそれか?」

「いいや」魔術師は首を振った。「それも関係がないわけではないが、わたしが何をしたところで、エルフと人間との戦いを阻止するなどというのは無理な話さ。多少なりとも衝撃をやわらげ、勝ち目はないかと模索するぐらいがいいところだ」

「まずは、昨夜の荒業のやりかたを村の連中にも教え広めてみたらどうだい?」

エスラハッドンが視線を返す。「何の話かな?」

「あんたにゃ謙遜は似合わないぜ」ロイスが言った。

「うむ、たしかに」

「両手がなくちゃ術は使えないとかいう話じゃなかったっけか?」

「とんでもなく難儀で、やたらと時間がかかって、おまけに精度も期待できないということだよ。自分の名前を書くのに、足の指を使ったらどうだろうかと考えてごらん。あんなこともあろうかと、きみたちが村へ到着するよりもずいぶん前から準備を始めていたのさ。だが、実際に炎の壁を噴き立ててみたら、きみたちふたりを丸焼けにしてしまうところだった。想定よりも十ヤードほど近すぎたし、数時間は持続させるつもりだったのが数分で終わってしまった。両手があれば……」彼は声を落とした。「いや、愚痴など無益だな」

「昔のあんたなら、本当にそこまでやれたのか？」

エスラハッドンはにんまりとした。「まぁ、きみのような若者には信じられないだろうがね」

トレースの意識が戻ったという報せはたちまち村じゅうを駆けめぐった。まだ自由に動きまわれる状態ではないにせよ、容態は安定していた。視界もはっきりしているし、歯の一本も欠けてはいないし、食欲もある。昼を待たずに、彼女はベッドの上で身体を起こし、スープを口にした。その日、村人たちの瞳はまちがいなく輝きを増していた。誰も言葉にはしなかったが、心の中には同じ思いがある——怪物の襲撃を受けても死者を出さずに済んだではないか！

さらに、大半の人々が、夜闇に燃え上がる緑色の焔に照らされた怪物の姿を目撃していた。おかげで、彼らは別れて久しい旧友と不時の再会を果たしたような気分だった——希望という名の旧友と。

夜明けとともに、彼らはさらなる薪の確保にとりかかった。すでに前日の作業で要領を得ていたので、新たな篝火の準備は三時間ほどで整った。あの怪物は夜目が利くようだが、煙幕なら視界をさえぎることができるかもしれないと、ヴィンス・グリフィンは燻《いぶ》し器の併用をもちかけた。古今東西、燻し器は虫害対策の必需品とされており、ダールグレンも例外ではない。年季の入った代物が各戸から持ち寄られ、イナゴの大群を阻止しようとするときのごとく、領館の周辺にびっしりと配置された。同じ頃、ハドリアンとタッド・ボスウィックとクライン・グッドマンは前庭の別棟をかたっぱしから調べ、それらも避難所として使えるかどうかを検討していた。

村人たちをいくつかの小集団に分け、複数の作業を並行して進めることになったのは、ハドリアンの提案によるものだった。そのひとつとして、燻製場の奥で発見された窖《あなぐら》を拡張するとともに掘り進め、怪物を生け捕りにしようという作戦が始まった。空飛ぶ大蛇が現われたら、誰かが獲物のふりをして袋小路の坑道へと誘いこみ、罠だと悟られないうちに出口を埋めつぶしてしまうのだ。人間の手による武器では殺せないとしても、生け捕りにまで何らかの制約がついてまわるわけではないだろうというのがハドリアンの推察だった。

城の敷地内での掘ったり伐ったり燃やしたりに、トマス助祭はひどく渋い表情だったが、村人たちがすでにハドリアンを新しい頭領と認めていることは明白だった。そんなわけで、トマスはおとなしく屋内に残り、トレースの世話に専念していた。

「ハドリアン？」

わずかな空き時間に井戸で水浴びをしていた彼がふりかえると、セロンがそこにいた。

「作業は順調なようだな」老農夫が言った。「ディロンから聞いたんだが、おぬしの主導で坑道を掘ることになったとか？　知恵の働く男だ」

「狙いどおりになる可能性は低いだろうけどな」ハドリアンはそう答え、たっぷりの水で顔を洗った。「とにかく、やるだけやってみるさ」

「あのな――」老農夫は話題を変えようとしたが、苦悩の表情とともに絶句してしまった。

「……トレースはどうしてる？」一分あまりも沈黙があったあと、ハドリアンが尋ねた。

「ずいぶん元気になった。父親譲りの逞しさだ」彼は自慢そうに胸を叩く。「木の枝にぶつかったぐらいで壊れたりするものか。なにしろ、わしら自身が〝木《ウッド》〟だからな。外見はどうあれ、芯は強いぞ。すぐに傷が癒えるわけではないが、ぜったいに、それまで以上の強さで立つことができるようになる。ただし、そのためには動機というやつが必要でな――わかるだろう？　わしの過ちはそこにあった――見失っていたのさ。トレースが思い出させてくれたよ」

ぎこちない沈黙の中、ふたりはおたがいの顔を眺めた。

「あのな――」セロンはあらためて口を開き、またしてもそこで言葉を切った。「わしは誰かの世話になることに慣れておらん。どんなことでも自力でやりとおす。汗水を垂らして身代を稼ぐ。他人にすがるな、頭を下げるな――わしの人生だ、文句はあるまい？」

ハドリアンはうなずいた。

「しかし――そう、おぬしの昨日の指摘はいちいち図星だったよ。今朝になって、わしも考えが変わった――わかるか？　トレースの体力が戻ればすぐにでも、わしらはこの村を離れるつもりだ。あと二日もすれば、旅に出られるぐらいにはなるだろう。オルバーンかキャリスか、とにかく南をめざす。ここいらよりも暖かくて、作物も良く育つと聞いた。とはいえ、まだ何日かは動くわけにいかん。夜になれば、闇に怯えながら過ごすしかない。親ひとり子ひとり、これ以上は家族の死なんぞ見たくもない。わしのような老いぼれ農夫があんな怪物をむこうにまわして鎌や三叉を振りまわしたところで勝てるはずもないことは百も承知だが、それでも、戦い方の初歩ぐらいは身につけておいても損はなかろうよ。わしらの出発前にあんちくしょうが現われるようなら、少しぐらいは痛い目に遭わせてやらんとな。正直、わしだって懐具合に余裕があるわけじゃないが、銀貨でいくらかは貯えがある。戦い方を教えてくれるという話、あれはまだ有効なのかね？」

「その前に、状況を整理しておこう」ハドリアンがきびしい口調になった。「あんたのためにできるかぎりの手助けをするってのがおれたちの仕事で、報酬は娘さんから全額前金で受け取ってる。貯えは南へ行くためにしまっておけよ。それで文句があるってんなら、あの話はなかったことにさせてもらうぜ。いいな？」

セロンはためらいがちにうなずいた。

「よし。それじゃ、あんたの都合次第だが、すぐにでも始めようか？」

「剣はおぬしのものを借りるしかないのかな？」

「むしろ、そのほうが無理だ。昨夜、ミリィに積んでおいたら、馬ごと消えちまったんでね。もっとも、今はまだ使わないんで心配しなさんな」

「手頃な長さの棒でも調達するかね？」

「それもいらんよ」

「だったら、どうするつもりだ？」

「まずは座学から始めるさ。剣だの棒だのを実際に振りまわすなら、頭に入れておくべきことがたくさんある」

セロンは訝しげにハドリアンの顔を眺めた。

「あんた、おれに教えてほしいことがあるんだろ？　逆の立場で考えてみなよ――たった数時間で一人前の農夫にしてくれって頼まれたら、あんたの答えは？」

セロンは返す言葉もなくうなずくと、地面に座りこんだ――ハドリアンが初めてパールと会った場所のすぐそばだ。ハドリアンはシャツを肩にひっかけると、手近な桶をさかさまに置いて椅子がわりにした。

「何をするにも言えることだが、戦いには訓練が必要だ。名人芸ってのはさも簡単そうに見えるもんだが、そいつは誰も知らないところで一日何時間もの努力を何年間もくりかえしてきたのさ。あんたは畑を耕すぐらい朝飯前だろうが、おれには無理だ。剣術もまったく同じだよ。さまざまな状況に迷いなく即応できるのも、その先の状況にそなえておけるのも、ひとえに訓練の賜物さ。敵の次の一手が正確にわかるんだから、ある種の予知能力ってわけだ。ところが、訓練の足りてないやつはどうしても考えすぎちまう。凄腕の敵を目の前にして一瞬でも遅れが生じたら、それっきり生命はないぜ」

「わしの敵は翼のある大蛇だ」セロンが言った。

「そいつはもう何十人も殺してるよな。腕はついてなくても、実力としちゃ充分すぎるくらいだと思わないか？　やっぱり、訓練が肝心だ。さて、そこで問題なのは、今のあんたに必要なのはどんな訓練だろうな？」

「剣の使い方にきまっとる」

「まぁ、それもそうなんだが、じつはそんなに重要なことじゃない。剣を握って振りまわすだけでいいんなら、脚が二本と腕が少なくとも一本ありさえすれば誰だって剣豪になれるだろうさ。もっと奥深いものなんだよ。何よりも求められるのは集中力だ。敵から目を離さないのはもちろんだが、トレースのことも心配するな、家族のことも思い出すな、過去も未来も忘れちまえ。その瞬間にやるべきことだけに意識を向けて、それ以外のことはすべて置き去りにするのさ。口で言うほど簡単じゃないんだぜ。二番目に大切なのが、呼吸だ」

「呼吸？」セロンは眉をひそめた。

「あぁ、誰だって考えるまでもなく呼吸はしてるよな。ただし、ときには息を止めることもあるわけで、その良し悪しを区別しなきゃいけないんだよ。びっくりしたときに息を吞むだろ？　不安や恐怖を感じると呼吸が荒くなるだろ？　世の中には、それが原因で失神しちまうやつもいるのさ。真剣勝負には極度の緊張がついてまわるんで、訓練の足りないやつは呼吸が浅くなったり、ひどいときには喉が詰まっちまうことだってある。新鮮な空気が入ってこなきゃ、体力も判断力もたちまち低下するぞ。手足も頭も重くなっちゃ、負けは決まったようなもんだ」

「だったら、どんな呼吸が正しいのかね？」セロンの口調にはなおもかすかな皮肉が感じられる。

「戦いの場だけじゃなく、ふだんから大きくゆっくりと息を吐いて吸う癖をつけておくことだ。いざってときにやろうとしても、おいそれとできるわけがないからな。最初のうちはやたらと気を遣っちまって、逆に息苦しくなったり、ほかのことを考える余裕がなくなったりもする。だが、そのうちに慣れて、何も意識しなくてもできるようになる。ついでに、斬撃は息を吐きながらってのを憶えておくといい。そのほうが威力も増すし、刃の軌道も安定する。鬨《とき》の声を上げる理由のひとつがそれさ。訓練のときに試してみるといい。ただの素振りでも一本ごとに叫ぶんだ。まぁ、最終的にはその必要もなくなるだろうが、相手をびらせる効果も捨てがたいんだよな」

ハドリアンはそこでいったん言葉を切り、セロンの口許にかすかな笑みがよぎるのを見た。

「三番目が平衡感覚だ。倒れなきゃいいって意味じゃないぜ。悲しむべきことに、人間の足はふたつしかない。しっかりと身体を支えておくには不充分なんだ。片足を上げりゃ、どうしたってふらつくよな。そんなわけで、地面から足を離さないようにすることが大切なのさ。

ただし、その場に立ったままじゃ敵の餌食だ。摺り足で動くんだよ。重心をかけるところは踵じゃなく、足指の付け根のふくらんでるあたりがいい。膝を軽く曲げて、上体もいくぶん前寄りにする。両足がくっついてると支点がひとつになっちまうから、肩幅ぐらいに開いておく。

もちろん、間合の取り方も大切だ。今のうちに言っておくが、最初からうまくやろうなんて考えちゃいけないぜ。まぁ、経験を積んでいきゃ自然とできるようになるさ。昨日、おれの剣を使わせてやったとき、ぜんぜん当たらないんで腹が立ったろ？　だが、間合ひとつで確実に当たるようになるし、当たり具合も深くなる。動きの中にある決まった型を拾い出すんだ。そこに相手の隙や弱点が隠されてる。観察眼を養えば、敵の攻撃もかなりのところまで読めるようになるぜ——立ち位置、視線、上体の構え、筋肉の動きなんかに注目するといい」

「わしの敵は人間じゃないぞ」セロンが言葉をさしはさんだ。「あいつの場合、どこまでが上体だというんだ？」

「動物だって、やろうとしてることに応じた兆候はあるもんさ。身体を丸める、ひねる、揺らす——人間と同じだよ。ただし、すぐに見破れるなんてのは期待薄だけどな。戦い慣れたやつが相手じゃ一筋縄でいくはずがないし、なかには、それらしい仕種を意図的にまぜこんで攪乱しようとする曲者《くせもの》もいる。そうなると、逆にこっちが間合を外され、体勢を崩され、隙を晒すことになりかねん。だったら、こっちもそのつもりで仕掛けるさ。敵がうまくひっかかってくれりゃ、陽動作戦は成功──空飛ぶ大蛇は頭と胴が生き別れってわけだ。もうひとつ──これがいちばん難しい。教えようがないんだ。どうやって説明したもんだろうな？　まぁ、早い話が、手や足で戦おうとせずに頭で戦えってことさ。真の戦いはつねに自分自身の中にある。敵をどうこうする以前に、一戦必勝の強い気持が必要だ。自分の眼や鼻をひたすら信じろ。ただし、自信過剰は禁物だぜ。あとは、とにかく臨機応変、あきらめずに力を尽くすっきゃない。そこを忘れちまったら、すべてが水の泡だ。勝ちを信じられなきゃ、恐怖や躊躇で動けずにいるうちに一巻の終わりさ。よし、丈夫な木の棒を二本、どこかで調達してこよう──あんたがどれぐらい理解できてるのか試させてもらうぜ」

その晩も村人たちは篝火を焚き、領館と燻製場に分かれて避難した。ロイスとハドリアンだけは彼らの輪に加わっていなかったが、やはり建物から出ることはせず、燻製場の戸口に佇《たたず》んだまま、篝火の炎に照らされた夜空を注視している。

「トレースはどうしてるんだ？」ロイスが尋ねた。

「頭から枝につっこんだわりには驚くほど元気だぜ」ハドリアンは樽の上に座り、羊の骨付き肉をしゃぶりながら答えた。「晩飯が食いたいってんで、ベッドから降りて人を呼びに行ったとさ」彼は首を振り、笑みを浮かべた。「まぁ、そこいらの娘っ子とは比べようもないよな。コルノラの仲見世で初めて会ったときは想像もつかなかったが、たいしたもんだよ。むしろ、驚かされたのは親父さんの変わりようだ。トレースが長旅に耐えられるようなら数日のうちにも村を離れるつもりらしい」

「てぇと、おれたちは契約解除かな？」ロイスがわざとらしい失望の色を見せた。

「その様子だと、塔のほうは良い感じでやれてるのか？」ハドリアンは骨を投げ捨てると、脂で汚れた手を自分の服で拭いた。

「うんにゃ。扉の前までも行けやしない」

「抜け穴は？」

「おれもそう思って、森の中を徹底的に探してみたんだが、からっきしだ――洞窟とか地溝とか、抜け穴の入口になりそうな場所はどこにもない。手詰まりだよ」

「エスラはどうなんだ？　魔術師ならではの知識があるんじゃないのか？」

「かもしれんが、はぐらかされてばかりでな。ありゃ、何か隠してやがるぜ。塔に入りたがってるくせに、具体的な話はまるでなし、訊いてみても答えやしない。おおかた、古い因縁でもあるんだろ。それも、やっこさんにとっちゃ都合の悪いことにちがいない。まぁ、ウッド家のふたりが村を離れるんならこの仕事も打ち切りじゃないのかとでも揺さぶりをかけてやりゃ、少しは舌も滑らかになると思うぜ」

「その先を見透かされてるって可能性はないのかな？」

「見透かされてるって、何を？」ロイスが訊き返す。「ぶっちゃけた話、このつっこみにも黙ってやがるようなら、おれたちもセロンとトレースにつきあって撤収するさ」

　ハドリアンは黙りこくってしまった。

「どうした？」ロイスが問いかける。

「この村の連中を見捨てるような真似はしたくないんだよ。せっかく前向きになりはじめたところなんだから」

「また悪い癖が出たか。おまえってやつは、懲りるってことを――」

「言わせてもらうが、今回の仕事を引き受けたのはおまえだぞ。おれが断わろうとしてるところへ横槍を入れたくせに、忘れたか？」

「そりゃ、状況によりけりだろ。まぁ、明日になってから決めるさ」

ハドリアンは一歩外へ踏み出し、周囲の様子を窺った。「森がにぎやかだ。どうやら、あの厄介な客も今夜はお休みらしいな。エスラハッドンの劫火に翼でも焼かれたか？　晩飯は近場の獲物で済ませたんだろう」

「火を焚いてるからって、安心してばかりもいられないようだぜ」ロイスが言った。「魔術師の話じゃ、あいつに何らかの実害があるわけじゃなく、いやがらせ程度の意味しかないんだとさ――たぶん、まぶしいのが苦手なんだろうな。やっつけるには塔の剣を手に入れてこないと。あんちくしょうめ、また襲いに来るぞ」

「だったら、せめて今夜だけでも静かに眠らせてもらおうじゃないか」

夜空の雲間にきらめく星々を眺めたままのロイスをその場に残し、ハドリアンはひとり燻製場の奥へひっこんだ。おさまる気配さえもない強風が木々をなびかせ、篝火を煽る。煤煙臭が屋内深くまで漂ってきた――まとわりつくような異変の予感をともなって。

8　神話と伝承

　ロイスは曙光を浴びながら岸辺に立ち、塔にむかって投げる小石をどれだけ川面に跳ねさせることができるかと試していた。しかし、逆巻くような流れはひとたび空中に戻った小石をたちまち呑みこんでしまう。そんな川を越えて塔へ渡るべく、ロイスは上流から舟を出そうかとも考えてみた。運が良ければ、途中で転覆することなしにあの岩場へと突き進み、叩きつけられる寸前に跳び移れるかもしれない。動き出したら波まかせで、そのまま滝壺へまっさかさまという危険性のほうがはるかに大きいが、ほかに策があるわけでもないのだ。しかし、たとえそれが成功しても、岸へ戻ってくる手段がない。

　ふりかえってみると、岸辺の小径からエスラハッドンが姿を現わしたところだった。鋭い視線はロイスに向けられたものか、それとも、塔に入る方法をなお思案しつづけているのだろうか。

「おはよう」魔術師が声をかけた。「新たな発見はあったかね？」

「ひとつだけ。あの塔にはどうやっても手が届かないらしいってことだ」

　エスラハッドンは落胆をあらわにした。

「思いつくかぎりの案をひねってみたが、これ以上はもう何も出てこないぜ。ちなみに、セロンとトレースが近いうちに村を離れるとさ。そうなりゃ、おれが塔を開けなきゃならん理由もなくなるってわけだ」

「ふむ」エスラハッドンは彼の顔をしげしげと眺めた。「しかし、村の安全は？」

「そこまでは知らんさ。そもそも、ここに村があること自体がまずいんだろ？　協定違反だもんな。だったら、全員そろって引き払えば丸く収まるじゃないか」

「廃村となると、人間側が負けを認めたと解釈され、エルフの侵攻を許すことにもなりかねんぞ」

「村が残れば残ったで、協定違反の状態が続くんだから、侵攻の口実を与えちまうことに変わりはないさ」

「きみも村を離れるつもりか？」

「そうしちゃいけない理由があるとでも？」

魔術師は片眉を上げ、盗賊の顔を覗きこんだ。「何が望みなのかね？」彼はゆっくりと尋ねた。

「金で雇われてやろうか？」

「わたしが無一文だと知っているくせに、それはないだろう。さぁ、何かね？」

「真実だよ。あの塔にこだわる理由は？　九百年前、ここで何があったんだ？」

エスラハッドンはひとしきりロイスの表情を観察したあと、足元に視線を落とした。やがて、二分ほども経ってから、彼は無言でうなずいた。そして、近くの岩場の上に転がっているブナの丸太のほうへと歩み寄り、腰をおろす。そこから見る荒波と飛沫のむこうには、彼の目にだけ映るものがあった。

「当時、わたしは最年少のセンツァーだった。皇帝の直臣として評議会を組織する魔術師たちだよ。古今東西、あれ以上の魔術師たちが集まることは望むべくもない。もうひとつ、やはり皇帝直属のテシュラー騎士団もあった。評議会と騎士団のそれぞれ一名ずつが次代の後継者たる皇子の教育と身辺警護を兼務するという伝統にもとづき、センツァーからは最年少のわたしが、テシュラーからはジェリシュ・グレラドが選ばれ、ネヴリク皇子のお世話をすることになった。ジェリシュとわたしは相性が悪くてね。テシュラー騎士団の連中はきまって魔術師に不信感をいだいており、彼も例外ではなかった。わたしのほうも、粗暴な騎士たちはどうにも苦手だったのさ。

しかし、ネヴリクがその橋渡し役となってくださった。父上であるナレイオン帝と同じく、皇子も生まれながらに非凡な才覚をそなえ、その教師役をおおせつかったのは大きな名誉だった。ジェリシュもわたしも、ほとんど朝から晩までネヴリクと一緒に過ごしたものだ。わたしは口伝や典籍や至藝を、ジェリシュは格闘術や軍事をお教えした。肉体を痛めつける格闘術はよろしくないのではないかとも思ったものだが、ともあれ、ネヴリクのためとあらば骨身を惜しまないジェリシュの姿はわたし自身とそっくりだった。まさにその一点において、われわれはおたがいに認め合える間柄となった。やがて、皇帝が長い伝統を破り、皇子ともどもこのアヴェンパーサを訪れたときには、われわれも当然のごとく随行した」

「伝統？」

「何世紀ものあいだ、皇帝おんみずからエルフと会談するということはなかったのさ」

「戦争の勝ち負けが決まって、朝貢ぐらいはあったんじゃないのか？」

「いや、いかなる交流もニルウォルデン川によって分断されていた。それゆえ、この行幸はきわめて稀有《けう》な機会だった。何を期待すべきなのやら、誰にも見当がつかなかった。わたし自身にとっても、アヴェンパーサといえばエルフ大戦の最終決戦地であり、その先まで歴史をさかのぼってみたことはなかった。塔内へ入った皇帝はさっそくエリヴァン帝国との首脳会談に臨み、そのあいだ、ジェリシュとわたしはネヴリクに実地教育を……と考えていたのだが、まぁ、そうは問屋が卸さなかった。壮大な滝はあるわエルフ建築はあるわ、十二歳の子供にしてみれば勉強どころではあるまいよ。

　日が暮れるまで、ネヴリクは見るものすべてが珍しいとばかりにわれわれを質問攻めにして、ジェリシュもわたしもエルフ関連の事物についての知識はさっぱりだということを容赦なく思い知らせてくれた。まぁ、人類とエルフが再会を果たすのは数世紀ぶりだったのだから、無理からぬところではあったのだがね——教える立場としては圧倒的に不利な状況だったよ。陽射の下に干してあったエルフの衣類さえも、その光り輝くような布地はまったく未知の素材だった。ネヴリクは教育係をふたりそろって困らせることができて、さぞかし愉快だったにちがいない。そんな調子だったから、塔にむかって飛んでくる何かを見たという話になったときも、鳥かコウモリでしょうと申し上げたのに対して、皇子はもっと大きくて蛇のように細長いやつだったと主張して譲らなかった。あまつさえ、塔の上のほうにある窓のひとつから中へ入ったのだと。あまりにも断固たる口調だったので、われわれは塔内へ戻ることにした。階段を昇りはじめたとたん、叫び声が聞こえた。

上階のどこかで騒乱が起こっていた。皇帝の護衛たちが――テシュラー騎士団の精鋭だ――ジラーラブリュンと死闘をくりひろげながら、皇帝を逃がす時間を稼ごうとしていた。皇帝の盾となったのは彼らだけでなく、エルフが身を挺している姿もそこかしこにあった」

「エルフが？」

エスラハッドンがうなずいた。「わたしも驚いたよ。あまりにも鮮烈な光景だったので、もう一千年ほども前のことでありながら今もなお瞼《まぶた》の裏に灼きついている。しかし、騎士だろうとエルフだろうと、万難を排して皇帝を殺そうとしているジラーラブリュンの敵ではなかった。濡れた階段には騎士たちの死体が転がり、エルフも次々と斃《たお》れていった。皇帝はわれわれと合流するや、まずはネヴリクを避難させるようにと命じられた」

ジェリシュが皇子をひっつかみ、喊声とともに塔を駆け降りていったが、わたしは肚《はら》を決めかねていた。外へ出てしまえば、その空飛ぶ魔獣はたちまち翼を拡げ、頭上から襲いかかってくるにちがいない。そうなったら、至藝をもってしても勝ち目はない。魔術によって造り出された獣ゆえ、その術を解く鍵がなくては止めようがないのだ。そこで、わたしは思いつくまま、皇帝が外へ出たと同時に封印の術をかけた――ジラーラブリュンに対しては効果がなくとも、塔全体を封印すればこめることができる。逃げ遅れた騎士やエルフたちも道連れだが、皇帝を救うための尊い犠牲となってもらうしかなかった」

「そいつはどこから来たんだ？　襲撃のきっかけは？」

エスラハッドンは肩をすくめた。「あちらの釈明によれば、襲撃はまったくの想定外で、そのジラーラブリュンがどこから来たのかも知らないとのことだった。ただし、大戦中に使われていたものが一体だけ行方不明になっており、すでに術は解かれたのだろうと考えていたのだが、エリヴァン帝国の捲土重来をめざす主戦論者たちが隠匿していた可能性もあるらしい。ともあれ、エルフ側からの陳謝と徹底調査の約束を得た皇帝は、報復どころか公表だけでも平和を損なうと判断し、何事もなかったかのような様子で帰途についた」

「で、武器がどうとかって話は？」

「ジラーラブリュンは強大な魔術によって生命を吹きこまれた存在だ。生命とはいっても、本当に生きているわけではない――繁殖も老化もせず、〝今〟を享受することもなく、死も知らない。終わりがあるとすれば、術を解かれるときだけだ。どんな呪文も完璧ではありえない――多少なりとも綻《ほころ》びやすい部分がどこかにある。ジラーラブリュンの場合は名前が弱点だ。生命が吹きこまれるのにあわせて、その名前を刻んだ剣も造り出される――そいつを従わせ、必要とあらば消し去ることもできる剣だ。エルフたちの話によれば、戦争を終えるにあたってノヴロンからの命令があり、ジラーラブリュンの剣すべてを塔内に集めたらしい。以降、順次処分を進め、残るは一本のみとなっていたそうだ」

ロイスが立ち上がり、脚を伸ばした。「つまり、一体だけ処分をまぬがれた怪物がいて、それを主戦論者どもが隠してたかもしれないんだな。問題の剣が本当にすべて集められたのか、そうでなかったのか――」

「本当だ」エスラハッドンがさえぎった。

「どうして断言できる？」

「到着してすぐに見せてもらったのだよ。塔のてっぺんが大戦にまつわる品々の展示室になっていた。すべての剣がそこにあった」

「だったら、剣のことはそれでいいさ」ロイスがうなずいてみせる。「問題は、あんたが首をつっこむ理由だ。ダールグレンを救うためってわけじゃないはずだぜ。何を企んでる？」

「話の腰を折ったのはきみだぞ」エスラハッドンは言葉を返した。そそっかしい生徒に忍耐を諭す教師のような口調だった。「皇帝はエルフとの新たな戦争を回避できたことに気を良くして帰途についたが、待っていたのは死だった。われわれが帝都を離れているあいだに、教会はヴェンリン教皇のもとで皇帝を排除すべく陰謀を進めていた。そして、建国記念日の式典のさなか、皇宮の壇上へ出たところを襲われたのだ。ジェリシュとわたしはネヴリクを連れて逃げた。センツァーもテシュラーも大半の者たちが教会の計略に加担していたとしか考えようがなく、そのままではわれわれが捕まるのも時間の問題だったので、ジェリシュとわたしは一計を案じた――ネヴリクの隠れ処を用意して時間を稼ぎ、わたしが護符をふたつこしらえるというものだ。それがあれば、センツァーによる千里眼の捜索をかいくぐることができる。ひとつはネヴリクが、もうひとつはジェリシュが身につけ、ふたりはさらに逃避行を続けた。わたしは彼らを見送った」

「どうするつもりだったんだ？」ロイスが尋ねる。

「皇帝を救出しなければいけないと考えていたのさ」魔術師は遠い目をした。「しかし、すでに手遅れだった」

「皇子の行方は？」

「わかるわけがなかろう。なにしろ、九百年あまりも獄中にいたのだからな。手紙が届くとでも？　まぁ、ジェリシュがうまくやってくれたはずだ」エスラハッドンは渋い笑みを浮かべた。「おたがい、一カ月か二カ月の辛抱だろうと思っていたのだがね」

「ってことは、末裔とやらが実在するかどうかもわからないんだな？」

「思うに、まだ教会の手にかけられてはいないだろう。そちらが一件落着していたら、わたしもさっさと処刑されていたにちがいない。しかし、あのふたりの消息はまったくわからん。ネヴリクが助かるかどうかはジェリシュ次第だった。彼も若かったが、皇帝直属の騎士としては屈指の実力者でな。皇子を預けられたというのが何よりの証拠だ。テシュラーの例に洩れず、あらゆる格闘術を体得していたよ――真向勝負なら誰にも負けなかったはずだし、ネヴリクをむざむざと引き渡すよりは敵と刺し違えるほうを選んだにちがいない。とはいえ、彼らが今の時代まで生き永らえているわけはないし、孫の孫のそのまた孫であっても無理な話だ。ジェリシュのことだから、どこかの片田舎にでもネヴリクを連れていき、そこで所帯を持たせるぐらいの算段はつけていたと思うがね」

「で、待ち合わせかい?」

「何のことだ?」

「そういう計画だったんだろ? ふたりを先に逃がしておいて、ほとぼりがさめた頃にあんたが迎えに行くってか?」

「まぁ、そんなところだな」

「だとしたら、あんたにはふたりの居場所をつきとめる手段があったはずだ。どうやって? そうか、護符を渡しておいたんだっけな」

「九百年前ならまちがいなく役に立ったと思うが、今となっては愚者の夢にひとしい。時の流れとともに失われていくものが多すぎる」

「それでも、やろうとしてるんだろ」

「老いぼれのお尋ね者にできることなど限られているからな」

「さしつかえなけりゃ、具体的なところを聞かせてもらえないか?」

「無理だ。そうでなくとも、きみにはすでにしゃべりすぎてしまった。末裔の敵がそこらじゅうにいることを考えれば、わたしがきみを憎からず思っているからといって、すべての秘密を洩らしてしまうわけにはいかん。ジェリシュとネヴリクのためだ」

「しかし、塔の中にある何かと関係してることとなんだろ。おれをあそこへ入らせたいのも、それが理由だよな」ロイスはひとしきり思案をめぐらせた。「あんたが塔を封印したのが監獄生活に入る直前で、あのジラーラブリュンが暴れはじめたのがつい最近だってことは、それまでずっと封印は破られてなかったと考えていい。つまり、塔内はまだ当時のままの状態を保ってるわけだ。あんたが見てきたものか置いてきたものかは知らんが、そこに残ってる可能性が高い――それを使って末裔を捜そうって魂胆だな」

「錠前破りのほうはもたついてるのに、他人の心の中を盗み見るのだけは得意かね」

「さて、ここで問題だ」ロイスはかまわずに言葉を続けた。「首脳会談の場所は塔の中だった。エルフはこっち岸に渡ってこられないんだよな？」

「そのとおり」

「川のむこう半分には橋がかかってないんだよな？」

「そのとおり」

「エルフがどうやって塔に入ったか、あんたは見てないんだよな？」

「うむ」

ロイスはふたたび思案をめぐらせたあと、さらに尋ねた。「階段が濡れてた理由は？」

エスラハッドンはわけがわからないという表情になった。「何の話だ？」

「ジラーラブリュンにやられた騎士たちの死体が濡れた階段に転がってたって、あんたが言ったんだぜ。血で濡れてたのか？」

「いや、水だったと思う。駆け上がっていく途中で足が滑りそうになったよ。幾人かの騎士たちもそのせいで体勢を崩したものだ。それで印象に残っているのだろうな」

「エルフの衣類が干してあったとも言ったな？」

エスラハッドンが首を振った。「あぁ、きみが何を考えているのかは見当がついてきたぞ。だが、塔まで泳ぎ渡るというのはエルフでも不可能だ」

「それならそれで、衣類を干さなきゃならなかった理由は？　暑い日だったのか？　川遊びでもしてたってか？」

エスラハッドンはあきれたように目を丸くする。「川遊び？　まさか。あれは早春のことで、水はまだひどく冷たかった」

「じゃ、どこで濡れたんだろうな？」

そのとき、ロイスの背後でかすかな物音がした。彼はふりかえりかけたものの、途中で動きを止めた。

「おれたちだけじゃなさそうだぜ」彼は声を殺した。


「突くときは、剣を持ってる手と同じほうの脚を踏みこむんだ。そのほうが深く入っていけるし、体勢も崩さずに済む」ハドリアンがセロンに説明した。

ふたりは今日も井戸端にいた。朝も早くから、熊手の柄でこしらえた即席の木剣を使っての基礎訓練をくりかえしていたのである。ハドリアンにとっては意外なことに、セロンは外見から想像するよりも俊敏で、無駄な動きも少なかった。そんなわけで、受け、返し、寄せ、詰め、突きといった基本動作をひととおり確かめたあと、今は牽制から受けて返すという一連の動作を試しているところだった。

「斬るにしても突くにしても、途中で止まっちゃだめだ。速さ、攻めの意識、敵を欺《あざむ》く動き――その三点を忘れないこと。あとは、できるだけ滑らかに」ハドリアンが指摘する。

「さすがはハドリアン先生だな。チャンバラごっこにかけちゃ、右に出る者はいない」

ハドリアンとセロンが視線をひるがえすと、馬にまたがった若い男がふたり、それぞれに荷役用のロバを連れ、村の広場へ乗り入れてきたところだった。どちらもトレースとあまり変わらない年頃だが、服装はいかにも貴族然としており、襞飾りやレースをあしらった上等なダブレットとズボンを身につけている。

「モーヴィン！　ファネンも？」ハドリアンは素頓狂な声を上げてしまった。

「おいおい、そんなに驚くほどのことかい？」モーヴィンは芝生の上で手綱を引いた。

「いや、こんなところで会うとは思わないだろ。兄弟そろって、どうしたんだ？」

ちょうどそのとき、楽師や使者や騎士たち、さまざまな馬車や荷車などの延々と連なる大行列が森を抜けてきた。本隊の先頭を飾っているのは朝日に輝く赤と金の長旗、それにつづいてニフロン教会の帝国警護隊が現われる。

背中に華やかな覆い布をかけられた馬たちや白地に金線の入った馬車が通りかかったので、ハドリアンとセロンは安全のために道を譲った。正装の聖職者たちや鎖帷子《くさりかたびら》をまとった兵士たちもいる。騎士たちは従者を同行させており、従者たちは荷役馬を牽いていく。貴族の旗幟もさまざまで、キャリスからといわずトレントからといわず集まったことが見て取れるし、平民たちも同様だ——長剣を提げた傷面の無頼漢、ぼろぼろのローブを着た修道士、長弓を持ち緑色のフードをかぶった猟師。あまりにも雑多な集団に、ハドリアンはかつて一度だけ観たことのあるサーカスを思い出したが、この隊列は人馬ともに祝祭の明るさをおよそ感じさせない。最後尾の六騎は黒と赤の制服に身を包み、胸には壊れた冠の紋章がついている。彼らを率いるのは背の高い細身の男で、長い黒髪と短く刈りこんだ髭がひときわ目につく。

「ようやく重い腰を上げたってわけか」ハドリアンが言った。「遅きに失した感はあるが、国王からも見放されちまってる辺境のちっぽけな村を救うつもりになったんだから、教会も捨てたもんじゃないぜ。しかし、それはそれとして、あんたら兄弟はこんなところで何をやってるんだい?」

「つれないことを言うじゃないか」モーヴィンが胸を押さえてみせる。「そりゃ、今回のおれの役目はファネンの付き添いにすぎないが、できれば自分でも腕試しをしたいところだったんだぜ。もっとも、あんたが参加するんじゃ、おれたちの出る幕はなさそうだな」

　セロンがハドリアンの耳許に口を寄せた。「おぬしの知り合いなのか? 何の話をしとるんだ?」

「ありゃ——すまん、モーヴィン・ピッカリングと弟のファネンだ。メレンガー王国ガリリンを治めるピッカリング伯爵家の迷える若者たちさ。モーヴィン、ファネン、この旦那はセロン・ウッド、当地の農夫だ」

「で、あんたはここで剣術教室か? さすがに抜け目がないとは思うが、どうして、おれたちゃうも先に来てるんだい？　道中の野営地じゃ一度も顔を見なかったはずだ。いや、そんなふうに考えること自体が甘すぎるか。あんたとロイスだったら、まだ公表されてないうちに競技会の開催場所をつきとめるぐらいのことは朝飯前だよな」

「競技会？」

「大司教が概要を決めようとしてるときにでも、ロイスが机の下に隠れてたんだろう。で、剣術勝負なのかい？　それなら、ファネンにも勝ち目はあるってことだ。しかし、槍だとすると……」彼がふりかえった視線の先で、弟が顔をしかめている。「残念ながら、そこまでの技倆はないんだよな。予選はどんな具合に進むんだい？　貴族対平民で試合を組むとは考えにくいから、ファネンとあんたがぶつかることはないと思うが――」

「あんたらこそ、ジラーラブリュン退治に来たんじゃないのか？　競技会だなんて、そんなことをやってる場合じゃないんだぜ？」

「ジラーラブリュン？　ジラーラブリュンって何だい？　オズワルドみたいなもんかな？　ダンモア全土を震撼させた熊の話なら聞いたよ。毎年のように村々を荒らしまわってたのを、王さまが短剣一本でやっつけたんだってな」

大行列は決して止まることなく、丘の上の領館めざして進みつづける。ふと、一台の馬車が井戸のそばを通りかかったところで列を離れ、すぐに止まった。扉が開かれたかと思うと、上等なドレスを着た娘が跳び降り、スカートの裾をつまみながら駆け寄ってくる。

「ハドリアン！」彼女は満面の笑みで叫んだ。

ハドリアンがうやうやしく頭を下げる。セロンもすぐさま彼に倣《なら》った。

「そちらはお父さま？」彼女が尋ねた。

「いいえ、殿下。ダールグレン村のセロン・ウッド氏をご紹介いたします。セロン、メレンガー王国のアリスタ姫であらせられるよ」

セロンは度胆《どぎも》を抜かれたような表情でハドリアンをふりかえった。「おぬし、どれだけ顔が広いのかね？」

ハドリアンは困ったような笑顔になり、肩をすくめた。

「やぁ、アリスタ、聞いてびっくりだよ。ハドリアンの話だと、この競技会は猛獣狩りってことらしいんだ」

「おいおい、そこまで言ったつもりはないぞ」

「一対一の勝負にハドリアンが参加するんじゃ、ぼくはあきらめるしかないよね。でも、狩りなら事情が違ってくる。運によって左右されることも珍しくないんだから」

「珍しくない？」アリスタが笑った。「狩りの競技会をあちこちで経験してきたみたいな言い方ね、ファネン」

「じゃなくて！」ファネンが声を上げる。「ぼくが言ってる意味はわかるだろ。時と場所の当たり外れだけで決まっちゃうってことさ」

モーヴィンは肩をすくめた。「まぁ、貴族同士が競うには不調法な感じだよな。本当にそんな競技会なんだとしたら、がっかりだ。物言わぬ獣を無為に殺すなんてのは、ピッカリング家の剣士にとっちゃ役が足りないぜ」

「ところで、褒賞は何なのかな？」ファネンが尋ねる。「エイヴリンの街角、教会、酒場、どこもかしこもその貼紙でいっぱいだったほどだし、大盤振舞を期待してもいいよね。黄金のトロフィーひとつだけか、それとも領地をもらえるとか？　領地だったら嬉しいな。モーヴィンは父上の爵位を継ぐことが決まってるけど、ぼくは自力でどうにかしなきゃいけない。その猛獣っていうのは、どんなやつなんだい？　熊？　大物？　見たことはある？」

　ハドリアンとセロンはこわばった表情で視線を交わした。

「どうかした？」ファネンがたたみかける。「まさか、もう死んじゃったとか？」

「うんにゃ」ハドリアンが答える。「死んでないさ」

「あぁ、そりゃ良かった」

「姫さま！」停まったままの馬車から、けたたましい女の声が響いてきた。「早くお戻りくださいませ――大司教さまがお待ちかねですのよ」

「ごめんなさい」アリスタは彼らに謝った。「もう行かなきゃ。懐かしい顔に会えて良かったわ」彼女は手を振ると、待っている馬車へと駆け戻っていった。

「おれたちも、そろそろ行くか」モーヴィンが言った。「どうせなら、なるべく早いうちに参加登録したいもんな」

「ちょい待ち」ハドリアンが呼び止める。「参加しないほうが身のためだと思うぜ」

「何だって？」兄弟は声をそろえて訊き返した。

「ここまで来るだけで何日もかかったのに……」ファネンがぼやく。

「悪いことは言わん。すぐにでも回れ右で帰るんだ。アリスタにも声をかけて、ほかの連中も説得してやってくれ。競技会とやらが本当にジラーラブリュン狩りなんだとしたら、やばすぎるぞ。誰があんなやつの相手をしたいと思うかっての。本当だぞ。ちゃんと敵を知ってからにしろよ。腕自慢のつもりで突っ走ろうもんなら一巻の終わりだ」

「だけど、あんたもそいつを退治するために来たんだろ？」

「そんなんじゃない。ロイスとおれがここにいるのはセロンの娘にささやかな仕事を頼まれたからで、それさえ終わればすぐにでも撤収するつもりさ」

「へぇ、ロイスも来てるんだ？」ファネンが視線をめぐらせた。

「あんたらの親父さんのためにも、すぐに村を離れるほうがいい」

モーヴィンが顔をしかめる。「ほかの誰かに同じことを言われたら侮辱だと感じるだろうし、臆病者だの嘘つきだのと暴言を浴びせかけてやりたいところだが、あんたはそんなやつじゃないもんな」彼は溜息をつくと、思案ありげに顎をさすった。「そうかといって、せっかくの長旅がこのまま無駄足になっちまうのも気に入らん。あんたら、もうじき撤収なんだよな？　いつ頃の予定だ？」

ハドリアンは無言でセロンを一瞥する。

「あと二日かそこらだ」老農夫がハドリアンに言った。「トレースがちゃんと歩けないうちに無理をしたくはないのでな」

「それなら、おれたちもしばらく様子を見よう。聞きかじりじゃなく、自分の目で確かめる機会もあるはずだからな。あんたの言うとおりだとわかったら、おれたちも一緒に撤収する。文句はないだろ、ファネン？」

「兄さんたちはともかく、ぼくは残るっていう選択肢もあると思うんだけどな。競技会の参加予定者なんだから」

「殺そうとして殺せる相手じゃないんだぜ、ファネン」ハドリアンが説明する。「いいか、おれは三日前からこの村にいる。そいつの姿も見たし、どれぐらい危険なやつなのかも知ってる。技倆や勇気でどうにかできるもんじゃない。誰の剣をもってしても退治は不可能だ。ぜったいに無理だ。あんな怪物と戦うなんて、自殺行為だ」

「今の時点じゃ決めようがないよ」ファネンが宣言する。「競技会の詳細もまだ公表されてないんだから。このまま参加を届け出ることはしないけど、すぐに帰るわけにもいかないね」

「じゃ、せめて――」ハドリアンがくいさがった。「日が暮れたら一歩たりとも外へ出ないようにしてくれ」

何かが――いや、誰かが茂みの陰にひそんでいる。
ロイスはエスラハッドンをその場に残し、物音の聞こえてきた方角をふりかえらないようにしながら岩場の突端へ出た。そこから下の窪地へ降りると、大回りして森の中へ入り、問題の地点へと近寄っていく。謎の存在はせいいっぱい気配を消そうとしているようだった。

最初にロイスの目を捉えたのは枝葉の隙間でちらつく橙色と青の断片にすぎなかった。それだけならルリツグミかと思うところだったが、ほどなく、そこにわずかな動きが生じた。鳥にしては大きすぎる。さらに近寄ってみると、編みこみにした淡褐色の髭、大きくて平らな鼻、青い革の胴衣、ずんぐりとした黒い長靴、袖の部分がふくらんでいる派手な橙色のシャツが見えてきた。

「マグヌス！」

ロイスが大声で名前を呼んだとたん、そのドワーフはあわてふためいたように体勢を崩し、茂みから転げ出てきた。下草に隠れた段差のところで足を踏み外し、エスラハッドンのいる場所からさほど遠くない岩場へあおむけにひっくりかえる。その衝撃で呼吸ができなくなってしまったのだろう、すぐには立ち上がれずに喘ぐばかりだった。

ロイスはそのかたわらへ跳び降りるや、ドワーフの喉許に短剣を突きつけた。

「おまえに会いたがってるやつが大勢いるぜ」ロイスは脅しをこめて話しかけた。「おれとしちゃ、まずはエッセンドン城でいろいろと貴重な経験をさせてくれたことに礼を言わせてもらわないとな」

「まさか、アムラス王を殺したというドワーフなのかね？」エスラハッドンが尋ねた。

「こいつはマグヌスってんだ――とりあえず、パーシー・ブラガはそう呼んでたぜ。石材と罠の扱いにかけちゃ超一流さ。そうだよな？」

「仕事だったんだよ！」ドワーフはなおも喘ぎながら反駁する。「おれぁ石工なんだ。あんたもそうだろうが、食い扶持は自分で稼がなきゃならない。生業《なりわい》のことで文句を言われる筋合はないね」

「食い扶持を稼ぐのはけっこうだが、こっちはそのせいで生命を落とすところだったんだぜ」ロイスが釘を刺す。「国王を殺したのもおまえだろ。この場でおまえを血祭に上げて、それをアルリックに報告してやったら、やっこさんもさぞかし大喜びだろうな。しかも、おまえは賞金首だ」

「ちょ――勘弁してくれ！」マグヌスが叫ぶ。「個人的な恨みがあってのことじゃないんだ。それとも、あんたは金のための殺しに手を染めたことがないのかい、ロイスさんよ？」

ロイスは思わず絶句した。

「そう、あんたが誰なのかは知ってるさ」ドワーフが言葉を続ける。「おれの罠を破るほどのやつだ、徹底的に調べるのが当然だろ。あんた、昔は〈黒ダイヤ〉にいたんだってな。それも、単なる使い走りじゃない。そこまでわかったからこそ、仕事ってことで納得してほしいんだよ。政治がどうの、ブラガがどうの、エッセンドンがどうの、知らないってば」

「嘘はついていないと思うぞ」エスラハッドンが言った。「小銭を貯めこむことさえできれば人間たちの営為など眼中にない――それがドワーフというものだからな」

「ほれ、そっちの旦那はちゃんとご存知だ。じゃ、このへんで無罪放免ってことで」

「嘘はついていないと思うが、だからといって殺す理由がないわけでもなかろうよ。さきほどのやりとりを盗み聞きされたとあっては、すんなりと生きて帰らせるべきではないのかもしれん。どの程度まで知られてしまったか、わかったものではないからな」

「そんな!?」マグヌスが悲鳴を上げる。

「喉を裂いてしまえば、死体はそこいらに置き去りでもかまわんだろう」魔術師が立ち上がり、岩場を眺めまわす。

「いや、どうせなら滝壺に投げ捨ててやるさ」ロイスが答える。「身体もそんなに重くなさそうだから、ゴブリン海まで流れたところで魚の餌だ」

「首級《しるし》はどうするのかね?」エスラハッドンが尋ねた。「アルリックに見せる必要があるのだろう?」

「やっこさんは自分の目で確かめたいかもしれんが、一週間もかかる旅路をわざわざ運んでいくのは願い下げだな。ほんの数時間もすりゃ腐りはじめちまって、蠅の大群にまとわりつかれる羽目になる。実際、それでえらい目に遭ったことがあるんだよ」

ドワーフは慄然とふたりの顔を見比べた。

「助けて! 後生だから!」彼はロイスの刃が喉笛に押し当てられるのを感じ、身も世もなく金切声をほとばしらせる。「あんたらの役に立ってあげられるんだからさ。塔への渡り方が知りたいんだろ?」

ロイスがエスラハッドンをふりかえると、魔術師は疑わしげな表情を浮かべていた。

「ドロームの御心にかけて、本当だってば。おれはドワーフだ。石にかけちゃ本職なんだ。

抜け穴の場所もわかってる」

　ロイスはわずかに短剣を離した。

「生かしておいてくれるんなら、ちゃんと教えるよ」マグヌスはエスラハッドンのほうへ視線を向けた。「魔術師や人間どもの利害なんか、おれにはどうだっていいんだ。秘密を守れと言われりゃ、ぜったいに口は割らない。ドワーフがどんな種族なのかを知ってりゃ、おれたち自身が石になれるってことも知ってるはずだろ」

「やっぱり、抜け穴はあるのか」ロイスが言った。

「もちろん」

「ところで、おまえを生かすか殺すかの前に……ここで何をしてた？」

「最新の仕事をかたづけてるところだったんだよ」

「どんな？」

「後ろ暗いことじゃない、ある人物のために剣をこしらえたのさ」

「それだけにしちゃ、ずいぶんな遠出じゃないか？　ある人物ってのは誰だ？」

「ルーファス卿とかいう名前だったたっけな。完成したら届けてくれって依頼だもんで、辺境でも来ないわけにゃいかないだろ？　嘘じゃない、罠じゃない、殺しの計画もない」

　ロイスの耳に足音が聞こえてきた。誰かが小径を走ってくる。ドワーフの仲間かと疑った彼はマグヌスの背後にまわりこんだ。その髪をひっつかみ、顎を上げさせ、いつでも喉笛をまっぷたつにできるように短剣を構えなおす。

「ロイス!」川沿いから叫ぶ声はタッド・ボスウィックのものだった。

「どうした、タッド?」彼は慎重に訊き返した。

「ハドリアンが呼んでる。すぐに戻れってさ。でも、エスラはいないほうがいいって」

「なぜかね?」魔術師が尋ねる。

「ニフロン教会のお偉いさんたちが来てるとだけ伝えりゃわかるはずだって」

「教会?」エスラハッドンはひとりごちた。「この村へ?」

「ルーファス卿も来てるのか?」ロイスが尋ねる。

「たぶん。村の中は貴族だらけだから、その人がいても不思議じゃないね」

「何があったんだ?」

「知らない」

「あんたは姿を隠してろよ」ロイスは魔術師に言った。「誰かがあんたの名前を洩らしちまうかもしれんからな。おれは状況を確かめてくる。そのあいだ――」彼はドワーフをふりかえり、「――おまえの処分は保留だな。監視役はおっさんに任せるから、逃げようなんて考えるなよ。あっちの用事が済んだら、抜け穴の場所を教えてもらう。でたらめじゃないとわかれば、生かしておいてやる。ただし、ちょっとでも話が違ってたら、頭と胴が別々になって滝の中だぜ。わかったか? よし」彼はエスラハッドンへと視線を戻した。「縛りつけとくか? それとも、ぶっとばして気を失わせるか?」ロイスの言葉に、ドワーフはまたも震えあがった。

「その必要はない。見たところ、マグヌスくんは実直な性分のようだからね。それに、わたしもまだ多少の術を使うことはできるさ。頭の中に蟻の群れを閉じこめたらどんな感じがするか、いつでも試させてあげるよ」

ドワーフは身体も舌もすっかり凍りついてしまっていた。ロイスが彼の全身に服の上から手を走らせ、腰につけていた金槌と各種の石切り工具、それに一本の短剣を探り当てる。ロイスはその短剣を目にして、驚きを隠せなかった。

「真似してみたんだけどな」ドワーフがおちつかなげに口を開く。「出来が悪いのはわかってる、一瞬の記憶なんてあやふやなもんさ」

ロイスは自分の短剣とそれを比べてみた。全体的な形状はそっくりだが、刃の部分はまったく異なっている。ロイスのものがきわめて薄く造られており、陽光にきらめいているのに対して、マグヌスのほうはいかにも鈍重な印象だった。ロイスはその偽物を川めがけて放り投げた。

「あんたの剣はまさに逸品だよ」ドワーフはさきほどまで喉許を脅かしていたその刃にすっかり目を奪われているようだった。「トゥール鋼かい？」

ロイスはすっかり無視を決めこみ、エスラハッドンに声をかける。「目を離すなよ。じきに戻る」

アリスタは領館の大広間の入口の上にあるバルコニーに腰をおろした。近くの席にはサウリィやルイ・ギィをはじめとする大司教の随行員たちの姿もある。丸太と縄で造られたそのバルコニーは狭く、わずかな人数でいっぱいになってしまっていたが、バーニスは強引に人垣をかきわけてきて、彼女の背後にしっかりと自分の場所を確保している。少しぐらい離れていてもかまわないだろうと思うのだが、暗闇の中の蚊のようにうるさくまとわりついてくるのだ。

これから何が始まろうとしているのか、アリスタには見当もつかなかった——この場にいる人々の大多数もそうにちがいない。

一行がここへ到着したとき、状況はてんやわんやになっていた。領館の主はすでに亡く、農民たちが部屋という部屋をすべて占有していたのだが、当然のごとく退去を命じられた。ルイ・ギィと部下たちがすみやかに秩序を回復したところで、地位の高い順に部屋割りが決まった。アリスタに与えられたのは二階の一室、狭いとはいえ一人部屋である。ただし、窓はひとつもなく、陰鬱な雰囲気が漂っていた。床には熊の毛皮が敷かれ、ベッド脇の壁にはトナカイの首が飾られ、外套掛けには鹿の角が使われている。バーニスが彼女の衣裳を詰めこんだ荷箱をかたっぱしから開けているところへサウリィが顔を見せ、アリスタをバルコニーへと連れてきたのだ。彼女はいよいよ競技会が始まるのかと思ったものの、よく考えてみれば、開幕戦は日没からと相場が決まっている。

ラッパ手がひとりバルコニーの端に立ち、高らかな旋律を吹き鳴らした。その下の前庭に大勢の男たちがつめかけている。グラス片手の者、食べかけの皿を持ったままの者も少なくない。それどころか、ズボンを穿こうとしながら駆け寄ってきたせいで転びそうになっている者さえも。やがて、ふくれあがった人垣は立錐の余地もないほどになり、すべての視線がバルコニー上へと注がれた。

大司教がゆっくりと立ち上がる。刺繡をほどこした長い聖衣に身を包み、両腕を大きく広げてみせながら話しはじめたその声は、これだけの群衆を前にしての演説には物足りないほど弱々しくかすれていた。

「諸君、競技会の詳細について説明いたしましょう。敬虔なノヴロン信者として果たすべき役割をしかと心に刻み、おおいなる変革を迎えようとしている世界の行方に思いを馳せてください」

声の届かない後方の人々がしきりに不満を叫ぶ。しかし、大司教はそれにかまおうともしなかった。

「諸君としては、たとえば冬祭における余興のごとく、剣や槍での勝負を想像していたかもしれません。しかしながら、われわれはここで奇蹟を体験しようとしているのです。たとえ幾多の屍《しかばね》を残そうとも、ひとりが成功を収めれば、目撃者となった誰もがその一部始終を世界に語り伝えることになるでしょう。

昨今、邪悪なる存在がこの地に跋扈《ばっこ》しています。ニルウォルデン川は世界の涯、怪物の脅威にさらされるのも無理からぬところでしょう。かつてグラムレンダーを騒がせたオズワルドなど比ぶべくもありません。くだんの怪物とはまさしく歴史にその名を残すジラーラブリュン、ほかならぬノヴロンの時代以降は一度たりとも出現したことのない恐怖の化身です。神々と英雄たちが大地を闊歩した時代でさえ、これを退治できたのはノヴロンとその血族だけでした。諸君はそんな怪物を退治し、この村を太古の呪いから救うのです」

とたんに、群衆がざわめきはじめたので、大司教は両手を上げ、静粛を求めた。「お聞きなさい。まだ、褒賞についての説明が済んでおりません！」

群衆はおちつきを取り戻し、肝心な点を聞き逃すまいと距離を詰めてきた。

「さきほども言ったように、ジラーラブリュンを倒せるのはノヴロンとその血族だけです。したがって、ここで同じ偉業を成し遂げた人物こそノヴロンの末裔、歴史から失われて久しい帝位を継ぐにふさわしいということなのです！」

群衆は水を打ったように沈黙していた。拍手も歓声もない。驚愕のあまり反応を失ってしまったのだろうか。それで話が終わりということはあるまいと、大司教にむかって目を見開いている。大司教のほうも、まったく予期していなかった反応の悪さにひどく当惑しているようだった。

「競技会で勝ち残った人を新しい皇帝にするつもりなの？」アリスタはこっそりとサウリィに尋ねた。司教はいかがわしげな気配を嗅ぎ取ったかのような表情で彼女に笑いかけてみせると、立ち上がり、大司教の耳許で何かを囁いた。そのあと、大司教が着席するのを待って、今度はサルデュア司教が群衆にむかって語りはじめた。

「神聖にして偉大なるノヴロンの血統を蘇らせるべく、教会は何世紀にもわたって真の末裔を捜しつづけてきました」松葉の香る昼下がり、彼の温和な声が響きわたる。「しかし、われわれに与えられていたのは古文書と噂話ばかりでした。推察といっても、実際のところは期待や夢想にすぎなかったのです。発見に至る具体的な方策は何もなく、どこでどのような人生を送っているのやら、糸口さえつかめないありさまでした。我こそは末裔なりと称する偽者ばかりが次々と現われ、望む資格などあろうはずもない帝位をめぐっての争乱がくりかえされ、教会はそれをただ眺めているしかなかったのです。

しかし、われわれは真の末裔がどこかにいるという信念を決して失いませんでした。ノヴロンはその血筋が絶えることを許すはずもありますまい。実在自体は疑う余地もありません。ただ、その当人でさえ、皇帝の末裔としての自覚はないでしょう。帝国の滅亡からすでに一千年、今に至る系譜を寸分の狂いもなく再現するなど、誰にとっても無理なのでは？　おそるべき秘密をかかえて墓に入った先祖がいたとしても、それを知る術はないのでは？　おそるべき、驚くべき秘密を。

ジラーラブリュンこそはノヴロンから遣わされた奇蹟なのです。誰が末裔なのかを見極めるための道具なのです。そして、それは天啓として教皇猊下に伝えられました——競技会を開催することにより、末裔もそうと知らぬまま参加者として名を連ねるであろうと。

すなわち、諸君のなかに——ただひとりだけ——ノヴロンの末裔、聖なる血統を継ぐ者がいるというわけです——まさしく神の子です。内なる力がこみあげてきませんか？　自分が無双の存在なのだとは感じませんか？　エラン全土にむけて非凡ぶりを示す絶好の機会です。

我こそはと名乗りを上げ、夜の闇へと馬を駆り、怪物を倒し、神聖皇帝として世界を治めるのです。各国の王たちでさえ、目の前にひざまずくでしょう。アクエスタが帝都となります。忠義を心得ている帝政派はこぞって馳せ参じ、教会も総力を挙げて新たなる秩序を支え、安寧と調和がもたらされるでしょう。怪物退治ひとつで、人生も世界もこれほどまでに変わるのです。

さぁ、いかがですか？」

ようやく、拍手喝采が湧き起こった。サルデュアは大司教のほうを一瞥してから、近くにある空席に腰をおろした。

ロイスが村へ戻ってみると、すべてが混乱の極にあった。そこかしこが雑踏と化している──村人たちの大半が共同井戸をめざす一方で、見憶えのない顔の男たちが闊歩している。その多くは何かしら武器を提げていた。ロイスは井戸端へ行き、そこで村人たちに囲まれているハドリアンの姿を発見した。誰もが不機嫌そうな表情を浮かべていた。

「あたしたち、どこへ行きゃいいの？」セレン・ブロックトンが泣きそうな声で尋ねる。

ハドリアンは先日と同じく井戸の上に立ち、やり場のない怒りを必死に抑えている様子だった。「どうしたもんだろうね、ブロックトンの奥さん。とりあえず、自宅に戻ってもらうしかないとは思うんだが」

「だけど、うちの屋根は草葺きなんだよ」

「穴を掘って、そこに身を伏せるとか」

「何があったんだ？」ロイスが声をかけた。

「ゲント大司教が来やがった。部下の聖職者たちと貴族が数十人もいるからってことで、おれたちは領館から追い出されちまったよ。いや、ラッセルとディロンとクラインは居残りを命じられて、せっかく掘った穴を埋め戻してるところだ。領主所有の不動産を勝手にいじっちゃいかんとさ。で、おめでたいトマス助祭はしたり顔でうなずきながら、〝やめさせようと思ったのですが耳を貸しませんで〟とぬかしやがった。そのくせ、家畜は領館にいるんだから領館で扱うのが当然ってことにされちまって、返してもらえないんだ。おれが今ここで責められてるのも、それが大きな理由のひとつさ」

「篝火はどうなる？」ロイスが尋ねた。「村の広場なら何も問題はないはずだよな」

「ところが、そこにも難癖をつけられちまった」ハドリアンが言葉を返す。「森の伐採も家畜の屠殺も、お偉いさんの許可がないかぎりは違法なんだと」

「日が沈んだら何が起こるか、ちゃんと説明したのか？」

「そんな余裕がどこにあるんだっての」ハドリアンは両手を上げ、髪をかきむしるような仕種をした。「兵隊どもが二十人かそこらも門前を固めてやがるんだぞ。まぁ、城内にまで入っていけるような状態だったら、殺したい衝動を抑えきれなかったかもしれんが」

「そもそも、教会はこんな辺境に何の用があるんだ？」

「聞いて驚け」ハドリアンが答える。「教会主催の競技会が喧伝されてたのは憶えてるだろ？　どうやら、ジラーラブリュン退治がそれらしい」

「はぁ!?」

「夜になったら参加者をひとりずつ送り出して、そいつが死んだら次のやつの番ってわけだ。門前に名簿が貼り出されてるぜ」

「みなさん、もう大丈夫ですよ。安心してください」トマス助祭の声が飛んできた。

誰もがふりかえり、領館からの小径を歩いてくる聖職者の姿を注視した。彼は祈りを捧げるときのように両手を高く上げ、満面の笑みを浮かべている。「こうなれば、すべてが丸く収まったも同然です」彼は自信ありげに叫んだ。「大司教さまがわたしたちの味方についてくださいました。あの怪物はかならずや退治され、わたしたちの悪夢も終わりを迎えるでしょう」

「わしらの家畜はどうなるのかね？」ヴィンス・グリフィンが尋ねる。

「兵士たちの食用に供されることになります。怪物退治が完了した時点でまだ残りがあれば、それは返していただけるそうです」

村人たちのあいだから不満の声が上がった。

「おやおや、何の対価も払わずに庇護を受けるつもりだったのですか？　子供たちの生命には代えられないでしょう？　あるいは、奥さんにしても？　教会からの恩恵には感謝こそすれ、文句を言える立場ではないはずですよ。唯一の救いの手ではありませんか。ダンモア国王はわたしたちのことなど眼中にもありません。対照的に、教会はただ騎士たちを派遣するどころか、ほかならぬゲント大司教もいらっしゃいました。遠からず、あの魔物は倒され、ダールグレンにはふたたび平和が訪れるでしょう。そこまで考えるなら、今後一年間の食卓から肉が消えるとしても、牡牛たちの力を借りずに畑を耕さなければならないとしても、代償が高すぎるということはないはずですよ。さぁ、みなさん、ご自宅へお戻りなさい。上のみなさんが存分に力を発揮できるよう、邪魔になってはいけません」

「うちの娘は？」セロンが唸るように尋ねながら人垣をかきわけてくる。その形相は今にも助祭に襲いかかりそうなほどだった。

「ご心配なく。わたしのほうから、大司教さまとサルデュア司教さまに事情を説明したところ、城内での療養を続けてよろしいとのことでした。部屋がこれまでよりも狭くなったとはいえ――」

「わしが会いに入れんだろうが！」老農夫がくってかかる。

「えぇ、おっしゃることはわかります」トマス助祭はなだめるように言った。「わたしは出入りを許されておりますから、おまかせください。このあとすぐにまた城内へ戻ります――娘さんが回復するまで、わたしがお世話をさせていただきますとも」

村人たちの視線が助祭に集まっているうち、ハドリアンはこっそりと人垣を抜け出し、きびしい表情でロイスをふりかえった。「いいかげん、塔への渡り方ぐらいはつきとめたんだろうな、えぇ？」

ロイスが肩をすくめてみせる。「かもしれないってところさ。確かめるのは今夜だ」

「今夜？　明るいうちのほうが無事じゃないのか？　あのややこしい名前の怪物が現われるかもしれないんだぞ？」

「おれの勘が正しけりゃ、その心配はないと思うがね」

「勘違いだとしたら？」

「そりゃ、ふたりそろって一巻の終わりにきまってる——あいつの餌食ってわけだ」

「悪い冗談だと思いたいが、そんなもんじゃなさそうだな。おれの剣が三本とも行方不明になっちまったことは話したっけか？」

「たぶん、手持ちの武器がなくても問題はないはずだ。むしろ、六十フィートぐらいの長さがある縄が必要だろうな」ロイスが言った。「ランタン、蜜蠟、火口箱《ほくち》——」

「おれの嫌いな展開が待ち受けてたりするのか？」ハドリアンは憂鬱そうに尋ねた。

「さすが、わかってるねぇ」

9　月下の難題

「寝室に戻りなさい」男の大声が響きわたった。「さぁ、早く！」

その荒々しい言葉が廊下を歩いていたアリスタの耳に突き刺さる。領館内の様子を見たいというだけでなく、彼女をさっさと寝かしつけようとするバーニスから逃げる意図もあっての散策だったので、自分が責められたのかと思ってしまったのも無理はない。しかし、こうして逃げ出さずにいられないほどに世話焼きなバーニスといえど、ほかの誰かが彼女に非礼をはたらくことを許すとは考えにくい。たとえ故国を離れていても、メレンガー王国の王女にして特使である彼女にむかって暴言を吐くなど、あってはならないことなのだ。

アリスタはたちまち憤然として歩みを速め、角を曲がったとたん、中年男と少女がいることに気がついた。少女のほうは夜着をまとっているだけで、顔には痛々しい傷や痣がある。男はそんな少女の手首をつかみ、寝室へひきずっていこうとしていた。

「やめなさい！」アリスタはとっさに叫んだ。「ヒルフレッド！　衛兵！」

彼女の目の前にいるふたりは呆気にとられたような表情でふりかえった。

ヒルフレッドが大急ぎで曲がり角を駆け抜けながら剣を抜き、王女の盾になる。

「その穢《けが》らわしい手を放しなさい、さもないと手首から先がなくなるわよ」

「いや、わたしは――」男が弁解しようとする。

むこう側からも、帝国の徽章をつけた二名の兵士が現われた。「いかがなされましたか、王女殿下？」彼らは敬礼しながら尋ねた。

ヒルフレッドがそれに対する答えのかわりに、切先を男の喉許へつきつける。

「そこにいる変質者を逮捕して」アリスタが言った。「その子を襲おうとしていたわ」

「あのぅ、ちがうんです」少女が口を開いた。「悪いのはわたしのほうで――」

「あなたは何も悪くないの」アリスタは同情の視線を向けた。「怖がらないで。もう二度とそいつに手出しはさせないから――あなただけじゃなく、ほかの誰にも」

「おぉ、マリバーよ、お助けください」男が祈る。

「あぁ、そんな――本当に誤解なんですってば」少女がくいさがった。「わたし、ひどい目になんか遭わされてません。むしろ、助けていただいてるんです」

「どういうこと？」

「この怪我は事故のせいです」少女は自分の顔を指し示した。「トマス助祭さまがお世話をしてくださってるんですけど、今日はいくらか体調が良くて、少しぐらい起きて歩いてみたくなったんです。でも、助祭さまがおっしゃるには、まだ早すぎるだろうって――それぐらい心配してくださってるんです。後生ですから、助祭さまを責めないでください。悪い人じゃありません」

「この男のことを知っているの？」アリスタは衛兵たちに尋ねた。

「はい、殿下、村の助祭として大司教猊下から入城を許されておりますし、トレースと名乗るこの娘の介護を任されているのも事実です」

ヒルフレッドの剣を喉許につきつけられたまま恐怖に目を見開いているトマスがこわばった作り笑いを浮かべ、必死にうなずいてみせる。

「あら、そう」アリスタは唇をすぼめた。「わたしの勘違いだったわけね」彼女は衛兵たちに向きなおった。「持ち場に戻っていいわよ」

「かしこまりました、殿下」彼らはすばやい会釈とともに踵を返し、来た方向へと戻っていった。

ヒルフレッドがゆっくりと剣を鞘に収める。

アリスタはあらためて助祭と少女の顔を見比べた。「ごめんなさい、こんな――えぇと――まぁ、忘れてちょうだい」彼女はいたたまれない気分でその場から立ち去ろうとした。

「待ってください、お姫さま」トレースが呼び止め、慣れないお辞儀をしてみせる。「勘違いだったかもしれませんけど、わたしなんかを助けようとしてくださって、本当にありがとうございました。雲の上から目をかけていただけるなんて、貧農の娘にとっては信じられないほど光栄なことです」トレースは畏敬の表情をあらわにした。「本物のお姫さまに会ったのは今日が初めてなんです。遠くから見たことさえなかったのに」

「がっかりさせてしまったわけでないことを祈るばかりね」それに対してトレースが何か言

葉を返そうとしたようだったが、アリスタはすばやくたたみかけた。「その怪我、どうしたの？」彼女は痣だらけの顔を一瞥した。

トレースの指先がその額《ひたい》のあたりをなぞる。「そんなにひどいですか？」

「ジラーラブリュンのせいなのですよ、姫さま」トマスが説明する。「トレースと父親のセロンは、あの怪物に襲われても生き延びることのできた稀有なふたりなのです。さぁ、トレース、そろそろ寝室に戻らないと」

「でも、本当にずいぶん気分が良いんです」

「しばらくのあいだ、彼女とふたりにしていただけるかしら？」アリスタが助祭にやんわりと尋ねた。「疲れが感じられたら、すぐに部屋へ連れて帰るわ」

トマスも了承し、深々と頭を下げた。

アリスタはトレースの片腕を支え、ゆっくりと廊下を歩いていった。ヒルフレッドも何歩か後ろをついていく。遠出というほどのことはなく、わずか三十ヤードほどの距離だ――この領館は城と呼ぶにはいささか小さすぎる。ここは木造建築で、おおまかに製材しただけの太い梁のところどころに枝が残っている。寝室の数は八つぐらいだろうか。そのほかに談話室と執務室がひとつずつで、あとは大広間だ――天井が高く、壁には鹿や熊の頭部が飾られている。アリスタが思うに、この領館はロズウォート王の居城をこぢんまりとさせたようなものだった。床には松材の大判の板が使われ、壁は丸太で組み上げられている。あちこちに吊り下げてある鉄のランタンの中では蠟燭の炎が揺れ、昼間だというのに洞窟のごとく暗い屋内に半円状の光の輪を投げかけている。

「こんなにも親切にしてくださるなんて」少女が口を開いた。「ほかの人たちからは――わたしがここにいちゃいけないみたいな雰囲気が伝わってくるんです」

「うぅん、あなたがいてくれて嬉しいわ」アリスタが答える。「わたしの侍女のバーニスを別にすれば、たぶん、ここにいる女性はわたしたちだけだもの」

「ほかのみんなが追い出されちゃったから、すごく居心地が悪いんです。分をわきまえてないのかもしれないとか、そんな感じです。トマス助祭さまは心配しなくて大丈夫だとおっしゃってくださるんですけどね。怪我を治すことが先決だし、それでみなさんのご迷惑になってるわけじゃないからって。本当に良い人です。もしかしたら、所在ないのは助祭さまにとっても同じなのかもしれません。わたしの面倒を見てくださってるのは、そうすることで気が休まるからじゃないでしょうか」

「彼を誤解してたのは悪かったわね」アリスタが言った。「あなたもたいしたものだと思うわ。ダールグレンの女の子たちはみんな、あなたみたいに賢いの?」

「賢い?」トレースが困ったように訊き返す。

アリスタは笑みを浮かべた。「ご家族は?」

「父ひとり娘ひとりの暮らしです。父はお城に入れてもらえないから会えませんけど、助祭さまが善処すると約束してくださいました。でも、怪我が治ったら父と一緒にダールグレンを離れるつもりなので、むしろ、早く外へ出られるようになりたいです。新しい土地へ行って、新しい生活を始めるんです。結婚してもいいと思える相手と出会えたら所帯を持って、男の子を産んで、ヒッコリーって名前をつけるつもりです」

「先々のことまで計画が立ってるのね。でも、その前に――体調はどうなの？」

「頭痛はあいかわらずで、今は眩暈もちょっと」

「だったら、そろそろ寝室に戻りましょ」

　ふたりはそこで折り返した。

「だけど、ずいぶん良くなったとは思うんです。起きて歩くことにしたのは、それも理由のひとつです。エスラにお礼を言いたくて。お城のどこかで会えるかもしれませんし」

「エスラ？」アリスタが訊き返す。「村のお医者さま？」

「いいえ、ダールグレンにお医者さまはいません。エスラは――まぁ、すごく知恵のある人なんです。彼がいてくれなかったら、わたしも父もとっくに死んでたはずです。この怪我を治すための薬も調合してくれました」

「多才な人物みたいに聞こえるわね」

「実際、そのとおりですよ。この恩を返すには、食事に呼んであげなきゃ。誇りがあるみたいで、自分からは決して頼もうとしない人だから、わたしが手をさしのべないと」

「食事もできないぐらい貧しいの？」

「いいえ――手首から先がないんです」

「トゥールは伝説上の存在にすぎん」エスラハッドンの声が、滝への小径をたどるロイスとハドリアンの耳に届いた。

「言ってろよ」マグヌスが反駁する。

魔術師とドワーフは傾いた岩場の上で向かいあわせに座り、滝の轟きに負けじと声を張り上げていた。太陽はすでに森の彼方へと沈みかけ、ふたりのいるあたりは翳に覆われていたが、アヴェンパーサの尖端はまだ陽光の名残に赤く染まっている。

エスラハッドンは溜息をついた。「ほかのことなら理知的なはずの人々が、いざ宗教関連の話題となると根も葉もない絵空事をたやすく信じてしまうというのは、どうにも納得がいかんな。宗教界においてさえ、トゥール実在説は否定されている。迷信から生まれた伝説にもとづく神話を、どうして額面どおりに受け取ろうとするのかね?」

「ひどい侮辱だな」マグヌスが魔術師をにらみつける。「どれだけ否定したところで、れっきとした証拠があるんだ。ドワーフの眼をもってすりゃ、あの刃がどんな代物か、わからないはずがないってのに」彼はロイスのほうを指し示した。

「えらく盛り上がってるじゃないか?」ハドリアンが声をかける。「よぅ、マグヌス、あれから何人ぐらい殺した?」

ドワーフが渋い表情になった。

「このドワーフくんときたら、ロイスの短剣をこしらえたのはカイルだと言い張っているのだよ」エスラハッドンが説明する。

「そこまでは言ってないだろ」マグヌスがくってかかった。「トゥール鋼だってことを言ったまでさ。トゥールの誰がこしらえたのか、そんなことはどうだっていいんだ」

「トゥールってのは何だい？」ハドリアンが尋ねる。

「実在しない神を崇《あが》める酔狂な異端者たちさ。ご丁寧にも、カイルという名前までつけてね。せめて、もっと神にふさわしい名前はなかったのかと言ってやりたいものだよ」

「カイルってのは初耳だな」ハドリアンが言った。「まぁ、おれは信心深いほうじゃないが、とある修道士から聞いた話じゃ、ドワーフの神がドロームで、エルフの神がフェロルで、人類の神がマリバーなんだってな。そいつらの妹で動植物の女神が……ミュリエルだっけ？その息子が暗黒神ウバーリンだ。カイルはどこにいる？」

「それらの神々の父ということになる」エスラハッドンが答えた。

「あぁ、忘れてたよ。しかし、カイルって名前じゃなかったような……そう、エレバスだろ？　そもそも、エレバスは死んだはず――」

エスラハッドンが鼻を鳴らした。「辻褄が合わんのだよ。宗教はいつの時代もそんなものさ。それはさておき、エレバスが娘のミュリエルを犯した顛末は聞いたかね？」

「まぁ、一応は」

「その愚挙に怒った息子たちが結束して彼を殺したことも？」

ハドリアンは無言でうなずいた。

「ちなみに、〈トゥールの同朋〉あるいはカイル派と呼ばれる連中が主張するところによれば、神は不死身であり、殺されることなどありえないのだそうな。この奇矯な一派が現われたのはエスターモン二世の統治期で、彼らの神話はこうなっている――酒だか何だかで酩酊状態になったエレバスは娘を犯してしまったが、事後、それをおおいに恥じた。そして、息子の神々からの攻撃を甘んじて受け、表向きは殺されたということにして幕を引いた。ほどなく、エレバスはひそかにミュリエルを訪ね、赦しを乞うた。そんな父に対し、彼女はまず贖罪を求める。すなわち、エラン各地を巡って善行を積むのだが、それは神や王としての営為ではなく、平民に身をやつすことが大前提だった。彼が自己犠牲や利他を実践し、彼女がそれを是と判断するたびに、彼女の美しいローブの羽毛一枚が彼に与えられる。やがて、羽毛の残りがなくなれば贖罪は終わり、彼も天界へ帰ることができる。

カイルの伝説によれば、遠い昔、トゥールという貧しい村にひとりの異邦人が現われた。時代や地域ごとに語りが変わっていくせいで具体的な場所はわかっていないが、おおまかなところでは、ダッカの侵略にさらされてきたデルゴスのどこかではないかと考えられている。もちろん、トゥール・デル・フールという都市名がそれを連想させるというのも理由のひとつだ。ともあれ、その異邦人はカイルと名乗り、トゥールが危機的な状況に置かれていることを知るや、村人たちが自衛できるようにと武器の作り方を教えた。やがて、この村で鍛えられた刃は鋼鉄さえもたやすく切り裂いてしまうと評判を呼び、世界一とまで謳われるようになった。あるいは、盾や甲冑も、軽量でありながら石よりも堅固だった。村人たちはそれで家々を護った。そして、ついにダッカ軍を撃退すると、雲ひとつない青空をつんざく雷鳴一声、天上から舞い落ちてきた一片の白い羽毛がカイルの掌に収まった。彼はたちまち感涙にむせびながら別れを告げ、二度と姿を見せなかったという――あぁ、いや、トゥールの村人たちの前には。これ以外にも、カイルがどこぞへ現われて善行をほどこし、一片の羽毛とともに去るという伝説が、さまざまな皇帝の治世にひとつやふたつは残されているのだよ。トゥールがそれらの代表格とされるのは、貧困の底にあった村がたちまち武器の特産地として名を馳せるようになったからだろう」

「たしかに、その点は同意するしかなさそうだな。そんなにも急激な発展を遂げた町なんて、めったにあるもんじゃないぜ」ハドリアンが言葉をさしはさむ。

「まぁ、続きを聞きたまえ。当然のごとく、武器を求める客がひっきりなしに村を訪れるようになった。トゥールの村人たちは安易な商売を潔しとはしなかった。彼らは少量生産にこだわり、なおかつ、道義をわきまえている相手だけを選んだ。しかし、有力な王侯貴族たちは天来の技巧をどうあっても手に入れるため、力ずくで村を制圧しようとした。ところが、その軍勢の侵攻を受けたトゥール村はすでに蛻《もぬけ》の殻だった――人の姿はおろか、建物さえも残されていなかった。そして、どんな鳥が落としていったのかもわからない、一片の白い羽毛だけが虚空を漂っていたそうだ」

「エランにいるドワーフなら誰だって、自分の髭とひきかえにしてでも、トゥールの謎やトゥール鋼の製法を解明したいと思ってるもんさ」

「おまえさん、アルヴァーストンはトゥール鋼でこしらえたもんだと思ってるのか？」ハドリアンが尋ねる。

「何だって?」マグヌスはとっさにふりかえり、小さな眼をぎらつかせた。

「アルヴァーストン──ロイスが自分の短剣をそう呼んでるんだよ」

「どこで手に入れたんだい、そのアルヴァーストンをさ?」ドワーフが声を落とす。

「友達からの贈り物だとかいう話だ」ハドリアンが答える。「そうだったよな?」

「その友達ってのは誰なんだ? そいつはどこで手に入れた?」ドワーフがくいさがる。

「うるせぇよ」ロイスはにべもなく言葉を返し、それから、ふと視線を上げ、アヴェンパーサのてっぺんあたりを指し示した。「おい、あれ」

一同も夕闇に消えかけている塔を仰ぎ見た。太陽はすっかり沈み、空はたちまち暗さを深めつつあった。その外壁と川面はまるで巨大な鏡のごとく、星のまたたきや月の光をくっきりと映している。滝から立ち昇る飛沫が霧となり、塔の基部をいかにも不気味に覆い隠している。塔の尖端にへばりついていた黒い塊のような影が翼を広げ、川下の方向へと躍り出た。そいつはしばらく滝の上空を旋回して風を捉えると、巨大な翼を一振りするや、森のむこうにあるダールグレンめがけて飛び去った。

「あそこに棲みついてやがるのか?」ハドリアンがあきれたように声を洩らした。「よりによって、塔の中だと?」

「好都合ってもんだろうさ」ロイスが言葉を返す。「なんせ、あいつを倒せる唯一の武器も同じ場所にあるんだからな」

「好都合なのはおれたちか、あいつか？」

「今のところ、どちらとも言えんね」エスラハッドンが答える。

ロイスはドワーフに向きなおった。「よし、石ころ野郎、抜け穴へ行ってみようか？　川のどこかにあるんだよな？　潜らなきゃならないんだろ？」

マグヌスが驚きをあらわにする。

「あてずっぽうのつもりが、どうやら正解だったらしいな。もっとも、ほかの場所は徹底的に探したんで、そこしかないはずだとは思ってたが。さぁ、生命が惜しけりゃ、ちゃんと案内してくれよ」

アリスタはピッカリング兄弟ともども領館の南寄りにある擁壁《ようへき》の上に出て、門のむこうに沈む夕日を眺めていた。そこは前庭から丘の斜面にかけての見晴らしがもっとも良い場所で、しかも、競技会が始まる直前のあわただしさとは無縁だった。前庭を見下ろせば、騎士たちは甲冑をまとうのに忙しく、射手たちは弓に弦を張り、盛装させられた馬たちは居心地が悪そうで、僧侶たちはノヴロンの叡智を求めて祈りを捧げている。いよいよ開幕というわけだ。外壁のむこう、ダールグレン村はひっそりと静まりかえっていた。蠟燭の灯ひとつさえも見えないし、ほんのわずかな動きも感じられない。

門のすぐそば、参加者名簿が貼り出されている目の前あたりで、またしても乱闘が起こった。アリスタが見たところ、少なくとも数人がもつれあい、土埃を巻き上げている。

「今度は誰だ？」モーヴィンが尋ねた。ピッカリング家の長男はゆったりとしたチュニックに柔らかい靴という恰好で、丸太を組んだ壁にもたれかかっている。アリスタにとっては、これこそが昔ながらのモーヴィンという感じだった。かつて、まだ一フィートほども背の高かった彼女にチャンバラごっこを挑んでは負けていた頃のやんちゃ坊主を思い出させる。あの頃はまだ、父も母も健在だった。あの頃はまだ、レネアを悔しがらせるほどの令嬢になってみたいという願望も捨てていなかった。

「はっきりしないね」ファネンも乱闘の場を注視している。「たぶん、ひとりはアーリック卿だと思うけど」

「何を争ってるの？」アリスタが尋ねた。

「みんな、名簿の順位が高けりゃ高いほど有利だと思ってるのさ」モーヴィンが答える。

「わけがわからないわ。出番が早かろうと遅かろうと、何が変わるわけでもないでしょ」

「自分よりも先のやつが怪物をやっつけちまうかもしれないと思えば、そうも言ってられないだろ」

「怪物退治に成功するのは末裔だけなんだから、その人までは確実にまわるはずよ」

「あの話を本気で信じてるのかい？」モーヴィンは向きを変えると、丸太の端をつかんで身体を支え、壁の外を覗きこんだ。「あんなの、こじつけにきまってるさ」

「名簿のいちばん上にいるのは誰？」

「入替がなけりゃトビス・レンティニュアルだったはずだ」

「どの人？」

「このあいだも言ったけど、奇妙な装置を荷馬車で運んでるやつだよ」

「あそこにいるね」ファネンが前庭を指し示す。「ほら、にやけた男が燻製場の壁に寄りかかってる。声はけたたましいわ、態度は高慢だわ、近くにいるだけで殴りたくなっちゃうよ」

モーヴィンもうなずく。「まぁ、無理もないよな。一度、あいつの荷馬車の防水布をめくってみたら、索具やら滑車やらを組みこんだ木製のでっかい装置が隠れてたぜ。記帳所に一番乗りだなんて、よっぽど要領の良いやつだぜ。みんな、競技会は勝ち抜き戦だろうと思ってたから、あいつのことなんか気にも留めてなかったんだ。まぁ、嫌われ者なのは周知の事実だが、こうなると、あんな野郎にだけは帝位をくれてやるもんかってことで、みんなの目の色が変わっちまった」

「入替って、どういうことなの？」

「あいつは追い落とされたんだ」ファネンが答える。

「追い落とされた？」

「ルイ・ギィの発案だよ」モーヴィンが説明する。「名簿順位の低いやつでも、高い相手に勝てばそこまで順位を上げることができるってね。挑まれた側はおとなしく譲るか、戦いを受けて立つか、ふたつにひとつ。チャドウィックのエンデン卿がほかの誰よりも早くトビスに声をかけると、あいつはあっさりと降りた。まぁ、当然っちゃ当然か。エンデン卿に挑むほどの勇気があったのはグラヴィン卿だけ、それ以外の連中はもう少し下のほうで満足してる。通常、このたぐいの勝負は得点制なんだが、ギィはあえて完全決着を求めたんで、時間はかかるわ、怪我人続出だわ、えらい騒ぎになっちまった。グラヴィン卿も、エンデン卿に肩を貫かれちゃ降参するしかないよな。競技会への参加も無理なんで、夜明けを待って帰るとさ。グラヴィン卿だけじゃない。まだ本番前だってのに、包帯だらけで退散していく姿がそこらじゅうで目につくよ」

アリスタはファネンをふりかえった。「あんたはどうなの？」

モーヴィンが小さく笑う。「それがおかしくてさ。ギィがその方式を宣言した瞬間、おれたちに視線が集中したんだぜ」

「だけど、勝負はしてないのよね？」

ファネンが顔をしかめ、モーヴィンをにらみつける。「兄さんが許してくれないんだよ。それに、ぼく自身の順位は下から数えて何番目ってところだから、誰も挑んでくるはずがないし」

「ハドリアン・ブラックウォーターに言われたことを思い出してみろ」モーヴィンが釘を刺した。

「何がいけないってのさ？」ファネンが兄の顔を覗きこむ。

「汗もかかずに一位を獲れるほどの実力者が、この競技会には参加してないんだぞ。おそらく、おれたちの知らない何らかの事実を把握してるか、そこまでじゃないにしても疑いをいだいてるんだろう。やっぱり、今夜のところは様子を見ようぜ。それに、アリスタも言ったとおり、出番の早いほうが有利ってわけでもなさそうだしな」

「ほかにも名簿に記帳してない実力者がいるよね？」ファネンがつっこんだ。「ルーファス卿だよ」

「あぁ、わかってるさ。やっこさんならエンデン卿に挑戦するかもしれないと期待してたんだけどな。あのふたりの勝負が見られりゃ、それだけでも長旅の価値はあったはずだ。しかし、今のところは静観を決めこんでる」

「大司教と一緒にいることが多いみたいだね」

アリスタはあらためて前庭を見下ろした。あたりはすでに暗くなり、木々や壁の翳が室内にまで伸びている。男たちが松明に火をつけ、架台のひとつひとつに立てていく。領館の敷地内だけで数百人、外にはもっと大勢の人々がいて、三々五々に言葉を交わしたり、ときには叫びあったりしている。呵々《かか》大笑《たいしょう》もあり、高歌放吟もあり――どんな歌なのかまでは判然としなかったが、調子の良さから想像するに、酒場ではおなじみの猥歌にちがいない。乾杯の声もそこかしこから聞こえてくる。夕闇の中、ごつごつとした黒い人影が動き、酒杯をぶつけあい、その勢いで波打った泡が吹きこぼれる。そして、前庭の中央部に設けられた木組みの演壇の上にはルイ・ギィの姿があった。立ち位置の高さにくわえて上背もある彼は本日最後の残光を浴び、夕風に髪をなびかせていた。赤い法衣がさらに赤く照らされて炎のように見え、風に躍るマントがそれを煽るかのごとく、ひときわ剣呑な雰囲気を醸し出す。

彼女はピッカリング兄弟をふりかえった。モーヴィンは口を大きく開け、奥歯に詰まってしまった何かを人差指で掻き出そうとしている。ファネンは空を眺めている。このふたりがいてくれて本当に良かった。故郷を遠く離れていても、彼らのおかげでさほど心細さを感じずに済む。ふと、彼女はリンゴの匂いを嗅いだような気がした。

幼い頃のアリスタとアルリックは夏を迎えるたびに暑い王府を離れ、ドロンディル・フィールズに長期滞在させてもらったものだ。城外に広がる果樹園で木登りを覚え、秋の気配とともに実ったリンゴをぶつけあったりもした。熟れすぎたリンゴの実はどこに命中しても簡単に砕けて果汁が飛び散り、子供たちはたちまちサイダーのような甘酸っぱい匂いにまみれてしまう。それぞれが登った木をひとつの城として、敵味方に分かれたら、いよいよ合戦の始まりだ。モーヴィンはかならずアルリックと組み、「陛下、陛下！」と忠臣ぶりを発揮する。レネアはそんな彼らを〝蛮族〟と呼び、まだ幼いファネンの庇護者を自認する。アリスタはいつもひとりで両陣営と対峙し、二正面作戦を展開する。後年、レネアが木登りをやめると、彼女は男三人をむこうにまわして戦うようになった。何も気にせず。何も考えず。その陣容の差が不公平だとは今に至るまで思いもよらず。

ここしばらく、彼女の脳裏はいっぱいいっぱいの状態が続いていた。整理しなければいけないことが多すぎる。揺れる馬車の中、バーニスの視線を受けながらでは考え事など無理にきまっている。とにかく、誰かに相談したくてたまらない——言葉にできるものなら。サウリィが裏切者かもしれないと疑っていることを認めたくはないが、それは日増しにふくれあがる一方なのだ。サウリィでさえ彼女の父を裏切ったのだとしたら、誰が信頼に値するだろうか？　エスラハッドンは？　脱獄を企《くわだ》てていたあの老魔術師に、彼女はただ利用されたにすぎなかったのか？　父王の死の責任を負うべきは彼なのか？　これまでの話から察するに、彼も当地に来ているらしい——ひょっとしたら、外壁のすぐむこう、村人たちの家々のどこかに身を寄せているのかもしれない。アリスタはすっかり途方に暮れていた。どうすればいいのか、誰を信頼すればいいのか、さっぱりわからない。

モーヴィンが奥歯に詰まっていた何かをようやく取り除き、その指を一閃させて壁の外へと弾き飛ばした。

彼女は口を開きかけたものの、適当な言葉が出てこなかった。エルヴァノンで聞かされた話について、このふたりにも——せめて、モーヴィンだけでもいいから——意見を求めてみたいと思いつつ、長旅の道中はどうしても切り出す機会がなかったのである。しかし、ここでもまた彼女は唇を噛み、リンゴの匂いが漂う果樹園に思いを馳せるしかなかった。

「こちらにいらっしゃいましたのね、姫さま」襟許にショールをひっかけたバーニスが駆け寄ってくる。「日が暮れたらお戻りくださいませ——それがレディの嗜《たしな》みですことよ」

「言わせてもらうけれど、バーニス、そういうのは自分の子供に対してだけで充分だと思うわ。わたしがそこまで過保護にされる筋合はないんだから」

老女は笑顔ひとつで受け流した。「わたしは姫さまのためを思っているだけですわ。お世話さしあげないわけにはまいりません。こんな片田舎で、しかも、近くにいるのは荒くれ者たちばかりです。大司教さまのご威光があるとはいえ、姫さまの純潔は薄壁一枚でかろうじて護られているにすぎません。そうでなくとも深窓の令嬢には悪い虫がたかろうとするものですし、文明の地であれば善良でいられるはずの男性でさえ、そこから遠く離れてしまっては分別を保つことが難しいでしょう」彼女がいかにも疑わしげにピッカリング兄弟を一瞥すると、ふたりは鼻白んだような表情になった。「ましてや、ここに来ている輩《やから》の多くは、善良という言葉とそもそも無縁の存在としか思えません。大勢の従僕たちを召しかかえる王さまのお城なら、そんな輩でも畏怖の念でおとなしくするでしょうけれど、ここは未開の地、世界の涯、何が起こっても不思議じゃございませんのよ」

「ねぇ、バーニス、それぐらいにしてちょうだい」

「いよいよだね」ファネンが高揚感をあらわにする。

残光がすっかり消えたのを合図に門が開かれ、エンデン卿とふたりの従者、さらに三人の小姓がそれぞれ松明を持ち、馬で出ていった。そのまま丘の裾野まで進み、敵の到来を待ち受ける。

観衆がどよめいたので、アリスタは視線を上げ、明るい月の浮かぶ夜空に現われた黒い翳を眺めた。翼を広げ、尻尾を伸ばし、鷹のように飛翔している。領館のほうへと弧を描けば、観衆はたちまち息を呑む。それでも、しばらくのあいだは右往左往のくりかえしだったものの、やがて、エンデン卿の小姓たちが振りかざす松明の灯が目についたのだろう、そちらに向きを変えた。

怪物は翼をたたみ、チャドウィックから来た騎士めがけて矢のように急降下していった。松明が激しく打ち振られる中、エンデン卿は槍を水平に構えて突進を開始する。その直後に上がった叫び声はたちまち苦悶と恐怖に満ちた悲鳴に変わり、ほどなく、戦いの場は文字どおりの意味で暗転した。

「次！」ルイ・ギィが声高に告げた。

ドワーフを先頭に、彼らは川沿いの小径をさかのぼり、塔にむかって突き出している巨岩へとたどりついた。ハドリアンが思うに、それは尖端の丸くなった大槍のようだった。マグヌスが長靴を履いた足で地面を踏みしだき、川の中を指し示す。「ここから入るんだ。下流方向へ二十フィートばかり泳いだところに穴がある。この真下あたりを巻くように降りていって、川底をくぐる——塔までは一本道さ」

「足の裏の感触でわかるってか？」ロイスが尋ねた。

ハドリアンがエスラハッドンをふりかえる。「あんた、泳げるのか？」

「このありさまで試す機会もなかったが……」彼は両腕を上げてみせた。「まぁ、息を止めているだけなら数分間は余裕だろう。必要とあらば手を引いてくれ」

「まずはおれが行く」ロイスが言いながら、横目でマグヌスを牽制した。彼は一巻きの縄を地面に放り投げ、その一端を腰にくくりつける。「おれが進むのにあわせて繰り出してくれ。ただし、少しずつだぞ。流れの速さがわからないからな」

「ここだけは流れがないんだぜ」マグヌスが言った。「水中に突き出してる岩棚があって、それが澪《みお》を作ってる。静かなもんさ」

「残念ながら、はいそうですかと信用するわけにゃいかんな。潜ったあと、軽い引きが三つあったら安全ってことだ。そっちの端を適当な場所に縛りつけて、縄をたどってきてくれ。逆に、カジキの一本釣りよろしく縄が走っちまったら、全力で引き戻してくれ——この手でそいつを殺してやりたいんでね」

ドワーフが溜息をつく。

ロイスはマントを脱ぐと、ハドリアンに縄を託し、建物の屋根から降りるときの要領で崖下をめざした。ほどなく、彼は川面に身を躍らせ、仄暗い水の中へと消えていった。ハドリアンの指のあいだで、縄がゆっくりと動いていく。その隣にいるマグヌスは心配無用とばかり、漫然と空を眺めていた。「あの怪物、今夜は何をやらかしてくれるかねぇ？」

「騎士たちを食い放題だろ」ハドリアンが答える。「とにかく、戻ってこなけりゃ御《おん》の字ってもんさ」

深く、より深く、縄は水中へと引きこまれていき、やがて動かなくなった。ハドリアンは縄と水面との接点を注視していた——そこで流れがわずかに切られ、小さな白い渦が生じている。

クイッ、クイッ、クイッ——

「来たぞ。大丈夫だとさ」ハドリアンが宣言した。「ほれ、おまえの番だぜ、ちびすけ」

マグヌスは彼をにらみつけた。「おれはドワーフだっての」

「どうでもいいから、さっさと行けよ」

マグヌスは岩場の縁に立つと、鼻をつまみ、足の指に力をこめ、ドブンと飛びこんだ。

「さて、残るはあんたとおれだけだ」ハドリアンはいくぶん川面に迫り出しているカバノキの幹に縄の端を縛りつけた。「あんたが先だな――まずいことになりそうだったら、おれが後ろから手を貸すよ」

魔術師は無言でうなずいたものの、これまでになく自信なさげな様子だった。彼は深呼吸を三回たてつづけにくりかえし、四度目に吸いこんだところで息を止めると、立ち姿のまま飛びこんだ。ハドリアンもすぐに身を躍らせた。

水はかなり冷たかった――その場で凍りついてしまうほどではなかったが、予想外の冷たさだった。ハドリアンは度胆を抜かれ、しばし茫然としてしまった。それから、彼は川底を蹴り、頭からつっこむようにして、縄づたいに泳ぎはじめる。水の流れ具合はマグヌスの言ったとおりだった。ここは本当に静かだ。ハドリアンは目を開けてみた。頭上はうっすらと青灰色にきらめいているが、水面のむこうには漆黒の闇が広がっている。ふと、彼はエスラハッドンの姿を見失ってしまったことに気がついて愕然とした。その直後、前方にかすかな光が現われた。魔術師のローブはぼんやりと青緑色の光を放ち、腕を大きく使っての泳ぎぶりを映し出している。両手がないとは思えないほどの速さだ。

ローブの光のおかげで、縄の行方も見て取れた。暗い穴があり、その奥へと消えている。

魔術師がそこへ入りこんだので、肺の灼けるような苦しさがこみあげてきたハドリアンも大急ぎで彼に倣った。川底に足をつけると、頭はすぐに水面を越える――そこは小さな洞窟の中だった。

ロイスが腰に巻いてきた縄を手近な岩に縛りつけている。すぐそばにはランタンがひとつ、それだけでも充分に明るい。洞窟そのものは自然の造形の賜物で、そこから奥へと抜け穴がある。マグヌスがいくぶん脇へ寄った。内壁を観察しているようにも見えるが、ひょっとしたら、なるべくロイスの近くにいたくないという意図かもしれない。

ロイスはエスラハッドンが水から出ようとしているところへ手をさしのべた。「もうちょっと泳ぎやすい恰好のほうが良かったんじゃ――」ロイスはそこまで言いかけたものの、魔術師のローブを見るやいなや絶句した。きれいさっぱり乾いている。

ハドリアンはといえば、文字どおり濡れネズミとなって陸に這い上がった。水滴のひっきりなしに垂れ落ちる音が幾重にも谺して、豪雨のまっただなかにいるかのようだ。エスラハッドンとほぼ一緒に泳いできたはずなのに、魔術師のほうは髪と髭がいくぶん湿っているにすぎない。

ハドリアンとロイスは顔を見合わせたものの、何も言わなかった。

ロイスがおもむろにランタンをつかむ。「行くぞ、がきんちょ」

マグヌスは口の中でぼやきながら、自分の髭を両手で絞り、水気を切った。「なぁ、兄さんよ、あんたも知らないわけじゃないだろうが、ドワーフは歴史も実績もはるかに――」

「口を動かすより足を動かせ」ロイスがさえぎり、洞窟の奥を指し示す。「案内しろ。それと、おれはおまえの兄貴でも何でもない」

先へ進むと、周囲の様子はたちまち一変した。壁はどこも滑らかで継ぎ目もなく、水の流れによって削り取られたかのようだ。光沢をたたえたその表面がランタンの灯を反射し、驚くほどの明るさになる。

「で、ここはどのあたりなんだ？」ハドリアンが尋ねた。

「最初に潜った場所からそんなに離れてない川底の下さ」マグヌスが答える。「このまま螺旋状に降りていくぜ」

「すごいな、こりゃ」ハドリアンはまばゆいばかりの空間に目を奪われていた。「ダイヤモンドに囲まれてるみたいじゃないか」

ドワーフの言葉どおり、円を描きながらの下り坂が延々と続いていく。やがて、ハドリアンの方向感覚が完全に失われた頃、彼らはようやく抜け穴の直線部分にさしかかった。滝の轟きが耳と身体に伝わってくる。通路を支えている岩盤そのものが震動しているのだ。天井からも壁からも少しずつ水が滴り、一千年のあいだに溶け出した鉱物質によって、床のそこかしこに石筍《せきじゅん》が育っていた。

「さすがに歩きにくいぜ」足元に広がる水溜まりの深さに気がついたハドリアンがひとりごちる。

「うへぇ！」マグヌスも声を洩らしたものの、それ以上は何も言わなかった。

彼らは石筍につまずかないよう注意しながら、水溜まりの中を歩きつづけた。壁を眺めていたハドリアンは、そこに刻まれたさまざまな意匠に気がついた。幾何学的な図形や紋様がずらりと並んでいる。ひときわ細い線は薄れ、消えかけている——無数の水滴に少しずつ浸食された結果だろうか。文字や記号らしきものはひとつもない。あくまでも装飾だけが目的だったということだ。上方へと視線を移せば、光の反射に半ば隠されながらも、旗竿を固定するときにでも使いそうな金具が目に留まるし、燭台もある。ノヴロンの時代、ここはどんな光景だったのだろうか。彩りに満ちた旗幟、煌々と輝く灯火、さぞかし華やかだったにちがいない。

やがて、彼らは昇り勾配にさしかかり、前方からの光がうっすらと見えてきた。

抜け穴を出ると、その先には上への階段があった。やはり螺旋状で、一段一段の奥行きが深く、一歩ずつ昇っていくというわけにはいかない。それでも、ようやくそこを昇り終えると、星々をちりばめたような空がふたたび目の前に広がった。彼らが立っているのは地表に露出した岩塊の上、まさしく塔の基部にあたるところだった。風は強く、滝からの霧をはらんで湿っぽい。目の前にちょっとした地割れがあり、そこに短い石橋がかかっている。そして、そのむこうが巨大な石の砦というわけだ。見上げるばかりの高さで、尖端を見ることはできない。

橋を渡るとまた階段がある。ふたりで横並びになってもまだ余りそうなほどの幅だったものの、彼らはあくまでも一列縦隊のまま、塔の外壁を半周で折り返しながら、おちついた歩調で五階まで昇っていった。さらに上をめざす途中、塔の風下側へ回りこんだところで、ロイスは一休みしようと声をかけた。滝の音がどこまでも追いかけてくるとはいえ、ここなら風が当たらず、夜の静けさを実感できる。コオロギやフクロウの声もない。

「おちょくられてるみたいな気分だぜ」ロイスが滝の音に負けじと叫んだ。「どこに入口があるってんだよ？　こっちは遠くからでも姿が丸見えだし、いいかげんにしてほしいね」

「もう少しの辛抱だから、頑張ってくれ」エスラハッドンが答える。

「どれぐらい？」ハドリアンがつっこむ。

魔術師は肩をすくめてみせた。

「あいつは人を殺してすぐに戻ってくるのか？　それとも、夜遊びを楽しんだりするのか？」ロイスが疑問を口に出した。「九百年かそこらも塔内に閉じこめられてたんだから、しばらくぶりに翼を伸ばしたいと思ってるとしても不思議はないよな」

「生身の人間と同じように考えてはいかんよ。あるいは動物とも。あれは魔力によって形成された超常的な存在だ。生命体に酷似してはいるし、自己の消滅に対する危機感ぐらいなら持ち合わせているかもしれんが、自由であることを喜んだりはしないだろう。先日も言ったように、本当に生きているわけではない」

「それでも、餌は食うのか」ロイスが訊き返す。

「食っちゃおらんよ」

「だったら、一晩にひとりふたりと殺されちまう理由は何なんだ？」

「わしにとっても、そこが悩みの種だよ。最後に与えられた命令を遂行しようとするのはわかるし、その命令が皇帝の殺害であったことも明白だ。ところが、標的を発見できず、この塔から遠く離れるわけにもいかず——召喚の術というのは、たいていの場合、施術地点を中心に、あるいは主の居場所と並行に、一定の距離までしか効力が及ばないもので——それならばと皇帝を誘い出すことにしたのだろう。大勢の臣民が殺されたら、対抗措置を講じるために村へ現われるはずだとね」

「何にしても、急がないとまずそうだな」ハドリアンが話をまとめたところで、彼らはふたたび階段を昇りはじめた。

塔の外周を回っていくにつれ、また風当たりが強くなってくる。ヒューヒューとうるさいばかりか、足の運びをも鈍らせるのだ。かなりの距離を歩いてきて身体は暖まっているはずなのに、濡れた服からはいくらでも熱が奪われてしまう。塔の尖端はあいかわらず夜闇に溶けこんだままで、ほどなく、彼らは堅固な壁に行く手をふさがれてしまった。

ロイスが落胆の溜息を洩らす。「扉があるって話だったはずだぞ」彼は魔術師にくってかかった。

「あぁ、言ったとも。ちゃんとあるさ」

ハドリアンはすっかりお手上げだった。扉の輪郭かと思わせるような筋目がうっすらと見えているような気もするが、動かせそうな様子はまったくない。

ロイスが顔をしかめる。「いつぞやの岩壁と同じように突き抜けろってか？」

「時間の無駄だよ」マグヌスが口を開いた。「こんなの、開けられっこないぜ。ドワーフのおれが手を尽くしても無理だったんだ。術を解かなきゃ通れるもんか。川を渡るところまではどうにかできたが、ここの難関ぶりは比べようもないね」

ロイスがふりかえり、ドワーフの顔を不思議そうに覗きこんだ。「おまえ、ここまで来たことがあったのか？　やっぱり、塔に入ろうとしてたんだな。狙いは何だ？」

「ルーファス卿のための仕事だってばよ」

「剣をこしらえてやったんだろ」

「そうさ——ただし、どこにでもあるような剣じゃないぜ。エルフの剣の複製だ。あれやこれやの史料を持ちこんできて、それと同じものが欲しいってな。しかし、寸法や素材がわかったとしても、やっぱり本物を確かめてみなきゃ始まらないんだよ」ドワーフは意味ありげな視線をロイスに返した。「そんなとき、別の筋から、ここに本物があるらしいって話を聞いたんだ。おれは大急ぎですっとんできて、一日がかりで頑張ってみたんだが、だめだった。見てのとおり、扉も窓もない」

「きみが複製したという剣だが——」エスラハッドンが水を向け、「刃に名前が記されているのかね？」

「あぁ」マグヌスがうなずいた。「そこはとりわけ資料どおりにしろって、さんざん釘を刺されたもんさ」

「それではっきりしたぞ」魔術師が声を落とす。「教会がこの村に目をつけたのは、わたしを捕えるためでなく、末裔を捜すためでもなく、末裔をでっちあげるためだったわけだ」

「でっちあげる？　どうして？」ハドリアンが訊き返した。「教会はむしろ末裔を殺したがってるんじゃなかったのか？」

「真の末裔はそうだが、操り人形がいれば便利だろう。ルーファスとやらは末裔の代役に選ばれたわけだ。ジラーラブリュンを倒せるのはノヴロンの血族だけという伝説がある。それをふまえて、末裔の真贋論争を封じこめるつもりにちがいない。諸国の王たちも黙るしかないだろうし、真の末裔にあらためて世界を託そうとしてきたわたしの努力もそれで完全に水の泡だ。教会の後ろ盾もある者がジラーラブリュン退治を成功させたとなれば、お尋ね者の老いぼれ魔術師なんぞの言葉に誰が耳を貸すかね？　うまい話に乗せられた田舎貴族や騎士たちはかたっぱしから殺され、ジラーラブリュンの脅威ばかりが目立つようになる。そこへ、名入りの剣を持つルーファスが登場し、怪物退治を遂げて帝位に即く。教会は彼をお飾りとして帝国再興を押し進め、その実権を掌握する。なるほど、みごとな筋書だ。一本取られてしまった気分だよ」

「王さま連中がみんなそろって納得するとはかぎらないぜ」ハドリアンが指摘した。

「それならそれで、彼らなりの対抗策が講じられることになるだろう」

「とにかく、おれたちが中へ入らなきゃならん状況には変わりないんだな？」ハドリアンが念を押した。

「あぁ、もちろん」魔術師が答える。「これまで以上にその必要性が高まった」彼は忍び笑いを洩らした。「ルーファスよりも早く、別の誰かがジラーラブリュンを退治してしまったら、どんなことになるだろうかね？」

ドワーフが鼻を鳴らす。「おいおい！　どうやっても無理だって、さっきから言ってるじゃないか」

魔術師はあらためて壁に向きなおった。「開けたまえ、ロイス」

ロイスが眉間に皺を寄せる。「開けろって、何を？　一面の壁だぞ。閂《かんぬき》や錠前どころか、隙間もない。誰か、宝石を持ってきてるか？」

「ここには玉錠など使われておらんよ」魔術師が説明した。

「たしかに、その点はおれも保証するぜ」マグヌスが相槌を打つ。

「とにかく、やってみてくれ」魔術師はロイスしか眼中にないようだった。「何のために来てもらったと思っているのかね？」

ロイスは目の前の壁を眺め、顔をしかめた。「どうやって？」

「直感を働かせることだ。わたしの監獄へ入りこんできたときも、錠前破りの技が役に立ったわけではないはずだぞ」

「運が良かったのさ」

「今回だって運は良いかもしれんだろう。物は試しだ」

ロイスは肩をすくめた。壁に歩み寄り、両手を軽く当て、指先でその表面を探るように撫でる。

「時間の無駄だってばよ」マグヌスが言った。「鍵がなきゃ開けられやしないって。おれの得意分野だから言えることなんだぜ。実際、作ったことだってある。盗賊対策としちゃ抜群の効果だもんな」

「ふむ」エスラハッドンがそちらをふりかえる。「まぁ、ロイスを過小評価しないことだ。彼はただの錠前破りじゃない。初めて会った瞬間に気がついたよ。かならず開けてくれるさ」魔術師はロイスに向きなおり、忿懣《ふんまん》の表情を見て取った。「開けようとするのでなく、ただ開ければいいだろうに。考えるまでもあるまい。やればできる」

「何ができるってんだ？」ロイスは語気を荒らげた。「それがわかってりゃ、とっくの昔にやってらぁ」

「それなら、やりたまえ。考えるな。盗賊稼業のことは忘れろ。扉を開けるだけの単純な動作だ」

ロイスは魔術師をにらみつけた。「やりゃいいんだろ」彼は壁を押す手に力をこめると、たちまち驚きもあらわに腕をひっこめた。

エスラハッドンが喜悦の表情を浮かべる。「期待どおりだったな」

「どうしたんだ？　何が期待どおりだって？」ハドリアンが尋ねた。

「押すだけで良かったのさ」ロイスは拍子抜けしたように笑っている。

「あとは？」

「〝あとは？〟じゃないっての」ロイスは壁を指し示してみせた。

「わけがわからん。何を笑ってるんだ？」ハドリアンは自分が何を見落としているのかと、仔細に壁を観察した。わずかな割れ目、ちっぽけな門、鍵穴――しかし、それらしいものはどこにもない。あいかわらずの一枚岩があるだけだ。

「開いたんだよ」それがロイスの返事だった。

ハドリアンとマグヌスはわけがわからずにロイスの顔を覗きこむ。「何の話をしてるんだ？」

ロイスは肩ごしにふりかえり、自分がやったことの成果を確かめた。「おまえらの目は節穴か？　ちゃんと全開になってるだろうが。あの廊下を行けば――」

「このふたりの目には映っておらん」エスラハッドンがさえぎった。

ロイスはとっさに魔術師の顔を凝視し、それからハドリアンに向きなおる。「扉が開いたってのに、何も見えてないのか？　三階ぶんも高さがありそうな両開きの扉だぜ？」

ハドリアンは首を振った。「ここへ来たときとまったく同じ光景さ」

マグヌスもうなずく。

「見えない者は入れないということだ」魔術師が説明する。彼の視線に気がついたハドリアンは目を見開いた。

「何だ、そりゃ？」ハドリアンは思わず声を上げた。

「エルフの魔術だよ。招かれざる客はこの壁のむこうへ行くことができないようになっている。堅牢な石の壁しか見えていないのだから、入ろうにも石の壁にぶつかるだけだ。人を選ぶ結界といったところか」

「あんたにも見えてるんだな？」ロイスがエスラハッドンに尋ねる。

「もちろん、はっきりと」

「おれたちにゃ見えて、こいつらにゃ見えない——何が違うんだ？」

「要するに、このふたりは招かれざる客なのさ。わたしは九百年前に訪問団の一員として来たことがある。そして、ここを封印しなければいけない事態になったのもそのときだ——結界の設定が当時のままなら入れるだろうと期待したのは正解だったな」彼はなおも壁に目を奪われているハドリアンの横顔を眺めた。「もっとも、自力で開けられたかどうかを考えてみるに、たとえ両手が健在だったとしても無理だったはずだ。それで、きみの手を借りたのさ」

「おれ？」ロイスはそう訊き返してから、だしぬけにその意味を悟ったのだろう、魔術師をにらみつけた。「お見通しだったわけか？」

「それもわからないようでは魔術師失格だよ」

ロイスはいたたまれないように自分の足元へと視線を落とし、それから、おそるおそるといった様子でハドリアンをふりかえった。「おまえも知ってたのか？」

ハドリアンはわざとらしく顔をしかめてみせ、「こんなに長いこと相棒同士でやってきたんだ、わからないはずがないだろ？　おれの目は節穴じゃないってことさ」

「どうして、何も言わずにいた？」

「触れてほしくない話題なんだろうと思ったからさ。おまえはめったに自分の過去をしゃべろうとしないし、そうかと思えば、おれにとっちゃ意外なことをさも当然のようにやってのけたりもする。正直なところ、おまえ自身もよくわかってないんじゃないかと思うこともあったよ」

「わかってない？　何が？」マグヌスが口をはさむ。

「おまえにゃ何の関係もないことだ」ハドリアンが釘を刺した。「しかし、そうなると、ここでおさらばだな。塔に入れないからって、近場で待ってるあいだにあの空飛ぶ大蛇が帰ってきやがったら最悪だ」

「きみたちはさっさと離れるほうがいい」エスラハッドンが告げた。「この先はロイスとわたしだけでどうにかするさ」

「そっちは、どれぐらいの時間がかかると思う？」ハドリアンが尋ねた。

「少なくとも数時間、ひょっとしたら丸一日かもしれん」魔術師が答えた。

「あいつが戻ってくるよりも先にかたづけちまいたかったんだけどな」ロイスがぼやく。

「言うだけ無駄だよ。そもそも、きみにとってはさしたる問題でもあるまい。家人のいるところへ盗みに入った経験がないとは言わさんぞ」

「そりゃそうだが、おれを頭から丸呑みにできるようなやつはいなかったぜ」

「だったら、そのときにもまして静かにすればいいさ、なぁ？」

10 失われた剣

「昨夜の成果はまずまずだったようですな」朝食の席上、サルデュア司教は自分の皿にチーズを切り分けながら言った。領館の大広間に設置された祝宴用のテーブルを彼とともに囲んでいるのは、ガリエン大司教、ルイ・ギィ、ルーファス卿という面々だ。丸太造りといえどもカテドラル様式の天井は見上げるばかりの高さだが、自然光がほとんど入ってこないことによる陰鬱とした雰囲気はおよそ軽減されるはずもない。領館全体を見ても窓はきわめて少なく、サルデュアはまるで巨大なネズミの巣穴にでも押しこめられているかのような気分だった。こんなにもみすぼらしい田舎屋敷で新しい帝国の旗揚げをすることになろうとは残念至極だが、彼はあくまでも現実主義者だった。手順にこだわったところで何の意味もない。肝心なのは最終的な成果なのだ。うまくいくか、いかないか。それ以外の評価基準は無用――美しさを求めるなら、あとで脚色すればいい。

というわけで、当面の課題は帝国再興である。人類はあまりにも長らく、船頭なしの航海を続けてきたようなものだ。誰かがこの世界をきっちりと掌握しなければいけない――澄みわたった静かな海へと船を進めるがごとく、鋭い眼力で望ましい未来を見定めることのできる人物が。もはや、封建制はあらゆる国々にとっての軛《くびき》にほかならず、国力の低下や各国間の利害対立などを招いている。今こそ、聡明な統治者による中央集権的な政体を確立し、充分な教育を受けた優秀な官僚たちが人々の暮らしの隅々にまで目を配るべきなのだ。全人類の持てる力を結集できれば、さまざまな理念の実現も決して不可能ではあるまい。農業革命は食糧の増産をもたらし、貧民も腹を満たせるようになり、飢餓の撲滅につながる。法律の適正化は暴君の専横を許さない。唯一無二の学府には世界各地から知の断片が細大漏らさず収蔵され、偉大なる頭脳の持ち主たちに発明創意の機会を与える。彼らは道路規格を統一して交通網を発展させ、あるいは汚水処理施設を整備して都市を悪臭から救ってくれるだろう。それらすべてがこの丸太小屋から始まるというのなら、言うべきことは何もない。「死者の数は？」彼はおもむろに尋ねた。

大司教は無言で肩をすくめ、ルーファスは目の前の料理から顔を上げようともしない。

「怪物に挑んだ参加者五名が殺されました」ルイ・ギィが答えながら、卓上のマフィンをひとつ、短剣の切先で刺し取った。

ニフロン教会に忠誠を尽くすこの騎士はいつになってもサルデュアを感心させずにおかなかった。さしずめ、人の身を借りた剣といったところか——斬って良し、突いて良し、そんな刃の鋭さは見た目にも優美なのだ。彼はつねに凜として、胸を張り、顎も高く、対峙する相手をまっすぐな視線で捉えて離さず、彫の深い容貌には闘争心と胆力もくっきりと現われ、愚か者が挑みかかってくるのを待ち望んでいるような気配さえ感じられる。辺境への長征にもかかわらず、一糸乱れぬ立居振舞もまったく変わらない。彼こそは教会の模範、信徒たちのめざすべき理想像である。

「わずか五名ですか?」

「五人目がまっぷたつに引き裂かれたあとは誰も進み出ようとしなかったのです。そうこうしているうち、怪物は飛び去ってしまいました」

「怪物の無敵ぶりを知らしめるのに、死者五名という数字は充分だと思うかね?」ガリエンが全員の顔を眺めまわす。

「まだ足りませんが、いたしかたありません。昨夜の状況を見れば、もはや志願者は現われないでしょう」ギィが答えた。「当初の昂揚感はすっかり失われてしまいました」

「自信のほどはどうなのかね、ルーファス卿?ほかの参加者たちが動かないとなれば、早くもそなたの出番となるわけだが?」大司教は末席に収まっている戦士をふりかえった。

ルーファス卿がようやく顔を上げた。せっかくのご馳走を堪能しなければ損だとばかりに羊の脚肉を貪っていたところで、伸びっぱなしの髭が脂だらけになっている。赤い毛虫のような眉が寄り、その下に半ば隠れた眼が同席の聖職者たちをじっくりと注視した。おもむろに、彼は骨のかけらを吐き捨てた。「どうかと問われましてもなぁ……ドワーフに剣をこしらえさせたわけですが、あれひとつで怪物を討ち取れるとおっしゃいましたな?」

「完成品と史料を徹底的に比較検証したところでは、完璧な複製であると断言できます」サルデュアが答える。「怪物退治にも充分に使えるでしょう」

「剣に問題がなければ、やってみせますわい」ルーファスは脂で汚れたままの口許に笑みを浮かべた。「そちらこそ、戴冠の手筈をお忘れなく」それだけ言うと、彼はふたたび羊肉にかぶりつき、赤身の部分を大きく食いちぎった。

教皇がこんな武骨者を次代の皇帝に据えようとしていると知ったとき、サルデュアはいささか驚いてしまったものだ。ギィを剣に喩えるなら、ルーファスは棍棒だ。鋭利ではないが、力ですべてを解決できる。トレント出身ということで、北方諸国の猛暴なる王侯たちの圧倒的な支持を得ている男だ。彼が帝位に即けば、その戦力はすぐにでも現在の二倍以上になるだろう。さらに、エイヴリンやカリスでも人気を集めている。あえて異を唱える者はさほど多くあるまい。彼は戦士として名高く、ここでジラーラブリュンを倒すことに何の不思議もないし、民権派を黙らせるにもうってつけだ。問題があるとすれば、戦いに明け暮れてきたルーファスは骨の髄どころか頭の芯まで戦士だという点か。力ですべてを解決できるのは良いとしても、それ以外の解決法を知らないのである。こちらの意図どおりに動いてくれるかどうかさえ怪しいところだ。もっとも、現時点ではまだ帝国そのものが存在していないのだから、その統治について悩むのは単なる取り越し苦労にすぎない。まずは帝国再興が最優先、皇帝の資質は二の次だ。ルーファスが期待外れなら、さっさと息子が産まれるように仕向け、産まれた子は教会が預かり育てることにして、ルーファス当人は遠からず不慮の死を遂げるのが必定だろう。

「けっこうなことだ」ガリエンが言った。「どうやら、すべては順調というわけだな」

「これだけの話のために、わたしをお呼びになったのですか?」ギィの口調には不快感がにじんでいた。

「まさか」ガリエンが言葉を返す。「今朝、びっくりするような報せが届いたのだが、きみも興味を持つのではないかと思ってね。まぁ、聞いて驚きたまえ。カールトン、トマス助祭に入ってもらいなさい」

ガリエンの世話役であるカールトンは水で薄めたワインを注いでまわっているところだったが、その命令にすばやくテーブルを離れて扉を開け、廊下に顔を出した。「猊下がお呼びです」

現われたのは、太った身体に法衣をまとった赤ら顔の男だった。「ルイ・ギィ、ルーファス卿、ダールグレン村のトマス助祭を紹介しよう。トマスくん、そちらの席から順番に、ルーファス卿とルイ・ギィだ——もうひとり、サルデュア司教とは面識があったね?」

トマスはひきつったような笑みを浮かべた。

「一体全体、何だというのです?」ギィは助祭に目を向けるつもりもないらしい。

「ほれ、トマスくん、わしに話して聞かせたことを最初からもういっぺん頼むよ」

助祭は誰とも目を合わさないよう、虚空に視線をさまよわせた。ようやく口を開いたとき、その声はあまりにも小さく、身をのりださなければ聞き取れないほどだった。「猊下にはついさきほどご報告いたしましたが、当地の領主さまがもはや生死さえ定かでございませんので、わたしが僭越ながらも諸事を預かってまいりました。この村はきわめて重大な局面を迎えておりましたが、わたしはできるかぎりの手を尽くしてきた所存です。村人たちによる領館の占領は想定外のなりゆきで、もちろん、やめさせようとはしたのですが、わたしひとりでは多勢に無勢——」

「うむ——それはいいから、両手のない男のことを話したまえ」大司教が水を向ける。

「おぉ、かしこまりました。一カ月ほど前でしたか、エスラと名乗る人物が現われ——」

「エスラ？」ギィがとっさに声を上げたので、ガリエンとサルデュアはにんまりとした。

「はい」トマス助祭がうなずいてみせる。「とりあえず、本人はそう名乗っております。ひかえめな男ですが、善良な村人たちはかわるがわる彼を家に招き、手が使えなくては不自由だろうと食事を与えている次第でございます」

「エスラハッドンだな！」ギィが声を落とした。「あの毒蛇め、どこにいる？」

いきなりの荒々しい言葉に、トマスは思わず跳びすさった。

「いやぁ、そのぅ、わかりません。村の内外を行ったり来たりしているようでして。とりわけ、さらにふたりの他所者が現われてからは動きが活発になりました」

「他所者？」ギィが尋ねる。

「ウッド家を訪ねてきた男たちです。トレースが村へ連れてきて、たいていは彼女や父親と一緒に過ごしています。ただ、口数の少ないほう、ロイスという名前かと存じますが、そちらはエスラと行動を共にしているようでございます」

「ロイス・メルボーンとハドリアン・ブラックウォーター——エスラハッドンの脱獄に手を

貸した二人組の盗賊だな。当の魔術師ともどもこの村へ来ているとは？」ルイ・ギィがひとりごちると、サルデュアとガリエンもうなずいた。

「たいそう奇妙なことになってきたとは思わんかね？」大司教が問いかける。「ひょっとすると、われわれがアリスタを疑ったのは的外れだったのかもしれん。あの老いぼれ魔術師め、盗賊どものほうが信頼できると読んだか。それにしても、そやつらがここで顔を揃えた理由は何なのだ？　こんな辺境の村で、ましてや、新帝もまた時と場所を同じくして決まるとなれば、単なる偶然であるはずがない」

「われわれの計画を知っているとは考えにくいところですが」ギィが意見を述べる。

「相手は魔術師だぞ――秘密を見破るぐらいは朝飯前だろう。とにかく、きみにはあやつの目的を探ってもらいたい」

「ただし、焦りは禁物ですよ」サルデュアがつけくわえる。「狐を追い詰めるなら、まずは巣穴を確かめてからでないと」

ハドリアンは縦折りで半分に畳んだ毛布をきつく巻き、二本の革紐でくくって丸太状にした。これで荷造りは完了、すべてがきっちりと地面の上に並んでいる。キャンプ装備もあるし、食糧もあるし、馬たちの飼料もある。ロイスの鞍と牽き綱と荷袋もあるが、ハドリアンのぶんは武器もろとも、ミリィごと行方不明になってしまっていた。一頭の馬に大人の男ふたりが乗って、さらにこの荷物の山もすべて運ばせるというのは、どう考えても無理にきまっている。荷物についてはマウスに頑張ってもらうとして、彼らは自分の足で歩いていくしかなさそうだ。

「ここにいたか」

ハドリアンがふりかえると、ボスウィック家のほうからセロンが歩いてくるところだった。桶を持っているので、井戸の水を汲みに来たのだろう。

「おぬし、昨夜は姿を見せなかったな。みんな、ずいぶん心配しとったぞ」

「とりあえず、おたがいに運が良かったってことさ」ハドリアンが言葉を返す。

「まぁ、村の者はみんな無事だったが――城に陣取った連中はひどい目に遭ったようだ。絶叫や悲鳴が丘の下まで聞こえてきたし、今朝はもう笑い声もありゃせん。まぁ、相手はあの怪物だ、そう簡単に退治できると思うほうが甘すぎるわい」それから、老農夫は荷物の山を一瞥して、「帰り支度か？　おぬしらも村を出るのか？」

「そうしちゃいけない理由もなさそうだからな。こうなった以上、おれたちにできることは何もないよ。トレースはどうしてる？」

「元気にしとるようだ。お貴族さまのひとりが声をかけてくだすったとさ。歩けるようにもなったし、頭痛もほとんど消えたらしい。たぶん、明日の朝には出発できるだろう」

「けっこうなことだ」ハドリアンが言った。

「ところで、おぬしの友達か？」セロンは視線をひるがえし、やや離れたポプラの木陰にいるドワーフへと顎をしゃくってみせた。

「あぁ、そいつかい？　マグヌスってんだ。友達なんてほどの間柄じゃない、単なる知り合いさ」彼はすばやく思案をめぐらせ、説明をつけくわえた。「むしろ、厳重に監視しておかなきゃならん敵だよ」

セロンは曖昧な表情でうなずいた。ドワーフはふたりに聞き取れないほどの声で何やら呟いている。

「それはそうと、今日の訓練は？」セロンが尋ねた。

「おいおい、冗談だろ？　明日になりゃ怪物とも縁が切れるんだから、続ける意味があるとも思えないぜ」

「ほかに用事があるわけでもなかろうが？　それに、道中にも危険は少なくあるまい。ひとつふたつでも技を増やしておいて損はないと思うがね。ひょっとして、用心棒代を別にせしめようと企んどるのか？」

「うんにゃ」ハドリアンは手を振ってみせた。「わかったよ、棒切れを持ってきな」

真昼にさしかかる頃には陽射もすっかり熱くなり、ハドリアンは大汗をかいていた。セロンの上達ぶりはたいしたものだった。マグヌスは井戸端の桶をひっくりかえして腰をおろし、ふたりの様子を興味深そうに眺めている。ハドリアンは正しい構えから突きを入れるまでの一連の動きを説明しているところだったが、熊手の柄はどうにも使い勝手が悪そうだった。

「諸手構えだと刃の届く範囲は狭くなるが、威力は格段に増すんだ。腕の良い剣士ってのは、局面によって諸手と片手をうまく使い分けるもんさ。懐の深い敵に攻められたときの受け太刀なら片手だし、甲冑姿の敵を仕留めるなら——こっちが盾を持ってなけりゃ——両手でがっちりと柄を握りしめて一気にぶちこむ。前にも言ったとおり、鬨の声もそれなりの効果が期待できるぜ。あとは、全体重をかけて、確実に胸甲を貫くんだ。もともと、甲冑はさほど突きに強いわけじゃない。斬りゃ薙ぎの刃を滑らせるにゃ有効だけどな。だからこそ、本職の戦士たちが使う甲冑は無地で、表面をつるつるに磨きあげてあるのさ。王侯貴族は薄っぺらい金属板にごてごてと彫刻をほどこすのがお好みらしいが……ありゃ、死を招き寄せようとしてるとしか思えないね。もっとも、あの連中にしてみりゃ、実戦は騎士たちに任せて、自分たちは見た目で勝負してるだけなんだよな。とにかく、甲冑姿の敵に突きを入れるなら、折り返しとか窪みとか継ぎ合わせがある部分を狙うといい。切先をくいこませやすいんだよ。腋の下の蛇腹、兜の鼻覆いの息抜き穴、そのへんは急所だな。息抜き穴から四フィートも突きをくらわせてやりゃ、反撃される心配はないさ」

「本物の剣も使わずに、何を教えられるのやら？」

ふたりがふりかえると、モーヴィン・ピッカリングが歩み寄ってくるところだった。今日の彼は地味な青いチュニック姿で、ガリリンの小粋な御曹司という昨日の装いはどこへやら、ハドリアンが初めて彼と会ったドロンディル・フィールズのやんちゃ坊主のようだった。モーヴィンは二本の剣をたずさえ、二枚の盾を肩から背中にひっかけている。

「上から見てたんだが、貸してやったら喜ぶんじゃないかと思ってね」彼は片方の剣と鞘をセロンに手渡した。農夫はおそるおそる受け取った。「おれとファネンの予備の剣さ」

セロンはいかにも半信半疑といった表情でその若者の顔を眺め、それから、ハドリアンをふりかえる。

「大丈夫」ハドリアンがうなずいてみせ、袖口で汗を拭った。「やっこさんの言うとおりだ。本物の感触に慣れておいたほうがいい」

セロンが盾を目の前にしたまま途方に暮れていたので、モーヴィンは革紐に腕をとおして固定する手順を実際にやってみせた。

「なぁ、ハドリアン、盾もちゃんと使えるようにさせてやらなきゃ訓練にならないと思うぜ――まぁ、カエデの木を相手にするだけなら話は別だろうけどさ。そもそも、あんたの武器はどこにあるんだ？」

ハドリアンは恥ずかしげに顔をそむけた。「……失くしちまってさ」

「五人ぶんぐらいは持ち歩いてたんじゃなかったっけか？」

「今週は最悪の運勢だったらしくてね」

「ちなみに、そちらさんは？」モーヴィンがドワーフに視線を向ける。

ハドリアンは素直に答えようとしたものの、とっさに思いとどまった。アルリックとモーヴィンの仲からすれば、先王殺しの実行犯だったドワーフについての情報がすでに共有されている可能性も充分にある。「あぁ、そいつか？　そいつは……紹介するほどのやつじゃないんだ」

「へぇ……」モーヴィンは笑いながら手を振ってみせた。「よろしくな、無名のドワーフくん」それから、井戸の縁に座りこんで腕組みをする。「続けてくれ。何をどう教えるのか、後学のために拝見させてもらうよ」

ハドリアンとセロンはあらためて模擬戦を開始したが、刃の鋭さに萎縮してしまったのだろう、セロンの動きがすっかり固くなってしまっていた。ほどなく、彼は業を煮やしたように顔をしかめ、モーヴィンをふりかえった。

「おぬし、腕に覚えはあるのか？」

問いかけられた若者は驚いたように片眉を上げた。「おや、昨日のうちに自己紹介は済ませたはずじゃなかったか？　おれはモーヴィン・ピッカリングだってば」彼はにんまりとしてみせた。

セロンは当惑したように眉を寄せ、ハドリアンのほうを一瞥したが、何の答えも得られなかったので、ふたたび若者に向きなおった。「剣の腕前を訊いとるんだ、名前なんぞ知らんわい」

「だから――あぁ、いや――何でもない。とりあえず、子供の頃から剣術を習ってきたのは無駄じゃないとは思ってるさ」

「わしは生まれながらの農民だし、大きな街で暮らした経験もないもんでな――剣での戦いとはどんなものかも知らんのだ。この目で見ることができれば、多少は役に立つかもしれん。正しい手本が欲しい」

「要するに、演武のことか？」

セロンがうなずいた。「ハドリアンが自分の技術をきっちり理解しとるのかどうかさえ、わしには判断のしようがないんでな」

「よし、やるか」モーヴィンは両手の指を揉みほぐし、手首を回しながら、セロンと交代した。遊び場を譲ってもらった子供のような満面の笑みが浮かんでいる。

　両者が向かい合った。セロンはマグヌスと同様、ひっくりかえした桶を椅子にした。モーヴィンとハドリアンはまず基本動作を披露し、それから実戦速度で剣を交わした。一連の攻防を終えたところで、ハドリアンがひとつひとつの過程について解説する。

「いいか？　モーヴィンはおれが内寄りに切りこんで太腿を狙うだろうと予測して、ほんのわずかだが防御の位置を下げた。予測の根拠になったのは、その直前のおれの肩の動きだ。もっとも、おれは実際に太腿を狙ってたわけじゃなく、意図的にそう動かすことでモーヴィンの反応を引き出したのさ。つまり、主導権を握るための仕掛けだよ。そこまで先の展開がわかってりゃ、一瞬の隙も見逃さずに済む」

「御《ご》託《たく》はそれぐらいで充分だろ」モーヴィンは得意なはずの剣術で底の浅さをはっきりと指摘されてしまい、おもしろくなさそうだった。「次こそは真剣勝負にさせてもらうぜ」

「いつぞやの借りを返したいってか？」

「運に左右されただけかもしれないだろ」

　ハドリアンは思わず口許がほころんでしまった。「さすがはピッカリング家の男だな」

　彼はシャツを脱ぎ、それで顔と手を拭いてから草地めがけて放り投げ、剣を構えなおした。

モーヴィンの鬨の声を合図に戦いが始まった。両者の剣はかわるがわる風切音を響かせ、その軌道さえも霞むほどの速さで交錯する。ふたりとも踵を軽く浮かせ、摺り足で細かく動きまわり、立ち昇った土埃は膝の高さにまで届いていた。

「すごいぞ！」老農夫が叫んだ。

ふたりはとっさに動きを止めた。どちらもすっかり呼吸が荒くなっている。

モーヴィンが驚嘆とも不快感ともつかない視線をハドリアンに向けた。「まだ余裕がありそうじゃないか」

「真剣勝負ったって、演武だからな。まさか、本気で殺し合うつもりだったわけじゃないだろ？」

「まぁ、そりゃそうだが――いや、おっさんの言うとおり――あんた、本当にすごいぜ！こんな戦い方ができるやつがいるとは知らなかったよ」

「わしに言わせてもらえば、ふたりとも只者とは思えん」セロンが口を開いた。「自分の目が信じられなくなるほどだったわい」

「まったくだ」マグヌスもいつのまにか立ち上がっており、うなずきながら相槌を打った。

ハドリアンは井戸に歩み寄ると、桶に半分ほど水を汲み、頭から一気にかぶり、髪に残った雫を手指で弾き飛ばした。

「なぁ、ハドリアン」モーヴィンがあらためて声をかける。「真面目な話、どこで腕を磨いたんだ？」

「ダンバリー・ブラックウォーターに個人指導を受けたのさ」

「ブラックウォーター？　それって、あんたの苗字だよな？」

ハドリアンはうなずき、かすかに物憂げな表情を浮かべた。「おれの親父だよ」

「親父さん？」

「ずいぶん前に死んじまったけどな」

「戦士だったのか？　将軍とか？」

「鍛冶屋さ」

「鍛冶屋？」モーヴィンは信じられないとばかりに訊き返す。

「ここと同じような村だった。蹄鉄とか熊手とか鍋とか、そんなものをこしらえてたよ」

「テシュラーの奥義を知ってる村の鍛冶屋だと？　テク＝チンの技はおれも知ってる——うちの親父が教えてくれたからな。だが、それ以外の技は初めて見たぞ。失われて久しいテシュラーの、ほかにもまだあったはずの奥義だったりしてな」

ふと、モーヴィンは周囲からの問いたげな視線を感じた。

「テシュラーだよ、わかるだろ？」しかし、あいかわらず反応はない。彼は天を仰ぎ、溜息をついた。「まるで異教徒だな。異教徒の群れだ。テシュラーってのは史上最強の戦闘集団さ。皇帝の近衛隊だよ。テシュラーにはノヴロンじきじきに伝えられた五つの奥義があったらしい。そのひとつがテク＝チンで、後世、それを学ぶ機会を得たピッカリング家のご先祖さまが門外不出と定めた結果、うちの一族は剣豪の家系と称されるようになったわけだ。ところが、あんたの親父さんはそんなテク＝チンを完璧に使いこなしてたはずだし、それ以外の奥義、一千年かそこらも前に失われちまったはずのものまで体得してた可能性だってある。どう考えたって、ただの鍛冶屋にできることじゃないだろ？　その時代じゃ最強の戦士だったとしても不思議はないぜ。あんたが産まれる前の経歴はどうなんだ？」

「いや、おれが産まれる前から鍛冶屋だったはずだが」

「そうだとしたら、どこで戦い方を身につけたんだ？」

ハドリアンはひとしきり思案をめぐらせた。「考えられるとすりゃ、地元貴族の軍隊にひっぱられたときかな。村人たちの多くが徴兵されたもんさ。そこでの経験があったんだろ。そういえば、そんな話を聞いたような気がしなくもない」

「あんたのほうから頼んだことなのか？」

雷鳴のような蹄の音が彼らの会話をさえぎった。領館のある方角から、三人の男たちが馬を走らせてきたのだ。いずれも黒と赤の制服に身を包み、その胸には壊れた王冠の徽章がついている。先頭に立つのはひときわ長身の痩せた男で、黒髪を長く伸ばしているが、髭はきっちりと刈りこんであった。

「すばらしい剣の腕前だな」その男が声をかけた。彼はハドリアンのすぐ目の前まで迫ったところで荒々しく手綱を引いた。漆黒の牡馬で、男たちと同じように真紅と黒の飾り布をまとい、面繋《おもがい》も真紅、その上に一フィートほどの黒い羽飾りがついている。急停止を余儀なくされた馬は不愉快そうに鼻を鳴らし、足踏みをくりかえした。「ピッカリング伯爵のご令息がなぜ戦いに名乗りを上げないのかと不思議に思っていたが、なるほど、これほどの稽古相手がいるのであれば当然か。で、そちらの剣豪どのは？　城では顔を見なかったようだが？」

「皇帝の座にゃ興味がないんでね」ハドリアンはそっけなく答え、シャツに袖を通した。

「ほぅ？　もったいない、その腕前ならば充分に勝ち目があるだろうに。きみの名は？」

「ハドリアン」

「お目にかかれて幸いに思うよ、ハドリアン卿」

「ただのハドリアンさ」

「そうか。この村に住んでいるのかね、ただのハドリアンくん？」

「うんにゃ」

　彼のぶっきらぼうな態度に気を悪くしたのだろう、男はぶつかる寸前まで馬を寄せた。馬もそれに応えるかのように、湿っぽい鼻息をハドリアンの顔に吹きかける。「では、どんな用件でこの村へ？」

「旅の途中で立ち寄ったんだよ」ハドリアンはふだんどおりの愛想良い口調に戻した。ついでに、友好的な笑みも浮かべてみせる。

「本当に？　ダールグレンが旅の途中？　この辺境のまだ先をめざしているとは、どこまで行くつもりなのかね？」

「あっちにもそっちにも道は伸びてるじゃないか？　〝すべての道はどこかに通ず〟って格

言どおりだろ？」守勢のままでいるのも癪《しゃく》なので、彼は自分からも質問をぶつけてみることにした。「おれなんかにそこまで注目するなんて、どうしてだい？」

「わたしはルイ・ギィ、教会の番人にして今回の競技会の運営責任者でもある。より多くの参加者に集まってもらうことも役務のひとつなのだよ」

「おれは興味がないんだってば」

「うむ、それは聞いた」ギィはゆっくりと視線をめぐらせていき、しばしマグヌスに目を留めた。「旅の途中だそうだが、同行の諸君は参加したがっているかもしれんよ」

ひっかけのつもりか？　ハドリアンはとりあえず受け流すことにした。「誰もその気はなさそうだぜ」

「誰も？」

ハドリアンは歯をくいしばった。言葉尻が狙いだったか。彼は自分の迂闊さを呪った。

「なるほど、独り旅ではないのだね？」ギィがたたみかける。「お仲間たちもここに？」

「さぁ、どうかな」

「知らないとでも？」

ハドリアンは曖昧に首を振った——口を滑らせたくなければ、黙っているほうがいい。

「心配ではないのかな？　居場所がわからなくては、滝壺に落ちてしまっても助けようがないだろうに？」

「屁理屈もいいところだぜ」ハドリアンはいらだちを抑えきれなかった。

「しかし、仲間に対して無関心なのは否定できまい？」

「いい歳した大人同士なんだから、そんなもんさ」

ギィがうっすらと笑みを浮かべた。「ちなみに、その仲間たちとは誰と誰かね？　われわれのほうで捜すにしても、それぐらいは教えてもらえると助かるのだが」

ハドリアンはそこでようやく自分の失敗に気がつき、目を細めた。この男は頭が切れる――とんでもなく頭が切れる。

「名前もわからないとか？」ルイ・ギィが鞍上から身をのりだしてきた。

「うんにゃ」ハドリアンはわずかながらも時間を稼ぎつつ、必死に思案をめぐらせた。

「わかっているなら、答えられるだろう？」

「あんたこそ、わかってないね」自分の剣を使いたくても使えない以上、あてになるのは借りた剣だけということか。「ふたりとも居場所がわからないなんて言った憶えはないぜ」ハドリアンは決然と言葉を返した。「ほれ、モーヴィンはここにいる。もうひとりはファネンだから、あんたらの好きなように捜してくれ」

「明らかに人違いだな。ピッカリング家の兄弟はわれわれの隊列に加わってこの村へ来たのだよ」

「そりゃ、昨日までの話だろ。あいにくだが、明日にでも一緒に村を出ようってことになったのさ」

今度はギィが目を細める番だった。「つまり、きみは独り旅でここへ立ち寄り、まったくの偶然でピッカリング兄弟と会ったのかね？」

ハドリアンが笑顔で応える。戦いのさなかに剣を捨てて体当たりを試みるにひとしい窮余の一策、これが当たってくれることを願うばかりだ。

「本当かな、ピッカリングくん？」

「もちろん」モーヴィンは一瞬の躊躇もなく答えた。

ギィはハドリアンに向きなおった。「なるほど、辻褄は合っているようだ」その口調はいかにも悔しそうだった。「長々と稽古の邪魔をしてしまって、すまなかった。ごきげんよう、諸君」

三騎の男たちが川のほうへと去っていくのを、彼らはひとしきり無言で見送った。

「……間一髪だったな」モーヴィンが視線をひるがえした。「番人に目をつけられるってのは厄介だぜ。相手がルイ・ギィとくりゃ、なおさらだ」

「どんなやつなんだい？」ハドリアンが尋ねる。

「いろいろと噂のある男さ。教会に身も心も尽くしてるが、その教会内部でさえ恐怖の的になってる。気に入らない国がありゃ、そこの王を消すぐらいのことはやりかねない。あとは、ノヴロンの末裔の捜索に血道を上げてるとかな」

「もともと、セレット騎士団の任務じゃなかったか？」

「教義はそう定めてる。しかし、あいつは別格なんだ。競技会の責任者だとか言ってたのも納得だよ」

「一緒にいたのは？」

「同じく、セレット騎士団の連中さ。あいつが教会の番人なら、その犬ってわけだ。従う相手は番人たちと教皇だけで、それ以外の相手はたとえ王侯貴族だろうと眼中にない」モーヴィンはあらためてハドリアンの姿を眺めた。「その剣、もうしばらく貸しておいてやるよ。丸腰でいるには時期が悪そうだもんな」


怪物が戻ってくるよりもずっと前にランタンを消したとはいえ、ロイスは少しも不便を感じなかった。アヴェンパーサの壁のわずかな隙間から、まるで煤けた硝子を抜けてきたかのような淡い光が見えている。外はすでに夜明けを迎えたのだろう——光の色合が深い群青から柔らかな白へと変わってきたのだから、まちがいないはずだ。

太陽が昇っていくにつれ、ここが色彩美と造形美をかねそなえた空間だということもわかってきた。高さ数百フィートもありそうな丸天井はさながら蒼穹のごとく、うっすらと靄がかかっている。滝の轟きも石壁を隔てれば抑えられ、さざめくような心地良い音へと変わる。

頭上はるか、透けそうなほどの薄布で作られた長旗がそこかしこに吊ってある。いろいろな記号が並んでいるが、ロイスにはどれひとつ解読できるはずもない。忠誠の証《あかし》か、法令か、案内表示か、あるいは単なる装飾だろうか。そんなロイスでも、それらの長旗が千年の歳月を超えてなお色褪せず綻びずに往時の姿をとどめているという事実だけはよくわかった。人間の手では及びもつかない技巧、計り知れない文化ならではの産物だ。彼にとっては初めてのエルフ建築であり、こうして垣間見ることのできたエルフ界は不可思議なほどの平和な雰囲気に満たされていた。静かで穏やかで、ただひたすらに美しい。どちらを向いても見知らぬものばかりなのに、どういうわけか、懐かしさも感じられる。通廊の奥へ奥へと進んでいきながら、ロイスは何の不安もいだいていなかった。目に映る輪郭のひとつひとつが、これまで自覚したことのなかった心の琴線にすんなりと触れる。そして、彼の知らない言葉で語りかけてくるかのようだ。その圧倒的な刺激に対し、彼が捉えられるのはわずかな単語、あるいは文節の断片にすぎなかったが、それでも彼は惹きつけられ、魅了され、まばゆいばかりの光に目が眩《くら》んでしまったかのように、あてどもなく歩きつづけた。

　ロイスは部屋から部屋へ、階段からバルコニーへ、足の向くままに見てまわり、聞き耳を立てた。幾世紀にもわたって積もりに積もった埃の上では、どんなに用心しても痕跡を残さずにはいられない。とはいえ、一挙一動であらわになっていく床面の透明感はまさに明鏡止《めいきょうし》水《すい》であり、彼もつい無心に見入ってしまう。

　さまざまな空間を通り抜けていくにつれ、彼は博物館にいるかのような気分に捉われた。凍りついた過去がすぐそこにあるのだ。食器が並んでいるテーブル、置き去りにされた椅子。そのうちのいくつかは横倒しになっている――九百年か一千年も前、突発的な事態にあわてて席を蹴った者たちがいたということか。読みかけのページが開いたままの本。しかし、そこにいたのが誰であれ、遠い昔の存在だった。アヴェンパーサ自体もまた然り。この塔はたびたび波乱の舞台となってきたが、たとえそうでなかったとしても、エルフたちにとっては歴史遺産――それも聖蹟なのだ。遠い祖先との絆。これは単なる砦などではない。確証があるわけではないにせよ、彼はそう確信した。

エスラハッドンはといえば、塔内へ入ったところでロイスに行くべき方向を告げたきり別行動をとっていた。曰く、ロイスの役割はどこか上のほうにある問題の剣を探すことだが、自分は自分でやらなければならないことがあるのだとか。あれからもう何時間も経過しており、屋外の光はすでに薄れはじめていた。ロイスはまだ剣を発見できていない。さまざまな情景や香りが彼を誘い、塔の上空を吹き渡っていく風の歌声が彼を呼び止める。あまりにもいろいろなことがありすぎて整理が追いつかず、ついには方向感覚も怪しくなってしまう。

すでに同じ場所を通ったことを示す自分の足跡があったので、彼はそこから引き返すことにした。その途中で聞き慣れない物音が耳に入り、たちまち懸念が沸きあがってくる。塔内にもこんな音があったのかと驚くほどの騒々しさだ。息を深々と吸いこんでは吐き出すように、一定の周期でくりかえされる太い響き。

たったひとつだけ、ロイスがまだ足跡を残していない通廊があった。すぐ先はまた階段になっており、音はそちらから聞こえてくる。何階まで来たのか、ロイスは憶えていなかったが、剣と呼べるものがここまで一本もなかったことはまちがいない。彼はできるかぎり足音も息もひそめ、その階段を昇りはじめた。

五歩も進まないうち、彼は階段の途中に落ちている剣に気がついた。すっかり埃をかぶっており、持ち主とおぼしき白骨化した死体もある。衣服は朽ちて跡形もないが、甲冑は残っている。そこから上には剣も死体も累々と転がっていた。死体は二種類に大別できる——分厚い胸甲や臑板をつけているのが人間、すらりとして青みを帯びた甲冑をまとっているのがエルフというわけだ。ここが最後の戦いの場、彼らはみずから盾となって皇帝を護り抜いた者たちだった。

ロイスは身をかがめ、足元にある剣の刀身を親指でなぞってみた。埃の下から現われたのはエルフ界の鋼鉄で、一片の錆《さび》もなく輝いているが、名前はない。ロイスは視線を上げると、不本意ながらもふたたび死屍累々たる階段を昇っていった。

音はいよいよ大きく、洞窟を風が吹き抜けるときのような震動までも感じられるほどになっていた。階段を昇りきったところには部屋がひとつ。ロイスは猫の影さながらに気配を殺し、そこへ忍びこんだ。円形の空間があり、さらなる階段が続いている。新鮮な空気の匂いが彼の鼻孔をくすぐった。室内を横切る幾筋もの光は壁に刻まれた細溝のような窓の列から入ってきたものだが、おそらく、あの階段の上にはもっと大きな窓があるにちがいない。

部屋の片隅に、荘厳な雰囲気をたたえた展示台があった。その一角だけが鎖で区切られ、エルフ族が隆盛を誇った時代の品々が静置されている。展示台の手前にはエルフ語の銘板がひとつ。壁面の石材にも、解説とおぼしき文章が何行にもわたって彫りこまれている。しかし、ロイスの知っているエルフ語の単語はそもそも数えるほどしかなく、文字もそれなりに覚えた程度にすぎないので、こんな長文を目の前にしては途方に暮れるばかりだった。

展示台には数十本の剣が並んでいる。いずれも同じような形状で、刀身にはそれぞれの名前がくっきりと記され、そこに穴が穿《うが》たれている。ただし、その列のうち一ヵ所だけ空きが生じていた。

ロイスは押し殺した溜息とともに、もうひとつ上への階段を昇りはじめた。一歩進むごとに、空気の新鮮さが増していく――つねに風が通っているのだろう、隅々には埃がまったく残っていない。階段沿いの壁面にも隙間があるとはいえ、ロイスは上からの気流だけを意識しながら、音のするほうへと進んでいった。

階段を昇りきると、そこには空が広がっていた。装飾のほどこされた壁の外側に円弧状のバルコニーがある。床の上はかつて彫像であった物体の破片がそこらじゅうに散乱している。そして、そのまっただなかで、ジラーラブリュンが眠っていた。黒い鱗《うろこ》をまとった爬虫類の姿で、灰色の翼は骨に被膜をつけただけのようだ。巨体を丸め、尻尾を枕にして、ゆったりとした寝息を立てている。いかにも頑丈そうな脚の先には、十二インチほどもありそうな黒い鉤爪が四本、そのすべてに乾いた血がこびりついたままだ――無意識のうちに床をひっかいたのだろう、ところどころが深く抉《えぐ》れている。硬い革のような唇からは長く鋭い牙が突き出しており、それ以外の歯もまるで太釘を並べたかのように恐ろしげだ。耳は頭の後ろへ畳まれ、瞼《まぶた》もぴったりと閉じているが、その裏で眼球がぎょろりと動いては戻る様子もはっきりとわかる――怪物の見る夢はどんなものだろうか、ロイスには想像もつかなかった。長剣の刃を連想させる尻尾の先もひくついている。

ロイスはしばらく目を離せなくなってしまい、そんな自分の愚かしさを心の中で罵った。

たしかに恐怖の的ではあるが、だからといって、気を取られているわけにはいかないのだ。死にたくなければ、やるべきことに集中しろ。

かねてから、彼は動物全般が苦手だった。とりわけ、犬はほんのわずかな物音や匂いにも吠えかかってくるから始末が悪い。眠っている犬のすぐそばを通り抜けたことは幾度もあるが、警戒には至らなくとも彼の存在を感じ取って反応を示したやつは決して少なくない。彼は気合を入れなおすと、怪物から視線をひきはがし、その場の様子を観察した。一見したところでは残骸の山があるばかりのようだった。しかし、目を凝らしてみると、おぞましい宝物がまぎれこんでいる。たとえば、あそこにあるのはメイ・ドルンデルの服ではないか——ずたずたに引き裂かれ、血に染まって黒々と変色しており、灰色の長い髪や頭皮の断片もこびりついている。どちらを向いても、同じような惨劇の痕が累々としていた。腕、足、指、手——人体のあらゆる部位が、まるでエビの尻尾のように捨て置かれている。ハドリアンの持ち馬であるミリィも例外ではなく、残っているのは後脚一本と尻尾だけだった。その近くにあるハドリアンの鞍と剣に目が留まったとたん、ロイスは大きな感慨を覚えた。おあつらえむきに、怪物の眠りを破ることなく回収できそうだ。

彼は床の上に散乱しているあれやこれやを避け、ゆっくりと歩を進めていきながら、ふと、あるものに目を惹かれた。どうしても気になってしまう死体の断片や衣服の切れ端、大量に転がっている白骨や石片、その雑然とした山に半ば埋もれたところで、鋭い輝きが垣間見えたのだ。一瞬、こぼれた硬貨だろうという思いが脳裏をよぎったものの、あのまばゆさは鋼鉄以外の何かであるはずもない。階段の途中に落ちていた剣も、下の展示台に並んでいた剣も、あれとまったく同じだった。

ロイスは息を殺し――視線を移すのにも極限まで動きを遅く――怪物とそいつの醜悪な宝の山へと近づいていった。ミリィの尻尾の毛の房の下へと片手を滑りこませ、たちまちその剣を探り当てる。

音もなく、途中でひっかかるようなこともなく、彼はすんなりとそれを手に入れたものの、最初に指先が触れたところから違和感はあった。重さが足りない。いかにエルフの剣とはいえ、こんなに軽いはずはない。引き抜いてみると、その理由はすぐにわかった。まっぷたつに折れた剣の半分にすぎなかったのだ。名前に穴が穿たれていないのを見て、ロイスは自分の直感が当たっていたことを確信した。ジラーラブリュンをただの獣と思ってはいけない。人間を殺すしか能のない存在などでは決してない。自分自身に弱点があることも、それが何であるのかも、充分に理解している――自分の名前が記された剣だ。そこで、こいつは機先を制した。その剣が役に立たないよう、まっぷたつに折ってしまった。残り半分がどこにあるのか、ロイスのいる位置からは見えなかったが、おそらく、自分の巨体で下敷きにしているにちがいない。ロイスといえど、その残り半分を盗み出すことは不可能だ――当のジラーラブリュンがここで眠っているかぎり。

11　ジラーラブリュン

ハドリアンとマグヌスの待つ井戸端へ、三本の剣を肩にかついだロイスが戻ってきたとき、空はすでに暗くなりかかっていた。あたりに人影は見当たらない。村人たちはみな自宅に身を隠している。迫り来る夜は静かで、丘の上の領館からの物音がかすかに聞こえるばかりだ。

「ずいぶん遅かったたな」ハドリアンが小走りに駆け寄った。

「おまえの得物を拾ってきたぜ」ロイスが彼の武器を手渡す。「今後はもうちょっと置き場所を考えろよ。こっちだって忙しい身なんだ、従者みたいに面倒を見てやれるわけじゃないからな」

ハドリアンは嬉しそうに剣帯を受け取り、すぐさま腰に巻きつけた。「そっちこそ、教会の連中に捕まっちまったんじゃないかと心配させやがって」

「教会がどうしたんだ？」

「昼間、ルイ・ギィが脅しをかけに来たのさ」

「番人が？」

「あぁ。旅の仲間がどうのこうのって話のあげく、川のほうへ馬を走らせて、それっきり姿を見てない。ひょっとしたら、エスラが狙いかもな。そういえば、エスラはどうした？　一緒じゃなかったのか？」

「戻ってきてないのか？」ロイスが訊き返すと、彼らは首を振った。「まぁ、それ自体は心配するほどじゃないのかもな。むしろ、現状で村へ戻ってくるようじゃ頭が悪すぎる。森にでも隠れてるんだろうさ」

「川に流されてなけりゃの話だけどな」ハドリアンが言った。「どうして二手に分かれたんだ？」

「あいつがそのつもりだったんだよ。〝ぜったいについてくるな〟って雰囲気がありありとしてた。ふだんのおれなら確実に尾行するところだが、今回はこっちもやらなきゃいけないことがあったからな。それで、気がついてみたら日が傾いてたってわけだ。あいつのほうが先に帰ったとばかり思ってたぜ」

「それはそうと、何か良さげなものはあったか？　金銀財宝とかは？」

一瞬、ロイスは絶句した。「……おれとしたことが、すっかり忘れてたぜ」

「何だ、そりゃ？」

「ほかのことで頭がいっぱいだったんだよ」

「一昼夜ずっとか？」

ロイスは抜身のままベルトにひっかけていた半折れの剣を取り出した。その刃は黄昏のわずかな光でもしっかりと輝いている。「これ以外の剣はちゃんと展示されてたが、こいつだけはこの状態でジラーラブリュンの足元に落ちてたんだ」

「足元だって？」ハドリアンは度胆を抜かれたようだった。「あいつがいたのか？」

　ロイスは渋い表情でうなずいた。「しかも、その場のありさまときたら、素面《しらふ》だろうと酒が入ってようと正視できないほどの惨状だったぜ」

「あいつが剣を折ったと思うか？」

「ほかに誰がいるってんだ？」

「あとの半分は？」

「たぶん、あいつが寝てるところの真下だろうな。だからって、強引に追い払って確かめるなんてのは論外だったが」

「今夜の出動を待ってからでも良かったんじゃないのか？」

「依頼人は明日にでも村を離れるつもりになってるんだ、そこまでする必要はないだろ？　そりゃ、簡単に拾ってこられるなら――あの惨状をひっかきまわすまでもなく手の届くところにあるなら――待つ価値もあるとは思うが、エスラと教会の悶着にまきこまれるかもしれないような事態はまっぴらごめんだぜ。それに、おまえだって、ブリーティン城での出来事は忘れちゃいないだろ？」

　ハドリアンはげんなりしたような表情でうなずいた。

「あの怪物の鼻が利くとしたら、あいつが目を覚ましたときに近くをうろちょろしてるなんてのは自殺行為だ。考えてもみろよ――トレースは父親と一緒に村を離れる、エスラはいつでも塔に入れる、ルーファスが計画どおりにジラーラブリュンを倒しゃ村の連中も救われる。おれたちの仕事は終わったも同然じゃないか」ロイスはおもむろにマグヌスの顔を覗きこみ、ハドリアンを一瞥する。「こいつの監視役、ありがとさん」彼は短剣の鞘を払った。

「ちょ——待てよ！」ドワーフはあわてて跳びすさった。「約束が違うぞ！」

ロイスはにんまりとしてみせた。「おまえ、おれが信用できるとでも思ってたのか？」

「無理なことはよせ、ロイス」ハドリアンが言った。

盗賊はそちらをふりかえり、小さく笑った。「何の冗談だ？　十秒のうちにこいつの喉を切り裂けなかったら、オルバーンへ帰ってすぐにビールを奢ってやるさ。いつでもいいぜ、数えはじめろよ」

「無理ってのは、できるかできないかの話じゃない。約束は約束だ。それを反故《ほご》にしちまうことは許されないぜ」

「なぁ、いいじゃないか。このちび——ドワーフ野郎はおれを殺そうとして、実際、もうちょっとでそうなるところだったんだ。それなのに、こっちは約束を守らなきゃいけないってか？　塔への抜け穴ぐらいじゃ、寿命が一日伸びただけでも御の字だろ。ほら、何も嘘はついちゃいない」

「**ロイス！**」

「**何なんだよ**？」彼は天を仰いでみせた。「おまえ、本気でそう思ってるのか？　だったら、アムラス殺しを思い出してみろっての」

「こいつにしてみりゃ、あくまでも仕事だ。それに、おまえは近衛隊の一員じゃない。よけいなことを考えるなよ。そもそも、こいつを殺したところで何の得もないだろうが」

「気分がすっきりするさ」ロイスが言葉を返す。「世の中、金がすべてじゃないんだぜ」

ハドリアンはなおも彼をにらみつづけていた。

ロイスは首を振り、溜息をついた。「わかったよ、しょうがない、生かしといてやるさ。何をそこまでこだわってやがるのか知らんが、生かしといてやる。これで満足か？」

彼は領館を見上げ、競技会の第二夜にそなえて松明を用意している参加者たちの姿を眺めた。「そろそろ暗くなってきたし、どこかにひっこむほうが無難だろうな。城の連中の見世物を楽しむのにうってつけの特等席はどのへんだ？　この場合の特等席ってのは、要するに、いちばん安全な場所のことだが」

「とりあえず、ボスウィック家なら今夜も泊まらせてもらえるぜ。セロンもいるし——」

川のほうから、闇夜をつんざくような奇声が響きわたった。

「うへぇ、いったい何事だ？」マグヌスが尋ねた。

「何よりも大切にしてる玩具を盗まれたと知ったあの怪物が怒り狂ってるんじゃないのか？」ハドリアンがすかさず意見を述べる。

ロイスは森をふりかえり、それから相棒に向きなおった。「こりゃ、ボスウィック家に転がりこむのはまずそうだな。別の場所を考えないと」

「どこだよ？」ハドリアンも必死に視線をめぐらせている。「その剣を探しに来るとなりゃ、しらみつぶしにやられるぞ。あいつに襲われても耐えられるほど頑丈な家なんか、村のどこにもないだろうが」

「全員を引き連れて城まで走るか――今ならまだ間に合うはずだ」ロイスが答える。

「骨折り損さ」ハドリアンが反駁する。「あの衛兵どもが入れてくれるとは思えないね。むしろ、森のほうがましじゃないか？」

「木が邪魔になって動きが遅くなるし、そこを襲われちまったら最悪だぞ」

「井戸はどうよ？」ドワーフが木枠に囲まれた穴の中を覗きこんでいる。

ロイスとハドリアンは顔を見合わせた。

「おれってやつぁ、どんだけ頭が悪いんだ」ロイスが声を洩らす。

ハドリアンが鐘に駆け寄り、撞き縄をつかみ、躊躇なく引いた。いつの日か村に建てられるはずの教会を待ちつづけてきたその鐘が、迫りつつある危機を村人たちに告げる。

「鳴らしつづけてくれ」ハドリアンは大声でマグヌスを呼ぶと、自分はロイスとともに服の裾をなびかせながら家々をまわり、かたっぱしから壁を叩いていく。

「みんな、家から出ろ。逃げるんだ」ふたりの叫び声が交錯した。「今夜は家の中もやばいぞ。井戸だ。みんな、井戸へ逃げこめ！」

「何かあったのか？」ラッセル・ボスウィックが暗い夜空を見上げる。

「説明してる暇はない」ハドリアンが言葉を返す。「死にたくなけりゃ、井戸の中に身を隠せ！」

「だけど、教会の人たちは？　あたしたちを助けに来てくれたんでしょ」セレン・ブロックトンが毛布を身体に巻きつけながら、戸口でまごついている。

「本気であいつらに生命を預けられるのか？　みんな、おれを信頼してくれよ。ただの勘違いでみじめな一夜を過ごさせることになっちまうかもしれんが、予感は当たってるのに耳を貸してくれなきゃ、座して死を待つだけなんだぜ」

「それだけ聞けば充分だ」セロンが声を響かせ、ボスウィック家の戸口から飛び出してきた。シャツのボタンをかけながら走る彼の巨体と荒々しい口調には当然のごとく周囲の耳目が集まった。「おぬしらも素直に聞いておけ。この村へ来てわずか数日、ハドリアンはわしらを救うために力を尽くしてくれとる――わしら自身がやってきた以上にな。今夜は井戸の中で寝ろと言われりゃ、マリバーの髭にかけて、わしはそのとおりにするさ。あの怪物が殺される運命にあるのかどうか、そんなことは関係ない。今すぐに肚を決めなんだら、あやつの最後の晩飯にされても文句は言えんぞ」

たちまち、ダールグレンの村人たちはいっせいに井戸めざして走りはじめた。

いくつもの輪を結んで足場がわりにした即席の縄梯子が用意される。井戸のさしわたしは四人か五人ほどが同時に入れるぐらいの広さがあるものの、釣瓶竿にそこまでの強度は期待できないため、体重次第でふたりか三人ずつ降りることにした。

誰もがハドリアンの指示どおりにてきぱきと動き、秩序もきっちりと守られているとはいえ、避難そのものは遅々として進まない。マグヌスもみずから作業に加わり、側壁づたいにも降りられるよう、手頃な棒切れを打ちこんで足場にする。まだ幼いので状況が整うのを待つしかないハルとアーヴィッドとパールが村内を駆けまわり、ドワーフが使っているのと同じような棒切れを拾い集めてくる。タッド・ボスウィックがそれらを受け取り、マグヌスに手渡していく。

「すごいねぇ、旦那」タッドの声が井戸の中に谺した。「金槌がそんなふうにも使えるもんだなんて、知らなかったよ。この井戸の縁を固めるには六週間もかかったけど、あんたなら六時間で完成できるかもね」

井戸端では、ハドリアン、セロン、ヴィンス、ディロンの四名が村人たちを誘導していた。ハドリアンは彼らを整列させ、女性や子供たちが優先的に降りられるようにする。井戸の中はもちろん暗いが、マグヌスの補佐についたタッドが持っている一本きりの蠟燭のおかげでうっすらと照らされていた。

「そろそろか？」二組目が降りるのを待つあいだ、ハドリアンが尋ねた。

「さっきの声と同時に飛んでりゃ、もうとっくに来てる頃だぜ」ロイスが答える。「たぶん、まずは塔内を探しまわってるんだろ。それなら多少は時間が稼げる。いつまでかは知らんけどな」

「そのへんの木に登って、姿が見えたら叫んでくれ」

待っていた全員が井戸に入ると、ハドリアンはセロンとディロンも降りさせた。残るはハドリアンとヴィンスとロイスだけで、マグヌスの足場もようやく完成目前だった。ロイスは近くにあったポプラの木の細枝に立ち、ドワーフの槌音を聞きながら、夜空を眺めまわしている。

「おいでなすったぜ！」ロイスが叫び、星々のあいだを指し示した。

ほどなく、森の彼方からジラーラブリュンの奇声がふたたび響きわたる。地上に残ってい

る三人は思わず身を縮めたものの、何も異変は起こらなかった。彼らはなおも暗闇に目を凝

らし、耳をすませた。またしても奇声が聞こえてくる——さきほどよりも領館に近いようだ。

ロイスがその姿を捉えた。次なる挑戦者が待ち受けている丘の斜面めがけて飛んでいくと

ころだった。そいつはいったん降下したあとで急上昇に転じるや、さらなる奇声につづいて

荒々しい咆哮を轟かせ、口から猛烈な炎を吐いた。すさまじい閃光とともに、その一帯が炎

に包まれた。

「あの技は初めて見るな」ハドリアンはすっかり目を奪われたまま、慄然と声を洩らす。挑

戦者の一団は悲鳴を上げるだけの暇もなく生命を失ったようだ。「マグヌス、まだか!?」

「もう終わる。よし！　いつでも来いよ」ドワーフが叫び返してくる。

「ちょい待ち！」タッドがさえぎった。「パールはどうした？」

「棒切れを探しに行ったままだ」ヴィンスが答える。「わしが連れてこよう」

ハドリアンが彼の腕をつかんだ。「今からじゃ危険すぎるから、あんたは降りてくれ。ロ

イスの出番だぜ」

「おれ？」ロイスが目を丸くする。

「夜目が利くってのは便利なもんだよな、えぇ？」

ロイスはぼやきながらも走り出し、家々や納屋を覗きこんでは少女の名前をひかえめに叫ぶ。丘の炎はいよいよ激しく燃え盛り、彼の目先もずいぶん明るくなった。ジラーラブリュンの奇声がたてつづけに夜空をつんざき、ロイスが肩ごしにふりかえってみると、城壁までも炎に包まれていた。

「ロイス」ハドリアンが叫んだ。「そろそろ来るぞ！」

そうなると、ロイスとしても声を抑えてばかりはいられない。「**パール！**」

「こっち！」彼女が森から駆け出してくる。

ロイスは両腕でその身体を抱き上げるや、井戸にむかって全力疾走した。

「死ぬ気で頑張れ！」縄梯子の端をつかんだままのハドリアンがどやしつける。

「支えなくていい、先に降りろ。下でこいつを受け止めてやってくれ」

ロイスが広場をつっきってくるあいだに、ハドリアンは井戸の中へ入っていった。

バサッ――バサッ――バサッ――

パールを胸許に抱きかかえたまま、ロイスはようやく井戸端まで戻ると、その縁から身を躍らせた。少女の叫び声とともに、ふたりは下へ下へと落ちていく。次の瞬間、すさまじいばかりの咆哮が大地を震わせ、すべてを薙ぎ払うかのような閃光と爆音が襲いかかった。

アリスタは狭い部屋の中を行ったり来たりしながら、その動きにどこまでもつきまとってくるバーニスの視線にうんざりさせられていた。老女の顔には笑みが浮かんでいる――いつも変わることのない笑顔に、アリスタはいっそ目玉を抉り出してやりたいほどの気分だった。塔にひきこもっていた頃はヒルフレッドでさえ踏みこんでこない私的空間があったというのに、それを失ってもう一週間以上になる。今や、バーニスは彼女のもうひとつの影のような存在だった。このままではいられない。とにかく外へ出よう。子供扱いも同然の眼差しはもうたくさんだ。アリスタは扉のほうへと足を向けた。

「どちらへいらっしゃいますの、姫さま？」バーニスがすぐさま尋ねる。

「外よ」彼女は短く答えた。

「外とおっしゃっても、広ぅございますが？」

「とにかく、外」

バーニスは立ち上がった。「外套をお持ちいたしますわね」

「来なくていいから」

「いいえ、いけません、姫さま」バーニスが言葉を返す。「それは無理でございます」

アリスタは彼女をにらみつけた。バーニスはあくまでも笑顔。「想像力の問題よ、バーニス――あなたはそこに座ってる。わたしは扉を開ける。何も無理はないでしょ」

「ですが、姫さまが外へいらっしゃるなら、わたくしも座ってはいられませんわ。ここは決して安全ではございません。御身をお護りする手段を講じないと。ヒルフレッドにも声をかけたほうがよろしいですわね。ヒルフレッド？」バーニスが声を上げた。

たちまち扉が開かれ、廊下にいた護衛がアリスタに頭を下げる。「お呼びでしょうか、殿下?」

「呼んでなんか――うぅん、そうよ」アリスタはとっさに思いつくまま、バーニスを指し示しながら、「彼女をこの部屋から出さないでちょうだい。椅子に縛りつけようが剣で脅そうが、手段は選ばないわ。とにかく、ついてきてほしくないのよ」

老侍女は驚きのあまり両手を頬にあてがった。

「外出なさるおつもりですか、殿下?」ヒルフレッドが尋ねる。

「えぇ、そうよ、外出なさるおつもりよ」アリスタは声を上げ、両腕を広げた。「廊下を散歩するとか、競技会を見物するとか。どうせなら、森まで行ってみるのも楽しそうね。迷子になって餓死かしら。熊に襲われるかしら。ニルウォルデンの川辺で足を滑らせて滝に落ちるかも――どんな危険があろうと、ひとりがいいの」

ヒルフレッドは直立不動の姿勢を取っている。両者の視線が交錯した。彼はいくぶん口を開きかけたものの、すぐにまた閉じた。

「言いたいことでも?」彼女の語気が鋭くなった。

ヒルフレッドは息を呑んだ。「いいえ、殿下」

「せめて、外套だけでもお持ちになってくださいな」バーニスがくいさがる。

アリスタは溜息をつき、それをひったくるように受け取ってから部屋を出た。

たちまち、後悔がこみあげてくる。彼女は外套をわしづかみにしたまま猛然と廊下を歩きはじめたものの、すぐに足が止まってしまった。ヒルフレッドの表情のせいだ。子供の頃のアリスタは彼のことが好きだった。彼は守衛官の息子で、中庭のこちらとむこうで視線が合うことも少なくなかった。当時の彼女にとって、ヒルフレッドはかわいらしい男の子にすぎなかった。そんなある日の朝、彼女は炎と煙の中で目を覚ました。そこへ現われたのが彼だった。まだ幼さの残るヒルフレッドが、火のまわった城内から彼女を救い出したのだ。それから二カ月間、彼は火傷《やけど》の後遺症に悩まされ、ひどい咳をくりかえしては血を吐いた。悪夢にうなされる日々はさらに長く続いたという。この勲功を大いに賞賛したアムラス王はヒルフレッド少年にアリスタ王女の身辺警護という栄誉ある役職を与えた。しかし、当の彼女としては、彼に感謝するどころか、自分と同じ状況に置かれていた母をなぜ救い出してくれなかったのかと恨みをいだくばかりだった。以来、その忿懣がふたりの関係をここまで硬直させてしまった。アリスタは彼に謝りたいと思いつづけていたが、今となっては遅すぎた。もう何年も、彼に対しては棘のある言葉しか出てこない。そして、彼は沈黙をもって応えるのだ。

「何があったのかしら？」トレースの声が耳にとびこんできたので、アリスタはそちらへと足を向けた。

「どうかしたの、トレース？」彼女が通廊に出てみると、そこに農夫の娘と村の助祭がいた。トレースは薄いシュミーズの寝間着姿で、トマスともども不安そうな表情を浮かべている。

「お姫さま！　何があったのか、ご存知じゃありませんか？　どうして、村の鐘が鳴ってるんですか？」

「あるとすれば、もうじき今夜の競技会が始まるってことぐらいだけれど。わたしも見物に行こうと思って部屋を出てきたのよ。あなた、気分はどう？　一緒にいかが？」アリスタは無意識のうちにそう誘いかけていた。考えてみれば皮肉なことだが、トレースが相手なら、バーニスやヒルフレッドにつきまとわれるのとは雲泥の差だ。

「いいえ、そういう意味じゃないんです。何か大変なことが起こってるにちがいありません。こんなに暗くなってから鐘を鳴らすなんて」

「わたしには何も聞こえなかったけれど」アリスタは外套を肩にひっかけた。

「村の鐘です」トレースがくりかえす。「たしかに聞こえました。今はもう鳴ってませんけど」

「競技会を始めるっていう合図かもしれないわ」

「いいえ」トレースが首を振り、助祭もそれに倣った。「あの鐘は万一のときにしか鳴らさないことになってるんです。緊急の場合だけです。すごく悪い予感がします」

「心配する必要はないわ。あなたは忘れてるみたいだけれど、城外には戦いを待ち望んでる強者たちが大勢いるのよ。とにかく、ここからじゃ何も見えないわね」アリスタはトレースの手を握り、前庭へと連れ出した。

競技会も第二夜とあって、昨晩よりもはるかに本格的な舞台が整えられている。領館のわきの草地に四阿《あずまや》が建っているのも、馬上槍試合などでおなじみの光景だ。丘の上でもひときわ高い築山からの眺望はすばらしい。天幕は彩りに満ち、その下に小さなテーブルや椅子が並べられ、蜂蜜酒《ミード》やエールは大甕になみなみと、果実やチーズ類も大鉢に山盛りで供されている。中央付近には大司教とサルデュア司教がゆったりと座り、部下の聖職者や侍従たちは立ったまま、城壁のむこうに広がる斜面で戦いが始まるのを今や遅しと見守っている。

「おぉ、アリスタ、いらっしゃい」サルデュアが声をかけてきた。「あなたも歴史の証人になろうとお考えですかな？　どうぞ、お好きな席におかけあそばせ。いよいよ、ルーファス卿の出番です。彼は怪物が現われるのを待ちかねているようですが、敵はじっくりと時間をかけて彼の平常心を奪うつもりなのかもしれません。馬の動きがおわかりでしょう？　帝位に即くまでの道程はそれほどまでに近くて遠いものです」

「ルーファスの次は誰かしら？」アリスタは腰をおろそうとせずに前庭を見下ろした。

「次？」サルデュアが不思議そうな表情になる。「はて、誰でしたかな。まぁ、そんなことはどうでもよろしい。きっと、ルーファスが勝って大団円となるでしょう」

「どういうこと？」アリスタが訊き返した。「つまり、技倆の問題じゃないのね？　血筋？　ルーファスはかつての皇帝家と何らかの関係があるとでも？」

「えぇ、まぁ、当人はもう何年も前からそのように主張しておりましてな」

「本当に？」アリスタは疑念を隠そうともしなかった。「彼がそんなことを言ってるなんて、噂にも聞いたことはなかったけれど」

「もちろん、証拠もなしに末裔を僭称するなど、教会としては看過しておくわけにまいりません。とはいえ、ルーファスはもっとも条件の良い人物です。今宵、それが証明されるでありましょう」

「失礼いたします、猊下」トマスが会釈とともに口を開いた。彼とトレースはアリスタのすぐ後ろに佇《たたず》んだまま、ネズミのように不安そうな表情を浮かべている。「村の鐘が聞こえたのですが、その理由をご存知でいらっしゃいますか？」

「むぅ？　何の話だ？　村の鐘？　あぁ、いや、わからん。おそらく、村人たちが夕食の合図にでも使っておるのだろうよ」

「しかしながら、猊下――」

「始まるぞ」サルデュアが声を上げ、松明の灯めがけて降下していくジラーラブリュンの姿を指し示した。

「さぁ、どうだ！」大司教も興奮をあらわにしながら手を叩く。「諸君、しかと刮目《かつもく》しておきたまえよ――いずれ、世間の誰もが土産話をねだってくるにちがいない」

怪物が丘の斜面に迫ったところで、ルーファス卿は馬を駆けさせた。あらかじめ首から上に麻袋をかぶせられていた馬は恐怖を感じることなく従った。彼は剣を高々と振りかざし、鬨《とき》の声を響かせた。

「ノヴロンの名のもとに――その血筋にかけて、いざ討たん！」ルーファスが鐙《あぶみ》の上に立って剣を一閃すると、怪物のほうは勇猛な騎士の姿に驚いたかのようにも見えた。

ルーファス卿はジラーラブリュンの胸めがけて剣を突き出したものの、刃はあっさりと弾かれ、傷ひとつ与えることができなかった。どれほど果敢に攻めつづけても、細い棒切れで巨岩を叩き割ろうとするにひとしかった。やがて、彼は動顚し、どうすればいいかわからなくなってしまったようだった。その瞬間、ジラーラブリュンは鉤爪をひょいと振り、ルーファスと馬を一撃で殺した。

「おぉ、神よ！」大司教が叫び、愕然とした様子で腰を浮かせた。さらに、翼を一閃して急上昇した怪物がそこらじゅうに炎を吐きかけはじめたとたん、彼の表情は恐怖に凍りついた。前庭に陣取っていた参加者たちが椅子から跳び上がり、酒杯を放り出した。四阿の支柱のうちの一本が折れ、天幕が崩れ落ち、そこにいた人々はあわてて外へ転げ出た。

丘の斜面を火の海に変えた怪物はそのまま城の上空へと迫り、丸太を組んだ防郭にも炎を吐きかけた。乾燥した木材が次々と燃えはじめ、やがて、城はすっかり火の輪に囲まれてしまった。防郭の近くにある建物はもちろん、領館そのものに延焼するのも時間の問題だろう。炎の中はまぶしすぎて、ジラーラブリュンがすでに飛び去ったのかどうかさえ確かめることができない。上空を制する悪夢と全方位から迫り来る灼熱地獄に、聖職者も従僕も兵士もただ逃げ場を求めて右往左往するばかりだった。

「酒蔵へ！」トマスが叫んだものの、木材の爆ぜる音や人々の悲鳴にさえぎられ、誰の耳にも届いてはいないようだ。助祭はトレースの手を取った。トレースもとっさにもう一方の手でアリスタの腕をつかむ。トマスを先頭に、三人はそちらの方向へと走り出した。

いきなりのことにびっくりして、アリスタは何の抵抗もなく、ひっぱられるままについていった。こんな体験は生まれて初めてだった。丘の下のほうで、火だるまになった男が斜面をすっとんでいく。しかし、すぐに倒れ、燃えつづけたまま動かなくなってしまった。あちらでもこちらでも、そんな生ける松明と化した人影がひとつまたひとつと草地に倒れこむ。アリスタは反射的にヒルフレッドの姿を追い求めたものの、スープのように溶けかけた記憶の中、部屋に残れと命じたことをようやく思い出した。今頃は血眼《ちまなこ》になって彼女を捜しているにちがいない。

トレースにがっちりと腕をつかまれているおかげで、アリスタは短いながらも数珠《じゅず》つなぎとなった人の列から切り離されずに済んでいた。左のほうで、ひとりの兵士が燃える防郭を乗り越えようとしていたものの、当然のごとく、彼もたちまち生ける松明と化し、服も皮膚も黒焦げになってしまった。近くの森にも火の手が回ったのだろう、生木がパァンとけたたましい破裂音を響かせ、それが領館の壁に谺する。

「とにかく、酒蔵までは行かないと」トマスが言った。「頑張って！　地面の上にいたら助かりませんよ。一刻も早く――」

そのとたん、アリスタは突風に髪が吹き乱されるのを感じた。

バサッ――バサッ――

煙に覆われた夜空から襲いかかろうとするジラーラブリュンの姿を目の前にして、トマス助祭の口をついた祈りの言葉はまるで無力だった。

12 焦土

くすんだ曙光の中、ハドリアンが井戸から這い出してみると、目の前には未知の世界が広がっていた。ダールグレン村は消滅していた。かつて家があったところは灰の塊や炭化した木材が残るばかりとなっているが、それ以上に驚くべきは、森もすっかり姿を消してしまっていることだ。村の周囲にもはや緑はない。枝も葉も失った幹だけが黒変した柱のごとく立ち残ったまま、見渡すかぎり同じ光景を描いている。今もくすぶりつづけている焼け跡から漂った煙はまるで雲か霧のようで、そこから舞い落ちてくる灰燼は汚れた雪を連想させる。

パールが井戸から出てきた。何も言わないのはいつもどおりか、彼女はそこらじゅうを歩きまわり、わずかに焼け残った木片を爪先でひっくりかえしたりしていたが、やがて、視線を上げると、見慣れた空がまだそこに存在しているという事実が信じられないといわんばかりの表情になった。

「何をどうすりゃ、ここまですさまじいことになっちまうのかね?」ラッセル・ボスウィックが誰に問うでもなく呟いた。それに答えられる者はいなかった。

「トレース!」セロンが井戸から出てくるなり叫ぶ。彼はすぐさま丘の上をふりかえり、うっすらと立ち昇っている煙に気がついた。村人たちはいっせいに丘への小径を駆け出していった。

村と同じく、城も焼け落ちていた。防郭は跡形もなく、前庭に建ち並んでいた施設群もどれひとつ残っていない。領館そのものも今となっては消炭の山にすぎない。不自然な姿勢のまま黒焦げになった死体がそこかしこに転がっており、煙と異臭を漂わせている。

「トレース！」セロンは絶叫しながら、領館の焼け跡を無我夢中でひっくりかえしていく。村人全員もその作業に加わり、ロイスとハドリアン、マグヌスまでもが手を貸した。一縷の望みもないわけではなかったが、同情によるところが大きかった。

マグヌスは〝地の声が聞こえる〟と言い出し、彼らを焼け跡の南東側へと移動させた。そこで崩れた壁や階段などの瓦礫をかきわけていくうち、かすかな物音が聞こえてくる。彼らは手を休めることなく、古い厨房から酒蔵へと掘り進んだ。

墓の中からの生還とばかりに助け出されたのはトマス助祭だった。痣だらけではあったが、生命に別状はなさそうだ。井戸から出たときの村人たちがそうだったように、彼も朝日のまぶしさに眉根を寄せ、周囲の惨状を眺めまわした。

「助祭さんよ！」セロンが聖職者の襟許に手をかける。「トレースはどこだ？」

トマスは老農夫を目の前にして、たちまち涙をあふれさせた。「助けてあげられなかったよ、セロン」彼は必死に声をふりしぼった。「できるかぎりのことはしたんだが……本当だ、信じてくれ」

「何があったというんだ、えぇ?」

「ここへ逃げこむつもりだった。彼女たちの手を引いて、この酒蔵へ。しかし、途中であの怪物が迫ってきた。わたしは祈った。ひたすら祈った。するとあいつは祈りの言葉がわかったにちがいない! そして、嗤《わら》う声が聞こえた。本当に嗤ったんだ」トマスは涙が止まらないようだった。

「連れ去られた?」セロンが必死にくいさがる。「祈りもむなしく、彼女たちは連れ去られてしまった」

「あいつは捨て台詞を残していった。心臓をつかまれるような響きの声だった。わたしは立っていられず、その場にへたりこんでしまった」

「どんなことを言ってた?」ロイスが尋ねた。

助祭は言葉を切り、顔をこすった。両頬に煤の黒い筋がつく。「意味がわからなかったので、恐怖による幻聴だったのかもしれない」

「どんなことを言ってたような気がする?」ロイスがたたみかけた。

「あれは教会に伝わる古語だった。武器がどうとか……そう、剣だ。彼女たちと交換すると。夜になったらまた来るつもりだと。そして、トレースとお姫さまをさらっていった。まったくもって奇妙な話だ。やはり、わたしの頭がおかしいのだろうな」

「お姫さま?」ハドリアンが尋ねた。

「メレンガーのアリスタ姫だよ。たまたま、ご一緒させていただいていたんだ。ふたりとも助けてみせるつもりだったのに――もうちょっとのところだったのに――こんな……」トマスは言葉が続かなくなり、泣き崩れた。

ロイスとハドリアンはすばやく視線を交わし、ふたりだけでその場を離れた。すかさず、セロンが追いかけてくる。

「おぬしら、心当たりがあるようだな」彼は非難がましい口調で詰め寄った。「あやつの巣に忍びこんだか。剣を盗み出したか。ロイスがついに大仕事をやってのけたか。それで、あやつが怒り狂っていたわけか」

ロイスがうなずく。

「返してやれ」老農夫が言った。

「返したからって、あんたの娘が無事に戻ってくる保証は何もないんだぜ」ロイスが反駁する。「ジラーラブリュンってやつは、おれたちが考えてる以上に狡猾だ。きっと――」

「トレースがおぬしらに依頼したのは、その剣をわしに渡すところまでだったはずだぞ」セロンが唸り声を洩らす。「仕事は最後までやらんとな、そうだろう？　盗みが成功したんなら、さっさとよこせ」

「セロン、話を聞けって――」

「よこせと言っとるんだ！」老農夫は声を荒らげ、盗賊の前に立ちはだかった。

ロイスは溜息をつくと、折れた剣を取り出した。

セロンは訝しげな表情でそれを受け取り、いろいろな角度から観察する。「残りはどうした？」

「それしか手に入らなかったんだよ」

「だったら、あいつも文句はあるまい」

「セロン、あの怪物を信用しちゃだめだ。それを返してやったところで、あんたの娘も、王女も、あんた自身も殺されちまうのが関の山だ」

「やってみなきゃわからんだろうが!」彼はふたりをどやしつけた。「おぬしらがここにいる理由はもう何もないぞ。剣はわしの手に渡った——娘の依頼どおりだ。おぬしらの仕事は終わった。さっさと立ち去るがいい。失せろ!」

「セロン」ハドリアンが口を開く。「おれたちはあんたの敵じゃない。トレースの死を、おれたちが願ってるとでも思うか?」

セロンはたたみかけようとしたところで思いとどまり、ひとつ大きく息をついた。「すまん」彼は声を落とした。「おぬしらの言うとおりだ。わかっとる。わかっとるんだが……」

ハドリアンの顔を覗きこむ視線からも心痛の大きさが窺える。「たったひとりの残された家族まで喪ってしまうことになるかもしれんと思うだけでも耐えられんのだよ。娘のためなら、この生命とひきかえにしようとも惜しくはない」

「わかってるよ、セロン」ハドリアンが相槌を打つ。

「ただし、あの怪物がそんな取引に応じるとは思えんけどな」ロイスがつけくわえる。

「こっちにもいたぞ!」燻製場の瓦礫をひっくりかえしていたディロン・マクダーンが叫び、学者山師のトビス・レンティニュアルを救出した。頭のてっぺんから爪先まで泥だらけになった痩せぎすの男は激しく咳きこみながら草地の上へ倒れこむ。

「土が柔らかくて……」トビスが口を開き、またもや咳をくりかえす。「素手で――掘れて――助かったよ」

「ほかにもいるのかい？」ディロンが尋ねた。

「五人だ」トビスが答える。「樵《きこり》のダンテンと、衛兵らしき男と、アーリック卿と、ほかにもふたり。ただし、兵士は――」彼は発作のような咳にたまりかねて上体を起こすと、しきりに痰を吐き捨てた。

「アーヴィッド、水を汲んでこい！」ディロンが息子に命じた。

「兵士は火傷がひどくてね」トビスがようやく話に戻る。「若者ふたりが彼を燻製場へかつぎこもうとしているところに出会って、奥が貯蔵庫になっていると聞かされた。どちらを向いても火の海だったので、わたしと樵とアーリック卿もそこへ逃げこむしかなかった。地面そのままの床は意外にも土がほぐれていて、わたしたちは穴を掘りはじめた。しばらくすると、建物にすさまじい衝撃が走り、一気に倒壊した。わたしの脚の上にも梁材が落ちてきたよ。この痛み具合だと、骨をやられたにちがいない」

村人たちはわずかに残る壁板をひっぺがし、瓦礫の山をかきわけていった。ようやく地面が見えはじめたあたりで、ほかの生存者たちも次々と発見された。

彼らは陽光の下へと運び出された。アーリック卿と樵は半死半生のありさまで、やはり咳が止まらないようだ。兵士の状況はなおさら深刻で、呼吸はしているものの意識がない。ちなみに、あとのふたりというのはモーヴィンとファネンだった。トビスと同様、ピッカリング兄弟もしばらくは満足に声を出せずにいたが、身体じゅうの痣や傷はいずれも軽いものだし、それ以外に悪いところもなさそうだ。

「ヒルフレッドは生きてるの？」新鮮な空気とコップ一杯の水でしゃべれるようになったファネンが尋ねる。

「誰のこと？」レナ・ボスウィックはヴェルナから渡されたコップを持ったまま訊き返した。ファネンがひどい火傷の兵士を指し示すと、レナはうなずいてみせた。「あぁ、まだ意識は戻らないけど、ちゃんと息はあるわよ」

捜索隊は領館の敷地内をくまなく調べてみたものの、生存者はもういないようだった。死体のほとんどは競技会の参加予定者だったが、それにまじって、ガリエン大司教も変わり果てた姿で発見された。焼死というより、逃げる途中で転倒したところを踏みつぶされたらしい。彼の従僕だったカールトンは主の安否など失念してしまっていたのだろう、領館の片隅で倒れていた。アリスタの侍女だったバーニスも領館の倒壊にまきこまれて圧死した。

村人たちは即席の担架をこしらえ、トビスとヒルフレッドを領館の焼け跡から井戸端まで運び、そこで治療にあたった。広場の草地もすっかり焼け焦げてしまっている。鐘も地面に落ち、灰燼の中で横倒しになっていた。

「何がどうなったんだ？」ハドリアンはモーヴィンの隣に腰をおろして問いかけた。そこはかつてパールが豚の群れを従えていた場所だった。ピッカリング兄弟は悄然とした様子で顔を煤けさせたまま、ちびちびと舐めるように水を飲んでいる。

「あの怪物が現われたとき、おれたちは防郭の外にいたんだ」モーヴィンは囁くような声で語りはじめ、弟にむかって親指をひねってみせた。「おれはさっさと帰り支度にとりかかるつもりだったのに、ファネンはあきらめきれなかったみたいで、怪物に勝負を挑もうとしてやがったのさ」

ファネンがいたたまれない様子で頭を低くする。

「おれがちょっと目を離した隙に、こいつは外へ出てっちまった。おれはすぐに追いかけて、丘の途中で捕まえたんだ。自殺行為はやめろと叱りつけたら言い返してきやがって、喧嘩になっちまってね。そうこうしてるうちに火の手が上がったもんで、あわてて城へ戻ることにした。ところが、門の手前まで来たとたん、馬車が二台と騎馬の一団が飛び出してきた。馬車の窓ごしに後ろをふりかえってるやつの顔に見憶えがあると思ったら、なんと、サルデュア司教さまだぜ。一目散に逃げちまうんだから、ごりっぱなもんだよな。

とにかく、おれたちはアリスタを捜すことにしたんだが、領館の入口あたりで倒れてたヒルフレッドのそばに彼女の姿はなかった。こいつはもうこんな状態で、髪の毛はないわ皮膚は焼けただれてるわ――それでもまだ息は残ってたから、とにかく燻製場へかつぎこむことにした。まだ火が回ってない唯一の建物だったのさ。中へ入ってみると、地面むきだしの床はすごく土が柔らかくて、穴があったところを埋め直したばかりって感じで、素手で掘るのも簡単だった。それからすぐにトビスとアーリックとダンテンも逃げこんできた。ところが、三フィートかそこらも掘ったところで、建物全体が崩れ落ちてきた」

「アリスタは？」ファネンが口を開いた。「まさか……」

「よくわからないんだ」ハドリアンが答える。「助祭の話じゃ、セロンの娘ともども怪物に連れ去られたらしい。まだ生きてる可能性はあるってことさ」

村の女たちが領館から運び降ろされた負傷者たちの世話をしているあいだ、男たちは焼け跡にかろうじて残っていた道具類や食糧などを井戸端に集めてきた。誰もが疲労の色と汚れに包まれており、そのありさまは船の難破で無人島に漂着した旅人たちのようだ。会話はほとんどなく、まれに口を開いても囁き声しか出てこない。涙にくれる者、焼け落ちた家の残骸を蹴飛ばす者、ふらふらと歩きまわっては落胆もあらわに首を振りながら膝を落とす者もいる。

やがて、負傷者の治療と焼け跡の整理がひととおり終わったところで、先に身支度を整えなおしたトマス助祭が死者たちへの祈りを捧げ、全員がそれにあわせて黙禱した。つづいて、ヴィンス・グリフィンが立ち上がった。

「わしは誰よりも早く、この地に入植した」彼は悲しげな口調で言った。「家を建てたのは井戸の隣、まさにすぐそこだ。きみたちが新参者として、あるいは他所者として村へ来た当時のことは、今も忘れておらん。この地には明るい未来が広がっていると信じて疑わなかった。村に教会がなくてはいけないと、毎年かならず八ブッシェルの大麦を奉納してきたが、ようやく鐘ひとつになったところだ。霜害に悩まされた五年前も、弔事が続くようになった昨今も、わしはこの地を離れることなど考えてもみなかった。きみたちも同じだろうが、それも運命のうちだと思っていたからだ。どこに暮らしていても、人間には悲劇的な死の影がつきまとう。疫病、天変地異、飢饉、寒さ、戦乱。たしかに、ダールグレンは呪われた地なのかと疑いたくなることもあるし、実際そのとおりなのかもしれないが、だとしても、わしが住みたい場所はここなのだ。あちこちを転々としてきたが、ここはいちばん暮らしやすい。きみたちというご近所さんがいてくれることも大きな理由のひとつだし、王侯貴族がうるさくないというのも良かった。しかし、それも今日までだ。わしらが築いた村も、わしらの前に立ちはだかってきた森も、きれいさっぱり消え失せてしまった。それに、井戸の中での夜明かしも一度でたくさんだ」彼は目許をこすり、視界の曇りを拭い去った。「わしはダールグレンに別れを告げることにした。きみたちの多くもそのつもりだろう。そんな今だからこそ、まだ新参者だった頃のきみたちに贈りそこなってしまった言葉を、別れの挨拶に代えて贈りたい――わしらは同じ村で暮らす大家族だ。たとえ何があろうとも、わしらの絆が切れることはない。だから……まぁ、そういうわけだ」

誰もがうなずき、近くの相手と言葉を交わす。ダールグレンは死んだ、さようなら――それは村人たちの総意にちがいない。もうしばらく頑張ってみないかという言葉も聞こえてはくるが、ただの外交辞令にすぎないことは明白だった。アーリック卿や樵のダンテンとともども、彼らはそろって南への旅路をたどり、オルバーンで二手に分かれ、ある者は救いの手をさしのべてくれる親戚がいればと西をめざし、ある者は人生の再出発にふさわしい未知の土地を求めてなおも南下するのだろう。

「教会はありがたいもんだとばかり思ってたが、蓋を開けてみたら〝ありえない〟の一言だったな」ディロン・マクダーンがハドリアンに囁いた。「たった二日でこれかよ」

それから、彼はラッセル・ボスウィックとつれだって、黒焦げの切株に腰をおろしているセロンのそばへと歩み寄った。

「トレースを待つか？」ディロンが声をかける。

老農夫は無言でうなずいた。水浴びをしていない身体はすっかり泥と灰にまみれたままだった。膝の上にあの折れた剣を置き、じっと視線を注いでいる。

「怪物は今夜もまた来ると思うかい？」ラッセルが尋ねる。

「たぶんな。あやつはこれが欲しいんだと。トレースを返してもらう取引材料に使えるかもしれん」

ふたりがうなずいた。

「何か、手伝ってほしいことは？」ラッセルはさらに尋ねた。

「おぬしらにできることがあるとでも？」老農夫が反問する。「下手の考えというやつだ。気にするな、おぬしらにも大切な家族がいるだろう。逃げられるうちに逃げろ。善良な者たちが死ぬところを、これ以上はもう見たくない」

彼らはふたたびうなずいた。

「幸運を祈ってるよ、セロン」ディロンが言った。

「しばらくはオルバーンに滞在することになりそうなんで、会えたら会おう」ラッセルがつけくわえる。「幸運を」

ラッセルとタッドは焼け残った材木で橇《そり》をこしらえ、わずかばかりの家財道具を積みこんだ。レナはヒルフレッドのために充分な量の軟膏を調合し、彼の世話係として村に残ることを決心したトマス助祭にその薬と包帯を預けた。すべての準備が整うと、村人たちの一団はささやかな手荷物を持ち、昼下がりの陽光の下、西寄りに伸びる小径を歩き出した。日没までにはダールグレンから少しでも遠く離れていたいと、誰もが願っていた。


「おれたち、こんなところで何をやってるんだ?」ロイスは半焼けになった木の幹にハドリアンと肩を並べて座りながら、愚痴めいた問いを相棒に投げかけた。そこはキャスウェル家のふたつの墓標が立っていたあたりだった。もちろん、村内のあれやこれやの例に洩れず、単なる木の杭にすぎなかったそれらの墓標は跡形もなく焼失し、今となっては正確な位置を確かめることなど不可能だ。井戸端まではやや距離があるものの、人事不省のまま寝かされているヒルフレッドとその世話役を引き受けたトマス助祭の姿はここからでもはっきりと見える。

「今回の仕事で、おれたちは馬二頭を死なせちまったし、一週間以上はやりくりできたはずの糧食も失っちまった。その損害をどうやって埋め合わせる?」ロイスはそこまで言葉を続けたあと、ひとつ溜息をつき、焦げた樹皮の小片を剝がして放り投げた。「やっぱり、あいつらと一緒に村を出るべきだったんだ。トレースがまだ無事でいるとは思えないぜ。ジラーラブリュンにとっちゃ、彼女を生かしておく必然性なんか何もないだろ？　すべての切札はあいつが握ってやがるんだ。あいつは簡単におれたち全員を殺せるが、おれたちは手も足も出ない。あっちが人質を取ってるのに対して、こっちには折れた剣があるが、それだけじゃ何の脅しにもならん。せめて、残り半分も拾ってこられたんなら、マグヌスに修復させて、多少なりとも強気の交渉ができたかもしれんけどな。それどころか、本物そっくりに名を入れた剣、あるいは槍でもいいから新調させて、いちかばちかの勝負を挑むって選択肢もあったろうさ。しかし、現状はからっきしだ。攻め手がひとつもない。セロンは取引をもちかけようとしてるが、そもそも取引にならんだろ。ジラーラブリュンがあんな要求をぶつけてきたのだって、自分の思惑どおりに事が進むとわかってるからにちがいない」

「そこまで断言するかね」

「当然さ。若い娘のひとりやふたり、あの怪物は小腹が空いたときにでも食っちまうだろうよ。日が暮れたら、今度はセロン爺さんがみすみす殺されに行くわけだ。あっというまに決着がついて、あいつは悠々と剣を持ち帰る。もっとも、おれたちを逃がしてくれるための時間稼ぎだとしたら、ありがたいかぎりだけどな。残った家族はふたりきり、そろって死ねるのは本望かもしれんぜ」

「そんなこと、させるかってんだよ」

ロイスはふりかえり、うんざりしたような表情を浮かべた。「おまえ、本気で言ってるんじゃないよな?」

　ハドリアンが首を振ってみせる。

「どうして?」

「おれたちがいなきゃ、おまえが言ったとおりになっちまうからさ」

「おれたちがいりゃ、そうはならないとでも?」

「仕事を途中で投げ出したわけじゃないんだぜ、ロイス」

「何を言ってるんだ?　仕事がどうしたって?」

「トレースからの依頼は、剣を手に入れて親父さんに渡してほしいってことだったよな」

「だから、ちゃんと手に入れてきたじゃないか。やっこさんに渡したじゃないか」

「半分だけだろ。残り半分が塔の中に置きっぱなしのまま終わりだなんて、それで筋が通るかっての」

「ハドリアン」ロイスは片手で顔をこすり、首を振った。「マリバーよご慈愛あれ、銀貨十枚の仕事だぞ!」

「自分でそう決めたんじゃないか」

「おまえのそんなところが嫌いなんだよ」ロイスはだしぬけに立ち上がり、黒焦げの木片をつかんだ。「ちくしょう」彼はそれをボスウィック家の瓦礫めがけて投げつける。「殺されるのが関の山だぞ、わかってるのか?」

「無理につきあえとは言ってない。おれが勝手に決めたことだ」

「どうするつもりなんだ？　あいつと戦うか？　ただの剣じゃ傷もつけられないとわかってるのに？」

「これから考えてみるさ」

「どうかしてるぜ」ロイスが言った。「まったく、世間の噂どおりだよ――ハドリアン・ブラックウォーターは頭の箍《たが》が外れてるってな！」

ハドリアンも立ち上がると、真正面から相棒に向きあった。「セロンもトレースもアリスタも、見捨てるわけにはいかないんだよ。それに、ヒルフレッドのことも考えてみろ。あんな状態で長旅に耐えられるか？　森の中を連れまわして、あと何時間もしないうちに死んじまうぞ。だからって、あのまま井戸端に寝かせておいて、無事に明日の朝を迎えられるか？トビスはどうする？　片脚が折れてるんだ、遠くまで行けやしないぜ。怪我人がどうなろうと知ったこっちゃないってか？　だとしたら、おまえもすっかり性根が腐っちまったな」

「どっちにしても死ぬんだろ」ロイスがくってかかる。「そこがいちばん肝心な点じゃないか。おれたちに与えられてる選択肢は生きるか死ぬか、そのふたつだけだ。同情心から死を選ぶなんて、おれはまっぴらごめんだぜ」

「おれたちに不可能はない」ハドリアンが言葉を返す。「〈王冠の塔〉から盗み出した秘宝を翌晩には戻したこともある。厳戒のドルミンダーだって出入り自由だ。眠ってるチャドウィック伯の膝の上に生首を置いてくるぐらいは朝飯前だったよな。エスラハッドンがグタリアから脱獄できたのもおれたちのおかげだ。ほら、やればできるんだよ！」

「具体的には？」

「そりゃ……」ハドリアンはとたんに言葉を濁し、「落とし穴を掘って生き埋めとか」

「トマスに祈りを捧げさせて、マリバーの天誅にでも期待するほうがましだな。穴掘りにかかる時間も人手も足りないだろうが」

「だったら、おまえも何か考えろよ」

「でっかい穴のある計画よりはましって程度でいいんなら、ちょろいもんさ」

「具体的には？」

ロイスはなおも煙の立ち昇っている森を歩きまわり、目につく木片や小石があるたびに蹴飛ばしていった。「やればできるとか言い出した当人がそんな調子じゃ困るんだが、これだけは断言できる――あの剣の残り半分がなきゃ、おれたちが反撃する機会はないってことだ。だから、まずは今夜、あいつが塔を離れる頃合を見計らって、もういっぺん盗みに入るぜ」

「しかし、ばれないはずがないんだから、トレースとアリスタは確実に殺されるぞ」ハドリアンが指摘した。

「そのかわり、おまえもあいつを殺せるってわけだ。とにもかくにも、報復の連鎖はそこで終わる」

ハドリアンは首を振った。「あまり感心できないな」

ロイスがにんまりとしてみせる。「おまえとセロンがルーファスの使ってた偽物であいつの目をごまかしといてくれりゃ、おれはのんびりと仕事ができるってもんさ」彼は悪戯っぽい忍び笑いを洩らした。「百万分の一ぐらいは勝ち目もあるかもしれないしな」

ハドリアンが思案ありげに顔をしかめ、ゆっくりと腰をおろす。

「おいおい、ちょっとした冗談だよ」ロイスはすぐさま前言をひるがえした。「あの片割れを盗んだことも昨夜のうちにばれちまったんだ、偽物なんか一目で見破られるにきまってる」

「いや、たとえ見破られるにしても、あいつの注意を彼女たちから引き離すぐらいの役には立つかもしれない。その隙にみんなで穴に逃げこむ――おれたちが入るだけなら、そんなに大きい穴じゃなくてもいいんだ、時間も人手もかけずに掘れるさ」

「あいつの鉤爪を忘れてないか？　一撃で抉られちまうぞ」

ハドリアンはその言葉をあえて無視し、さらに思案をめぐらせた。「あとは、おまえが残り半分を持ってきたら、マグヌスに修復させて、おれが退治する――なんだ、うまい具合に役割分担もできるじゃないか」

「自分がどれだけ無茶なことを考えてるのか、ちゃんとわかってるか？　一晩のうちに村も城も焼き尽くしちまった怪物をむこうにまわして、味方は老いぼれ農夫がひとりと小娘ふたり、得物は折れた剣が一本だけで、何ができるってんだ？」

ハドリアンは答えようとしない。

ロイスは溜息まじりに首を振り、相棒のかたわらに座りこむ。彼は懐から短剣を取り出した。そして、鞘に収まったままのそれをハドリアンの目の前でひらつかせる。

「ほれ――持っとけ」

「何のつもりだ？」ハドリアンは怪訝そうな表情になった。

「いやぁ、マグヌスの言ってたことが正しいと思ってるわけじゃないんだが、まぁ、今までにアルヴァーストンで切れなかったものが何もないってのは事実だし、仮にあいつの言うとおり、これをこしらえたのが神界の父なる神だったとすりゃ、無敵の怪物だろうと多少は痛い目に遭わせてやれるかもしれないだろ」

「置き土産ってわけか？」

「そうじゃない」ロイスは顔をしかめ、アヴェンパーサの方角をふりかえった。「やりかけの仕事をかたづけてくるんだよ」

ハドリアンは笑みを浮かべて短剣を受け取り、その重さを掌で確かめた。「じゃ、明日の返しってことで」

「了解」ロイスがうなずいた。


「相棒はどうした？　村を離れたか？」城へと続く丘の小径を登ってきたハドリアンに、セロンが声をかけた。老農夫は焼けた草地に佇《たたず》み、折れた剣を手にしたまま、空を眺めている。

「あぁ――いや、そういう意味じゃなく、アヴェンパーサに置きっぱなしの残り半分も盗み出してくるとさ。ジラーラブリュンが何を企んでやがるか、わかったもんじゃないからな。それに、トレースとアリスタが塔のどこかに閉じこめられてりゃ、行きがけの駄賃で脱出させてやれるだろうし」

セロンは思案ありげにうなずいた。

「おぬしらふたり、わしら親子にずいぶん良くしてくれとるよ。理由はわからんが、金のためでないことは明白だな」セロンは溜息をついた。「正直なところ、わしはトレースをこれっぽっちも大切にしてこなかった。かまってやらず、見向きもせず。息子はありがたい存在だが、娘となると——育てるだけ育てたあげく嫁にやらなきゃならんし、そのときがまた物入りだからな。そんな扱いをしてきたのに、あいつは有り金をはたいて長旅に出て、おぬしらを連れてきて、わしのためにと……いやはや、わからんものだ」

「ハドリアン」ファネンが声をかけてきた。「見せたいものがあるから、ちょっと来て」

ハドリアンが呼ばれるままに丘の斜面の焼け跡の北端まで足を運ぶと、トビスとモーヴィンとマグヌスが巨大な装置をいじっているところだった。

「わたしが造った弩《いしゆみ》だよ」トビスはたいそう誇らしげな様子で、それを載せてきた自分の荷車のわきに降り立った。けばけばしいほどの盛装、折れた脚にはいささか太すぎる二本の添木、マグヌスが急ぎ仕事でこしらえた松葉杖、その取り合わせがどうにも滑稽に見えてしまう。「名簿の筆頭から追い落とされたのにともなって、これもこんなところまで運び去られてしまった。しかし、どうだね、美しいだろう？　名前はペルセフォネ——そう、ノヴロンの妻にちなんだのさ。古代帝国史を学び究めた成果なのだから、まことにふさわしいと自負しているよ。もちろん、たやすい道程ではなかった——史料をひもとくだけでさえ、古語を知らなければ何も始まらんのだからね」

「ただの弩かい？」

「まさか、そんなわけがないだろう、くだらんことを。わたしはシェリダン大学の教授だよ。ちなみに、シェリダンといえばゲント第二の主要都市だ。ニフロン教会の総本山からもさほど遠くない。わたしは知恵をめぐらせ、幾人かの関係者に袖の下を使い、この競技会の真相を聞き出した。こうして、ウドの大木どもの単純な力比べなどでなく、伝説の怪物を退治した者の勝ちだということがわかった。そこから先はパズルを解くようなものさ——腕力や武芸はなくとも、頭脳での戦いにもちこめばいい」

ハドリアンはその装置のまわりを一周してみた。どっしりと中央を縦貫する梁は十二フィートあまり、それと交叉する太い腕木はさらに二フィートほども長い。下側にも別の梁があって、索具で吊り下げられた土嚢がねじれを発生させている。荷車の左右それぞれに大型の手回し器がついており、無数の歯車で装置本体につながっている。

「なるほど、おれが過去に見てきた弩とは別物だな」

「ジラーラブリュン対策でさまざまな新機軸を導入したのだよ」

「まぁ、努力賞だな」マグヌスが意見を述べた。「あのままじゃ動作不良は避けられないところだったが、これで調整もばっちりだ」

「石弾の試射もうまくいったぜ」モーヴィンがつけくわえる。

「おれは城攻めの経験があってね」ハドリアンが言った。「このたぐいの兵器ってのは、城壁みたいな固定物とか、大規模な歩兵部隊とか、そういった標的を狙うには有効なんだが、単体で動きまわる相手はどうにもできないぜ。速さについていけないし、命中精度も期待できないからな」

「さよう、そこで考案したのが、弾丸だけでなく網も使えるようにした発射機構だ」トビスが胸を張ってみせる。「抜かりはないとも。網は球体に固めた状態で射出され、空中で広がって怪物を捕え、自由を奪う。そうなれば次の攻撃もたやすい」

「うまくいきそうか?」ハドリアンは目を輝かせた。

「計算どおりなら」トビスが答える。

ハドリアンは肩をすくめた。「まぁ、使ってみても損はないよな」

「とりあえず、位置を決めないと」モーヴィンが言った。「一緒に押してくれるか?」

彼らは力を合わせて荷車を移動させた。もちろん、脚の悪いトビスだけは別で、ひょこひょこと歩きながら、右だ左だと号令をかけるばかりだった。築山を囲む濠のすぐわきまで来ると、城の敷地とその周辺はすっぽりと射程圏内に収まった。

「このままじゃ目立ちすぎるな——まわりに瓦礫でも積み上げておくか」ハドリアンが言った。「そんなに手間はかからんだろ。マグヌス、ちょいと頼みたいことがある」

「何だい?」彼はハドリアンとともに丘を登っていった。草地はすっかり焼失し、彼らの足元に残る灰はまるで冷たくない雪のようだ。

「ルーファス卿のためにこしらえた剣があっただろ? やっこさんの死体のそばに落ちてた

んで拾ってきたんだが、それに手を加えてくれ」

「手を加える？」ドワーフはいかにも心外そうだった。「あの剣が役に立たなかったのはおれのせいじゃないぞ。完璧に複製したんだからな。持ってきた史料がいいかげんだったにきまってる」

「おまえのせいだなんて言ってないさ。本物がありゃ文句はないだろ——まぁ、半分だけどな。それとそっくりなものが欲しいんだよ。できるか？」

「できないわけがないさ。ただし、こっちからも条件がある。アルヴァーストンをじっくりと観察してみたいんで、ロイスに話をつけてくれ」

「正気か？　あいつはおまえを殺したがってるんだぞ。一度はとりなしてやったじゃないか。それじゃ足りないってか？」

ドワーフは顎鬚の編みこみの下で腕を組んだ。「譲るわけにゃいかないね」

「言ってはみるが、確約はできないぜ」

ドワーフが唇をすぼめたのにあわせて、口許の髭が逆立ったように見える。「まぁ、それでいいや。で、肝心の剣はどこにあるって？」

セロンにも事情を説明したところ、あとでかならず返してもらえるならということで話がまとまり、折れた剣は領館内の鍛冶場に持ちこまれた——まだ使える状態で残っているのは炉と鉄床ぐらいだったが、マグヌスにとっては何の問題もなさそうだ。彼はその刃の表と裏にすばやく視線を走らせた。

「けっ！」ドワーフは吐き捨てるように言った。

「どうした？」ハドリアンが尋ねる。

「こりゃ、役に立たなかったのも当然だ。名前が入ってるだけじゃなく、裏には別の文字も記されてる。ほら、こんな感じで――おそらく、こっちは呪文だろうな」彼はハドリアンにそれを見せた。蜘蛛の糸のように細い線が連なり、ひとつの意匠のようになっているが、彼らには読めるはずもない。「だとすりゃ、もう片方が名前ってことだ。呪文はどれも共通で、名前だけ別々になってるにちがいない」

「そこまでわかったんなら、効力のある偽物も作れるんじゃないか？」

「ところが、名前の途中で折れちまってるんでね。まぁ、こいつの複製なら完璧にやってやるよ」

マグヌスは服の裾に隠してあった工具ベルトを外し、鉄床の上に置いた。全周にわたって通し環が並んでおり、大きさも形状もさまざまな金槌や鑿《のみ》がつっこんである。彼は小さく巻いてあった革製のエプロンを広げ、身にまとった。それから、ルーファスの剣を鉄床に固定する。

「それだけの工具類をいつも持ち歩いてるのか？」ハドリアンが尋ねた。

「鞍にひっかけておいたりしたら、馬ごと行方不明なんてことになりかねないだろ」

ハドリアンとセロンは前庭の片隅に穴を掘りはじめた。燻製場の跡地で、いったん掘ったのを埋め戻してあったぶん、その作業は楽だった。ただし、古い板材をシャヴェルがわりにしたので、彼らの手はたちまち真黒になってしまった。二時間ほどもすると、大人ふたりの身体がすっぽりと地中に収まるほどの穴になった。さほど深くはないため、鉤爪で抉られたら一巻の終わりだろうが、地表を駆け抜けていく炎は避けることができる。真上から吐きかけられたら？　ふたりそろって素焼きの人形というわけだ。

「もうじきだぜ」ハドリアンはセロンに声をかけた。ふたりは泥と灰にまみれた姿のまま、暮れていく空を眺めた。マグヌスはいちばん小さな金槌を手に、チンチンと澄んだ音を響かせている。さらに、何かをひとりごちると、工具ベルトの小物入れから分厚い布を取り出し、刃の表面を磨きはじめた。

　ハドリアンは焼けた森の彼方に視線を向けながら、懐の中のアルヴァーストンにそっと触れてみた。**ロイスはどのあたりにいる？　もう、塔内に入ったか？　エスラハッドンとは会えたか？　老いぼれ魔術師は役に立ってくれるのか？**　それから、彼は王女とトレースにも思いを馳せた。**あのふたりは無事なのか？**　彼は唇を噛んだ。おそらく、ロイスが言っていたとおりなのだろう。**ジラーラブリュンに期待できることなんぞ、何もないだろうに？**

　南のほうから蹄の音が聞こえてきた。セロンとハドリアンはびっくりして顔を見合わせ、立ち上がると、焼け野原のむこうから八頭の馬が現われた。黒い甲冑に壊れた王冠の紋章をつけた騎士たちで、先頭には赤い法服をまとったルイ・ギィの姿がある。

「あいつらもいたのを忘れてたぜ」ハドリアンはマグヌスをふりかえった。「まだか？」

「最後の仕上げだ」ドワーフが答え、そこでようやく騎士たちの姿に気がつく。「面倒なことになりそうだな」

騎士たちは前庭へ馬たちを入れると、周囲の惨状を眺めまわした。ギィも領館の瓦礫から漂っている煙にひとしきり目を奪われていたが、やがて、馬から降り、ドワーフのほうへと歩き出す。その途中、彼は黒焦げの木片を拾い、掌の上で軽く転がしたあと、おもしろくもないとばかりに投げ捨てた。「どうやら、ルーファス卿は残念な結果に終わってしまったようだな。飾り文字の髭か何かでしくじったか、マグヌス？」

マグヌスは怯えた様子であとずさった。セロンが足早にそちらへ行き、折れた本物の剣をつかみ、シャツの中へ隠す。

ギィは老農夫の仕種を見ていたものの、そちらはあえて無視したまま、ドワーフへの詰問を続けた。「何か弁解することはあるか、マグヌス？　それとも、己の未熟さを悔いて死ぬ覚悟はできているか？」

「あっしのせいじゃございませんよ。刃の裏側にも文字があるなんて、あの史料からじゃわかりっこありませんや。あっしは図面どおりに作りましたぜ。むしろ、そちらの情報不足こそ元凶でしょうに？」

「それで、今は何をしていた？」

「ジラーラブリュンとの取引に使えるぐらい本物とそっくりな剣をこしらえてもらってるんだよ」ハドリアンが言葉をさしはさむ。

「取引？」

「あぁ、アリスタ王女とこの村の娘がひとり、あいつにさらわれちまってな。おれたちがあいつの巣から持ち出してきた剣を返しゃ解放するとか言ってたらしいぜ」

「あの怪物は人語をあやつるのか？」

「あぁ」ハドリアンがうなずいた。「トマス助祭にそう告げて、ふたりをさらいやがったんだとさ」

ギィが冷たく笑う。「ふむ、人語をあやつる怪物とは。しかも、小娘どもをさらった？　たいしたものだ。その調子なら、馬にだって乗れるだろうよ。今年のアクエスタの冬祭の馬上槍試合にでも出場してもらうか」

「信じられないってんなら、当の助祭に確かめてみりゃいいだろうが」

「もちろん、信じているとも」彼はハドリアンの鼻先にまで顔を寄せた。「何はさておき、アヴェンパーサから剣を盗んだという話に嘘はあるまいよ。あそこがあの怪物の巣なのだろう？　つまり、きみたちのうちの誰かが塔内に入りこみ、本物の剣を持ち出してきたというわけだ。エルフの血を引いている者でなければ不可能なことを、うまくやったものだな。しかし、ハドリアン、きみの姿はまったくもってエルフらしくないと思うのだがね。それに、ピッカリング家の血統については広く知られている。また、マグヌスが入ろうとして入れなかったのはつい先日のことだ。残る可能性はきみの相棒、ロイス・メルボーンに絞られる。小柄な男だろう？　細身ですばしこいだろう？　盗賊稼業にうってつけの特徴だ。夜目が利き、聴覚も抜群にすぐれ、身のこなしには無駄がなく、歩こうが走ろうが足音を立てない。

そう、凡百の盗賊たちからすれば不公平としか思えないほどの能力の持ち主だ」

ギィはじっくりと周囲を眺めまわした。「さて、その相棒くんはどこかね？」彼の問いかけに対して、ハドリアンの口許は真一文字のままだった。「非常に厄介なのは、混血エルフが人間そっくりの外見をしているという点だ。ほとんど区別がつかないこともある。人間の親のほうから受け継いだ血のおかげで、耳は尖らず、斜視にもならないが、だからといって、エルフの血がもたらす影響を看過するわけにはいかん。それこそがあの連中を危険きわまる存在たらしめているのだからな。人の皮をかぶった悪鬼だ。おそらく、きみは何もわかっていないのだろう。たとえ熊や狼でも小さいうちから手許に置いておけば飼い馴らせると思いこんでいる愚か者たちがいるが、きみだって五十歩百歩だ。エルフの内なる獣性を消散させようというのか？　無理にきまっている。いいかね、きみの隣にはいつも魔物がいて、きみに襲いかかる機会を窺っているのだよ」おもむろに、番人は鉄床のほうを一瞥した。「それで、きみたちはあの剣で怪物を殺し、帝位を要求しようと企んでいるわけかな？」

「ありえないっての」ハドリアンが言葉を返す。「娘っ子たちを取り戻したら一目散に逃げるんだよ」

「そんな答えを素直に信じるとでも思っているのかね？　ハドリアン・ブラックウォーター、古代帝国のテシュラー騎士もかくやというほどに剣の扱いを熟知する者よ。きみがこの辺境の村をただ通りかかったにすぎないと、わたしが信じて疑わないとでも？　ジラーラブリュンを退治した者に帝位が与えられようとしている今この時期に、それを唯一可能にすると伝えられる剣がきみの手許にあるのも、単なる偶然だと？　まさか、そんなはずはなかろうよ。農夫の娘やらメレンガーの王女やら、きみにとっては縁が深いわけでもないはずの小娘たちを助けるために、人語をあやつる凶悪な怪物にその剣で戦いを挑むならまだしも、取引に使うだけで終わりにするとは」

「いやぁ――つっこみどころが多すぎるってのは認めるが、本当なんだってば」

「教会は近いうちに当地での競技会を再開する」ルイ・ギィが宣言した。「それまでのあいだ、帝位にふさわしくない輩がジラーラブリュンを殺してしまうことのないよう、わたしが目を光らせておく。とりわけ、エルフと交友のある罪人どもは論外だ」番人はセロンの前に立ちはだかった。「さぁ、隠した剣を渡してもらおうか」

「奪えるもんなら奪ってみろ」セロンが語気を荒らげる。

「よかろう」ギィが剣の鞘を払うと、ほかの七人もいっせいに馬から降り、剣を抜いた。

「さっさとよこせ」ギィはあらためてセロンに迫った。「さもなければ、ふたりそろって死ぬことになるぞ」

「四人ならどうかな？」ハドリアンの背後から声が飛んだ。彼がふりかえってみると、モーヴィンとファネンが丘を登ってくるところで、どちらもすでに抜身の剣を手にしている。モーヴィンは予備の剣も持ってきており、それをセロンに投げ渡した。老農夫があたふたと受け止める。

「おれもいるぜ」マグヌスが大きな金槌を両手にひとつずつ握りしめている。ドワーフはハドリアンをふりかえりながら、ごくりと唾を呑んだ。「どっちにしても殺されるんなら、このほうがましだよな？」

「八対五だろうが、こちらの優位は変わらんぞ」ギィが言い放つ。「まともにやりあえるとでも思っているのか？」

「そりゃ、こっちの台詞だ」モーヴィンも負けてはいない。「八人じゃ足りませんでしたとか何とか、あとで吠え面かくなよ」

ギィはそんなモーヴィンを、さらにはハドリアンを、灰だらけの草地をはさんで凝然とにらみつけていた。やがて、彼は小さくうなずき、切先を下げた。「やむをえん、まずはきさまらの不品行を大司教猊下にご報告もうしあげるとしよう」

「ご苦労さん」ハドリアンが言った。「やっこさんなら、丘の麓でほかの死体と一緒に埋まってるぜ」

ギィは凍てつくような視線をもういっぺん彼に向けたあと、踵を返して歩み去ろうとした。しかし、その瞬間にも、ハドリアンは彼の上体が不自然に右へ傾き、爪先もしっかりと地面を捉えていることを見て取った。まぎれもなく、セロンに教えてきた攻撃の予兆がそこにあった。

「セロン！」彼はとっさに叫んだものの、老農夫もすでに気がついており、ギィが身をひるがえすよりも早く剣を構えていた。番人がその胸許を突こうとしたが、間一髪、セロンは切先を払いのけた。そして、ほとんど条件反射のように、しっかりと体重を乗せて片足を踏みこむ。受けたら返し、攻める――ハドリアンに教わったとおりの動きだ。そのまま、彼は一気に腕を伸ばし、切先を突き出した。番人がよろめいた。とっさに身をよじったものの、予期せぬ反撃をかわすだけの余裕はなく、胸のかわりに肩で防ぐのがせいいっぱいだった。ギィの口から苦悶の声が洩れた。

セロンは初手からの成功に茫然としている。

「止まるな！」ハドリアンとモーヴィンが同時に叫んだ。

セロンがあわてて剣を引くと、ギィは血の流れる肩を押さえ、よろよろと後退した。

「皆殺しにしろ！」番人が声をふりしぼった。

騎士たちが突進した。

ピッカリング兄弟はそのうちの四人に囲まれた。ハドリアン、セロン、マグヌスはそれぞれ一対一の勝負になる。セロンがいつまでも耐えられないだろうと予測したハドリアンは短剣と太刀を抜き、目前の敵がつっこんでくるところを一撃で斬り伏せた。それから、すぐさまセロンの掩護《えんご》に転じる。その騎士が彼の動きを察知したときはすでに遅く、二対一となった勝負もあえなく決着がついた。

マグヌスはありったけの勇気をふりしぼって金槌を振り上げていたが、小柄なドワーフに何ができるはずもなく、彼はたちまち鉄床の陰へと逃げこんだ。なおも敵が迫ってくるので、彼は片方の金槌を投げつけた。それが騎士の胸甲に命中し、けたたましい音とともに敵をよろめかせたものの、ほんのわずかな傷さえも与えることはできなかった。騎士はドワーフがまったく脅威にならないと判断したのだろう、背後に迫りつつあるハドリアンに向きなおるや、大上段から斬りかかった。

ハドリアンは短剣でそれを受け、その状態のまま押し返し、たまりかねた敵の脇が甘くなったところへ太刀を叩きこんだ。

モーヴィンとファネンは肩を並べて四人の敵と対峙していた。ピッカリング兄弟は使い慣れた細身の剣を躍らせる——受けて、払って、流して、叩いて。ふたりの守りは堅く、どんな攻めにも瞬時に反応し、突きも斬りも許さなかった。しかし、防御一辺倒になってしまっていることは厳然たる事実だった。弱点を探ろうとしてくる騎士たちの猛攻にも決して退こうとしない戦いぶりは、ひとえに彼らの気魄の為せる業だった。それでも、モーヴィンはわずかな反撃の機会を逃さず、敵の喉許めがけて鋭い突きを入れた。その騎士はがっくりと膝を落としたものの、まさに刹那を同じくして、モーヴィンは弟の悲鳴を聞いた。

利き腕を斬られて力を失ったファネンの指先から剣がこぼれていく過程を、ハドリアンは遠いながらもはっきりと目に捉えていた。一瞬のうちに万策尽きてしまったファネンはとっさに間合を外そうとして後ろへ跳びすさった。ところが、ちょうどそこにあった瓦礫に足を取られ、ひっくりかえってしまう。たちまち、騎士たちが襲いかかった。

ハドリアンはまだ太刀さえも届かない距離にいた。

モーヴィンが自分の守りを捨てて弟の掩護に身を投じた。彼はそちらへ剣をひるがえし、その一手でふたりがかりの攻撃を受け止めた——痛みとともに。ハドリアンの視線の先で、モーヴィンは正面からの突きに脇腹を貫かれた。ピッカリング家の長男はひとたまりもなく倒れこんだ。彼はその場にうずくまったまま、なおも弟の姿だけを凝視していた。二本の剣がふたたび振り下ろされるのを、彼は何もできずに見ているしかなかった。ファネンの肉体を切り裂いた刃が血に染まった。

モーヴィンは絶叫した。彼に傷を負わせた騎士が、今度は首を刎《は》ねようと横薙ぎに斬りかかる。モーヴィンはようやく膝立ちになったところで、迫り来る刃にまったく反応を示していない。騎士はしてやったりの表情だったが、一点だけ見落としがあった――モーヴィンは防御を捨てていたのだ。今日の彼はすでに充分すぎるほど防御に徹してきた。彼はその姿勢のまま切先を突き上げ、敵の鳩尾《みぞおち》を抉った。引き抜きざまに手首をひねると、敵の内臓はずたずたになった。

ファネンを血祭に上げたふたりがモーヴィンに狙いを移す。彼は弟の仇どもに刃を向けなおしたものの、深傷を負った脇腹には力が入らず、腕はすっかり重くなり、視界も霞みはじめていた。涙が頬を濡らす。意識が遠くなっていく。剣の軌道もすっかり乱れている。近いほうの騎士がその刃をあっさりと払いのけ、もうひとりの生き残りとともに間合を詰めて剣を振り上げる――ただし、そこまでだった。ようやく駆けつけたハドリアンが太刀を一閃するや、ふたりはたちまち首と胴が生き別れになり、灰だらけの地面に崩れ落ちた。

「マグヌス、すぐにトマスを呼んでこい」ハドリアンが叫ぶ。「包帯もありったけ持ってこさせろ」

「もう手遅れだ」ファネンのかたわらにしゃがみこんだセロンが言った。

「わかってる！」ハドリアンは声を荒らげた。「モーヴィンだけでも助けないと」

彼はモーヴィンのチュニックを引き裂き、傷口を手で押さえようとしたが、指のあいだから血が噴き出してくる。モーヴィンはすっかり呼吸が乱れ、汗まみれになっていた。瞳は眼窩《がんか》の裏に隠れ、完全に白目をむいた状態だ。

「しっかりしろ、モーヴィン！」ハドリアンは彼をどやしつけた。「当て布だ。セロン、どんなのでもいいから布をくれ」

老農夫はファネンを殺した騎士のひとりの袖を破り取った。

「もっとだ！」ハドリアンが叫ぶ。彼はモーヴィンの脇腹を拭き、赤い泉のごとき小さな傷口を発見した。とりあえず、深紅の血ではないのが不幸中の幸いか——あの色だったら、死はまずもって避けられない。彼は布切れをつかみ、それを傷口にしっかりと押し当てた。

「抱き起こすから、手を貸してくれ」ハドリアンはさらなる布切れを調達してきたセロンに声をかけた。モーヴィンはもはや重い水袋のようだ。首もがっくりと横倒しになってしまっている。

トマスが丘を駆け登ってきた。レナの置き土産の包帯を両腕いっぱいにかかえている。上体を支えられたモーヴィンの腹部に、彼はしっかりと包帯を巻きつけた。たちまちその表面にまで血がにじんだものの、とにもかくにも、出血の勢いは収まってきた。

「頭がぐらつかないように」ハドリアンの指示を受け、トマスが両腕で包みこむ。

ハドリアンはファネンのほうへ視線を移した。あおむけに倒れた身体のまわりにできた深紅の池は今もなお広がりつづけている。ハドリアンは血だらけの掌で自分の剣を握りなおすと、立ち上がった。

「ギィはどこだ?」彼はくいしばった歯の隙間から荒々しい声をほとばしらせた。

「いないよ」マグヌスが答える。「あんたらが戦ってるのを尻目に、馬で逃げちまった」

ハドリアンはファネンの亡骸《なきがら》に視線を落とし、それからモーヴィンをふりかえる。深々と息をつく胸が震えていた。

トマス助祭が首《こうべ》を垂れ、永訣の祈りを唱えはじめた。

マリバーよ　我が願いを聞き届けたまえ
還るべき御許へ　この魂を導きたまえ
永遠の安らぎを　彼に与えたまえ
永遠の眠りを　彼に許したまえ

どうか、人の神があなたの旅路をお守りくださいますよう

祈り終えた助祭は星空を仰ぎ、声をひそめた。「すっかり暗くなってしまいましたね」

13　至藝の慧眼

アリスタはすぐにでも呼吸をやめてしまいたかった。一息ごとに胃のよじれるような不快感が湧き起こり、喉許にまでこみあげてくる。頭上には星々のきらめく夜空が広がっているのに、足元は——名状しがたい堆積物だ。鳥の巣のごとく、ジラーラブリュンの棲処《すみか》も雑多な寄せ集めで作られているのだが、そこにあるものといったら、髪の毛がへばりついたままの頭皮、壊れた椅子、靴を履いたままの足、食いちぎられた胴体、血に染まった衣服、あるいは、それらをかきわけてきたかのように突き出ている、蒼く変色した腕。

そこは高い石造りの塔の外壁に設けられたバルコニーで、逃げも隠れもできない場所だった。建物内の空間とつながっているのが当然だろうに、それらしい迫持《せりもち》があるだけで扉はない。淡い期待から落胆へ、アリスタは心を弄ばれているような気分だった。

彼女は両手をきっちりと膝の上に置き、周囲の何にも触れまいとしていた。座っているところには木の枝に似た細長い物体があり、どうにも心地が悪いのだが、そうかといって、取り除くだけの勇気もない。それが実際には何なのかさえ知りたくない。彼女はつとめて下を向かないようにしていた。星空を仰ぎ、遠くの地平線を眺める。北のほうには銀色の帯のような川の流れが森を東西に分けている。南のほうには広大な水面があり、はるかな夜空にとけこんでいる。ふと、視界の端に映った何かが気になって、彼女は思わず視線を落とし、そのとたんに後悔した。

アリスタは自分がここで眠っていたことに気がつき、身を震わせた。眠りといっても、熟睡ではない。ほんのわずか、まどろんだにすぎない――耐えがたいほどの恐怖のまっただなかで。

鉤爪に捕えられて空を飛んだことも、夜が明けてからのことも、彼女はさっぱり思い出せなかった。ただ、怪物の姿だけは脳裏に灼きついている。昼下がりの陽射の中、まさに目と鼻の先で身体を丸めていたその様子を。数時間にわたって、彼女は一瞬たりとも視線を離すことができなかった――文字どおりの意味で死と隣りあわせなのだから、平気でいられるはずもない。彼女は身体も口も動かせないまま、じっと座っているしかなかった。いずれ、怪物が目を覚ませば、彼女は殺されるのだろう――このおぞましい山の一部となるために。寝息をくりかえすたびに鱗だらけの分厚い皮膚が波打つのを見ているだけで、彼女は全身の筋肉がこわばるほどの緊張に囚われ、心臓ばかりがとめどもなく高鳴りつづけた。水面を歩いて渡ろうとしているかのような気分だった。頭に血が昇ってしまって、何も考えられなかった。動くに動かせない身体が痛くなってきた。そうこうしているうちに眠気が訪れ、束の間の暗闇へと彼女を連れ去ってくれたのだ。

ふたたび目を開いたとき、怪物の姿はその場から消えていた。彼女は視線をめぐらせた。

やはり、どこにもいないようだ。

「出ていきましたよ」トレースが話しかけた。さらわれて以降、ふたりのあいだで交わされる最初の言葉だった。寝間着姿のままで、顔にはまだ黒々とした痣も残っている。彼女は山の上で両手両膝をつき、砂場で遊ぶ子供のようにそこいらを掘り返していた。

「どこへ？」アリスタが尋ねる。

「わかりませんけど」

王女はあらためて視線を上げ、星空を眺めた。

下のほう、さほど遠くないあたりから、轟くような音が聞こえてくる。もちろん、怪物が発したものではない。滔々《とうとう》としたざわめきが途切れることなく続いているのだ。

「ここはどこなの？」アリスタはふたたび尋ねた。

「アヴェンパーサのてっぺんです」トレースはおぞましい発掘作業の手を止めることなく答えた。石の砕片をかきわけ、鉄製の薬罐《やかん》をひっくりかえし、裂けたタペストリーを引き抜く。

「アヴェンパーサって？」

「この塔の名前です」

「ふぅん。あなたは何をしてるの？」

「武器を探してます。戦うのに必要ですから」

アリスタは目を丸くした。「戦う？」

「えぇ――剣でも手に入れれば上出来ですけど、ガラスの破片だってかまいません」

こんなことになっていなかったら耳を疑うところだったにちがいないが、引き裂かれた死体の山の上で自分自身も死を待つばかりとあっては――笑わずにいられなかった。

「ガラスの破片？　ガラスの破片？」アリスタは声をひきつらせた。「剣でもガラスの破片でもいいけど――あいつ相手に？」

トレースはうなずき、角《つの》のついた動物の頭部を押しのけた。

アリスタは開いた口がふさがらなかった。

「どうせ、失うものなんか何もないでしょ？」トレースが反問する。

なるほど。現状をぴったりと言い当てている。事態がこれ以上に悪化するはずもないというのは、今のふたりにとって唯一の真理だった。アリスタの人生において、パーシー・ブラガの奸計《かんけい》で焚刑に処せられようとしたときも、崩壊寸前の塔にロイスとふたりきりで閉じこめられてしまったときも、ここまで追い詰められていたわけではない。怪物の生餌となることが決定づけられているのと同等かそれ以上に絶望的な運命など、まずめったにありはしないだろう。

ただし、異論をさしはさむ余地がないことはわかっていても、アリスタはまだ心底から納得できたわけではなかった。一縷の望みを捨てたくなかったのだ。

「あいつが約束を守ってくれる可能性もないわけじゃないと思うけれど？」

「約束？」

「助祭に話しかけてたでしょ」

「あれって——言ってることの意味がわかるんですか？」トレースもさすがに驚いたのだろう、発掘の手が止まった。

アリスタがうなずく。「帝国時代に使われてた古語よ」

「どんな話だったんですか？」

「わたしたちを返してほしければ剣をよこせって……正確じゃないかもしれないけれど。シェリダン大学の神学課程で古語を勉強したときの成績はさんざんだったし、もちろん、昨夜はすっかり動顚しちゃってたし。今もまだ冷静になるなんて無理だわ」

トレースが思案をめぐらせはじめたので、アリスタはうらやましくなってしまった。

「期待薄ですね」それがトレースの答えだった。「たぶん、わたしたちを生かしておくつもりはないでしょう。人を殺すことが目的みたいですから。母さんも兄さんも、義理の姉さんも、甥っ子も、あいつに殺されました。いちばんの親友だったジェシー・キャスウェルも。それから、ダニエル・ホールも。村のみんなには内緒にしてたけど、未来の旦那さまは彼がいいなと思ってたのに。空気の澄んだ秋の朝、川沿いを歩いてたら彼が倒れてて、身体はすっかり食いちぎられてたけど、顔だけは生きてるときのままで、それがすごく変な感じで。傷ひとつないのに死んでるなんて。松葉のベッドで眠ってるみたいだったけど、首から下はほとんど何も残ってなくて。わたしたちもそんなふうにされちゃうのかしら」彼女は吹き抜けていく風の中で身を震わせた。

アリスタは外套を脱いだ。「これ、どうぞ。そんな恰好じゃ寒いでしょ」

トレースが当惑したような笑みを浮かべる。

「着てなさいってば！」アリスタがぴしゃりと言った。このままでは、千々に乱れる感情を抑えきれなくなってしまいそうだった。「わたしにできることなんて、これぐらいしかないんだから！」

彼女は力の入らない腕をせいいっぱい伸ばし、外套を手渡そうとした。トレースも這い寄り、それを受け取った。両手で広げてみて、衣裳部屋に初めて足を踏み入れた少女のような表情をあらわにする。「すてき――ふかふかしてる」

アリスタはまたしても笑わずにいられなかった。失望したり笑ったり、めまぐるしいことだ。ふたりのうちのどちらかが――あるいは、ふたりそろって――狂気の淵にいるにちがいない。彼女はトレースに外套を着せてやった。「バーニスなんか死ねばいいのにと思ってたけれど――」

その侍女はヒルフレッドともども部屋に残っていたのだ――アリスタがそう命じたせいで。ひょっとして、あれが死刑宣告になってしまったのだろうか？

「生き残った人たちはいるのかしら？」

トレースは壊れた彫像の頭部を転がし、壊れたテーブルの天板とおぼしき大理石の塊も押しのけた。「父さんは無事です」彼女はさらりと答え、なおも掘り下げていく。

アリスタはその根拠をあえて尋ねようとせず、素直に信じることにした。今の彼女は、トレースの言葉なら何であれ信じてみるつもりだった。

山の中央部にぽっかりと深い穴ができても、トレースはなお武器を探しつづけた。何かの脚の骨が出てきたので、彼女はおよそ無関心な表情のまま取り置いた。おそらく、それ以上のものが手に入らなかった場合に使うつもりなのだろう。延々と続くその発掘作業を眺めながら、アリスタは感嘆とも驚愕ともつかない気分でいっぱいだった。

やがて、トレースは割れているが美しい鏡を発見し、その破片を拾い上げようと悪戦苦闘した。そのとたん、隠れていた金色のきらめきがアリスタの目を捉えたので、王女はとっさに声をかけた。「すぐ下にも何かあるわよ」

たちまち、トレースは鏡をそっちのけにして手を伸ばした。指先にひっかかったのは剣の柄だった。引き抜いてみると、それは半分に折れており、切先のほうはなくなっていた。金銀や宝石で飾られた柄頭が星々の光の下できらきらと輝く。

トレースは柄を握りなおし、持ち上げてみた。「ずいぶん軽いのね」

「折れてるからでしょ」アリスタが指摘する。「でも、ガラスの破片よりはましね」

トレースはそれを外套の懐にしまいこむと、さらに発掘を続けた。ほどなく、斧の刃や三叉が出てきたものの、彼女はどちらも一顧だにしなかった。その奥にひっかかっていた布切れを取り除いたところで、彼女の手の動きが止まる。

アリスタは目を向けたくもなかったが、そうしないわけにはいかなかった。

女性の顔があった――瞼《まぶた》は閉じ、口は開いている。

トレースは布切れを元の場所へ戻した。そして、なるべく遠いほうへと山を降り、膝をかかえて座りこみ、がっくりと顔を伏せてしまう。震えている彼女の姿を見て、アリスタは発掘作業がもう二度と再開されないことを確信した。重苦しい沈黙が漂った。

バサッ――バサッ――

聞き憶えのある音に、アリスタの心臓はまたしても早鐘を打ちはじめた。全身をこわばらせ、あえてそちらをふりかえるまいとする。頭上から吹きつけてきた一陣の風に、彼女は目をつぶり、死を覚悟した。怪物は鈍い音を立てて着地したが、そのまま息を弾ませているばかりだった。彼女はなおも凍りついたままだった。

「**頃も良し**」

その言葉に、アリスタは瞼を開いた。

怪物は山の上に鎮座し、巨体を運び終えたばかりの翼を休めている。そこで首を振るたび、唇に収まりきらない乱杭歯《らんぐいば》の隙間から唾液が飛び散った。眼球はアリスタの掌よりも大きいだろうか、橙色とも茶色ともつかない水晶体には彼女自身の姿がくっきりと映っており、その中央にある瞳孔は縦に切りこみを入れたかのように細長い。

「頃良く何をか為さん？」彼女はなけなしの勇気をふりしぼって声を上げた。

大きな眼がぎょろりと動き、瞳孔がふくらんで彼女に焦点を合わせる。いよいよ殺すつもりになったか――それならそれで、この恐怖もようやく終わるというわけだ。

「**我が言を解すべき者なりや？**」太く深い声が響き、彼女の胸の底までも震動させた。

彼女は毅然とうなずいた。「いかにも」

やや離れたところにいるトレースが膝に埋めていた顔を上げ、目を見開いた。

怪物もアリスタの顔を覗きこむ。「**只者にてはあるまいぞ**」

「王の娘なればこそ」

「**望外の生餌よな**」ジラーラブリュンの言葉の意味を、アリスタは捉えかねていた。〝生餌〟のところは〝新鮮なご馳走〟とも解釈できるのだ。

彼女はあえて尋ねることにした。「汝《な》が望みたる取引の質と目せしや、あるいはただ喰らわんと欲せしや？」

「**盗人を捕えぬうちは生かしておくが道理**」

「盗人？」

「**我が剣を掠め去りたる者あり。やがて戻り来るは必定なり。月影を背負いし我が姿を確かめ、すでに帰れると知らざれば、今にも現われたとて不思議なし**」

「話が通じてるんですか？」トレースが問いかけてくる。

「剣泥棒を捕まえるための罠があって、そこに置かれた餌がわたしたちなんだって」

「ロイスだわ」トレースが声を落とす。

今度はアリスタが凝然とする番だった。「……何か言った？」

「この塔から剣を盗み出してもらおうと思って、ふたりの男の人を雇ったんです」

「ロイス・メルボーンとハドリアン・ブラックウォーター？」

「そうです」

「どれだけ――」彼女は考えるだけ無駄だと悟った。「飛び立つ姿を見せておいたから、ロイスはもうじきここへ来るだろうって」

ふと、ジラーラブリュンが耳をそばだて、扉のない迫持のほうへと傾けた。怪物は静かに翼を広げ、ふわりと宙に浮かんだ。そのまま上昇気流に乗り、塔の上空まで舞い上がっていく。やがて、バルコニーに残されたトレースとアリスタの耳にも、どこか下のほうからの足音がようやく聞こえてきた。

黒衣に身を包んだ人影が現われた――迫持の下にあたかも扉があるかのごとく、その堅固な壁を通り抜けてきたのである。漣《さざなみ》ひとつない水面をまったく乱さずに浮かび上がることができるとしたら、ちょうどこんな具合だろうか。

「罠よ、ロイス！」アリスタとトレースが同時に叫ぶ。

その人影はそこから動こうとしない。

巨大な翼が風を切るかすかな音が聞こえた。次の瞬間、立ち止まったままの人影から、まばゆいばかりの閃光がほとばしった。まるで、人の姿となった星のようだ。アリスタがこらえきれずに目をつぶったのと同時に、上空のジラーラブリュンが苦しげな奇声を洩らした。翼の音があわただしくなり、空気の塊が彼女の頭上に落ちてくる。

閃光はすぐに消えた。たちまち闇が戻ってきたものの、何も見えなくなってしまったわけではない。彼女たちの目に映ったのは第二の人影、形容しがたい彩りのマントをひるがえす男の姿だった。

「きさまか！」怪物がいまいましげに声を荒らげ、その音圧は塔全体を震わせるほどだった。巨大な翼をしきりに上下させ、空中で間合を取ろうとしている。

「エリヴァンの獣、ナレイオンの猟具よ、汝が檻より逃れたるか！」エスラハッドンが古語で叫んだ。「我が力の下《もと》、檻へ戻れ！」

魔術師が両腕を高々とかざしたとたん、ジラーラブリュンはけたたましい奇声とともに飛びすさった。そこから翼をはばたいて上昇しようとしたものの、いきなり急降下に転じるや、片方の鉤爪でトレースの胴体をつかみ、巨体をすばやく旋回させ、夜闇の中へと消えてしまう。アリスタはとっさにバルコニーの端まで走り、手摺ごしに身をのりだした。どれほど目を凝らしてみても、怪物とトレースの姿はすでに見えなかった。

「残念だが、あの娘のためにしてやれることは何もない」エスラハッドンが悲しげに言う。

アリスタはふりかえり、かたわらへと歩み寄ってきた彼とロイス・メルボーンの姿を眺めた。ふたりは眼下でざわめく川の暗い流れを見下ろしている。「いかなる運命が彼女を待ち受けているか、あとは父親とハドリアンだけが頼みの綱だ」

アリスタは掌が痛くなるほどに手摺を握りしめた。溺れるような無力感がふたたび襲ってくる。とたんに、彼女はロイスに二の腕をつかまれた。

「大丈夫かい、お姫さま？　この高さだぞ、落ちたら無事じゃ済まないぜ」

「階段までご案内さしあげたまえ」エスラハッドンが言った。「扉だよ、ロイス。扉だ」

「あぁ、そうだっけな」盗賊がうなずく。「いざ、いざ、いざ入られませ、メレンガー王国息女アリスタ・エッセンドン」

迫持の下の壁面が扉になり、大きく開いた。三人はそのむこうの小さな部屋へと足を踏み入れた。死と破壊に満ちたバルコニーからはわずか壁一枚を隔てたにすぎないが、アリスタはたちまち緊張の糸が切れたように、その場でへたりこんでしまった。

彼女は両手で顔を覆い、嗚咽を洩らしはじめた。「あぁ、マリバーよ――どうぞ、かわいそうなトレースをお救いくださいい!」

「たぶん、殺されることはなかろうよ」魔術師が言った。「折れた剣はすでに父親とハドリアンの手許にあるのだからな」

彼女はなおも泣きつづけたが、それはトレースひとりのためだけではなかった。堰が切れたかのごとく、滂沱の涙が止まらない。彼女の脳裏にはヒルフレッドの面影が浮かび、最後まで伝えられなかった一言が谺していた――あるいは、バーニスとあの無神経とさえ思いたくなるほどの世話焼きも――あるいは、昔ながらのモーヴィンとファネンの笑顔も。それらの想いは言葉にならないまま彼女の心の中でふくれあがり、たちまち激情となって爆発した。

「剣? 剣って何よ? 剣がどうしたっていうの? わからないってば!」

「このおっさんは説明が足りないから困るぜ」ロイスが言った。「残りの半分を探してるんだよ」

「ないわ」アリスタが言葉を返す。

「何だと?」

「折れた剣って言ったわよね？」アリスタが尋ねた。

「あぁ、まっぷたつにな。おれが昨日のうちに持ち出したのは刃のほうだけで、柄のほうも必要なのさ。あの山のどこかに埋もれてるにちがいないんだ」

「それなら、もうないわ」アリスタは自分がまだ筋の通った思考力を残していることに驚きつつ、首を振るしかなかった。「ついさっきまではあったのに」

エスラハッドンを先頭に、彼らはきらびやかな長い階段を降りていったが、廊下や踊り場にさしかかるたび、行くべき方向を確かめなければならなかった。魔術師は立ち止まって思案をめぐらせ、小さく首を振ってそのまま直進することもあり、「おぉ、そうだ！」と呟いて向きを変えることもあった。

「ここは何なの？」アリスタが尋ねる。

「アヴェンパーサだよ」魔術師が答える。

「それぐらいは知ってるわ。でも、アヴェンパーサって何なの？　塔なのもわかりきってるから、ちゃんと教えてちょうだい」

「数千年という長い歴史を誇るエルフ建築だ。一千年ほど前からはジラーラブリュンを閉じこめる檻として使われてきたが、現在は逆にそいつの棲処となっている。こんな説明でよろしいかな？」

「まぁ、それなりには」

アリスタはあいかわらず当惑していたものの、気分はかなり楽になっていた。彼女にとって、こんなにも簡単に物事を忘れられるというのは大きな驚きだった。何かが間違っているのではないかと思わずにいられない。死んだ人々のことをずっと心に留め、悼みつづけるべきだろうに、内なる何かがそうさせまいとしているのだ。手足の骨が折れたら身体を支えられなくなってしまうのと同じく、気や心も過度の重荷からは解放を求めずにいられないというわけか。今の彼女には安らぎが必要であり、そのためには、死や悲嘆を想起させない事柄へと意識を向けておくことが望ましい。そんな癒しの種として、アヴェンパーサはうってつけだった。なにしろ、すべてにおいて人智を超越しているのだから。

三人は各区画をさしわたしに結ぶ屋内橋を越え、階段を昇っては降り、広い部屋をいくつも通り過ぎた。松明やランタンはどこにもないが、壁面がうっすらと青く光っているおかげで、視界に困ることはまったくない。百フィートほども高さのある丸天井には木々の枝や葉を模した浮彫があしらわれ、まるで林冠を見上げているかのようだ。通路や階段などの手摺もまったく石材とは思えないほどの細工で、蔦草の細い巻髭も本物そっくりだった。ちょっとした空間の片隅でさえも見る者を楽しませ、美しさと居心地の良さを感じさせてくれる。アリスタは口をぽかんと開けたまま、行く先々できょろきょろと視線をさまよわせた——翼を広げた白鳥の巨像があるかと思えば、魚の群れを模した噴水もある。彼女はロズウォート王の城のひどく粗野な造りと、そこで目のあたりにしたエルフへのすさまじい蔑視を思い出した——あの男はネズミになぞらえていたが、自分こそネズミの巣穴に住んでいるようなものではないか。

ここには音楽もある。滝の水落による深い響きは通奏低音。尖塔を吹き渡っていく風は木管楽器の旋律。泡立っては転がるような噴水のせせらぎが軽やかな拍子を刻む。そして、それらの伴奏に乗せ、エスラハッドンがあの怪物を塔内に封じこめるまでの顚末を朗々と語った。

「九百年前にできたんだから、さっきもそのつもりだったのよね？」アリスタが尋ねた。

「まさか」エスラハッドンはあっさりと否定する。「両手とも失ってしまっていることをお忘れかな？　ああいった強力な術を完成させるには、指の動きが不可欠なのだ――きみなら熟知しているはずだろうに」

「だけど、檻に戻そうとするようなことを言ってたわ」

「エスラの手のことなんか、ジラーラブリュンは知らないんだと思うぜ」ロイスが言葉をさしはさんだ。

「あいつはわたしを憶えていた」魔術師がふたたび話の中心に戻る。「あいつにとって、わたしの存在感の大きさは往時のままなのだろう。すなわち、あの剣を別にすれば、あいつはわたしと対峙することをもっとも怖れているはずだ」

「じゃ、さっきのは単なる脅しだったの？」

「言ってしまえば、そうだな」

「おれたちの計画としちゃ、剣の残り半分を掘り出して、あんたらふたりも行きがけの駄賃で連れ帰れたら満点のはずだったんだ」ロイスが説明する。「トレースがまた怪物にひっさらわれちまうってのは想定外だったし、よりによって、彼女があの剣を懐に入れてるとはな。ところで、それは本当に剣の柄だったかい？」

「まちがいないわ。最初に目を留めたのはわたしなのよ。それにしても、よくわからないわね。剣なんか何の役に立つっていうの？　ジラーラブリュンはたしかに実体があるけれど、皇帝の末裔でなければ殺せないはず――」

「教会の作り話だよ。あれは呪法によって実体を与えられているにすぎん。剣はその術を解くためのものでね」

「剣が？　ますます辻褄が合わないわ。ただの有形物、金属の塊にすぎないでしょ」

エスラハッドンはいささか驚いたような笑みを浮かべた。「ほぅ、わたしの講義をよく聞いていたな。すばらしい。さよう、剣そのものには何の意味もない。重要なのは、刃に記された文字のほうだ。それがジラーラブリュンの体内に届くことで、元素同士を結びつけている術が解け、あやつは消滅するというわけだ」

「懐に入れたのがあんただったら、最後の戦いじゃ勝ち目もあったはずなんだけどな」

「とにかく、わたしは救われたわ――ありがとう」アリスタが礼を述べる。

「まだ終わったわけじゃない。そこらへんをうろついてやがるんだぜ」ロイスが指摘した。

「それはさておき、ロイスはトレースから仕事を依頼されたのよね――こんな辺境にまで評判が広まってるなんて信じがたいけれど、そこはまぁ納得するとして――エスラ、あなたがこの村に来てる理由は何なの？」

「末裔を捜すためさ」

「でも、末裔なんていなかったじゃない」彼女が言葉を返す。「誰もジラーラブリュンに勝てなかったし、出番待ちの参加者たちもあの火事じゃ助からなかったと思うわ。せっかくの妙案がめちゃくちゃよね」

「あんな茶番など知ったことではない。わたしの眼中にあるのは真の末裔だけだ」

魔術師は通路のつきあたりを左折し、さらに階段を降りていこうとする。

「ちょい待ち」ロイスが異を唱えた。「こんなところ、通った憶えはないぞ」

「うむ、きみは憶えがなくて当然だ。わたしはあるがね」

ロイスは周囲に視線をめぐらせた。「おいおい、勝手に決めるなって。あんたはさっきからずっと先頭を歩いてるが、出口がどっちなのか、まるっきり見当がついてないだろ」

「そもそも、出口をめざしているわけではないからな」

「はぁ？」

「このまますぐに帰るつもりはないのでね」魔術師が説明する。「ヴァレントリュン・ラヤートレンに用がある。きみたちふたりにも協力してもらう必要があるのだよ」

「理由を聞かせてもらえるんだろうな」ロイスの声が一気に低くなった。「さもなきゃ、一足飛びに重大な結末を迎えることになるぜ」

「歩きながら話すさ」

「いや、今すぐだ」ロイスも譲ろうとしない。「ほかにも大切な用事が待ってるんでな」

「ハドリアンを助けるつもりなら、あきらめたまえ」魔術師が言葉を返す。「ジラーラブリュンはもうとっくに村へ着いている頃だ。そうとなれば、生死もすでに決まったようなものだろう。きみにできることは何もない。彼を助けるのは無理でも、わたしに手を貸すことはできる。この二日ばかり、わたしはヴァレントリュン・ラヤートレンへの入口を探して歩きまわったが、両手がなくては術のひとつも満足に使えん。こんな調子では数日どころか数週間もここで立ち往生ということになってしまうだろう。しかし、きみとアリスタが協力してくれるなら、今夜のうちにも決着がつくはずだ。この三人がこうして塔内で出会ったのは、まさにマリバーの与えたもうた僥倖だよ」

「ヴァレントリュン・ラヤートレン……」ロイスがひとりごちた。「エルフ語だな。平たく訳すなら〝芸術的見地〟とか、そんな意味になるのか？」

「エルフ語も多少はわかるようだな。良いことだ」エスラハッドンが言った。「きみはもっと深く自分の出自と向かいあうべきだと思うぞ、ロイス」

「出自？」アリスタはわけがわからないようだった。

ふたりはそれに答えようともしなかった。

「今から村に戻っても間に合うはずがない。それならば、ここでわたしのために力を貸してもいいだろう。わたしにとっての大切な用事だ」

「つまり、末裔を捜すのに協力しろってことか？」

「きみともあろう者が、いつになく頭の回転が鈍いようだな。がっかりさせないでくれ」

「誰にも言えない秘密だったんじゃないのか？」

「そのつもりではあったが、状況が変わってしまったのでね。ほれ、そう依怙地《いこじ》にならず、一緒に来てくれたまえよ。いつの日か、自分がこの階段を降りていったことで歴史の流れを変えたのかと実感できるはずだ」

　ロイスは溜息まじりにうなずいた。

「ありがたきかな」魔術師が言った。「さぁ、行こうか」

「ちょっと待ってよ」今度はアリスタが異を唱える。「わたしには選択権がないの？」

　エスラハッドンは彼女の顔を覗きこんだ。「きみは帰り道がわかるのかね？」

「そんなはずがないでしょ」

「だったら、どうしようもあるまい」魔術師はにべもなく答えた。「とにかく、足を止めているだけ時間の無駄だ。ついてきたまえ」

「もっと温厚な人だと思ってたのに」アリスタが彼の背後から叫ぶ。

「きみたちのほうこそ、もっと機転が利くはずだろうに」

　こうして、三人は塔の奥深くへと降りていった。その道中、エスラハッドンがあらためて口を開く。「世間一般の通説として、エルフたちはノヴロンと戦うための砦としてこの塔を建てたとされている。しかし、きみたちもすでに見当がついているだろうが、それは正しくない。なにしろ、ノヴロンの時代より何千年も前から存在しているのだからな。あるいは、かの悪名高きバ・ラン・ガーゼル――海のゴブリンの侵略を防ぐための砦とする説も、やはり時代の新旧を考えればすぐに正しくないとわかるはずだ。そもそも、砦と考えてしまっているところからして間違いなのだよ――人類共通の短絡的な思考回路だな。実際のところ、エルフの歴史は人間やゴブリンよりもはるかに古く、おそらくはドワーフでさえも及ばないだろう。その時代の彼らには砦など不要だった。〈ギュリンドラの角笛〉によってエルフ同士のいざこざも抑制されていたので、〝闘争〟を意味する単語もなかった。そう、この塔は他者にニルウォルデン川を越えさせまいとする堡塁ではない。はるか後世になってからはそれが少なからぬ割合を占めるに至ったわけだが、元来、ここは至藝の中枢だったのだよ」

「至藝っていうのは魔術のことよ」アリスタが註釈をつける。

「それぐらいは知ってるさ」

「エルフの大立者たちは世界各地からここを訪れ、至藝の知識や技倆に磨きをかけていたという。ただし、単なる教育施設だったと考えてはいかん。この建物全体がひとつの巨大な装置になっていてね――鍛冶場における炉のようなものさ。具体的に言うなら、ここはさまざまな因子の一大集約点なのだよ。水落は力の源であり、尖塔のひとつひとつはバッタの触角、あるいは猫の髭に喩えてもいいだろう。世界のあらゆる物事を探査し、検知し、いながらにして観察できる。これを梃子とその支えとして至藝をあやつれば、常識をはるかに超える規模にまで力を及ぼすことも可能なのだ」

「〝至藝の慧眼〟か……」ロイスが呟く。「末裔の居場所もたちどころにつきとめられるってわけだな？」

「残念ながら、アヴェンパーサといえどもそこまでの力は望むべくもない。自分の目で見たことのないものに対しては役に立たないし、過去に見たことはあるが現存するかどうかわからないものでも同様だ。逆に、現存するとわかってさえいれば大丈夫だし、その対象を熟知していれば理想的だし、発見しやすいように作られたものなら絶対確実だよ。

九百年前、ネヴリクの行方を隠すためにジェリシュとわたしがそれぞれ別の道を行こうと決めたとき、わたしは彼らのために護符を用意した。その目的はふたつあって、第一は敵方の至藝による捜索をやりすごすこと、第二はわたしだけが知っている符丁を忍ばせておいて後年の再会をできるかぎり確実なものにしておくことだった。

ただし、ジェリシュもわたしも、何年かすれば新帝を求める声が大きくなるだろうから状況はすぐに好転するはずだと考えていたのだが、きみたちも知ってのとおり、実際にはこんなにも長い歳月が経過してしまった。今となっては、その護符を子々孫々にいたるまで受け渡していくための物語をジェリシュがでっちあげてくれた可能性に望みを託すばかりだよ。もちろん、ないものねだりだろうとは思うがね——わたし自身が今もまだ生きていることからして、さすがに無理がありすぎる」

一行は眩暈がするほど深い穴にかかる細い橋を渡った。頭上には華やかな旗幟がいくつもかかっており、巨大なエルフ文字がひとつずつ刺繍されている。アリスタの目の前で、ロイスはそちらをまじまじと眺めながら、読み方を確かめるように唇を動かした。橋の先は一面の壁になっており、またしても扉のない迫持と敷石があった。

「ロイス、やってくれるかね？」

ロイスは前へ進み出ると、両手を壁面に押し当てた。

「何をするの？」アリスタが魔術師に尋ねる。

エスラハッドンは彼女を一瞥してから、ロイスに向きなおる。

盗賊はいささか居心地の悪そうな沈黙のあと、おもむろに口を開いた。「アヴェンパーサには防御の術がかけられてて、エルフの血筋でないやつは誰も入れないんだ。どの区画も開け方は共通なんだが、壁にぶつかるたびに同じ手順をくりかえさなきゃ、そこから先へは進めない。その影響を受けずに済むのはおれだけのはずなんだが、大昔に招待された経験のあるエスラも自由に歩きまわれるってことで、必要なのはエルフによる招待の術だとわかったのさ。エルフ語での正しい呪文はエスラが教えてくれた。あんたがバルコニーから塔内へ入れるようになったのも、そういうわけだ」

「ほれ、そういうわけだから……」エスラハッドンが迫持の下の壁面を指し示す。

「おっと」ロイスはそこで凜とした声色になると、「メレンタナリア、エン・ヴェナウ・レンディン・エスラハッドン、エン・アリスタ・エッセンドン・アドナ・メレンガー」

アリスタは即座にその意味を理解した――〝いざや入られませ、魔術師エスラハッドン、メレンガー王国息女アリスタ・エッセンドン〟。

「古語と同じね」

「さよう」エスラハッドンがうなずく。「エルフ語と帝国時代の古語とのあいだには多くの共通点があるのだよ」

「うわぁ！」迫持の下にいきなり出現した大開きの扉をふりかえって、アリスタは驚きの声を上げた。「それにしても、わからないわね。どうして、ロイスがその呪文を——って、まさか」王女は口をあんぐりと開けたまま絶句した。「そんな……見た目には全然……」

「おれはミーアなんだよ」

「えっ？」

「混血という意味だ」エスラハッドンが説明する。「エルフでもあり人間でもある」

「だったら、もっと早く教えてくれたって——」

「わざわざ言いふらすようなことじゃない」ロイスが答える。「あんたも他言無用だぜ」

「そりゃ——もちろん」

「さぁ、急ごう。アリスタにもやってもらいたいことがある」エスラハッドンはさっさと先へ進んだ。

そこは広々として完全に丸い空間だった。巨大な球体の内側に入りこんだような感じだ。これまで見てきた各所とちがって、装飾は何もない。亀裂や欠けはもちろん継ぎ目さえもない、まさに滑らかの一言に尽きる壁面が全方位を包んでいる。ただひとつ特徴的な部分があるとすれば、床の中央から球体の中心点にあたる空中にかけて折り返しの昇り階段が伸び、その上に架台が設けられていることか。

「アリスタ、いつぞや教えたプレシャントの呪文を憶えているかね？」魔術師がその階段を昇りながら尋ねると、周囲の壁に谺した声が幾重にも反響する。

「えぇと……まぁ、そのぅ……」

「憶えているのか、いないのか？」

「思い出そうとしてるんだってば」

「早くしなさい――ぐずぐずしている暇はないぞ」

「大丈夫、憶えてるわ。ねぇ、噛みつくような言い方はやめてよ」

「あとでいくらでも謝るさ。とにかく、架台の中央に印がついているから、その真上に立って、プレシャントを唱えなさい。まずは呼集の呪文からだ。力を増幅する効果が大きい空間なので、通常よりも強い圧迫感があるかもしれんが、それに驚かないこと、呪文を中断しないこと、あとは、決して叫び声を上げないこと」

アリスタは怯えたような表情でロイスをふりかえった。

「体内に力がみなぎってきたところでトーソンの詠唱に移る。そのとき、両手の指を水晶の形に組むこと。指の向きはすべて内側だ」

「親指を上にして、残りの指がすべて掌に収まればいいのよね？」

「そうだ」エスラハッドンはいらだたしげな口調になった。「こんなことは基本中の基本だぞ――しっかりしたまえ」

「わかってる、わかってるけれど――しばらくぶりなんだから、大目に見てよ。メレンガー特使としての公務が忙しすぎて、修練の時間が取れなかったの」

「要するに、俗事にかまけていたのだろう？」

「ひどい言い方ね」彼女は顔をしかめた。

「とにかく、指を組んだら、その姿勢を崩さないこと」魔術師が本題に戻った。「集中力を維持する方法もすでに教えたとおりだ。きみの術が安定したところで、わたしも域内に入り、探索を開始する。それにともなって、この空間いっぱいに超常的な変化が生じるはずだ。さまざまな場所の風景が交錯し、音も聞こえるかもしれん。ただし、さきほども言ったとおり、驚かないこと。それらは本物でなく、護符を探しているわたしの心象風景にすぎん」

「ってことは、真の末裔がどんなやつなのか、おれたちも顔を拝ませてもらえるわけか？」架台の上へと足を置きながら、ロイスが尋ねる。

　エスラハッドンがうなずいた。「できれば隠しておきたいところだが、運命の悪戯には逆らえん。それぞれの護符に忍ばせておいた符丁を捉えたら、わたしはその持ち主たちに意識を集中するので、彼らの容貌や居場所がひときわ大きく映し出されるはずだ」

　うっすらと埃に覆われた架台の表面には放射状の線が描かれ、中心点の位置が一目でわかるようになっている。

「持ち主たち？」アリスタがその真上に立ちながら尋ねる。

「護符はふたつで、ひとつはネヴリクから末裔へと受け継がれ、もうひとつはジェリシュの子孫が持っているはずだ。どちらも断絶していなければ、ふたりの人物が現われるだろう。

ただし、くれぐれも言っておくが、何を見ることになろうと他言無用に願いたい。さもなくば、末裔の身に重大な危機が迫るのはもちろん、人類の未来さえも狂わせてしまうことになりかねん」

「魔術師ってのは大仰だよなぁ」ロイスがあきれたように言った。「〝生命が惜しけりゃ黙っとけ〟の一言だけで充分じゃないか」

エスラハッドンは彼に片眉を上げてみせると、アリスタに向きなおった。「始めよう」

アリスタはためらった。きっと、サウリィは嘘をついていたのだろう。人類があやうく皇帝に隷属させられるところだったという話など、彼女の恐怖心をかきたてて意のままにあやつるための方便にちがいない。エスラハッドンを邪悪な存在だと決めつけたのも同じことだ。この魔術師が隠している真実はいくらでもありそうだが、それでも、彼女にとっては恩人だ。今夜だって、死の淵から救い出してくれたではないか。サルデュアのほうこそ、何を企んでいるのだ？　ブラガの策謀をかねてから知りつつ……諫めようともしなかったとは？

「アリスタ？」エスラハッドンがたたみかける。

彼女はうなずくと、両手をひるがえすようにして指を組んだ。

14 迫り来る闇

かすかな夜風が丘のてっぺんを吹き越えていく。ハドリアンとセロンはふたりきり、瓦礫の山を残すばかりの領館に立ち、同じく焼け野原と化した村を見下ろしていた。さまざまな希望がそこにあったはずだが、すべては灰燼に埋もれてしまっている。

肌を撫でる風の感触に、セロンは家族の大半を喪ったあの晩の不穏な雰囲気を思い出していた。トレースが必死に走ってきたあの晩。ストーニィ・ヒルの斜面を転がるような勢いで駆け降りてきた娘の姿は、今もまざまざと瞼《まぶた》の裏に灼きついている。最近になるまで、彼はあれこそが人生最悪の日だと信じて疑わなかった。そして、彼を迎えに来た娘を恨んでいた。家族が死んだのは彼女のせいだと決めつけていた。あふれんばかりの悲しみや苦しみが自分自身の心の弱さに由来していることなど考えもせず、そのすべてを彼女に押しつけていた。幼い頃のトレースはいつだって父親の隣を歩きたがり、邪魔だからと追い払われても後ろをついてきて、彼の一挙一動をしげしげと眺め、仕種や言葉をいちいち真似したものだ。彼がそばにいるというだけで嬉しそうに笑い、彼が暗い表情をしていれば涙を浮かべ、彼が体調を崩したときには枕許にじっと座りこんでいた。そんな娘に、彼はやさしい言葉をかけてやろうともしなかった。頭を撫でてやったことも、褒めてやったことも、まったく記憶にない。自慢の娘だと思ったこともない。邪険にするか、そもそも眼中にないか、そんなものだった。しかし、今この瞬間、彼はもう一度だけでいいから娘の駆け寄ってくる姿を見たいと願っており、それが叶うなら自分の生命とひきかえにしても惜しくはなかった。

セロンの懐には折れた剣の刃が隠してあり、ジラーラブリュンをなだめる必要があればすぐにでも取り出せるようになっていた。彼と肩を並べているハドリアンはそれの複製を同じように隠し持っていたものの、怪物が気配ひとつで本物を探り当てることができるとしたら、そちらの出番はない。マグヌスとトビスは瓦礫を寄せ集めて偽装した弩とともに身を隠し、トマスは丘の麓でヒルフレッドとモーヴィンの看護を続けている。

月はすでに木々よりも高く昇っていたが、ジラーラブリュンはまだ現われない。ハドリアンが丘のてっぺんに丸く並べておいた松明はすでに消えている。しかし、それがあろうとなかろうと、梢に邪魔されることのない月光はまるで本が読めそうなほどの明るさだった。

「来ませんね」トマスが丘を登ってきながら声をかけた。「今夜でないとしたら、わたしが聞きそこねたのかもしれません。昔から、古語はどうにも苦手でして」

「モーヴィンの容態は？」ハドリアンが尋ねる。

「出血は止まりました。静かに眠っています。毛布をかけ、着替えのシャツを枕がわりにしてあります。ヒルフレッドとかいう兵士も――」

塔のほうから奇声が響いてきたので、彼らは反射的にふりかえった。塔のてっぺんから白い閃光がほとばしる。ただし、それはわずか一瞬の出来事にすぎず、闇が戻ってくるのも早かった。

「マリバーの名にかけて、いったい何が起こったのだ？」セロンが声を上げた。

ハドリアンが首を振る。「わからん――が、ロイスが何かやらかした可能性は高いな」

ふたたび奇声が響きわたった。最初のものよりもけたたましい。

「何が起こったのかは知らないが、こっちへ来るみたいだぜ」ハドリアンが言った。

彼らの背後で、トマスが声をひそめて祈りの言葉を唱えている。

「トレースのために格別なところを頼むぞ」セロンが声をかけた。

「わたしたち全員のためですよ」それが助祭の返事だった。

「なぁ、ハドリアン、わしが死んでおぬしが生き延びたら、トレースの面倒を見てやってくれるか？　あるいは、彼女も死んだら、農場の片隅にふたりそろって埋めてほしい」

「じゃ、おれが死んであんたが生き延びたら、ベルトにつっこんであるこの短剣、ロイスからの借り物なんで返してやってくれ。くれぐれも、ドワーフにゃ盗まれないようにな」

「それだけでいいのか？」老農夫が尋ねる。「死体の扱いは？」

「むしろ、埋めないでほしいね。滝に放りこんでもらえりゃ、そのまま海をめざすさ」

「何はともあれ、おたがいの幸運を祈るとするか」セロンが言った。あたり一帯の物音がはたと消え、聞こえてくるのは風のざわめきだけになった。

森が焼失したことで、今夜は怪物の飛んでくる姿が遠くからでもはっきりと見えた。黒い翼を大きく広げ、細長い胴体をくねらせ、はばたきにあわせて尻尾を振り立てている。しかし、間近まで迫ったからといって攻撃を開始する様子はない。火を吐くわけでもなく、急降下で襲いかかってくるわけでもなく、ただ静かに上空を旋回しつづけているのだ。

その動きを注視しているあいだに、彼らは怪物以外の存在にも気がついた。鉤爪の隙間から、女がひとり見え隠れしている。それが誰なのか、一目では判別できなかった。身にまとっている外套はいかにも上等そうだが、淡い黄金色の髪はトレースのようでもある。二周目にさしかかったところで、セロンはようやく自分の娘だということを確信した。その安堵のかたわら、不安もひときわ強くなる。**もうひとりはどうした？**

怪物は何周もしたあと、凧のように滑空しながら高度を下げ、やんわりと地上に降り立った。彼らの真正面、領館の瓦礫の山から五十フィートも離れていないところだ。

トレースは生きていた。

筋肉と骨とで構成された鱗だらけの鉤爪は四本に分かれており、一フィートほどもある黒い刃のような尖端を地面に突き刺して、檻に閉じこめたかのように彼女の自由を奪っている。

「父さん！」彼女は涙ながらに叫んだ。

その姿を見るなり、セロンは思わず駆け寄ろうとした。とたんに、ジラーラブリュンが鉤爪に力をこめ、トレースの口から悲鳴が洩れる。ハドリアンはすばやくセロンの腕をつかみ、引き戻した。

「おちつけっての！　あわてて動いたら、彼女が殺されちまうぞ」

ジラーラブリュンはぎょろりとした爬虫類の眼で彼らをにらみつけ、おもむろに口を開いた。しかし、何を言っているのか、セロンにもハドリアンにもわからなかった。

「トマス」ハドリアンが肩ごしにふりかえる。「通訳してくれるか？」

「古語はどうにも苦手だと――」助祭が言葉を返そうとする。

「神学校での成績なんぞ知ったことか。いいから、さっさとやってくれ」

「娘たちをさらったのは、それがもっとも効率的に自分の主張を通す方法だろうと判断したから……と言っているように思うのですが」

怪物がふたたび口を開いたので、トマスも今度はハドリアンの求めを待たずに通訳した。

「盗んだ刃はどこかと」

ハドリアンはトマスに向きなおった。「もうひとりの娘はどこにいるのか、訊いてみてくれ」

トマスがその質問をぶつけると、怪物がそれに答える。

「すでに逃げ出したそうです」

「こっちが刃の在処を教えたあとで殺されない保証はあるのか？」

トマスが尋ね、怪物が答える。

「自分のほうが優位にあるのは明白だし、その懸念も理解できるので、信頼の証を与えるとのことです」

ジラーラブリュンが鉤爪を放した。トレースが父の許へと駆け寄った。セロンは胸が高鳴るのを感じながら、両腕を広げて娘を迎えた。そして、まっしぐらにとびついてきた彼女を抱きしめ、涙を拭いてやる。

「セロン」ハドリアンが声をかけた。「彼女と一緒に、さっさとここを離れろ。井戸端まで行きゃ、とりあえずは安全なはずだ」

父娘もそれに異論を唱えることはせず、ジラーラブリュンの鋭い視線を浴びながら丘を駆け降りていった。やがて、怪物があらためて口を開く。

「刃は?」トマスが通訳した。

立ちはだかる怪物を目の前にして、自分の顔が汗まみれになっているのを感じながら、ハドリアンは偽の刃を取り出した。ジラーラブリュンが目を細める。

「持ってくるようにと」トマスが言った。

いよいよだ。ハドリアンはその鋼の質感を掌中で確かめた。「うまくいってくれよ」彼は声を出さずに呟きながら、刃をそちらへ投げやった。それは怪物のすぐそばの灰の上に落ちた。ジラーラブリュンがしげしげと眺め、鉤爪で拾い上げる。怪物はハドリアンへと視線を戻し、口を開いた。

「これで取引は完了だそうです」トマスが言った。「ただし……」

「ただし?」ハドリアンはおうむがえしに訊きながら、動揺を抑えきれなかった。「ただし、何が気に入らないってんだ?」

トマスは消え入りそうな声になった。「ただし、たとえ半分だけでも名前を見られてしまったからには生かしておけないと」

「くそっ、しみったれが」ハドリアンは罵り言葉とともに背中の太刀を抜いた。「逃げろ、トマス！」

ジラーラブリュンが翼を広げ、地表の灰をもうもうと煽り立てた。そして、蛇のような首を一気に伸ばす。ハドリアンは横跳びにその攻撃をかわし、側転しながらの薙ぎ太刀で応戦した。しかし、確実に切先の届く間合だったにもかかわらず、石を打ったかのような感触とともに弾き返され、彼は愕然とした。おまけに、その衝撃で手許が狂い、太刀を取り落としてしまったのである。

ジラーラブリュンはわずかな隙を見逃さず、長い尻尾をひるがえした。剣のように鋭い尖端の骨が地上二フィートの高さで虚空を切り裂く。ハドリアンがとっさの跳躍でかわすと、それは黒焦げになった丸太に突き刺さった。怪物がそのまま尻尾を振り戻したとたん、数百ポンドもの重量があるはずの丸太はたちまち闇夜の彼方へと投げ飛ばされて消えた。ハドリアンは懐に手をつっこみ、アルヴァーストンの鞘を払った。ナイフ戦の要領で重心を落とし、爪先を利かせ、次の一撃にそなえて構えを決める。

ジラーラブリュンはふたたび尻尾をひるがえした。今度はサソリのごとく一直線に突いてくる。ハドリアンが横跳びにかわすと、その尖端は深々と地面を抉った。

ハドリアンはすかさず突進した。

ジラーラブリュンは彼に噛みつこうとした。彼はそれを予測して——いや、確信しており、紙一重のところまで待ってから横へ跳んだ。間合の見切りがほんのわずかに甘かったか、その牙で肩口をひっかかれてしまったものの、耐えた甲斐は充分だった。手を伸ばせば届くところに怪物の顔がある。ハドリアンは渾身の力をこめ、ロイスから借りた短剣を巨大な眼球に突き立てた。

ジラーラブリュンのすさまじい絶叫に、ハドリアンは鼓膜が破れたかと思うほどだった。巨体がのけぞり、よろめいている。瞳孔を切り裂かれてしまったのだから無理もあるまい。怪物は苦痛と驚愕に首を振り、残る隻眼でハドリアンをにらみつけた。そして、思い出したように口を開くと、トマスの翻訳を待つまでもないほどの悪意に満ちた言葉をぶちまける。

怪物は翼を広げ、空へ舞い上がった。何をしようとしているのかは明白だが、ハドリアンはせっかく掘った穴から離れすぎてしまっていた。彼は自分自身の愚かしさを呪った。こうなっては、何をどうしたところで間に合うはずがない。

ジラーラブリュンがけたたましい奇声とともに背中をそらす。

その瞬間、**ブンッ**という鈍い音が響きわたり、固く巻かれた網玉が射ち出された。縁の部分に結びつけられている小さな錘《おもり》によって網が広がり、虚空に浮いている怪物の巨体にからみつく。

翼の自由を失ったジラーラブリュンはたまらず墜落し、丘の斜面に叩きつけられた。その震動をまともに受けて領館の瓦礫の山が崩れ、灰燼の雲がたちこめる。

「やったぞ！」トビスの叫び声が聞こえてきたが、それは誇らしげであると同時に、びっくりしたような響きもあった。

ハドリアンは絶好の機会を逃すまいと身体を反転させ、ふたたび怪物めがけて突進した。

そこへ、あろうことか、セロンが駆け戻ってこようとしていた。

「トレースと一緒に逃げたんじゃなかったのか」ハドリアンがどなった。

「援軍が必要だろうと思ってな」セロンも大声で答える。「トレースなら心配はいらん、先に行けと言っておいた」

「自分は好き勝手にやってやがるくせに、娘がそれを真似することはないだろうなんて、どれだけおめでたいんだ？」

ハドリアンは地面の上でのたうちまわっているジラーラブリュンに迫ると、その頭部に跳び乗り、開いているほうの眼めがけて幾度となく短剣を突き立てた。怪物は身の毛もよだつような絶叫とともに、両脚をめちゃくちゃに蹴り上げ、その動きで大きく裂けてしまった網から抜け出した。

ハドリアンはジラーラブリュンの眼をつぶすことに懸命で、網のことなどまったく眼中になかった。ところが、ふたたび自由の身となった怪物が立ち上がったとたん、その動きにひっぱられた網が彼の足元をさらった。彼は背中から地面に叩きつけられ、しばらくは呼吸さえもできないほどだった。

完全に視力を奪われた怪物は長い尻尾を激しく左右させ、そこらじゅうを薙ぎ払った。その強靭な尖端が、やっとのことで立ち上がろうとしていたハドリアンを直撃した。ハドリアンは古布でこしらえた人形のように弾き飛ばされ、その勢いのままに地面を転がったあげく、土埃にまみれたまま動かなくなってしまった。怪物は身体の端々にひっかかっていた網をすっかり振り払うと、空気の匂いを嗅ぎ、自分にこれほどの苦痛を与えた元凶のほうへと足を踏み出した。

「やめろ！」セロンが声を上げ、ハドリアンに駆け寄ろうとした。盲目と化した怪物が相手なら先を越す可能性もあるだろうと思っていたのだが、実際にはほぼ同着だった。

セロンは手頃な石を拾い、懐の中から折れた刃を取り出した。そして、怪物の脇腹めがけて切先を突き当てるや、石を金槌がわりに、釘打ちの要領で刃を叩きこんだ。

今まさにハドリアンを殺そうとしていたジラーラブリュンは動きを止めたものの、眼をつぶされたときのような叫び声は上げなかった。むしろ、その口から洩れたのは嘲笑だった。

セロンはなおも石で刃を打ち、めいっぱい深くまで鋼を埋めこもうとしていたが、それでも叫び声はない。怪物はセロンに何か語りかけたものの、彼にその言葉は理解できなかった。ほどなく、ジラーラブリュンは老農夫がいるあたりへと鉤爪を一閃させた。

セロンは年齢のわりに逞しい男だったが、ハドリアンのような運動神経や敏捷性は持ちあわせていなかった。彼は怪物の一撃をかわすことができず、四本の剣を束ねたかのような鉤爪にひとたまりもなく老軀を切り裂かれた。

「父さん！」トレースが悲鳴を上げ、たちまち涙をあふれさせながら、ふたたび丘を駆け登りはじめた。

トビスとマグヌスが瓦礫の陰から石弾を射ち、ジラーラブリュンの尻尾に命中させた。とたんに怪物がふりかえり、彼らのいるほうへと荒々しく盲進しはじめた。

トレースは父親のかたわらでひざまずき、ぐったりと倒れたまま動かない彼の身体を両手でなぞった。セロンの左腕は切断されて背後に転がっており、両足はありえない方向に折れ曲がっている。胸許は深紅の血に染まり、呼吸のたびに痙攣をくりかえす。

「トレース」彼はほとんど声にならない言葉を絞り出した。

「父さん」彼女は泣きじゃくりながら彼の身体を抱きしめた。

「トレース」彼は残された右手をさしのべ、彼女を近くへ引き寄せた。「おまえは――」彼は苦しげに目を閉じながらも、「おまえは――ほ…本当に――じ…自慢の娘だよ」

「そんな、いやよ、父さん！　だめ、だめ、逝かないで！」彼女は泣き叫び、首を振った。

彼女はありったけの力を両腕にこめた。そうやって抱きしめることで彼をこの世にひきとめておこうとするかのように。このまま彼を喪いたくはない。喪うわけにはいかない。残された唯一の家族なのだから。彼女は涙と嗚咽をあふれさせながら、彼のシャツを握りしめ、額や頬に幾度となく唇を押しつけた。しかし、そうしているうちに、彼女は父の魂が夜空の彼方へと去っていくのを感じた。

セロン・ウッドは死んだ。焦土のまっただなかで、血と泥にまみれて。それとともに、トレースを支えてきた小さな希望も――彼女がこの世界で生きていく意味も――失われてしまった。

暗い夜、暗い心、暗い未来――もはや、トレースは自分がはてしない闇に包まれているとしか思えなかった。彼女の父はもういない。彼女に残されていた光明も、希望も、ささやかな夢も、彼の最期の息吹とともに消し飛んでしまった。あれがまだ彼女から奪い去っていないものなど、何もありはしないのだ。

あれが彼女の母を殺した。

あれが彼女の兄とその妻子を殺した。

あれがダニエル・ホールやジェシー・キャスウェルを殺した。

あれが彼女の故郷を焼き尽くした。

あれが彼女の父を殺した。

トレースは顔を上げ、丘の斜面に視線をめぐらせ、あれの居場所を確かめた。

襲われた人はかならず死ぬ。生き延びる可能性はない。

彼女は立ち上がり、ゆっくりと歩き出した。外套の懐に手をつっこみ、そこに隠したままだった剣をつかむ。

ジラーラブリュンは弩を発見し、ばらばらに粉砕した。それから、ふたたび嗅覚だけをたよりに丘を下っていく。どうやら、若い娘が近づこうとしていることには気がついていないようだ。

怪物の吐いた炎による灰があらゆる場所に厚く積もり、彼女の足音を消してくれた。

「だめだ、トレース！」トマスが叫ぶ。「逃げないと！」

ジラーラブリュンが立ち止まり、危険の兆候を感じたように空気の匂いを嗅ぐが、その根源がどこにあるのかまでは把握できずにいるらしい。怪物は声の聞こえた方向をふりかえった。

「だめだ、トレース――やめなさい！」

トレースは助祭の言葉に耳を貸そうともしなかった。彼女は何も聞かず、何も見ず、何も考えていなかった。もはや、彼女はダールグレンの丘に立っているわけでさえなかった。彼女にとって、そこはトンネルの中であり、この狭い一本道を抜けた先には……あれがいるのだ。

あれは大勢の人々を殺す。ただひたすらに。

またしても怪物が空気の匂いを嗅いだ。おそらく、彼女を捜しているにちがいない――恐怖感とともに醸し出される何かを捉えようとしているのだろう。

彼女は恐怖など感じていなかった。やはり、あれに奪われてしまったのだ。

今の彼女は不可視の存在だった。

躊躇も恐怖も疑問も後悔もまったくなしに、トレースは巨体をそびえさせている怪物のほうへと静かに歩み寄っていった。彼女はエルフの剣を両手で握りしめ、高々と振り上げた。

そして、小さな身体をぶつけるようにしながら、それをジラーラブリュンの胴体に突き立てる。折れた剣とは思えないほど滑らかに刃が入っていくので、彼女は力をこめる必要もなかった。

怪物はあるはずのない死の恐怖に襲われ、混乱もあらわに叫び声を上げた。

身をよじって逃れようとしたところで、今となっては遅すぎる。剣は柄まで深々と埋まっていた。それによって術が破れ、ジラーラブリュンに実体を与えていた元素の結びつきも失われた。長らく溜めこまれてきた力が爆発的な勢いで放出された。その直撃を受けたトレースとトマスは地面に叩き伏せられた。すさまじい衝撃波が丘を揺らし、全方位へと広がっていき、焼け朽ちた森で眠りにつこうとしていた鳥たちの群れを驚かせた。

トマスがやっとのことで立ち上がり、まだ朦朧としながらも、瓦礫も灰もすっかり吹き飛んだジラーラブリュン最期の地のちょうど中心にへたりこんでいるトレースのほうへと歩み寄っていく。そして、彼女の目の前でうやうやしくひざまずいた。

「皇帝陛下」助祭はそれだけ言うのがせいいっぱいだった。

15　ノヴロンの末裔

太陽はすでに高く昇り、ニルウォルデン川を燦々《さんさん》と照らしている。雲は早朝のうちに切れ、昼前には抜けるような青空となって、涼しい風も吹いてきた。それが川面をくすぐるたびに漣が立ち、陽光の下で黄金色にきらめく。魚が跳ねてはポチャンと落ちる。頭上では鳥たちが歌い、セミも鳴き交わしている。

ロイスとアリスタは岸辺に立ち、濡れた服を絞っていた。エスラハッドンは悠然と待っている。

「そのマントがうらやましいわ」王女が言った。

魔術師は無言の笑みで応えた。

アリスタは川の彼方をふりかえり、身を震わせた。今から思えば、対岸の風景はこちら側とずいぶん異なっているようにも見える。植生の違いによるものだろうか。彼女の印象としては、あちらのほうが威風堂々、まっすぐで高さもあり、下枝はあまり残っていないといったところだ。もっとも、木々はすばらしいが、文明はどうなのだろうか。

「むこうにも誰かが住んでるって、本当なの？」アリスタが尋ねる。

「エルフのことかね？」エスラハッドンが訊き返した。

「だって、わたしたち人間はもう何百年も、エルフと会ったことなんか――」彼女はふとロイスを一瞥してから、「――純血のエルフと会ったことなんかないのに」

「もちろんだとも。数千という単位か、万を超えているか。はるかに遠い昔からの血筋を継ぐ部族もある――至藝の名門と称されたミラリィス、狩猟ならアセンドウェイア、金細工ならニリンド、建築ならエイリウィン、交霊ならウマリン、造船ならグウィドリィ、軍事ならイスターリャ。いずれも健在で、一大集合体としての社会を形成している」

「都市もあるの？　わたしたちの世界と同じように？」

「そのはずだが、こちらとは様子が異なるかもしれん。エストラムナドンという聖地にまつわる伝説があってな。エルフ界でもっとも神聖な場所だそうだ……少なくとも、人間界ではそう考えられてきた。エストラムナドンはどこかの森の奥深くにあるという。君主の鎮座する首府ではないかという説もあるし、聖なる古木――ミュリエルがみずから植え、フェロルの子孫が大切に守り育ててきた――という説もある。ただし、真相は誰も知らんのだがね。なにしろ、エルフは他者の干渉を拒む気質が強いからな」

「そうなの？」アリスタがにんまりとしながらロイスをふりかえる。「それをもっと早く教わってたら、あんたが何者なのかも見当がついたのかしらね」

ロイスはあえて言葉を返そうともせず、魔術師に向きなおった。「このあと、あんたは村に戻りたくないいんだよな？」

　エスラハッドンは肩をすくめた。「ルイ・ギィと番犬どもに追いかけられると面倒なのでね。それに、末裔を訪ねて、今後のことも話し合ってみなければならん」

「じゃ、ここでお別れだな。おれは戻らないと」

「くれぐれも、塔内で見たことについては他言無用で頼むぞ――ふたりとも」

「おれはてっきり、末裔も護衛もどこかの片田舎にひっこんでるもんだとばかり思いこんでたぜ――この村みたいなところで、人知れず静かに暮らしてるにちがいないってな」

「人生は驚きに満ちているものさ、そうだろう？」エスラハッドンが言った。

　ロイスはうなずくと、踵を返した。

「ロイス」エスラハッドンが声を落として呼び止めた。「昨夜の出来事が笑って話せるようなものでなかったことは疑う余地もない。今のうちに肚をくくっておきたまえ」

「ハドリアンが生きてるとは思えないってことだな」ロイスがはっきりと言った。

「残念だが、そのとおりだ。しかし、たとえ彼が死んでいたとしても、それは世界を破滅から救うための尊い犠牲だったと考えるがいい。それできみの心が休まるわけではないだろうが、ハドリアン自身は満足だろう」

　ロイスはひとしきり思案をめぐらせ、無言でうなずき、木立の中へと姿を消した。

「たしかに、エルフなのよねぇ」アリスタは首を振り、エスラハッドンと向かいあわせに座りこんだ。「どうして気がつかなかったのか、自分でもわからないわ。そういえば、あなたの髭もずいぶん伸びたじゃない」

「それさえも気がついていなかったのかな？」

「気がついてたけど、話題にするだけの余裕がなかったのよ」

「なにしろ、自分では剃ることができないのでね。グタリアではべつだん問題もなかったのだが、外へ出てみると――みっともなくはないかな？」

「白いものが目立ってるわ」

「それはむしろ当然だろう。わたしは齢九百を超えているのだぞ」

川の彼方へと視線を馳せる彼の表情を、アリスタはしげしげと眺めた。

「くどいようだが、きみはもっと本格的に至藝を究めたまえ。さきほどの術はみごとなものだったぞ」

彼女は天を仰いだ。「無理だってば。少なくとも、あなたから教わったようにはできないのよ。アルカディウスがやってみせてくれたことなら大半はできるけれど、やっぱり、手のない人から手の使い方を習うっていうのは無理があると思うわ」

「湯を沸かすのは簡単だったようだし、獄吏たちを眠らせるのにも成功したはずだ。忘れたわけではあるまい？」

「泣く子も黙る魔女にふさわしくっていうことよね？」彼女は皮肉たっぷりに言葉を返す。

エスラハッドンは溜息をついた。「雨を降らせるのは？　それぐらいの術であれば日常的に使えるはずだろう？」

「使ってないし、今後も使うつもりはないわ。わたしはメレンガー特使になったのよ。過去は過去。もっと時が経てば、人々もわたしが魔女になろうとしたことなんて忘れてくれると思うわ」

「そうか」魔術師は落胆をあらわにした。

アリスタは風の涼しさに身を震わせると、髪をかきあげようとしたものの、もつれたところでひっかかってしまった。視線を落としてみれば、ドレスもすっかり汚れ、皺だらけになっている。「わたし、ひどいありさまよね」

魔術師は答えなかった。何かを考えこんでいるようだ。

「それはそうと」彼女が話題を変える。「めでたく末裔に会えたとして、そのあとはどうするつもり？」

エスラハッドンはなおも黙ったまま視線を返すばかりだった。

「やっぱり秘密ってわけ？」

「本当に知りたいことは別にあるのだろう、アリスタ？」

彼女はいかにも天真爛漫そうな笑みを浮かべてみせた。「何のことか、わからないわ」

「濡れたドレスで震えながらも長居しているのに、たわいない雑談だけで終わりのはずがなかろうよ。ごまかすのはやめたまえ」

「ごまかすだなんて？」彼女は訊き返したが、わざとらしい口調になってしまったことは自分でも否定できなかった。「話が見えないってば」

「きみのお父上の死について教会から聞かされたことの真偽を知りたいのだろうよ。わたしに利用されてしまったのではないかと疑っているはずだ。何も知らずにわたしの手駒として動きまわったあげく、お父上の死をみずから引き寄せてしまったのではないかとな」

三文芝居はこれまでだ。アリスタはあまりにも直截的な魔術師の言葉に度胆を抜かれ、息も止まってしまうほどだった。彼女は絶句したまま、ゆっくりとうなずいた。

「教会はわたしの行方を追うのに失敗したので、きみにその話をもちかけたのだろう」

「本当なの？」彼女はようやく声が出せるようになった。「本当に、あなたが父上を死に至らしめたの？」

エスラハッドンはひとしきり沈黙を保ったあと、おもむろに口を開いた。

「本当だよ、アリスタ。わたしの仕業だ」

しばらくのあいだ、彼女はふたたび声を失った。自分の耳を疑わずにいられないほどだった。それから、なおも信じられないという表情のまま、ゆっくりと首を振る。

「どうして……」彼女はたどたどしく尋ねた。「どうして、そんなことを？」

「わたしの口からは──いや、ほかの誰であれ──説明のしようがないのだよ。少なくとも、現時点では無理だ。将来的には、きみにも理解できる日が来るかもしれんがね」

彼女は涙がこみあげてくるのを感じ、それをあわてて拭い去り、魔術師をにらみつけた。

「わたしに対する非難は避けられないだろうし、文句を言える立場でないのも承知のうえだが、ひとつだけ憶えておいてほしい。ニフロン教会がわたしを悪の化身、あるいはウバーリンの下僕などと決めつけ、きみもそれを信じたであろうことは容易に想像がつく。わたしを永遠に恨み、教皇の抱擁を受けたいと願うなら、まずは自問してみるがいい。きみにシェリダンへの留学を勧めたのは誰だったかな？　渋るお父上を説得してくれたのは？　きみはどこでわたしの名前を聞いたのかな？　何がきっかけで、その存在を知る者さえもわずかな秘密監獄へと足を運ぶつもりになったのかな？　どうやって玉錠の使い方を覚えたのかな？　きみの部屋の扉を開けるには国璽《こくじ》の指輪が必要だが、同じ指輪で監獄にも入れるというのは単なる偶然の一致かな？　そもそも、たとえ王女といえど、若い娘が一度ならず二度ならず、数カ月にわたってグタリア監獄に出入りをくりかえし、それをお父上から疑われも咎められもしないとは？」

「何が言いたいの？」

「考えてもみたまえ――鮫がほかの魚たちを餌食にするのは、それが好物というわけではなく、鶏が泳ぎを知らないからだ。われわれは誰しも手持ちの道具で最善の努力を尽くすものだが、ときには、その道具の由来を問いなおすことも必要なのだよ」

アリスタは魔術師を直視した。「あなたは父上が殺されるかもしれないと知っていた。むしろ、その確信があった。父上だけでなく、わたしとアルリックにも同様の危険が迫るにちがいないと。それなのに、あなたは何食わぬ顔のまま、わたしの味方になりすました。魔術を教えるふりをした」彼女の表情がけわしくなった。「師弟ごっこもおしまいね」彼女は背を向け、歩み去った。

　ロイスは焼失した森の端まで来ると、こちらも焦土と化した村の広場にいくつもの派手なテントが並んでいることに気がついた。ニフロン教会の長旗がそこかしこに飾られ、僧侶たちや帝国警護隊の連中がうろうろしている。領館の瓦礫だけが残る丘の上にもいくつかの人影があったものの、知った顔はどこにも見当たらない。

　彼が隠れている木陰からさほど遠くないところで、枝の折れる音が聞こえた。彼はすばやく場所を移し、たちまち、茂みの中にしゃがみこんでいるマグヌスを発見した。

　いきなり姿を現わしたロイスに、ドワーフはぎょっとして跳び上がり、そのまま後ろへひっくりかえってしまった。

「おちつけよ」ロイスは囁きながら、怯えた視線を向けてくるドワーフの隣に座りこむ。

　視線をめぐらせてみれば、ドワーフがここにいたのは道理だった――野営地の様子を観察するには絶好の場所だ。森の中のちょっとした高台で、茂みもわずかに焼け残っている。そして、ちょうど眼下が広場のテント村というわけだ。片隅には即席の馬囲いが設置され、便所とおぼしき小屋もある。目算で三十軒といったところか。

「おまえのことだから、さっさと逃げたんだろうとばかり思ってたんだけどな」ロイスが話しかけた。

「あんたの相棒のために、剣をひとつ始末しなきゃならなかったのさ。まぁ、それも終わったし、あとはいつでも撤退できる」

「何がどうなったんだ？」

「へっ？　あぁ、セロンとファネンが殺されたよ」

ロイスは驚きや悲しみを見せることなく、淡々とうなずいた。

「ハドリアンは？　生きてるのか？」

ドワーフがうなずき、前夜の出来事をかいつまんで説明した。

「……で、あの怪物が死んだってぇか術を解かれたってぇか、そういうことになったんで、トマスとおれはハドリアンの様子を確かめた。意識を失ってたが、息はあったよ。だから、安静な状態にして、毛布をかけて、日除けもこしらえてやった。やっこさんだけじゃなく、ピッカリングの長男坊とあのメレンガーの兵士も同じさ。夜明け前になって、サルデュア司教とお仲間たちが戻ってきた。ギィから刃傷沙汰の報告を受けてのことだったのか、怪物が死んだとわかったからなのか、どっちなんだろうな。とにかく、あいつらはウサギみたいなあわただしさでテントを張り、朝飯の支度もした。番人の姿が見えたんで、おれはここに隠れた。ハドリアンとヒルフレッドとモーヴィンはあの白いテントへ担ぎこまれ、すぐに見張りがついた」

「それだけか？」

「あとは、火事のときの死体をまとめて埋葬したってことぐらいだな。城の近くにでっかい穴を掘って、ファネンもそこに入れられたんだが、セロンについちゃトマスがやたらと頑張っちまったみたいで、ひとりだけ川の近くにある農場に墓を作ってもらってたよ」

「おれの短剣がどうなったのかは一言もなしか？」

「アルヴァーストン？　あんたが自分で持ってるはずだろ」

「それは当然としての話だ」

　マグヌスはあわてて長靴に手を伸ばし、呪いの言葉を吐いた。

「おれの過去を調べたんなら、ガキの頃は掏摸《すり》でどうにか食いつないでたことも知ってて当然のはずだぜ」

「言われてみりゃ、そうだったよな」ドワーフがぼやく。

　ロイスはアルヴァーストンを鞘から抜き、ドワーフをにらみつけた。

「なぁ、王さま殺しの一件はあんたにゃ気の毒だったと思ってるよ。でも、おれは雇われの身だったんだ、わかるだろ？　そもそも、石工の腕に期待してるっていう依頼だったからこそ引き受けた仕事だぜ。おれは殺し屋なんかじゃない。戦士のはしくれにだって及びもつかない。おれの生業はあくまでも工芸だ。ぶっちゃけた話、その中でいちばんの得意分野は武器だったりするんだけどな。しかし、やりたいことはそれとして、ドワーフってのは石切りができて当然だ。そんなわけで、おれはあの塔の中抜きに着手したんだが、半年後、自分がいやな目に遭いたくなけりゃ王さまを殺せってことになっちまった。今になってみると、何が何でも拒んでおくべきだったんだろうが、当時のおれはそうしなかった。どんな王さまなのか知らなかったからな。性悪な王さまだとしたら、死んだほうが世の中のためってこともあるだろ。ブラガの考えはまさにそれだった。義理の弟にそこまで言われちまうなんて、どんな王さまだよ？　おれは人間たちの厄介事にゃ首をつっこまない主義だが、あのときだけは逃げるに逃げられない状況だった。自分で望んだことじゃない。予期してたわけでもない。いつのまにか、そういう流れになっちまってたんだ。それに、おれがあえて拒んだとしても、ほかの誰かにお鉢がまわったはずさ」

「おまえ、アムラス殺しがおれの怒りの原因だと思ってるのか？　塔の細工だって、それ自体はどうでもいいいんだよ。やっちゃいけなかったのは、おれの目の前であの扉を閉ざしやがったことさ」

マグヌスがたじろいでいる。

「おまえを殺すのは簡単だ——肥え太った豚を解体するよりもな。ただし、できるかぎり長く苦しませるために生死の境目を見極めるとなると、一気に難度が高くなるわけだが」

マグヌスは口をぽかんと開け、そのまま声を失った。

「まぁ、自分がとんでもなく幸運なドワーフだってことに感謝しろよ。あのテントにいるお人好しな野郎が、おれにそうさせまいとしてやがるからな——おまえが毛布と日除けをかけてやった男だよ」

眼下の広場にアリスタが現われた。近くにいた兵士に何やら話しかけると、相手はくだんの白いテントを指し示す。彼女はまっしぐらに走り出した。

ロイスはドワーフをふりかえり、抑揚のない声ではっきりと告げた。「今後、おれの許可なくアルヴァーストンに指一本でも触れやがったら、そのときこそ本当に殺してやる」

マグヌスはとっさに意気阻喪したような表情を見せたものの、ほどなく、思案ありげに片眉を上げた。「許可なく？　ってことは、観察の機会が与えられる可能性もあるんだな？」

　ロイスが天を仰いだ。「とにかく、おれはハドリアンをあそこから脱出させる。おまえは馬二頭を盗んで、ばれないようにテントの近くまで連れてこい」

「言うとおりにしたら、許可の話の続きだぞ？」

　ロイスは溜息をついた。「ドワーフなんざ大嫌いだぜ……って、何度も言わせるなよ」


「ですが、猊下――」トマスは縞柄の大きなテントの中、サルデュア司教とルイ・ギィの前に立ち、必死に異を唱えていた。恰幅の良い助祭がまとっている僧衣はすっかり泥と灰にまみれ、顔も手も煤だらけになっている。

「おちつきたまえ、トマス」サルデュアが言った。「見たところ、きみは今にも倒れそうなほどに疲労困憊しているようだ。きみにとって、この二日間はさぞかし長いものだったにちがいないし、この数カ月間も極度の緊張で押しつぶされそうだったはずだ。目が曇ってしまっているとしても無理はない。誰もきみを責めたりはせんよ。きみが嘘をついているとも思わんさ。村の娘がジラーラブリュンを殺すところを目撃したと信じているなら、それはそれでいい。ただ、一眠りしたあとで思い返してみれば、間違いだらけだったことに気がつくだろう」

「眠ってなどいられません！」トマスが叫ぶ。

「態度が過ぎるぞ、助祭」サルデュアはきびしい口調になり、立ち上がった。「今いる場所がどこなのか、わきまえておきなさい」

トマスはたちまち身を縮めてしまった。司教は溜息を洩らした。彼は好々爺よろしく表情をやわらげると、手をさしのべ、助祭の肩をそっと叩いた。「さぁ、少し休むといい」

しばしの躊躇を見せていたトマスがようやく回れ右をして、サルデュアとルイ・ギィの前から退出した。

司教はクッションの利いた小さな椅子に身を沈めると、仕事熱心な従僕の誰かが集めてきた赤いベリーの山盛りになった器へと手を伸ばした。小さな実をふたつまとめて口に放りこむ。しかし、それがあまりに渋かったので、彼は思わず顔をしかめた。まだ午前中ではあったが、彼はブランディの一杯も飲みたいところだった。しかし、城の焼失とともに全滅してしまったのだから、望むだけ無駄というものだ。野営用の装備や食糧が無事だっただけでもマリバーの思召に感謝しなければいけない——到着初日にさっさと荷馬車から降ろすべきところを放置してあったのが福に転じるとは。ちなみに、あの火事のさなかの大脱出でも、それらの食糧はすっかり忘れ去られたままだった。

思えば、今もこうして生きていられること自体が奇蹟かもしれない。門をめざして前庭を駆け抜けていくあいだの記憶はきれいさっぱり消し飛んでしまっている。あるいは、丘の下り斜面に出てからのことも、まるで夢の中の出来事だったかのごとく判然としない。憶えているのは、馬たちに鞭をくれてやれと御者をどやしつけたことぐらいだ。あそこで大司教が来るのを待とうとするなど、愚昧にもほどがある。ご老体はかねてから自力で歩くことが難しくなっていたし、彼の従僕たちは火災の発生とともに主を見捨ててしまった。つまるところ、ルーファスと同じく、大司教の命運もすでに尽きていたというわけだ。

ガリエン大司教の死にともない、ダールグレンにおける教会の全権はサルデュアとギィが預かることとなった。換言するなら、神話級の災禍にどう対処すべきか、自分たちの責任で決断しなければならない。この辺境の地で、ふたりだけで。彼らのやりとりが人類の未来を大きく左右するかもしれない。ただし、両者の上下関係はいささか不明瞭だった。サルデュアが司教という高位聖職者であるのに対し、ギィはあくまでも保安部門の責任者にすぎない。その一方で、教皇との現実的な接点があるのは番人だけだ。これまでのところ、サルデュアはギィに親近感をいだいていたが、合理主義者の司教としては、必要とあらば番人といえども犠牲になってもらうつもりだった。同行の騎士たちが幾人かでも生き残っていたら、その武力をもって番人に権限を奪われてしまうところだったにちがいないが、騎士たちはすでに全滅、ギィ自身も傷を負っている。ガリエンの死によって開かれた扉を、サルデュアは誰よりも先にくぐろうと心に誓った。

サルデュアはギィの顔を眺めた。「なぜ、このような事態を許すに至ったのかね?」

片腕は吊り包帯の中、肩もぐるぐる巻きという痛々しい姿で、番人がさも不満そうに表情をこわばらせる。「精鋭の部下七名を殺され、わたし自身もごらんのとおりのありさまです。〝許した〟という表現は当たらないと思いますが」

「そうだとしても、天下無双と称せられるセレット騎士団が、よりによって農民どもに打ち負けてしまうとは?」

「農民などではありません。ピッカリング兄弟のふたりとハドリアン・ブラックウォーターです」

「ピッカリング家の者はたしかに手練《てだれ》だろうが、ブラックウォーターというのは? ただの小悪党だろうに」

「いいえ、甘く見てはいけません——あの男も、相棒のほうも」

「ロイスとハドリアンなら、盗賊としては名が知れている。メレンガーはもちろんのこと、チャドウィックでもな。アーチボルドもかわいそうに、あいかわらず発作に悩まされているそうだ」

「いいえ」ギィがあらためて否定する。「それ以上の何かを秘めている連中ですよ。ブラックウォーターはテシュラーの格闘術を体得しているようですし、ロイス・メルボーンの正体はエルフです」

サルデュアは目を丸くした。「エルフ? そうなのかね?」

「見た目は人間そのものですが、まちがいありません」

「そして、あやつらがエスラハッドンと接触したのはこれで二回目だ」サルデュアは思案ありげに呟いた。「ハドリアンはまだいるのかね?」

「救護テントで療養中です」

「ただちに警備を固めておきたまえ」

「ここへ担ぎこまれた当初から見張りをつけてあります。むしろ、われわれがまず考えるべきは、あの小娘の扱いです。すみやかに策を講じなければ、厄介の種になりかねません」ギィはそう言いながら、剣をいくぶん鞘から抜きかけてみせる。「まだしばらくは父親の死を嘆き悲しんでいることでしょう。滝壺に身を投げたとしても不思議はありますまい」

「トマスは？」サルデュアがふたたびベリーの鉢に手を伸ばす。「あの助祭こそは大騒ぎするだろうよ。やはり、始末するかね？　どうやって辻褄を合わせるかね？　それに、あやつが朝のうちに〝末裔が現われた〟と吹聴するのを聞いていた者たちも少なくないはずだが？　かたっぱしから殺してしまうつもりか？　そんなことになれば、エルヴァノンまでの帰り道、誰がわれわれの荷物を運んでくれるのだろうね？」彼は笑顔でつけくわえた。

「冗談など言っていられる場合ではありませんよ」ギィはにべもない一言とともに、剣を鞘に戻した。

「頭の固さは心の硬さだな」サルデュアが言った。教会の犬にふさわしく鋭い牙をそなえてはいるが、いかんせん、想像力がまるで欠けている。「彼女を殺さないという選択肢もあるだろうに？　本当にこのまま帝位を与えるというのは？」

「農夫の娘を？　女帝に？」ギィが吹き出しそうになった。「正気ですか？」

「われわれがルーファスを候補に挙げたのは彼の政治的な影響力があればこそだったわけだが、教皇猊下もふくめ、誰もがその人選に少なからぬ不安をいだいていたことは否定できまい。決して聡明な男ではなかったし、頑迷固陋《がんめいころう》にして粗暴という扱いにくさもあった。即位から一年も経たないうちに厄介払いしなければなるまいと覚悟してはいたが、それは再誕したばかりの帝国に大きな混乱を招くことでもある。最初から素直に従ってくれる少女のほうがはるかにましだとは思わんかね？」

「しかし、貴族たちに認められるでしょうか？」

「その必要はない」サルデュアは皺だらけの口許を笑みにゆがめた。「民衆に認めさせれば済むことだ」

「どういう意味でしょうか？」

「ディーガン・ガウントを筆頭とする民権派の動きは、民衆が持つ力の大きさを示している。伯爵にせよ男爵にせよ、あるいは国王でさえも、たかが平民にすぎないガウントの許にその力が結集されてしまうことを怖れている。それが現実となれば、王侯貴族は秩序を維持するため、大切な収入源であるはずの領民たちに刃を向けなければならなくなる。すなわち、貧しさか死かという不本意な二者択一を迫られるわけだ。領主たちは是が非でも避けたいところだろう。われわれがつけこむ余地もあるのではないかね？　民衆の多くは教会の信徒だ。聖なる真理の教えを忠実に守る者たちだ。その同胞のひとりが世界を総《す》べることになれば、彼らに与える影響はどれほどのものだろうな？　貧者や下層民たちの苦しみを真に理解できる皇帝の登場だよ。民草でありながらノヴロンの末裔――これぞまさしく新時代の始まりにふさわしい。この一大転機を目の前にして、マリバーはふたたび人類にすばらしい道標を与えてくださった。

各地に吟遊詩人を派遣して、武勇で知られるルーファス卿でさえ太刀打ちできなかったエルフ界の怪物を退治したのはひとりの純真な少女であったと、叙事詩に乗せて語り広めさせよう。表題は『ルーファスの最期』でどうかな？　うむ、悪くあるまい――〝ジラーラブリュン〟だと舌を嚙んでしまいそうなのでね」

「それにしても、あの娘がきっちりと役割を果たしてくれるでしょうか？」

「今の彼女がどんな状態にあるか、きみもわかっているだろう。帰るべき家もなく、身寄りもなく、金もなく、生きる気力さえもない。近くに刃物があったら手首を切ってしまいかねん。しかし、彼女を帝位に祀り上げ、民衆の熱狂を煽ってやれば、貴族たちといえども公然とわれわれに異を唱えることはできまいよ。ルーファスで想定していたのと同じ手筈で進めよう。ただし、疑惑や非難を招きかねない暗殺計画だけは抜きにして、さっさと彼女を結婚させてしまえ。その相手こそが実質的な皇帝となり、彼女は座敷牢にでも入ってもらって、冬祭のときだけ人前に現われるというわけだ」

ようやく、ギィの顔にも笑みが浮かんだ。

「教皇猊下も賛同してくださるだろうかね？」サルデュアが尋ねる。「今日のうちにも早馬を駆けさせるとしようか」

「いいえ、これはきわめて重要な事案です。わたしが自分で行きましょう。もっとも、騎乗に耐えられる程度には体調が戻ってからでないと。何か、時間稼ぎの方策を――」

「あの少女こそ真の末裔である可能性が判明したと発表し、委細については徹底的な調査を実施中ということにしておこう。それで一ヵ月ほどは時間を稼げるはずだ。猊下が賛同してくだされば、平民からの即位を受け入れようとしない王侯貴族が妨害工作をおこなっているという風聞をばらまく。民衆はそれを教会に対する敵対行為と決めつけ、自分たちの力で彼女を担ぎ上げてくれるだろう」

「文字どおりの神輿《みこし》というわけですか」ギィが言った。

サルデュアは虚空を眺め、将来像を思い描いた。「神々の伝説と結ばれた無辜《むこ》なる少女。その名は妙なる響きをもって世界全土に知られ、人々の敬愛の的となる」ふと、司教は言葉を切り、思案をめぐらせた。「ところで、彼女の名前は？」

「トマスが何と呼んでおりましたか――あぁ、トレースです」

「むぅ？」サルデュアが顔をしかめる。「よし、わかった、良い名前を考えよう。今後はわれわれが充分に面倒を見てやらねばならんのだからな」

ロイスはあたりを眺めまわした。テントの外に歩哨はいない。丘の上にはあいかわらず数人の兵士たちがうろついているものの、かなりの距離があるので気にする必要はないだろう。彼は心の中でうなずくと、白いテントの正面にかかっている垂布をかいくぐった。内側には寝台が並べられ、トビス、ハドリアン、モーヴィン、ヒルフレッドが身体を休めていた。ハドリアンは上半身裸で、頭と胸が包帯にくるまれていたものの、起き上がっているところを見ると調子は悪くなさそうだ。モーヴィンも目を覚ましており、顔色はあいかわらず蒼白だったが、包帯に血の跡はまったくない。ヒルフレッドはまるでミイラのごとく全身を包帯で覆われたまま微動だにせず、起きているのか眠っているのかさえ判然としなかった。そのかたわらでアリスタが身をかがめ、彼の様子を見守っている。

「いつまで待たせるつもりかと思ったぜ」ハドリアンが口を開いた。

アリスタがふりかえる。「そうよ、わたしよりもずいぶん先に戻ったはずなのに」

「悪いな、何かに熱中すると時間を忘れちまうんだ。まぁ、おまえの武器をもういっぺん拾ってきてやったんだから、勘弁しろよ。剣がなきゃ困ることばかりだって、今回は身にしみたはずだろ。馬には乗れるのか？」

「立って歩けるんだから大丈夫さ」ハドリアンは片腕を上げ、ロイスの肩を借りて寝台から降りた。

「おれは？」モーヴィンが脇腹を押さえながら起き上がる。「まさか、ここに置き去りってことはないよな？」

「一緒に連れていってあげて」アリスタがきっぱりと言った。「ギィの部下をふたりも殺しちゃったのよ」

「馬には乗れるのか？」ロイスが尋ねる。

「鞍の上で手綱にしがみついてるぐらいなら、どうにかなるだろ」

「トレースは？」ハドリアンが尋ねる。

「彼女のことなら心配する必要はなさそうだぜ」ロイスが答える。「ついさっき、司教のテントで様子を窺ってきたんだ。彼女を即位させるべきだって、トマスが息巻いてたよ」

「即位？」ハドリアンは呆気にとられてしまった。

「彼女がジラーラブリュンを殺すところを目撃したんだ——助祭にしてみりゃ、それだけで充分ってことだろ」

「しかし、ほかの連中が認めるもんかね？　やっぱり、置き去りにはできないぜ」

「心配しないで」アリスタが言った。「わたしも当分はここに残るから。そんなことより、あんたたちはもう行かないと」

「たしかに、セロンは自分の子が成功者になることを望んでたけどな」ハドリアンがひとりごちる。「よりによって、トレースが女帝だと？」

「早くしなさいってば」アリスタがせきたて、モーヴィンを寝台から降ろそうとしているロイスに手を貸した。そして、ひとりひとりに別れのキスと抱擁を送ると、子供を学校へ行かせようとする母親のごとく、彼らの背中を押してテントから追い出してしまう。

外ではマグヌスと鞍つきの馬が三頭、彼らを待っていた。ドワーフはおちつかなげに視線をめぐらせ、囁いた。「最初はたしかに見張りがいたんだよ、嘘じゃない」

「あぁ、わかってるさ」ロイスが答える。「三頭か——おれの考えが伝わったようだな」

「こいつはおれが乗るつもりだったんだよ」ドワーフは鐙《あぶみ》を短くした一頭を指し示すと、渋い表情でモーヴィンをふりかえる。「しょうがない、もういっぺん調達してくるさ」

「いや、これでいい」ロイスが囁いた。「モーヴィンを一緒に乗せてやってくれ。鞍から転げ落ちないように、なるべくゆっくりで頼むぜ」

ハドリアンが灰色の牝馬に乗るのに手を貸しながら、ロイスは忍び笑いを洩らした。

「どうかしたか？」ハドリアンが尋ねる。

「マウスだ」

「へっ？」

ロイスは今まさにハドリアンが乗っている馬を指し示した。「あれだけ何頭もいるってのに、このドワーフ野郎ときたら、よりによってマウスを盗んできやがった」

ロイスは彼らの先頭に立つと、牽き綱で馬たちを従えながら、野営地を抜けていった。積もった灰が足音を消してくれる。そのあいだも、彼は遠くの兵士たちの姿をしっかりと目の端に捉えていた。警告を発せられることなく、怪しまれることさえなく、やがて一行は緑の残る森にさしかかった。ロイスはそこでぐるりと向きを変え、ニルウォルデン川のほうへと戻る小径をたどった──追手の裏をかくためである。川沿いの小さな峡谷まで来たところで、彼は仲間たちをその場に待たせ、来た道をひとりで引き返した。

焦土と化した村を横に見ながら進んでいくと、広場の野営地は何の異変もなかったかのように静かなままだった。完璧な脱出だったことを確かめて満足した彼はあらためて川沿いをめざした。そこはかとなく見憶えのあるような小径だと思ったら、その先にはウッド家の農場があった。不思議なことに、そこだけは火災をまぬがれたようで、風景は以前とまったく変わらず、建物の残骸もそのまま残っていた。いや、ひとつだけ変わったところがある──

畑のまんなか、鎌を砥いでいるセロンの姿を彼らが初めて見たちょうどその場所に、こんもりとした土饅頭が築かれている。外周を固めているのは建物の壁に使われていた石材だ。小山のてっぺんには大きな木板が埋めこまれ、焼き鏝《ごて》で刻んだ文字が――

セロン・ウッド
農夫

板面の下寄りに視線を移すと、誰かが適当なものでひっかいて書き足したのだろう――

女帝の父

ロイスはそれらの文字を読み返しているうち、ふと、全身の毛が逆立つような感覚に襲われた――誰かに見られている。眼の動きだけで視界の端から端まで探ってみると、森の中に人影がひとつ。左のほうにもひとつ。そして、背後にも複数の気配がある。彼は瞬時にふりかえり、それが何者なのかを確かめようとした――が、すでに姿は消えていた。目に映るのは深い木立ばかりだった。視線をめぐらせてみても同じことだ。彼は聞き耳を立ててみた。枝折れも葉擦れもないが、気配だけはなおも伝わってくる。

彼はその場を離れ、木立の反対側へ回りこんだ。物音は立てなかったはずだが、問題の地点まで行ってみると、もはや気配さえも残されてはいない。

ロイスは当惑したように立ち尽くした。人影があったあたりの地面を調べてみるが、足跡はおろか、踏みつぶされた草の一本さえもない。彼はとうとう捜索をあきらめ、仲間たちの許へ戻った。

「万事順調かい？」ハドリアンが尋ねた。マウスの背にまたがったまま、包帯にくるまれた半裸の上体にたっぷりと陽光を浴びている。

「まぁ、こんなもんだろ」ロイスが答えながら鞍上に登った。

彼を先頭に、一行は滝に近い高台から南西方向へ、深い森を抜ける鹿の散歩道をたどっていった。塔への抜け穴をいやというほど探し歩いたときにも通ったところだ。馬たちが路面の凹凸にひっかかって不測の動きをするたび、ハドリアンとモーヴィンは痛みに顔をしかめていたが、それでも、事前に心配していたよりは無難にこなしているようだった。

ロイスはたびたび肩ごしに背後をふりかえってみたものの、誰も追ってくる様子はない。

午後もかなりの時間が経った頃、一行は森を抜け、アルバーンに向かう南行きの街道に出た。彼らはそこでいったん馬を止め、モーヴィンとハドリアンの包帯を確かめた。モーヴィンはまたも出血していたが、傷口の開き具合はさほど大きくなかった。マグヌスが工芸で身につけた手先の器用さを活かし、新しい当て布と包帯できっちりと処置をやりなおす。ロイスはそのあいだに鞍袋をひっかきまわし、ハドリアンの身体に合いそうなシャツを探しはじめた。

「初日としちゃ悪くないぜ」彼は忙しく手を動かしながら全員に声をかけた。「多少の運に恵まれさえすれば、一週間以内にメドフォードだな」

「早く帰りたいか？」ハドリアンが尋ねる。

「まぁな」

「グウェンが待ってる？」

「彼女に言わなきゃいけないことがあるんだよ」

ハドリアンは納得したような笑顔でうなずいた。

「ところで、トレースは本当に大丈夫だと思うか？」

「トマスがあの調子で頑張ってくれりゃ、まぁ、悪いようにはならんだろうさ」

「彼女を即位させるとかってのは？」

「そんな話、誰が信じるかよ」ロイスが首を振りながら、ようやく探し当てたシャツをハドリアンに手渡す。

「アリスタから聞いたんだが、昨夜はエスラハッドンと一緒だったらしいな。おっさんの手伝いがどうとか、何をやってたんだい？　姫さん、そこのところはだんまりでさ」

「ノヴロンの末裔を捜すのに使える特別な部屋があるんだよ」ロイスが答えた。

「で、発見できたのか？」

「そうなんだろうとは思うが、あいつが素直に教えてくれるわけがないだろ。いつだって曖昧な物言いだもんな」

ハドリアンはうなずくと、シャツを肩にひっかけようとして顔をしかめた。

「痛むのか？」

「おまえも肋骨を折ってみりゃわかるさ。服を着るのも一苦労だぜ」

ロイスはそんな相棒の姿から視線を離そうとしない。

「何だよ？　笑えるか？」ハドリアンが訊いた。

「おまえが首にかけてる銀のメダイヨン、初対面のときからですっかり見慣れちまったが、由来は聞かせてもらったことがないのを思い出したのさ」

「ん？　これか？」ハドリアンは自分の胸許に視線を落とす。「物心ついた頃からずっとこうだよ。親父がくれたんだ」

訳者あとがき

お待たせいたしました――〈ロイス&ハドリアン〉シリーズ第二弾、『魔境の二人組』をお届けします。無頼の徒とはいえ何かにつけて気の良さが見え隠れするハドリアンと、それに文句を言いながらもやはり冷淡に突き放すことのできないロイス、今回はますます惜しみなく善人ぶりを発揮して……盗賊稼業そっちのけで何をやっているのかは本篇のほうでお楽しみいただくのがよろしいかと。

そんな彼らの頑張りにすっかり圧倒されてしまって――というのは冗談としても、今回のあとがきはごらんのとおり、わずかな紙面しか残されていません！　もうちょっと余地があれば原作者サリヴァンさんのインタビュー（前巻で言及した合本版に収録されているもの）をご紹介しようかとも思っていたのですが……完全収録となれば三十ページ以上、抄訳にまとめこむとしても八ページかそこらは必要なほど中身たっぷりなので、残念ながら断念です。

子供の頃に友達の家の物置に転がっていたタイプライターを叩いてみたのが作家への道の第一歩だったとか、下積み時代にはスタインベックやアップダイクなどの作品を書き写すことで文体を学んだとか、言語障害をかかえる娘さんに読んでもらうために夫婦そろって悪戦苦闘したあげく本シリーズの出版にこぎつけたとか、ロイス&ハドリアンがこうして世を闊歩できるようになるまでの経緯については、またいずれ折を見て。

というわけで、あとがきらしさを微塵もお見せできないまま（なにしろ、紙面だけでなく時間も足りず……おぉマリバーよ、神聖にして侵すべからざる〆切を破ってしまった訳者への罰なのでしょうか）、FT編集部から「これだけは外さないでくださいね」と釘を刺されている次巻 ***Nyphron Rising*** のあらすじを――

ダールグレンでの魔獣退治が驚きの結末を迎えたことを受け、ニフロン教会はかねてからの計画を手直しするかたちで帝国の再興を宣言します。諸王国もすぐに呼応したものの、メレンガーだけは王党派としてそれに異を唱え、教会のやりかたにも疑問を呈します。ところが、その姿勢をめぐって若きアルリック王の求心力は低下し、彼の特使として諸王国との友好関係維持を望まれながら成果を上げることができなかったアリスタ姫ともども窮地に立たされてしまいます。孤立無援となったメレンガーの頼みの綱はもはや民権派との共闘しかありません――元来は相容れるところのない両派とはいえ、このままでは教会の威光の前に個別撃破の憂き目をまぬがれないでしょう。失敗の許されない折衝にそなえて、アルリックはついにアリスタの任を解くのですが、彼女はどうあっても失地を取り戻そうと、新たに選ばれた公使よりも早く行動を開始します――協力を求める先はもちろん、おなじみの二人組。

ただし、彼らもまた問題をかかえていました。ハドリアンが「リィリアとしての活動を終わりにしたい」と言い出していたのです――長年の盗賊稼業はともかくも、最近は王室の諜報活動のような仕事ばかりで、〝困っている人のため〟という彼の理念に合わなくなってしまっていることがその理由でした。そこへ、アリスタがまたもや国の存亡にかかわる一大事をもちこんだわけですから、ハドリアンはいよいよ気を悪くするばかり。ロイスの機転でとにもかくにも依頼を受けはしたものの……やるせない問答から始まった隠密道中、それぞれにとって八方塞がりの状況を打開できるのでしょうか？

そんなこんなで、『戦場の二人組（仮）』、邦訳刊行未定ではありますが、なにとぞ、皆さまのご期待《リクエスト》をお寄せいただきたく存じます！

訳者略歴　1968年生，1994年東京外国語大学ロシヤ語学科卒，英米文学翻訳家　訳書『ドラゴンズ・ワイルド』アスプリン，『王都の二人組』サリヴァン（以上早川書房刊）他多数

HM=Hayakawa Mystery
SF=Science Fiction
JA=Japanese Author
NV=Novel
NF=Nonfiction
FT=Fantasy

盗賊ロイス&ハドリアン

魔境《まきょう》の二人組《ふたりぐみ》

〈FT547〉

二〇一二年八月二十日　印刷
二〇一二年八月二十五日　発行

（定価はカバーに表示してあります）

著者　マイケル・J・サリヴァン
訳者　矢《や》口《ぐち》悟《さとる》
発行者　早川浩
発行所　株式会社早川書房

郵便番号　一〇一 - 〇〇四六
東京都千代田区神田多町二ノ二
電話　〇三 - 三二五二 - 三一一一（大代表）
振替　〇〇一六〇 - 三 - 四七七九九
http://www.hayakawa-online.co.jp

乱丁・落丁本は小社制作部宛お送り下さい。送料小社負担にてお取りかえいたします。

印刷・株式会社亨有堂印刷所　製本・株式会社明光社
Printed and bound in Japan
ISBN978-4-15-020547-8 C0197

本書は活字が大きく読みやすい〈トールサイズ〉です。